LA MADRE PERFECTA

LA TRAMA

LA MADRE PERFECTA

Aimee Molloy

Traducción de Ignacio Gómez Calvo

Título original: *The Perfect Mother*

Primera edición: noviembre de 2018

© 2018, Aimee Molloy, c/o The Book Group, Nueva York, EE.UU.
© 2018, Penguin Random House Grupo Editorial, S. A.
Travessera de Gràcia, 47-49. 08021 Barcelona
© 2018, de la presente edición en castellano:
Penguin Random House Grupo Editorial USA, LLC.
8950 SW 74th Court, Suite 2010
Miami, FL 33156
© 2018, Ignacio Gómez Calvo, por la traducción

Adaptación del diseño original de Jaya Miceli:
Penguin Random House Grupo Editorial
Fotografía: Getty Images

ISBN: 978-1-947783-93-5

Impreso en Estados Unidos — *Printed in USA*

Penguin
Random House
Grupo Editorial

Para Mark

Tres ratones ciegos, tres ratones ciegos,
¡mira cómo corren, mira cómo corren!

Prólogo

Día de la madre
14 de mayo

«Joshua.»

Me despierto con fiebre. La lluvia tamborilea en el tragaluz encima de mí, y al deslizar los dedos sobre las sábanas me acuerdo de que estoy sola. Cierro los ojos y vuelvo a conciliar el sueño hasta que me despierto otra vez, agobiada por un intenso y repentino dolor. Desde que él se fue me despierto con náuseas cada mañana, pero enseguida me doy cuenta de que esto es distinto.

Algo no va bien.

Me duele al andar, y bajo a gatas de la cama y me arrastro por el suelo, que está lleno de arena y polvo. Encuentro el teléfono en la sala de estar, pero no sé a quién llamar. Él es la única persona con la que quiero hablar. Necesito contarle lo que pasa y oírle decir que todo saldrá bien. Necesito recordarle, una sola vez más, lo mucho que lo quiero.

Pero él se niega a contestar. O, peor aún, contesta y echa pestes por teléfono, me dice que no piensa seguir aguantándolo, me advierte que si vuelvo a llamarle se...

Me duele tanto la espalda que no puedo respirar. Espero a que se me pase, a experimentar el momento de alivio que me han prometido, pero no llega. Esto no es lo que los libros decían que pasaría; no se parece en nada a lo que los médicos me avisaron que esperase. Decían que sería progresivo. Que yo sabría qué hacer. Que lo cronometrase todo. Que me sentase en la pelota de yoga que había comprado en un mercadillo. Que me quedase en casa lo máximo posible para evitar las máquinas, los medicamentos, los métodos que emplean en el hospital para hacer que el bebé salga antes de que el cuerpo esté preparado.

No estoy preparada. Faltan dos semanas para que salga de cuentas, y no estoy preparada.

Me centro en el teléfono. No marco el número de él sino el de ella, la comadrona: una mujer con piercings llamada Albany a la que solo he visto dos veces.

«Ahora mismo estoy en un parto y no puedo atender tu llamada. Si eres tan...»

Me arrastro con el portátil hasta el cuarto de baño y me siento en las baldosas frías, con una toallita húmeda en el cuello y el fino ordenador apoyado en el abultado contorno de mi hijo. Abro el correo electrónico y empiezo a escribir un mensaje a las Madres de Mayo.

«No sé si esto es normal. —Me tiemblan las manos mientras tecleo—. Tengo náuseas. El dolor es muy intenso. Todo está pasando muy rápido.»

No contestan. Estarán cenando, comiendo algo picante para acelerar el parto, bebiendo a escondidas la cerveza de sus maridos, disfrutando de una tranquila noche en pareja, algo de lo que las madres veteranas nos han aconsejado que nos despidamos para siempre. No verán mi correo electrónico hasta mañana.

Enseguida suena el correo. Francie, qué encanto. «¡Ya empieza! —escribe—. Cronometra las contracciones y que tu marido te ejerza presión constante en la zona lumbar.»

«¿Cómo lo llevas? —escribe Nell. Han pasado veinte minutos—. ¿Todavía lo notas?»

Estoy tumbada de lado. Tecleo fatal. «Sí.»

La habitación se queda a oscuras, y cuando vuelve la luz —diez minutos más tarde, una hora más tarde, no tengo ni idea—, noto que me brota un dolor sordo de un chichón de la frente. Vuelvo a gatas a la sala de estar oyendo un ruido, un aullido animal, antes de darme cuenta de que el sonido viene de mí. «Joshua.»

Llego al sofá y apoyo la espalda contra los cojines. Meto la mano entre las piernas. Sangre.

Me pongo un impermeable fino por encima del camisón. Consigo bajar por la escalera.

¿Por qué no he preparado el bolso? Todas las Madres de Mayo han escrito largo y tendido sobre lo que hay que meter en el bolso, y el mío sigue en el armario del dormitorio, vacío. No hay un iPod con música relajante dentro, ni agua de coco, ni aceite de menta para las náuseas. Ni siquiera una copia impresa de mi plan de parto. Me agarro la barriga debajo de una farola neblinosa hasta que llega el taxi y me siento en el pegajoso asiento trasero, tratando de no fijarme en la cara de preocupación del taxista.

«Me he olvidado la ropa de la primera puesta que le compré al bebé.»

En el hospital, alguien me indica que suba a la sexta planta, donde me dicen que espere en la sala de triaje.

—Por favor —le digo por fin a la mujer de detrás del mostrador—. Tengo mucho frío y estoy mareada. ¿Puede llamar a mi doctora?

Esa noche mi doctora no está de guardia. Hay otra mujer de la consulta a la que no he visto nunca. El miedo se apodera de mí cuando me siento, momento en que empiezo a perder un líquido que huele a tierra, al barro del jardín en el que mi madre y yo solíamos buscar lombrices cuando yo tenía seis años, sobre la silla de plástico verde.

Salgo al pasillo, decidida a no quedarme quieta, a permanecer de pie, visualizando la cara de él cuando se lo conté. Se puso furioso e insistió en que lo había engañado. Exigió que me deshiciera del bebé. «Esto lo arruinará todo —dijo—. Mi matrimonio. Mi reputación. No puedes hacerme esto. No te lo permitiré.»

No le conté que ya había visto la parpadeante lucecita verde de los latidos de su corazón, que había oído su ritmo, una comba que daba vueltas muy rápido, por los altavoces del techo. No le dije que en mi vida he deseado algo más que a este bebé.

Unas muñecas recias me levantan del suelo. Grace. Es lo que pone en su chapa de identificación. Grace me lleva a una habitación, rodeándome la cintura con las manos, y me dice que me tumbe en la cama. Forcejeo. No quiero tumbarme en la cama. Quiero saber que el bebé está bien. Quiero que el dolor disminuya.

—Quiero la epidural —digo.

—Lo siento —se disculpa Grace—. Es demasiado tarde.

Le agarro las manos, ásperas por el exceso de jabón y agua del hospital.

—No, por favor. ¿Demasiado tarde?

—Para la epidural. —Me parece oír pasos que corren en el pasillo hacia mi habitación.

Cedo y me tumbo. Es él. Es Joshua, que me llama a través de la oscuridad. Ha venido la doctora. Me habla mientras me envuelven el bíceps con algo y me clavan suavemente una aguja bajo la piel, en el pliegue del brazo, como las cuchillas de unos patines sobre hielo. Me preguntan quién ha venido conmigo, dónde está mi marido. La habitación da vueltas a mi alrededor, y noto el olor. El líquido que fluye de mí. A tierra y barro. Se me están rompiendo los huesos. Estoy ardiendo. Esto no puede ser bueno.

Noto la presión. Noto el ardor. Noto que mi cuerpo, mi bebé, se parte en dos.

Cierro los ojos.

Empujo.

1

Catorce meses más tarde

PARA: Las Madres de Mayo
DE: Tus amigos de The Village
FECHA: 4 de julio
ASUNTO: Consejo del día
TU NIÑO: CATORCE MESES
En homenaje a la festividad, el consejo de hoy tiene que ver con la independencia. ¿Te has fijado en que tu antes intrépido pequeño de repente tiene miedo de todo cuando no te ve? El adorable perro del vecino es ahora un terrible depredador. La sombra del techo se ha convertido en un monstruo sin brazos. Es normal que tu niño empiece a percibir peligro en su mundo. Tu misión ahora consiste en ayudarlo a superar esos miedos, en hacerle saber que está a salvo y que, aunque no te vea, mamá siempre estará para protegerlo, pase lo que pase.

«Qué rápido pasa el tiempo.»

Al menos eso es lo que siempre nos dice la gente; los desconocidos que nos tocan la barriga y nos dicen que tenemos que disfrutar del momento. Que todo se terminará en un periquete. Que cuando queramos darnos cuenta, ya andarán, hablarán y se irán de casa.

Han transcurrido cuatrocientos once días, y el tiempo no ha pasado nada rápido. He tratado de imaginar lo que diría el doctor H. A veces cierro los ojos y me imagino en su consulta, a punto de concluir la visita, mientras el siguiente paciente da golpecitos impacientemente con la puntera del zapato en la sala de espera. «Tienes tendencia a cavilar sobre las cosas —diría—. Pero, curiosamente, nunca sobre los aspectos positivos de tu vida. Pensemos en ellos.»

Las cosas positivas.

La cara de mi madre, lo tranquila que parecía a veces, cuando estábamos las dos solas, haciendo recados en coche; cuando íbamos camino del lago.

La luz por las mañanas. El tacto de la lluvia.

Las tardes relajadas de primavera, con el bebé dando volteretas dentro de mí y los pies hinchados en las sandalias como melocotones magullados. Antes de que empezasen los problemas, cuando Midas todavía no se había convertido en el Niño Midas, la nueva causa que todo el mundo apoyaba, cuando no era más que otro niño recién nacido en Brooklyn, uno entre un millón, ni más ni menos extraordinario que la docena aproximada de bebés con brillantes futuros y nombres peculiares que dormían en el seno de una reunión de las Madres de Mayo.

Las Madres de Mayo. Mi grupo de mamás. Nunca me ha gustado esa palabra. «Mamá.» Está muy marcada; tiene unas connotaciones muy políticas. No éramos «mamás». Éramos madres. Personas. Mujeres que por casualidad ovularon en las mismas fechas y dieron a luz en el mismo mes. Desconocidas que decidieron —por el bien de los bebés, por nuestra cordura— hacerse amigas.

Nos registramos a través del sitio web de The Village —«el servicio para padres más valorado de Brooklyn™»—, nos conocimos por correo electrónico meses antes de vernos en persona, mucho antes de que diéramos a luz, y analizamos detenidamente nuestra nueva responsabilidad en la vida con un grado de detalle que nuestras amigas de verdad no habrían soportado. Hablamos de cómo descubrimos que estábamos embarazadas. Nuestra ingeniosa forma de contárselo a nuestras madres. Intercambiamos ideas para los nombres de los bebés y preocupaciones sobre nuestros suelos pélvicos. Fue Francie quien propuso que nos reuniésemos en persona, el primer día de primavera, y todas nos arrastramos al parque aquella mañana de marzo cargando con el peso de nuestras barrigas de embarazadas del tercer trimestre. Sentadas a la sombra, con el olor de la hierba reciente en el aire, nos alegramos de estar juntas y poder poner cara a nuestros nombres por fin. Seguimos viéndonos; nos apuntamos a las mismas clases de preparación al parto, al mismo curso de reanimación cardiopulmonar, y adoptábamos la postura del gato unas al lado de otras en el mismo centro de yoga. Luego, en mayo, empezaron a llegar los bebés según lo esperado, justo a tiempo para padecer el verano más caluroso en los anales de la historia de Brooklyn.

«¡Lo has conseguido!», escribíamos en respuesta al último anuncio de nacimiento, embobadas como abuelas con la foto adjunta de un bebé diminuto envuelto en una manta de hospital azul y rosa.

«¡Qué mofletes!»

«¡Bienvenido al mundo, pequeño!»

Algunas madres del grupo preferían no salir de casa durante semanas, mientras que otras estaban deseando juntarse para lucir al bebé. (Todavía llevaban tan poco tiempo en nuestras vidas que no nos referíamos a ellos por sus nombres; no decíamos «Midas», «Will» o «Poppy», sino simplemente «el bebé».) Liberadas por unos pocos meses de nuestros trabajos, aunque no de las preocupaciones relacionadas con nuestras carreras, nos juntábamos dos veces a la semana, siempre en el parque, normalmente debajo del sauce que había cerca de los campos de béisbol, si alguna tenía la suerte de llegar antes y reservar el codiciado sitio. Al principio el grupo cambiaba mucho. Llegaban nuevas mujeres, mientras que otras que me había acostumbrado a ver se iban: las escépticas con los grupos de mamás, las madres más mayores que no soportaban la ansiedad colectiva, las que ya se habían ido a vivir a los caros barrios residenciales de Maplewood y Westchester. Pero yo siempre podía contar con la presencia de tres habituales.

En primer lugar estaba Francie. Si nuestro grupo tenía una mascota, alguien que cubrir de plumas y que dirigiese nuestro equipo lanzando tres vivas por la maternidad, era ella. La Señorita Ansiosa por Agradar, por no meter la pata, rebosante de esperanza y de pesados hidratos de carbono sureños.

Luego Colette, la niña de los ojos de todo el mundo, nuestra amiga de confianza. Era una de las guapas, con su pelo de anuncio de champú color caoba, su naturalidad de chica criada en Colorado y su parto en casa sin medicamentos: la mujer perfecta, espolvoreada con azúcar glas.

Y, por último, Nell: británica, sofisticada, reacia a los libros sobre maternidad y el asesoramiento especializado. Partidaria de fiarse del instinto. Miembro de la escuela del «No debería». (No debería comerme ese muffin con pepitas de chocolate. Esas patatas fritas. El tercer gin-tonic.) Pero Nelly se caracterizaba por otro rasgo, algo oculto bajo su exterior mordaz que advertí desde el primer día: al igual que yo, era una mujer con un secreto.

Yo nunca sería una habitual, pero iba lo más a menudo que podía, arrastrando primero mi cuerpo de embarazada y luego empujando cuesta abajo el cochecito hasta el parque. Me sentaba sobre mi manta, con el cochecito aparcado al lado de los otros en las parcelas triangulares de sombra bajo el sauce, y notaba cómo me iba adormeciendo mientras escuchaba sus ideas sobre la maternidad, sobre la forma muy concreta en que había que hacer ciertas cosas. La lactancia materna exclusiva. La atención a las señales de sueño. El porteo del bebé a la menor ocasión, como si fuera un artículo expuesto en Bloomingdale's.

No me extraña que con el tiempo empezase a aborrecerlas. En serio, ¿quién puede soportar tal grado de seguridad? ¿Aguantar esos juicios?

¿Y si no puedes con todo? ¿Y si no das el pecho? ¿Y si, por ejemplo, te has quedado prácticamente sin leche por muchas hierbas chinas que tomes o las horas que pases pegada al sacaleches en mitad de la noche? ¿Y si el cansancio y todas las horas y el dinero que has dedicado a aprender a descifrar las señales de sueño te han dejado agotada? ¿Y si simplemente no tienes energías para llevar algo para picar?

Colette traía los muffins. Cada vez, sin excepción: veinticuatro minimuffins de la pastelería cara que había abierto hacía poco donde antes estaba el restaurante de tapas. Abría la caja de cartón y los pasaba por encima de los cuerpos de los bebés.

—Winnie, Nell, Scarlett, servíos —decía—. Están de muerte.

Muchas del corro declinaban la oferta mencionando los kilos que todavía tenían que perder, sacando zanahorias o rodajas de manzana, pero no era mi caso. Yo ya tenía la barriga plana y firme como antes de quedarme embarazada. Tengo que agradecerle eso a mi madre. Buenos genes: es lo que la gente siempre ha dicho de mí. Comentan que soy alta y delgada, que tengo una cara casi simétrica. Lo que no comentan son los otros genes que he heredado. Los que no he heredado de mi también simétrica madre, sino de mi extremadamente bipolar padre.

Los genes de Joshua no son mejores. A veces hablaba con él del asunto y le preguntaba si le preocupaba tener que esforzarse por superar el ADN que ha heredado. Él tiene su propio padre loco: un médico brillante, afectuoso y encantador con los pacientes. Alcohólico y violento de puertas adentro.

Sin embargo, a Joshua no le gustaba cuando le hablaba de su padre, y aprendí a no decir nada sobre él. Por supuesto, no mencioné nada de eso —mis genes, Joshua, su padre— a las Madres de Mayo. No les conté lo duro que era todo sin Joshua. Lo mucho que lo quería. Que lo habría dado todo —todo— por volver a estar con él. Incluso una sola noche.

No podía contárselo a ellas. No podía contárselo a nadie. Ni siquiera al doctor H, loquero extraordinario donde los haya, que cerraba su consulta cuando más lo necesitaba y se iba a la Costa Oeste con su mujer y sus tres hijos. No tenía a nadie más, de modo que, sí, al principio iba a las reuniones con la esperanza de hallar algo en común con ellas; algo en nuestra experiencia compartida de la maternidad que me ayudase a despejar la oscuridad de esos primeros meses, que según todo el mundo siempre eran los más difíciles. «Se volverá más llevadero —escribían los expertos en salud—. Tiempo al tiempo.»

El caso es que no se volvió más llevadero. Me han culpado de lo que ocurrió esa noche del cuatro de julio. Pero no pasa un solo día sin que yo no me recuerde a mí misma la verdad.

La culpa no fue mía. Fue de ellas.

Ellas fueron las responsables de que Midas desapareciera y de que yo lo perdiera todo. Incluso ahora, un año más tarde, estoy sentada en esta celda tocando la cicatriz dura e irregular de mi abdomen, pensando en lo distinto que podría haber resultado todo si no hubiera sido por ellas.

Si no me hubiera apuntado a su grupo. Si ellas hubieran elegido otra fecha, u otro bar, o a otra persona que no fuera Alma para que hiciera de canguro esa noche. Si lo del teléfono no hubiera pasado.

Ojalá las palabras que Nell pronunció ese día —la cabeza inclinada hacia el cielo, las facciones engullidas por el sol— no hubieran sido tan proféticas: «Cuando hace tanto calor pasan cosas malas».

2

Un año antes

PARA: Las Madres de Mayo
DE: Tus amigos de The Village
FECHA: 30 de junio
ASUNTO: Consejo del día

TU BEBÉ: DÍA 47

La mayoría de vosotras le habéis cogido el tranquillo a dar el pecho durante las últimas seis semanas, pero a las que todavía os cuesta, ¡no os rindáis! La leche materna es con diferencia lo mejor que podéis ofrecerle a vuestro bebé. Si tenéis problemas, atended a vuestra dieta. Los lácteos, el gluten y la cafeína pueden disminuir la producción de leche. Y si notáis dolor o molestias, planteaos contratar a un especialista en lactancia para que os ayude a superar esos problemas. Podría ser el mejor dinero que habéis invertido en vuestra vida.

—¿Cómo que cuando hace tanto calor pasan cosas malas? —pregunta Francie, con los rizos encrespados alrededor del cuello y cara de preocupación.

Nell espanta a una mosca con el periódico que está usando para abanicarse.

—Hay treinta grados —dice—. En Brooklyn. En junio. A las diez de la mañana.

—¿Y qué?

—Que a lo mejor eso es normal en Texas...

—Soy de Tennessee.

—... pero aquí no lo es.

Un viento cálido levanta el borde de la manta y tapa la cara del hijo de Francie.

—Bueno, no deberías decir cosas así —repone Francie, llevándose el bebé al hombro—. Soy supersticiosa.

Nell deja el periódico y abre la cremallera de su bolso cambiador.

—Es una frase que dice Sebastian. Se crio en Haití. Ellos están más acostumbrados a fijarse en el planeta que nosotros.

Francie arquea las cejas.

—Pero tú eres británica.

—¿Todo bien por ahí? —grita Colette a Scarlett, que está de pie entre el grupo de cochecitos a la sombra, con los bebés dormidos dentro. Scarlett ata las esquinas de una fina manta de algodón por encima de los mangos de su cochecito y vuelve al corro.

—Pensaba que el bebé se había despertado —dice, mientras vuelve a ocupar su sitio al lado de Francie y saca un frasco de gel antiséptico para manos de su bolso—. Ha sido una nochecita larga, así que no os acerquéis a él, por favor. ¿Qué me he perdido?

—Por lo visto se acerca el fin del mundo —contesta Francie, chupando el chocolate de un pretzel, el único lujo que se permite.

—Es cierto —conviene Nell—. Pero yo tengo el antídoto. —Levanta la botella de vino que ha sacado del bolso cambiador.

—¿Has traído vino? —Colette sonríe y se recoge el pelo en un moño mientras Nell descorcha la botella.

—No un vino cualquiera. El mejor *vinho verde* que se puede comprar por doce dólares a las nueve y media de la mañana. —Sirve cinco centímetros en un vasito de plástico del montón que lleva en el bolso y se lo ofrece a Colette—. Bebedlo rápido. Está bastante caliente.

—Yo paso —dice Yuko, que da vueltas alrededor de la manta meciendo a su bebé contra el pecho—. Luego tengo yoga.

—Yo también —declara Francie—. Tengo que dar el pecho.

—Qué gilipollez —exclama Nell—. Todas estamos dando el pecho. —Levanta la mano para aclarar—. A menos que tú no. A menos que vuelvas a casa y corras las cortinas y le des al bebé leche de fórmula en secreto. Tampoco pasaría nada si lo hicieras. En cualquier caso, un poco de vino no va a hacerte daño.

—Eso no es lo que dicen los libros —repone Francie.

Nell pone los ojos en blanco.

—Francie, deja de leer propaganda. No pasa nada. En Inglaterra, la mayoría de mis amigas bebían un poquito durante el embarazo.

Colette dedica a Francie un gesto tranquilizador de cabeza.

—Bebe un trago si te apetece. No le hará daño a Will.

—¿De verdad? —Francie mira a Nell—. Bueno, vale. Pero solo un poco.

—Yo también me apunto. Para celebrar —dice Scarlett, alargando la mano para coger el siguiente vaso—. No sé si lo he dicho. Estamos a punto de cerrar el trato para comprar una casa. En Westchester.

Francie gime.

—¿Tú también? ¿Por qué de repente todo el mundo se va a las afueras?

—Para ser sincera, yo preferiría ir más al interior, pero a mi marido le han dado un puesto de profesor en la Universidad de Columbia y tiene que estar cerca. —Scarlett lanza una mirada al grupo—. Sin ánimo de ofender, conozco a mucha gente que le encanta, pero no me imagino criando a un niño en esta ciudad. Desde que tuve al bebé, solo veo lo sucio que está esto. Quiero que respire aire puro y vea árboles.

—Yo no —dice Nell—. Yo quiero que mi bebé se críe en la miseria.

Francie bebe un sorbo de vino.

—Ojalá nosotros pudiéramos permitirnos mudarnos a Westchester.

—¿Winnie? —pregunta Nell—. ¿Vino?

Winnie está mirando a lo lejos cómo una joven pareja se lanza un disco volador en el prado alargado mientras un border collie corre a toda velocidad entre ellos. No parece oír a Nell.

—Winnie, cielo. Vuelve con nosotras.

—Perdona —dice Winnie sonriendo a Nell, y luego mira a Midas, que está empezando a despertarse en el pliegue de sus piernas, con las manitas pegadas a los oídos—. ¿Qué has dicho?

Nell alarga un vaso a través del corro.

—¿Quieres un poco de vino?

Winnie se lleva a Midas al pecho y mira a Nell con los ojos entornados, la boca oculta entre el cabello moreno.

—No. No debería.

—¿Por qué no?

—El alcohol no siempre me sienta bien.

—Pero ¿qué os pasa, chicas? —Nell vierte un chorro

de vino en su vaso y vuelve a poner el tapón en la botella. Un tatuaje grande de un colibrí (fino y de color pastel) asoma bajo la manga de su camiseta. Bebe un sorbo—. Dios, está asqueroso. Escuchad. Ayer salí sin el bebé a tomar un café. Una mujer me miró la barriga, me dio la enhorabuena y me preguntó cuándo salía de cuentas.

—Qué desagradable —dice Yuko—. ¿Y tú qué le contestaste?

Nell ríe.

—En noviembre.

Francie se fija en Winnie, que está mirando otra vez al césped, con una expresión de frialdad en el rostro.

—¿Estás bien?

—Perfectamente. —Se mete un mechón de pelo detrás de la oreja—. Me está afectando el calor.

—Hablando del tema, ¿podemos cambiar de punto de encuentro? —pregunta Yuko, colocando a su hijo sobre la manta y buscando un pañal limpio en su bolso—. Va a hacer más calor. Los bebés se van a derretir aquí.

—Podríamos ir a la biblioteca —propone Francie—. Tienen una sala vacía al fondo que podríamos reservar.

—Qué horror —dice Nell.

—¿Alguna de vosotras ha estado en la terraza que han abierto cerca del parque grande? —inquiere Colette—. Charlie y yo fuimos el otro día y había grupos de madres con sus bebés. Deberíamos ir de vez en cuando. Podríamos quedar para comer.

—Y para beber sangría —añade Nell, a quien se le iluminan los ojos—. O, mejor aún, ¿por qué no hacemos algo así de noche? Podríamos salir sin los bebés.

—¿Sin los bebés? —pregunta Francie.

—Sí. La semana que viene vuelvo al trabajo. Me muero de ganas de pasármelo bien ahora que puedo.

—Yo paso —dice Francie.

—¿Por qué?

—El bebé solo tiene siete semanas.

—¿Y qué?

—¿No te parece un poco pequeño para dejarlo? Además, se pone insoportable por las noches. Por lo visto, estamos en el periodo de las tomas seguidas.

—Que tu marido cuide de él —propone Scarlett—. Es importante que establezcan lazos en los primeros meses.

—¿Mi marido? —pregunta Francie, frunciendo el ceño.

—Sí —dice Nell—. Ya sabes, Lowell. El hombre cuya eyaculación sirvió para concebir la mitad de tu bebé.

Francie hace una mueca.

—Qué asco, Nell. —Mira a Winnie—. ¿Tú vendrías?

Winnie mete a Midas en el fular portabebés y recoge su manta.

—No estoy segura.

—Venga ya —dice Colette—. Nos vendrá bien tomarnos un respiro.

Winnie se levanta, y el vestido de tirantes rosa le cae hasta los tobillos.

—Todavía no tengo canguro para Midas.

—¿Y tu...?

—¡Mierda! —exclama Winnie, mirando el fino reloj de plata de su muñeca—. Es más tarde de lo que creía. Me tengo que ir pitando.

—¿Adónde vas? —pregunta Francie.

Winnie se pone unas gafas de sol grandes y un sombrero de algodón de ala ancha que protege su cara y sus hombros.

—Tengo que hacer un millón de recados. Hasta la próxima.

Todas las mujeres de la manta observan cómo Winnie cruza el césped y sube por la cuesta, con el cabello moreno suelto alrededor de los hombros y el vestido agitándose por detrás.

Cuando desaparece bajo el arco, Francie suspira.

—Me sabe mal por ella.

Nell ríe.

—¿Te sabe mal por Winnie? ¿Por qué, por estar tan buena? ¿O por lo delgada que está?

—Es una madre soltera.

Colette se traga su vino.

—¿Qué? ¿Cómo lo sabes?

—Ella me lo dijo.

—Estás de coña. ¿Cuándo?

—Hace unos días. Paré en The Spot para refrescarme con el aire acondicionado y comprar un bollo. Will se puso histérico cuando estaba en la cola. Me morí de vergüenza, y entonces apareció Winnie. Midas estaba dormido en el cochecito, y ella cogió a Will y se lo puso contra el pecho. Enseguida se tranquilizó.

Nell entorna los ojos.

—Sabía que esas tetas eran mágicas. Solo con mirarlas yo me he tranquilizado unas cuantas veces.

—Estuvimos juntas un rato. Fue agradable. Es muy callada, pero me dijo que estaba soltera.

—¿Te lo soltó sin más? —pregunta Nell.

—Sí, más o menos.

—¿Quién es el padre?

—No se lo pregunté. Me he fijado en que no lleva alianza, pero de ahí a preguntárselo descaradamente... Me pareció una indiscreción. —Francie adopta una expresión pensativa—. También me dijo que estoy criando muy bien a Will. Fue un detalle. No nos lo decimos lo suficiente. Will puede ser muy difícil. —Francie parte un pretzel por la mitad—. Me siento como si la mayoría del tiempo fuese un fracaso como madre. Está bien oír que a lo mejor no lo hago tan mal.

—No seas tonta, Francie —dice Colette—. Will es una ricura. Lo estás haciendo estupendamente. Ninguna de nosotras sabe lo que hacemos.

—¿No os parece raro que no supiéramos eso de ella? —pregunta Yuko—. ¿Que está soltera?

—La verdad es que no. —Nell deja el vino a su lado y se baja el cuello de la camiseta de manga corta. Coge a su hija, Beatrice, contra el pecho y empieza a amamantarla—. Solo hablamos de cosas relacionadas con los bebés.

—¿Tener marido? —dice Francie—. A mí me parece que está bastante relacionado con los bebés. Dios, ¿os lo imagináis? ¿Hacer esto sola? Qué solitario.

—Yo me moriría —confiesa Colette—. Si Charlie no le diera de comer algunas noches, o se asegurase de que tenemos pañales, me volvería loca.

—Yo también, pero... —Scarlett empieza a hablar, pero acto seguido se interrumpe.

—¿Qué? —pregunta Colette.

—Nada.

—No, Scarlett, ¿qué? —Francie la mira fijamente—. ¿Qué ibas a decir?

Scarlett hace una pausa.

—Está bien. Me preocupa que pase otra cosa.

—¿A qué te refieres?

—No quiero largar ninguna de las cosas que ella me ha contado, pero hemos dado algún que otro paseo juntas. Somos vecinas y por lo visto hacemos la misma ruta para que los bebés echen la siesta. No os contaría esto si no creyera que tengo que hacerlo, pero está deprimida.

—¿Te lo ha dicho ella? —inquiere Colette.

—Lo ha insinuado. Está agobiada. No tiene a nadie que la ayude. También me ha dicho que Midas tiene muchos cólicos. Puede llorar durante horas.

—¿Cólicos? —pregunta Francie con incredulidad—. Will tiene cólicos. Midas parece muy tranquilo.

—A una amiga mía de Londres le diagnosticaron una grave depresión posparto —explica Nell—. Le daba vergüenza contarle a alguien las cosas que le pasaban por la cabeza, hasta que su marido la obligó a recibir ayuda.

—No sé —dice Colette—. No me parece que Winnie esté deprimida. Seguramente sea la tristeza de después del parto. ¿Quién de nosotras no ha pasado por eso de vez en cuando?

—Hola, chicas.

Todas alzan la vista para ver a Símbolo de pie por encima de ellas, con el bulto de un bebé dentro del canguro que le cruza el pecho. Se seca la frente con la manga de la camiseta.

—Dios, qué calor. —Se quita las zapatillas y extiende la manta que ha sacado del bolso cambiador en el suelo al lado de la de Colette—. No había forma de que Autumn echara la siesta. He andado una hora para que se duerma. —Se sienta—. ¿Estáis bebiendo vino?

—Sí —contesta Nell—. ¿Quieres?

—Claro. ¿Está bueno?

—Lo suficiente para hacer efecto.

La mirada de Francie sigue posada en Scarlett.

—Tenemos que hacer algo. Podríamos organizarle algo, darle la ocasión de relajarse lejos del bebé.

—¿A quién? —pregunta Símbolo.

—A Winnie.

Símbolo se detiene, con el vaso suspendido a mitad de camino de la boca.

—¿Qué le pasa a Winnie?

Francie lo mira.

—No le pasa nada. Estábamos comentando que le vendría bien desconectar una noche.

Yuko frunce el entrecejo.

—Un momento. A lo mejor no se lo puede permitir. ¿Una madre soltera? Con la canguro, las copas y la cena, la noche podría salirle por doscientos dólares.

—Dudo de que eso sea un problema para ella —dice Francie—. ¿Te has fijado en la ropa que lleva? No me parece que le preocupe el dinero. El problema es encontrar una canguro.

—Le preguntaré a Alma si puede ocuparse —propone Nell.

—¿Alma?

El rostro de Nell se ilumina.

—Oh, se me había olvidado contároslo, chicas. Por fin he encontrado a una canguro. Empieza mañana unas pocas horas, y cuando yo vuelva al trabajo la semana que viene, se quedará la jornada completa. Es increíble. Me ofreceré a pagarle la noche. Será mi regalo de despedida para Winnie. —Nell alarga la mano para coger su teléfono sobre la manta y consulta su agenda—. ¿Qué tal la noche del Cuatro de Julio? —Mira al grupo—. ¿O esa noche os quedáis todas en casa y recitáis la jura de la bandera?

—Yo sí —responde Colette—. Pero este año haré una excepción.

—Yo me apunto —dice Símbolo.

—Yo también —tercia Francie—. ¿Yuko? ¿Scarlett?

—Claro —dice Yuko.

Scarlett frunce el ceño.

—Creo que mis suegros vienen a ver la casa nueva. Pero no quiero que cambiéis de plan por mí. Quién sabe cuánto tiempo estaré en Brooklyn.

—Enviaré un correo a todas las Madres de Mayo —dice Nell—. Nos lo pasaremos bien. Buscaré un sitio divertido.

—Bien —comenta Francie—. Asegúrate de convencer a Winnie para que venga.

Nell coloca a Beatrice sobre la manta delante de ella.

—Será genial. Unas horitas de marcha. Un poco de libertad. —Alza su vaso y apura el resto de vino—. Nada de lo que arrepentirse. Solo una copa.

3

4 de julio

PARA: Las Madres de Mayo
DE: Tus amigos de The Village
FECHA: 4 de julio
ASUNTO: Consejo del día
TU BEBÉ: DÍA 51
Esta séptima semana tu bebé debería empezar a dominar el control muscular: dar patadas, menearse y mantener la cabeza en alto con firmeza. Mientras va aumentando su actividad física y familiarizándose con su entorno, no escatimes en besos, sonrisas y vivas para demostrarle lo orgullosa que mamá está de los grandes progresos que está haciendo.

20.23

El aire está cargado de alcohol y calor, y la música suena tan fuerte que provoca un inmediato dolor de cabeza. Vibra por los altavoces y se mezcla con las oleadas de risas juveniles. Veinteañeros que han vuelto de la universidad a la ciudad se juntan en la barra, manoseando las tarjetas de crédito de sus padres; junto a la pista de petanca, esperando su turno para lanzar una bola por el carril con arena; en una sala contigua tenuemente iluminada, bailando unos al lado de otros cerca de un hombre descamisado que pone discos.

Nell se abre paso a empujones entre la multitud y los ve en la terraza del fondo. Símbolo está juntando mesas y buscando más sillas. Francie, que lleva un vestido de algodón negro que exhibe una escandalosa porción de escote, se pasea abrazando a todo el mundo: Yuko; Gemma; Colette, que está más guapa aún de lo normal, con el cabello brillante suelto a la espalda y los labios pintados de vivo color rosa. Cerca hay otro grupo de mujeres, a muchas de las cuales Nell no reconoce porque hace tiempo que no asisten a las reuniones, y cuyos nombres no recordará nunca.

—Hola —dice Nell, acercándose a Símbolo. Él lleva su uniforme habitual: una camiseta desteñida con el nombre de un grupo que Nell no ha oído nunca, pantalones cortos y unas zapatillas de deporte Converse gastadas—. Este bar es un poco chungo, ¿no?

—Ya te digo.

—¿Quién lo eligió?

—Tú.

—Ah, es verdad. Es un poco más ruidoso de lo que esperaba. —Busca a una camarera entre la multitud, incómoda con la atención con la que Símbolo parece examinarla. Bebe un sorbo de cerveza, que le deja un reguero de espuma sobre el labio superior. Nell resiste el impulso de limpiárselo con el pulgar—. ¿Dónde has pillado esa copa?

—Hay que ir a la barra —contesta Símbolo, inclinándose—. Ahora mismo no atienden en las mesas. —De repente Francie aparece al lado de ellos. Le brillan los párpados de la sombra de ojos.

—¿Dónde está Winnie?

—Hola, Francie. Estoy estupendamente, gracias por preguntar.

—Perdón —dice Francie—. Hola y todo eso. Pero ¿va a venir?

—Sí. No debería tardar en llegar —responde Nell, que tiene sus dudas sobre si Winnie se presentará. A pesar de los dos correos electrónicos y la llamada de teléfono, Winnie había declinado la oferta aduciendo que no podía asistir. Y de repente, anoche mismo, Nell recibió un mensaje que decía que había cambiado de opinión.

«Quiero ir con vosotros —escribió Winnie—. ¿Sigue teniendo libre esa noche Alma?»

—Me imagino que estará acostando a Midas con Alma —dice Nell a Francie.

—Vale. Estaré atenta por si la veo.

—Yo voy a por una copa. —Nell vuelve al interior, hacia la barra. Pide un gin-tonic recordando la discusión que tuvo con Sebastian la semana pasada. Estaba en el cuarto de baño, cepillándose los dientes, y le contó a Sebastian que había ido en contra de los deseos de él y le había ofrecido a Alma el puesto de canguro.

—Nell. —Él adoptó un tono de irritación.

—¿Qué? —Ella lo observó en el espejo.

—Ya hemos hablado de esto. Ojalá no lo hubieras hecho.

—¿Por qué?

—Ya lo sabes. —Él hizo una pausa—. Es una inmigrante ilegal.

Ella escupió en el lavabo.

—Querrás decir indocumentada.

—No vale la pena arriesgarse.

—¿Arriesgar qué? ¿Nuestras prometedoras carreras políticas? —Nell se enjuaga la boca, pasa por delante de él y va a la cocina para poner a hervir agua—. Estoy segura de que mi carrera en la política terminó a los quince años en el patio de Michael Markham.

—Sabes que no me refiero a eso. Tenemos que tener cuidado...

Ella nota un golpecito en el hombro cuando Colette pasa a toda prisa a su lado haciendo señas al camarero.

—Estás estupenda —dice Colette, mirando el hombro de Nell—. ¿Te he dicho alguna vez lo mucho que me gusta ese tatuaje tan chulo?

—¿Quieres saber una cosa? —Nell se inclina y se levanta la parte de abajo de la camiseta.

—Estos pantalones son de premamá. El bebé tiene dos meses, y sigo llevando pantalones de premamá.

Colette ríe.

—El gran consuelo del embarazo: el descubrimiento de las cinturas elásticas. —Mira más allá de Nell—. Ah, bien. Ya está aquí.

Nell se vuelve y ve a Winnie sola en la entrada. Lleva un vestido amarillo ajustado que realza el lustre de su cuello y su esternón, y un vientre sorprendentemente plano para una mujer que dio a luz siete semanas antes. Da la impresión de que esté inspeccionando a la gente que la rodea.

—Parece... preocupada —comenta Nell—. ¿Verdad?

—¿Tú crees? —Colette está observándola—. Bueno, no es para menos. Tiene que ser duro dejar al bebé con una desconocida por primera vez. Yo todavía no lo he hecho.

Nell hace señas con la mano para llamar la atención de Winnie antes de coger su copa y seguir a Colette a su mesa en el exterior, pasando por delante de un grupo de jóvenes que apestan a hierba.

—Hola —dice Winnie, abriéndose paso a la fuerza entre la muchedumbre de la terraza, con una bebida en la mano.

—¿Va todo bien? —pregunta Nell.

—Sí. Midas ya estaba dormido cuando Alma llegó.

—No te preocupes por nada —declara Nell—. Es una auténtica profesional.

Se sientan y entrechocan sus copas.

—¡Por las Madres de Mayo! —grita Francie por encima de la música, y prometen no hablar de los bebés.

—¿De qué narices hablaremos entonces? —pregunta irónicamente Símbolo—. ¿De nuestras aficiones?

—¿Qué es eso? —inquiere Yuko.

—¿Alguien ha leído algún libro recomendable?

—Yo me he comprado el nuevo libro que ha salido sobre entrenamiento del sueño —anuncia Francie—. *Doce semanas para la paz.*

—¿Habéis leído ese del que habla todo el mundo? —pregunta Gemma—. ¿*El método francés* o algo así?

—Creo que eso no cuenta como no hablar de los bebés —dice Nell—. Colette, échanos un cable. ¿Qué estás leyendo?

—Nada. No puedo leer cuando escribo un libro. Me confunde.

—¿Estás escribiendo un libro?

Colette aparta la vista de Nell, como si no pensara revelar esa información.

—Un momento —dice Nell—. Hace cuatro meses que somos amigas, ¿y no te has dignado contarnos eso hasta ahora?

Colette se encoge de hombros.

—Nuestros trabajos no han salido a colación.

—¿Qué clase de libro? —pregunta una mujer sentada hacia el final de la mesa con las uñas pintadas de naranja fluorescente: la que Nell cree que tiene gemelos.

—Unas memorias.

—¿A tu edad? Impresionante.

Colette pone los ojos en blanco.

—No tanto. No son mis memorias. Trabajo de negra literaria.

—¿A qué te refieres? —demanda Francie—. ¿Estás escribiendo un libro de un famoso?

—Más o menos. Ojalá pudiera deciros de quién, pero... —Colette agita la mano y mira hacia Winnie, quien, Nell ha advertido, ha estado mirando su móvil desde que se sentó—. ¿Todo bien? —le pregunta Colette.

Winnie apaga la pantalla.

—Sí.

Nell se fija en las uñas de Winnie, muy mordidas, y en la expresión de preocupación apenas disimulada que se trasluce bajo su sonrisa. Antes de que Scarlett les contara que Winnie había reconocido estar agobiada, Nell ya había reparado en lo distraída que parecía, en lo deprimida que se mostraba de vez en cuando y en que estaba empezando a faltar a muchas reuniones.

Un camarero con la cabeza rasurada y una hilera de pendientes por encima de una ceja se acerca a la mesa.

—Ya funciona el servicio de mesa, señoras. ¿Qué les pongo?

Nell posa la mano en el brazo de Winnie.

—¿Qué estás bebiendo? Yo pago esta ronda.

Winnie sonríe.

—Té con hielo.

Nell se recuesta en su asiento.

—¿Té con hielo?

—Sí. Tienen un té con hielo buenísimo. Sin azúcar.

—¿Té con hielo sin azúcar bueno? Eso no existe. —Arquea las cejas—. No quiero parecer una adolescente antes del baile de graduación, pero esta noche hay que beber una copa como Dios manda.

—No, gracias —responde Winnie, mirando al camarero—. Solo el té con hielo.

—Como quieras —dice Nell, alzando su copa—. Otro gin-tonic para mí. Quién sabe cuándo podré volver a salir de noche.

—No sé cómo te lo vas a montar —dice Francie una vez que el camarero termina de tomar las comandas y se va—. Lo de volver al trabajo la semana que viene.

—Oh, no seas tonta —replica Nell—. No será nada. De hecho, tengo muchas ganas de volver a trabajar. —Aparta la vista, con la esperanza de que nadie se dé cuenta de la verdad: que le pone enferma pensar en interrumpir su permiso de maternidad dentro de solo cinco días. No está lista para dejar al bebé aún, pero no le queda más remedio. Su empresa, Simon French, la mayor editorial de revistas del país, la obliga a volver.

—Por supuesto, no te obligamos a que vuelvas —dijo Ian cuando la llamó desde la oficina hace tres semanas para «ver qué tal» iba todo—. Pero eres la nueva directora de tecnología, y si te contratamos por algo fue para que te encargases de cambiar el sistema de seguridad. —Hizo una pausa—. Tú eres la única persona que puede hacerlo. Ya sé que es un mal momento, pero es importante.

«¿Importante?», le dieron ganas a ella de contestarle a Ian, aquel individuo con remolino en el pelo que más que un jefe parecía un personaje de dibujos animados.

Ian, el que se ponía cinturones de pijo con voluntad iró-
nica: azul marino con ballenas, verde chillón con piñas
tejidas. ¿Qué era importante? ¿Asegurarse de que nadie
hackeaba los archivos protegidos de la empresa? ¿Impe-
dir la entrada a los misteriosos agentes rusos empeñados
en acceder a la aburridísima entrevista con Catherine Fe-
rris, una estrella de los reality shows, y desvelar sus secretos celosamente guardados para tener una piel radiante (dos cucharadas de aceite de pescado cada mañana,
una taza de té de jazmín cada noche)?

Nell recorre la mesa con la vista y mira al grupo de
mujeres, con caras flácidas de lástima.

—Venga ya —dice—. Para los bebés es positivo ver
que sus madres se van a trabajar. Los hace independien-
tes. —«¿Qué se supone que tengo que hacer?», le dan
ganas de preguntar. No puede arriesgarse a que la susti-
tuyan, con lo que cuesta vivir en Nueva York, con el
alquiler de su piso de dos habitaciones a dos manzanas
del parque y con sus créditos para estudiantes. Ella gana
más del doble de lo que Sebastian cobra como conserva-
dor adjunto del MoMA, y gracias a su salario pueden vivir
en Nueva York. No puede ponerlo todo en peligro por
cuatro semanas más de baja por maternidad sin sueldo.

—Ayer fui a Whole Foods —dice Colette, y su montón de pulseras de oro reflejan la luz—. La cajera me dijo
que solo le dieron cuatro semanas de baja después de tener al bebé. Sin sueldo, cómo no.

—Eso va contra la ley —apunta Yuko—. Tienen que
conservarle el puesto durante tres meses.

—Eso le dije. Pero ella se encogió de hombros.

—Yo tengo una amiga que vive en Copenhague
—tercia Gemma—. Le dieron dieciocho meses de permiso cuando tuvo a su hijo. Con sueldo.

—En Canadá —señala Colette— tienen que conservar el puesto de una mujer durante un año. De hecho, Estados Unidos es el único país aparte de Papúa Nueva Guinea en el que no se exige el permiso pagado. Estados Unidos. El país de los valores familiares.

Nell toma un trago y nota que el alcohol hace efecto en sus músculos.

—¿Creéis que si recordamos a la gente que los bebés eran fetos hace dos días, más personas estarán dispuestas a apoyar la baja por maternidad?

—Escuchad esto —dice Yuko, leyendo en voz alta de su móvil—. Finlandia: baja por maternidad de diecisiete semanas. Australia: dieciocho semanas. Japón: catorce semanas. Estados Unidos: cero semanas.

La canción cambia, y por los altavoces suena a todo volumen «Rebel Yell», de Billy Idol. Nell apunta con el dedo al aire y canta a coro.

—«A ella no le gusta la esclavitud. Ella no se queda sentada suplicando. Pero cuando estoy cansado y solo, me acompaña a la cama.» Debería ser el himno de la maternidad —dice—. Nuestra canción de batalla. «He pateado las calles contigo, nena. Mil kilómetros contigo. He secado tus lágrimas de dolor, nena. Un millón de veces por ti.»

Nell se fija en que Winnie está mirando otra vez el móvil en su regazo y alarga la mano para quitárselo de las manos y lo coloca sobre la mesa.

—Venga, baila conmigo —dice, mientras se pone en pie y levanta a Winnie de un tirón—. «Te lo daría todo y me quedaría sin nada, nena, solo, solo, solo para tenerte aquí a mi lado, porque...» ¡Vamos! —Nell agarra la mano de Winnie cuando el volumen sube, mientras todas las mujeres de la mesa se ponen a cantar el estribillo—. «A medianoche, necesitamos más, más, más. Con un grito rebelde, chillamos más, más, más.»

Nell ríe y levanta su copa.

—¡Muerte al patriarcado! —grita.

Winnie sonríe y acto seguido retira la mano de la de Nell y aparta la vista de la mesa. Mira detrás de Nell, más allá de la multitud que empuja alrededor de ellas, mientras, por un instante, el flash de una cámara ilumina las facciones de su rostro perfecto.

21.17

En la barra Colette tiene que chillar dos veces para que la oigan —un whisky con hielo—, y se plantea pedirlo doble mientras mueve las caderas al ritmo de la música. El camarero desliza la bebida hacia ella, y Colette bebe un largo sorbo. Hace meses que no sale así, a tomar una copa con sus amigas, sin tener que cuidar de Poppy ni preocuparse del libro y su inminente fecha de entrega. La mayoría de las noches a esas horas está sentada con el portátil en la cama (la habitación que imaginó como su despacho cuando los padres de Charlie les compraron el piso dos años antes se ha convertido desde entonces en el cuarto del bebé), mirando la página en blanco, sintiéndose agotada e inútil. «¿Cómo escribía antes?», se pregunta. Terminó un libro entero —las memorias de Emmanuel Dubois, la madura supermodelo— en dieciséis semanas, pero desde que tuvo a Poppy, las palabras se han vuelto como volutas de aire que su cerebro es incapaz de atrapar.

Bebe otro sorbo saboreando el calor del whisky en la garganta y nota una mano en la rabadilla. Se vuelve y ve a Símbolo.

—Hola —dice él. Ella se aparta, y Símbolo se interpone entre ella y una mujer con un sombrero de paja que compite por llamar la atención del camarero.

—Ahí fuera hay un porrón de grados.

—No me digas. ¿Quieres una copa?

—Perdona, ¿qué?

Ella se inclina hacia él.

—¿Te pido una copa?

—No, gracias. —Él levanta su vaso medio lleno—. Te he visto entrar. He pensado en saludarte para refrescarme con el aire acondicionado.

Ella sonríe y aparta la vista. Ha estado con Charlie quince años, una vida entera, pero Símbolo es la clase de hombre que en otra época le habría atraído: callado, modesto y probablemente sorprendentemente bueno en la cama. Nell está segura de que es gay («Lo he oído con estas orejas», dijo Nell una vez. «Utilizó la palabra "pareja".»), pero Colette lo duda. Ha estado observándolo las últimas semanas, desde que llegó a una reunión de las Madres de Mayo con Winnie. Por la forma en que mira a veces a Winnie, su tendencia a tocarle el brazo cuando hablan, a Colette no le cabe duda de que es hetero.

—Bueno —dice él—. No puedes contarnos de quién es el libro que estás escribiendo, pero puedes contarme cómo lo llevas. No me imagino teniendo que escribir un libro y al mismo tiempo cuidar a un recién nacido.

Colette considera mentir y decirle lo que ha estado diciéndole a Charlie —«Me las apaño bien»—, pero decide reconocer la verdad.

—Lo llevo fatal. Acepté el trabajo dos semanas antes de descubrir que estaba embarazada. —Hace una mueca pícara—. El bebé no fue algo planeado.

Él le sostiene la mirada y asiente con la cabeza.

—¿Podrás terminarlo?

Colette se encoge de hombros, y el pelo se le suelta del nudo, se derrama sobre sus hombros y le cae por la espalda.

—Cuando estoy escribiendo, siento la necesidad de estar con Poppy. Sin embargo, cuando estoy con ella, lo único que pienso es que tengo que escribir. Pero les aseguré al editor y al alcalde que cumpliría el plazo de entrega dentro de cuatro semanas. ¿Quieres saber la verdad? Llevo por lo menos un mes de retraso.

Él arquea las cejas.

—¿El alcalde? ¿El alcalde Teb Shepherd?

Colette se arrepiente de lo que ha dicho.

—Normalmente se me da bien guardar secretos. La culpa la tiene este whisky oscuro y delicioso. Pero, sí, estoy escribiendo el segundo volumen de sus memorias.

Símbolo asiente con la cabeza.

—Como el resto del mundo, leí el primero. —Bebe despacio un sorbo de cerveza—. ¿También escribiste ese?

Ella asiente con la cabeza.

—Estoy impresionado.

—No se lo cuentes a las demás, ¿vale? Ni siquiera sé por qué lo comenté antes. La mayoría de las madres de este grupo son amas de casa. Mi situación es complicada.

—No te preocupes. —Él se inclina—. A mí también se me da bien guardar secretos. —Un hombre situado detrás de él empuja hacia delante e impulsa a Símbolo contra Colette. Él señala la terraza con la cabeza—. ¿Vamos?

Vuelven afuera y se sientan justo cuando Francie empieza a dar golpecitos en su copa con un cuchillo.

—No me gusta interrumpir la conversación —dice Francie—. Pero ha llegado el momento.

—¿De qué? —pregunta Nell.

Francie se vuelve hacia Winnie.

—¿Winnie?

Winnie alza la vista del teléfono en su regazo.

—¿Sí?

—Te toca.

—¿Me toca? —La atención de la mesa parece sorprenderla—. ¿Qué?

—Contar la historia de tu parto. —A Colette le cae bien Francie. Es muy simpática y joven (por lo que se ve, todavía no debe de haber cumplido los treinta), una mujer muy intensa. Pero a Colette le gustaría haber dejado ese ritual. Fue idea de Scarlett, cuando todas estaban aún embarazadas, empezar cada reunión haciendo que alguien compartiera su plan de parto. Cuando nacieron los bebés, la práctica se transformó en largas y pormenorizadas anécdotas sobre los partos, y es absurdo negar en lo que se ha convertido. En una competición. ¿Quién se portó mejor en el primer acto de la maternidad? ¿Quién fue la más valiente? ¿Cuál de ellas (las madres que dieron a luz por cesárea) había fracasado? Colette confía en que el grupo abandone pronto la costumbre, y, sin embargo, no puede negar que tiene curiosidad por escuchar lo que Winnie tiene que decir.

Pero Winnie se limita a echar un vistazo a la mesa.

—¿Sabéis qué? Voy a seguir el consejo de Nell. Voy a pedir una copa. Una como Dios manda. —Señala con la cabeza el vaso vacío de Símbolo—. ¿Te apuntas?

—Claro —dice Símbolo.

Colette observa cómo se van y a continuación se vuelve para escuchar algunas de las conversaciones que tienen lugar a su alrededor, haciendo un esfuerzo por mantenerse ocupada, sorprendida de la rapidez con que se ha terminado la segunda copa y preguntándose si debería pedir otra. Se levanta para ir al servicio. Por el camino, ve a Winnie en la barra. Está hablando con un hombre: uno increíblemente guapo. Lleva una gorra rojo chillón y está inclinado hablándole al oído. No se ve a Símbolo por ningún lado. Colette se da cuenta de que debería mirar a otra parte, de que está presenciando algo que no debería ver, pero no aparta la vista, sino que rodea a una pareja que tiene delante para ver mejor. El tipo tiene la mano en la cintura de Winnie y está toqueteando el lazo de su vestido. Susurra algo, y ella retrocede mirándolo fijamente a los ojos, molesta. Hay algo en él, la forma en que pega tanto su cuerpo al de ella, algo en su expresión...

—¿Estás bien? —pregunta Nell. Ha aparecido delante de Colette y le tapa la vista, sujetando un menú en la mano.

—Sí. Voy al servicio.

—Me refiero a si tienes hambre. Puedo pedirte algo.

—No, gracias —responde Colette—. Ya he comido. —Nell se dirige al puesto de la camarera, y Colette mira otra vez a la barra.

Se han ido.

Escudriña a la multitud y luego se encamina al servicio serpenteando entre la gente de la pista de petanca para ponerse a la cola detrás de un trío de jóvenes vestidas con atuendos casi idénticos que escriben mensajes con sus móviles. Colette sacude la cabeza. Es un conocido de Winnie, decide. La inquietud que siente es producto del whisky y el agotamiento; la mente le está jugando una mala pasada, como ha hecho varias veces en los últimos días, como hizo esa misma mañana, cuando echó café distraídamente en uno de los biberones de Poppy.

Hace uso del servicio y sale a la calle para llamar a Charlie, quien le cuenta que Poppy está dormida y que él está haciendo las últimas correcciones a su novela.

—Tómate tu tiempo —dice él—. Aquí está todo controlado. —Al volver a la mesa, se sienta al lado de Francie y ve el teléfono, metido junto a los frascos de salsa picante situados delante de donde estaba sentado Símbolo.

—¿Dónde está Símbolo? —pregunta a Francie, que está guardando su móvil en el bolso.

—Se ha ido.

—Te estás quedando conmigo. ¿Adónde?

—Hace un minuto. Ha sido un poco raro. Ha salido corriendo. Ha dicho que había pasado algo en su casa.

—Qué extraño. Yo estaba fuera llamando a Charlie. No lo he visto. —Colette coge el teléfono—. Se ha dejado esto.

Nell vuelve sosteniendo en equilibrio dos platos de patatas fritas humeantes.

—¿En qué clase de bar no le ponen vinagre a las patatas fritas? —pregunta, sentándose—. En Inglaterra sería un delito. —Nell se fija en Colette—. ¿En serio? Primero Winnie y ahora tú también pegada al teléfono. ¿Hemos salido esta noche con el único objetivo de mirar nuestros móviles?

—No es de ella —explica Francie, apartando el plato de patatas fritas y alargando la mano para coger su agua—. Es el de Símbolo. Se lo ha dejado.

—En realidad, no. Es el de Winnie. —Colette da la vuelta al teléfono y les muestra la foto de Midas que hace las veces de fondo de pantalla—. Aquí también hay una llave. Dentro de la funda.

—¿Dónde está? —demanda Francie—. Ha ido a por una copa y no ha vuelto.

Colette pasa la mano por la pantalla, que se ilumina con un brillante tono verde alga y reproduce un vídeo borroso.

—Un momento, ¿qué es esto? —Vuelve a girar el teléfono hacia Nell y Francie—. ¿Es el cuarto de Midas?

Francie le quita el teléfono de la mano.

—Es un vídeo. Es la cuna del niño.

—Déjame ver —dice Nell. Francie vacila—. Francie, déjame verlo. Creo que es esa aplicación famosa. —Nell se lame la sal de los dedos y coge el teléfono de la mano de Francie—. Sí, lo es. Conozco a la persona que la desarrolló.

—¿De verdad? —pregunta Francie—. ¿De qué?

—Después de la universidad, trabajé con él en Washington en protección de datos. Es una buena idea. Puedes ver las imágenes registradas por un vigilabebés en tu teléfono siempre que tengas wifi.

—He oído hablar de ella —dice Francie—. Peek-a-Boo! Había pensado comprarla, pero cuesta veinticinco pavos o algo así. ¿Una aplicación? Es absurdo.

—Lo que es absurdo es lo que ella ha estado mirando —declara Nell—. Un vídeo borroso de la cuna de Midas.

—No veo qué tiene eso de malo —comenta Francie.

—¿De qué sirve pagar a una canguro si vas a ver al bebé toda la noche? —pregunta Nell.

—Es la primera vez que lo deja. Dale un respiro —dice Francie—. Ahora en serio, ¿dónde está?

—Estaba hablando con un tío —explica Colette—. Un tío buenísimo.

—Yo también lo he visto —apunta Francie—. Fue directo a ella cuando se acercó a la barra. Pero fue hace quince minutos. —Francie estira el cuello para escudriñar a la gente—. Era un poco atrevido. ¿Te has fijado en cómo la tocaba? Voy a buscarla. Querrá tener el teléfono.

Francie alarga la mano, pero Nell se lleva el teléfono al pecho.

—Es una madre soltera que se separa de su bebé por primera vez. Deja que la mujer se divierta.

—Nell —dice Colette, mirando el vaso que Nell tiene delante y preguntándose cuántas copas ha bebido—. No seas rara. Querrá tener el teléfono.

—Un segundo. —Nell pasa la mano por la pantalla.

—¿Qué haces? —inquiere Francie.

—Se me ha ocurrido una idea terrible.

—¿Cuál? —pregunta Colette.

Nell se queda callada mientras desliza la mano, pulsa y apaga el teléfono.

—Ya está.

—¿Qué has hecho?

—He borrado la aplicación. Peek-a-Boo! Ya no está.

—¡Nell! —exclama Francie, tapándose la boca.

—Venga ya. Seamos realistas. Estamos aquí por ella, para que pueda relajarse y tomarse un respiro. Mirar al bebé no es ninguna de esas dos cosas. —Nell estira el brazo para meter el teléfono de Winnie en su bolso—. No pasa nada. Es por su bien. Tardará dos minutos en reinstalarla si quiere.

Colette nota un dolor cada vez más intenso detrás de los ojos: la música, la multitud que aumenta a su alrededor en la terraza, lo que Nell acaba de decir. Tiene ganas de volver a casa.

—Por lo menos dame su teléfono —dice Francie—. Tiene la llave ahí dentro. Déjame que se lo guarde hasta que vuelva a la mesa.

—Yo me encargo. Tranquila. —Nell vuelve la espalda a Colette y se inclina hasta las mujeres del otro lado—. ¿De qué habláis?

—De mi hermana —contesta una—. Está de treinta semanas y acaba de descubrir que tiene prolapso uterino. Qué rollo. Le tienen que hacer un enganche vaginal.

—¿Qué narices es un enganche vaginal?

—Yo lo sé —responde Nell, un pelín más alto de lo necesario—. Te lo metes en la vagina. Tiene un gancho en la punta para tirar del cochecito. Te facilita ir de compras y visitar la lavandería. —Remueve los hielos de su vaso y se traga la bebida que le queda—. Enseguida vuelvo. —Se levanta, cantando entre dientes, y se dirige a la barra—. «Quiero más, más, más. Más, más, más.»

22.04

—Yo creo que necesita menos, menos, menos —le dice Francie a Colette, apartando con la mano una nube de humo de los fumadores que encienden cigarrillos en la barandilla de la terraza, delante del letrero de PROHIBIDO FUMAR.

Aguanta todo lo que puede antes de mirar el móvil guardado en su bolso. Han pasado doce minutos, y Lowell todavía no ha contestado al mensaje que le ha enviado. La noche es cada vez más húmeda —una densa humedad como no ha experimentado nunca en Tennessee—, y está empezando a dolerle mucho la cabeza. Es su tercer día sin cafeína, y lo nota. Se muere por un sorbito de café, pero no puede recaer. Todos los especialistas a los que ha leído dicen que lo más aconsejable cuando la producción de leche disminuye es dejar la cafeína. Will ha estado muy irritable y triste durante los últimos días. Nunca ha sido un bebé fácil; la enfermera que atiende la línea de consultas médicas siempre le dice que es un caso clásico de cólico. Que se le pasará hacia la quinta semana. Pero Will tiene siete semanas y dos días, y no hace más que empeorar. No tiene cólico, ha concluido Francie. Está irritable porque ella se ha quedado sin leche y le está haciendo pasar hambre. Está dispuesta a dejar la cafeína si sirve de algo.

Decide enviar otro mensaje a Lowell, consciente de que él le dirá que deje de obsesionarse con el bebé y se divierta. Pero no ha podido dejar de pensar en Will desde que se fue de casa, convencida de que se ha pasado las dos últimas horas llorando desconsoladamente, como a veces hace por las noches, y provocándose vómitos.

«¿Todo bien? ¿Has recibido mis últimos mensajes?» Pulsa el botón de enviar y enseguida se tranquiliza al ver los tres puntos que indican que Lowell está respondiendo. Espera sujetando el teléfono.

«¿Prefieres la buena o la mala noticia?»

Una oleada de miedo recorre su cuerpo. «¿Qué ha pasado?» Envía el mensaje y espera. «Contéstame, Lowell. ¿Cuál es la mala noticia?»

Tres puntos. Nada. Tres puntos. «Los Cardinals son unos mantas.»

Ella espira. «No hagas eso, por favor. ¿Qué tal está el bebé?»

«Esa es la buena noticia. Durmiendo. Se ha tomado el biberón y se ha quedado grogui.»

Francie se inquieta. Le dijo a Lowell que le diera a Will el biberón con leche de fórmula solo si el bebé estaba alterado. Era la primera vez que tomaba leche en polvo. Ha estado poniendo el despertador las últimas mañanas con la esperanza de despertarse antes que él para sacarse más leche, pero no ha conseguido prácticamente nada, ni siquiera unos centilitros.

Escribe «¿Eso quiere decir que estaba muy alterado?», pero entonces alguien se sienta en la silla de al lado. Alza la vista esperando que Winnie haya vuelto a la mesa, pero se trata de Colette.

—Acabo de dar una vuelta por la barra —dice Colette—. No encuentro a Winnie.

Francie mete el teléfono en el bolso.

—Qué raro. No puede seguir hablando con ese tío.

—¿Por qué no? —pregunta Colette—. Está soltera. A lo mejor se ha ido a casa con él.

—¿A casa con él? Ella no haría eso.

—¿Por qué no?

—Porque no se iría sin el teléfono y la llave. Y porque tiene que volver a casa con Midas.

—No sé. Las demás están empezando a marcharse. Yo también tengo ganas de irme.

—No podemos marcharnos sin ella —repone Francie, que parece cada vez más preocupada—. ¿Dónde narices se ha metido ahora Nell?

Un grupo de chicas sale a la terraza haciendo mucho ruido, se encienden unos cigarrillos con un mechero compartido y se plantan en el regazo de unos jóvenes reclamando las sillas dejadas libres por las Madres de Mayo que han vuelto a casa con sus bebés.

—Voy a buscarla —dice Francie.

En el interior, da vueltas alrededor de la barra, mira en la sala contigua y se abre paso en torno a las parejas que bailan, mientras el ritmo de los bajos le vibra dentro del pecho. Winnie no está allí. Tampoco está en las pistas de petanca, ni en la acera de la entrada, ni, por lo que Francie ha podido comprobar después de asomarse debajo de los retretes, en los servicios. Se detiene ante el espejo; las dos copas de champán que ha bebido se le han subido a la cabeza. Se pasa una toallita de papel húmeda por el cuello y vuelve a la mesa, y está a punto de chocarse con Nell por el camino.

—Aquí estás. ¿Dónde te habías metido? —Francie repara en que Nell camina tambaleándose y tiene una mirada turbia.

Nell levanta un vaso.

—Pidiendo un trago.

—¿Todo este rato? ¿Has estado con Winnie?

—¿Winnie? No. No la he visto desde, en fin, ya sabes.

—No, ¿a qué te refieres? ¿Desde cuándo?

—Desde antes. Cuando la vi.

Francie agarra a Nell por el codo.

—Vamos.

Colette está sola en la mesa.

—¿Dónde están todas? —pregunta Nell.

—Se han ido. Es hora de marcharse.

—¿Ya?

—Sí —dice Colette—. ¿Puedo quedarme el móvil de Winnie?

—¿Su móvil? —Nell se sienta—. Claro. Su móvil. —Levanta el bolso, pero se le cae, y su contenido se vuelca en el suelo—. Mierda —dice, arrodillándose torpemente. Lanza una cartera gastada y un envase de toallitas húmedas dentro—. Este condenado bolso. Es demasiado grande.

Francie se agacha y recoge una funda de unas gafas de sol.

—¿Está aquí dentro?

—No —contesta Nell. Se pellizca el puente de la nariz—. Ojalá bajasen la música. La cabeza me está matando.

—Marca el número de Winnie a ver si lo oímos sonar —propone Colette mientras Francie y Nell se ponen de pie; Nell se agarra a la mesa para mantener el equilibrio.

—No habrá vuelto y se lo habrá llevado, ¿verdad? Alguna de nosotras la habría visto. —Francie vuelve a echar un vistazo a la sala—. ¿De verdad creéis que se ha ido a casa? Sería un chasco. Yo tenía muchas ganas de que se divirtiera esta noche.

—Winnie le dijo a Alma que volvería a las diez y media —explica Nell—. Alma tiene un hijo de un año y medio y no le gusta hacer de canguro de noche.

El camarero se acerca.

—¿Otra ronda?

—No —responde Nell, rechazándolo con un gesto de la mano—. Hemos cerrado el grifo.

—Todas volvemos a casa andando, ¿verdad? —dice Francie—. Ya sé que no está lejos, pero no quiero ir a casa sola.

—Yo estoy lista —anuncia Colette—. He bebido una copita de más y mañana tengo que trabajar.

Un teléfono suena dentro del bolso de Nell.

—Gracias a Dios —dice Francie—. ¿Es el teléfono de Winnie?

Nell busca otra vez dentro del bolso.

—No, es el mío. —Cierra un ojo y mira la pantalla entornando el otro—. Qué raro. ¿Diga? —Se lleva el dedo al oído—. Más despacio, no te oigo. —Nell se queda callada escuchando. Y entonces algo cambia en su expresión.

—¿Qué? —pregunta Francie—. ¿Quién es?

Nell asiente despacio con la cabeza.

—Nell —dice Francie—. Di al...

Pero antes de que pueda terminar, Nell abre la boca. Tiene la voz ahogada de terror, y el sonido que le sale es como un gemido.

—Noooooooooo.

22.32

—¿Cómo que Midas se ha ido?

—No lo sé. Es lo que Alma me ha dicho.

—¿Adónde ha ido?

—No lo sé. Se ha ido. No está en su cuna.

—¿Que no está en su cuna?

—Sí.

—¿Qué quiere decir eso?

—No lo sé. Ella fue a ver cómo estaba, y la cuna estaba vacía. Era difícil entenderla. Está hecha polvo.

—¿Está allí Winnie? Debe de haber vuelto a casa y habérselo llevado a alguna parte.

—No. Alma la llamó, pero le saltó el buzón de voz. ¿Dónde coño está su teléfono?

—¿Ha llamado Alma a la policía?

—Sí. Todavía no han llegado. Está allí, esperando.

Francie coge su bolso.

—Venga. Vamos.

22.51

El sonido de sus pasos en la acera y sus jadeos resuenan por las calles inusitadamente desiertas; todo el mundo está de puente o reunido a orillas del río, recogiendo niños exhaustos y neveras vacías de cerveza, después de esperar a que empezasen los fuegos artificiales más de lo previsto.

—Aquí —grita Colette, unos pasos por delante de Nell y Francie—. Una manzana más.

Se detiene delante de un recargado edificio gótico situado en la esquina. La placa del número 50 emite destellos rojos y azules debido a las luces parpadeantes de un coche patrulla aparcado cerca.

—¿Es este su edificio? —pregunta Francie.

—¿El número cincuenta? —Nell está sin aliento; tiene dificultad para pronunciar las palabras—. Es la dirección que me pidió que le diera a Alma.

Colette sube por la entrada con forma de ele hasta la puerta principal. Busca un portero automático.

—Solo hay un timbre. ¿Cuál es su número de piso?

—Un momento, mirad. —Francie señala con el dedo y da la vuelta a la esquina hasta un sendero ajardinado que lleva a una puerta roja, ligeramente entornada, en un lado del edificio.

Colette y Nell siguen a Francie de cerca mientras esta entra sin hacer ruido en un vestíbulo. En las paredes gris claro hay una docena de cuadros rothkoescos descomunales, los techos tienen como mínimo seis metros de alto, y cuatro anchos escalones de mármol conducen a un pasillo al fondo del cual oyen a alguien sollozando.

—Madre mía —dice Nell—. El edificio entero es su casa.

Siguen el sonido avanzando por el pasillo y entran en una gran cocina de chef, junto a la cual hay una escalera con tragaluz. Un agente de policía uniformado, en cuya placa pone CABRERA, se encuentra en la escalera escuchando una radio con interferencias sujeta a su hombro.

—¿Quiénes son ustedes?

—Somos amigas de Winnie —responde Colette—. ¿Está aquí?

—Márchense —ordena él, visiblemente molesto.

—¿Podemos...? —pregunta Francie.

—Largo —dice el policía, buscando en sus bolsillos un móvil que suena y volviéndose bruscamente para subir la escalera a toda prisa—. Esto es la escena del crimen.

Ellas no le hacen caso y siguen adelante hasta una gran sala de estar. Cuando entran la ven.

Winnie está hecha un ovillo en un sillón enfrente de una pared de cristal oscurecido por la noche, con los brazos alrededor de las rodillas y una manta de color crema sobre los hombros. Luce una mirada ausente mientras se tira del labio inferior. Un detective se halla sentado a escasa distancia escribiendo en una libreta, con un café para llevar olvidado a su lado en el suelo.

—Fue la pasta —está diciendo Alma en el otro lado de la habitación, fuera del alcance del oído de Winnie, con las palabras entrecortadas por los sollozos.

Está sentada en un sofá modular de cuero blando, agarrando un rosario con una mano, y hace pausas de vez en cuando para cerrar los ojos y agitar un puñado de pañuelos de papel arrugados hacia el techo rezando una oración en español, un idioma que ninguna de las tres entienden. Se pasó con los ziti al horno que había llevado de casa. La dejaron aletargada, y se llevó el teléfono al sofá para dar las buenas noches a su bebé, que estaba en casa con la hermana de Alma. Debió de quedarse dormida; es algo impropio de ella, insiste, lanzando una mirada avergonzada a Winnie, pero su hija se levantó cuatro veces la noche anterior porque le están saliendo los dientes. Cuando se despertó, miró el monitor. La cuna parecía vacía.

—¿No oyó nada? —pregunta otro detective. Sus descuidadas cejas canosas amenazan con invadir su frente, y lleva un anillo de la universidad en uno de sus gruesos dedos. Una placa del Departamento de Policía de Nueva York con su nombre en letras mayúsculas (STE-

PHEN SCHWARTZ) cuelga de una fina cadena alrededor de su cuello y se balancea de un lado a otro, de forma muy ligera, como el péndulo de un reloj que se está parando.

—Nada —contesta Alma, y acto seguido rompe a llorar otra vez.

—¿Nada parecido a unos pasos? ¿Ni llanto?

—Nada. Ni llanto. —Schwartz coje la caja de Kleenex de la mesa y se la tiende. Alma tira y se echa una nube de polvo de pañuelos por la cara.

—El monitor. Estaba justo ahí. —Se enjuga las lágrimas y señala donde está sentado el detective—. Justo donde usted está sentado. Todo el tiempo.

—¿Y estaba encendido?

—Sí.

—¿Lo apagó usted?

—No. No lo toqué, excepto para mirarlo un par de veces.

—¿Qué vio cuando lo miró?

—Al bebé. Estaba dormido. No me di cuenta de que había desaparecido hasta que me desperté.

—¿Y qué hizo cuando lo descubrió?

—¿Qué hice?

—Sí. ¿Miró por la ventana de la habitación del bebé? ¿Echó un vistazo a la casa? ¿Miró arriba?

—No. Ya se lo he dicho. Volví aquí corriendo a por el móvil. Estaba en la mesa. Llamé a Winnie, pero no contestó.

—Y entonces, ¿qué?

—Y entonces llamé a Nell.

—¿Bebió algo?

—¿Si bebí algo? Por supuesto que no. Aparte del té con hielo que Winnie me preparó.

—Le preparó té con hielo —dice Schwartz, mientras escribe algo en su libreta. Baja la vista—. ¿Y dónde ha dicho que estaba la madre?

—Salió.

—Salió, de acuerdo. Pero ¿le dijo exactamente adónde?

—Se me ha olvidado. Lo anotó. Salió de copas.

Alza la vista, las cejas arqueadas.

—¿Salió de copas, ha dicho?

—Último aviso, señoras —dice el policía llamado Cabrera desde el hueco de la escalera, y pasa al lado de ellas acompañado de una mujer con una cazadora de la policía—. Salgan. No me hagan repetírselo.

—Ya nos vamos —asegura Colette. Francie y Nell recorren otra vez el pasillo detrás de ella, vuelven al vestíbulo y salen a la silenciosa acera. Pero no sin antes haberse acercado todas a Winnie y haberle apretado la mano. No sin antes haberla abrazado tanto rato que se llevan a casa el aroma de su champú. No sin que antes Francie se haya arrodillado para tomar el rostro de Winnie entre las manos, con sus ojos a escasos centímetros de distancia.

—Lo encontrarán, Winnie. Lo encontrarán. Todas recuperaremos a Midas. Te lo prometo. —Y no sin antes quedarse ante la barandilla de su terraza, contemplando los millones de ventanas de Brooklyn tras las que duermen bebés sanos y salvos, cuyos residentes es posible que las estén mirando a ellas, tres mujeres destrozadas, con el cabello agitándose al viento cálido de julio y los corazones rebosantes de miedo.

4

Primer día

PARA: Las Madres de Mayo
DE: Tus amigos de The Village
FECHA: 5 de julio
ASUNTO: Consejo del día
TU BEBÉ: DÍA 52
¿Cuántas veces has oído el siguiente consejo?: «Duerme cuando el bebé duerma». Sabemos que puede ser agotador escucharlo (¡ja!), pero es cierto. A algunas madres les cuesta relajarse cuando el pequeño se relaja, de modo que a continuación te ofrecemos unas recomendaciones: evita la cafeína y las bebidas azucaradas. Practica algunos de los ejercicios de respiración que desarrollaste al prepararte para dar a luz. Prueba a beber un vaso de leche caliente, una porción de queso o una pequeña pechuga de pavo antes de acostarte; esos alimentos contienen triptófano, que te ayudará a dormir bien.

Francie está de pie en su pequeña cocina, absorta delante de un armario abierto que luce un color rosa sombreado con el sol naciente, resistiendo las ganas de beber la Coca-Cola light extraviada que ha visto en el frigorífico. Anoche no debió de dormir más de dos horas, desde que por fin se durmió sobre el hombro de Lowell hasta que se despertó presa del pánico. Soñó que había dejado a Will en el supermercado, dormido en su cochecito junto al frigorífico de los yogures. Tardó mucho en elegir entre los ocho tipos de yogur, los distintos sabores existentes, y cuando se dio cuenta de lo que había hecho, estaba a mitad de camino de casa. Volvió corriendo al súper, con los músculos débiles y la ropa empapada de sudor. Cuando levantó la capota del cochecito, estaba vacío. Will había desaparecido.

Se despertó incorporándose bruscamente y se dirigió tambaleándose a la cuna. Solo después de pegar la palma de la mano al pecho de Will y notar el ligero movimiento de su pecho al inspirar y espirar, se convenció de que era un sueño. Will seguía allí, dormido a su lado. Pero se había despertado con el ruido y lloraba con tal desesperación que Francie no sabía cómo Lowell podía seguir dormido. Se pasó dos horas paseándolo por la sala de estar, recorriendo el estrecho pasillo de un lado a otro, haciéndole callar, acunándolo, amamantándolo a pesar del dolor del pecho derecho, antes de que por fin se quedara otra vez dormido dando vueltas lentamente en el columpio, con los dedos enroscados como paréntesis alrededor de los ojos.

Mientras tanto, ella se quedó completamente despierta. Durante las dos últimas horas ha estado paseándose por la sala de estar, siete pasos a un lado y siete al otro, con cubitos derritiéndose en una toallita de bebé puesta en la nuca, viendo la cara de Winnie mientras hablaba con el detective la noche anterior. Francie sigue intentando recomponer los acontecimientos de la noche y entender lo que ocurrió. Winnie llegó. Parecía callada pero no triste. Francie le propuso que contara la historia de su parto, y entonces ella y Símbolo fueron a la barra a por una copa. Winnie estaba hablando con aquel tío. Y luego, de repente, desapareció.

A Francie le atormenta la culpa. Ojalá no hubiera perdido de vista a Winnie. Ojalá no le hubiera dado a Nell el teléfono de Winnie. Está furiosa consigo misma por confiar el teléfono a Nell, quien estaba claramente borracha al final de la noche. No era posible que solo ella se fijara en la forma en que se le cayeron las patatas fritas sobre el regazo, su vista nublada, sin mencionar el hecho de que llevó vino a la reunión de las Madres de Mayo de la semana anterior.

Francie abre la nevera para coger los huevos y busca el pimiento verde que juraría haber comprado. Lowell siempre le dice que se deje de suposiciones, pero ¿y si...? ¿Y si hubiera insistido, como había querido, en quedarse el teléfono? ¿Y si Nell no hubiera podido borrar la aplicación? Francie habría dejado el teléfono sobre la mesa, delante de ella; está segura de que eso es lo que habría hecho. Y entonces tal vez el movimiento en el cuarto de Midas habría encendido la pantalla, y habría visto a Midas en la cuna y a una persona a su lado. Le habría dicho a Nell que llamase a Alma, y la canguro se habría despertado. Habría llamado a la policía. Midas todavía estaría...

Nota una mano en la cintura, en el grueso pliegue de carne por encima del pijama, y retrocede tan rápido que se le caen los huevos, vacía el cartón entero a sus pies, y las yemas se escurren entre los dedos de sus pies.

—Perdona —dice Lowell—. No quería asustarte.

Su piel desprende aroma a jabón Irish Spring.

—No te he oído levantarte. —Tres huevos se han roto sobre la encimera, y por un momento Francie se pregunta si podrá rescatarlos, sacar los trozos de cáscara y prepararlos revueltos con leche. No soporta la idea de ir al supermercado. Hoy no. Los pasillos estrechos y abarrotados y las interminables colas de las cajas, la larga caminata de vuelta a casa en medio de ese calor con un bebé sujeto al pecho, los muslos rozándose bajo su última falda limpia, las bolsas de la compra colgadas con gran dolor de los dos antebrazos. Lowell va a buscar la fregona al armario mientras ella limpia las yemas de huevo de sus pies con un papel de cocina. Entonces se fija en que él está vestido para ir a la oficina.

—¿Ya te vas?

—Dentro de unos minutos.

—Pero si todavía no son las siete. Creía que podríamos desayunar juntos.

Él le aparta los dedos de los pies empujándolos suavemente con la fregona.

—Lo siento. Tengo que prepararme para mañana.

—¿Qué pasa mañana?

Él arquea las cejas.

—Te estás quedando conmigo.

Claro. La reunión. Hace días que le preocupa: la última ronda de entrevistas; la conversión de una antigua iglesia en un hotel de lujo. ¿Cómo se le ha podido olvidar? El trabajo supondría su contrato más importante, más dinero del que han ganado desde que hace dos años Lowell decidió abandonar la empresa de Knoxville y trasladarse a Nueva York —una ciudad que ella no había visitado nunca— para empezar a trabajar por su cuenta con un amigo de la facultad de Arquitectura. Ella trató de hacerle recapacitar. («Aquí, en Tennessee, también necesitan que diseñen edificios», le decía continuamente.) Pero ese era su sueño, afirmaba él, de modo que al final accedió a mudarse. «Además —razonaba él—, los hospitales de Nueva York son los mejores. Quizá la fecundación in vitro funciona mejor allí.»

—Perdona. Claro que me acuerdo. —Se limpia las manos en la camiseta (una prenda holgada sin mangas que llevó durante todo el embarazo, manchada de queso para untar y gotas de leche materna) y le quita la fregona a Lowell—. Necesitamos ese trabajo. ¿Estás listo para empezar?

Él asiente con la cabeza y pasa junto a ella para abrir el frigorífico.

—Casi. ¿Estás bien?

—Han publicado la noticia en el periódico.

Él se detiene.

—¿Ya?

—Sí, en el *New York Post*. —Ella la había encontrado con el móvil mientras le daba el pecho al bebé a las tres de la madrugada, detrás del clic de un pequeño titular: PREOCUPACIÓN POR EL POSIBLE SECUESTRO DE UN BEBÉ DESAPARECIDO EN BROOKLYN—. Es un artículo breve. La policía dice que no hay señales de que hayan forzado la entrada. No mencionan el nombre de Winnie, pero está claro que se trata de ella.

—Tiene que ser un malentendido. A lo mejor su padre vino a por él.

—¿Qué padre? No hay padre.

—¿De verdad? —Él hace una mueca—. ¿Es la Virgen María?

—No. Quiero decir que si hubiera sido eso, lo habrían dicho. Lo están tratando como un caso de secuestro infantil.

—No te preocupes, Francie. Lo encontrarán. —Le toca el brazo—. Seguramente sea una confusión. Un familiar o algo por el estilo. Normalmente pasa eso. —Lowell coge dos plátanos magullados del frutero de la encimera y los mete en el bolsillo exterior de la funda de su portátil—. Procura no pensar en el tema. Volveré para comer.

Ella le da un beso de despedida, tratando de no revelar su decepción por que tenga que irse a trabajar. Por dejarla sola tras esa terrible noticia.

«Lo hace por nosotros», se recuerda a sí misma mientras enjuaga la botella de cerveza vacía que él dejó en la encimera anoche. Se pasa el día trabajando para pagar el alquiler. Cubrir su seguro médico. Pagar los huevos que ella acaba de desperdiciar. Es natural que tenga que trabajar muchas horas por mucho que desee pasar más tiempo con el bebé, con los dos. Y ella tiene que entenderlo. Después de todo, ella fue la que lo convenció de que invirtiesen el dinero que sus padres les habían dado cuando se casaron en el tratamiento de fecundación in vitro, y luego, cuando la primera tanda falló, le suplicó que pidiera a su hermano, el anestesiólogo de éxito de Memphis, un préstamo para volver a intentarlo.

El sonido de la puerta al cerrarse detrás de Lowell despierta a Will. Ella levanta su cuerpo cálido del columpio antes de que se ponga a llorar y lo lleva por el pasillo a su dormitorio, al improvisado cambiador que ella había creado con el tablero de la cómoda. Tiene una mañana interminable por delante: al menos cinco horas que matar antes de que Lowell vuelva a casa para comer. ¿Por qué no ha planeado algo? Lo que más le apetece es enviar un correo electrónico a las Madres de Mayo y preguntar si alguien está libre para quedar. Le apetece estar con ellas, con los bebés bajo el sauce, hablando de Midas, asimilando lo que ha pasado. Pero no es una opción. Anoche, después de salir de casa de Winnie, Colette las convenció de que no les correspondía a ellas contárselo al grupo; de que debían esperar a que Winnie informara de la noticia. Y Francie sabe que aunque las demás hayan visto el artículo del *New York Post*, aunque un bebé haya sido secuestrado en Brooklyn, no se les ocurrirá por un momento que pueda tratarse de su barrio; que, en realidad, se trata de una de ellas.

De hecho, Francie ha visto que mientras ella estaba con Colette y Nell en casa de Winnie, Yuko estaba en su casa, creando un álbum de fotos en la cuenta de Facebook de las Madres de Mayo —UNA NOCHE DE FIESTA— e invitando a la gente a que subiera sus fotos de La Llama Alegre. Francie no ha podido soportar abrirlo y ver las imágenes en las que todas aparecen pasándoselo bien mientras Midas estaba siendo arrancado de su cuna, arrebatado a su madre.

Lleva a Will a la sala de estar sorteando un cesto rebosante de ropa sucia y baberos. Tiene ropa para lavar más que suficiente para ocupar la mañana, decide, justo cuando suena el teléfono.

—¿Diga? —La palabra suena demasiado impaciente. Ella no reconoce el número y piensa (espera) que sea Winnie, que llama para informar de que Midas ha sido encontrado. «Lowell tenía razón. Solo ha sido una confusión.» Pero no se trata de Winnie.

—Hola, Mary Frances. Soy tu madre.

Francie se queda paralizada.

—Mamá. Hola. —Coge el mando a distancia y quita el volumen a la televisión. Se hace el silencio al otro lado de la línea—. Perdona —dice—. No reconocía el teléfono.

—Me he comprado un móvil.

—¿Ah, sí? —Francie no da crédito. Marilyn Cletis, la mujer que prohibía la música en su casa, que se cosía toda la ropa, la persona que tenía una vaca para dar leche cruda a sus hijos... ¿esa mujer tiene ahora un móvil?

—Sí. Una amiga de la iglesia me convenció de que ya era hora. También puedo mandar mensajes.

—Es estupendo, mamá.

—Recibí la tarjeta de nacimiento que me mandaste. Una foto muy mona. Pero...

—¿Qué?

—¿Kalani?

—Sí. William Kalani. Ya te lo dije. Lo llamamos Will.

—¿Es un nombre de negros?

Francie ríe antes de poder contenerse.

—¿Un nombre de negros? No. Es hawaiano. —Lo oyó en su luna de miel. Significa «enviado del cielo». Es el nombre perfecto para su hijo.

—Ah. Creía que era una cosa de Nueva York. —Oye a su madre recogiendo platos—. Se lo conté a tu abuelo. No sé si lo entendió bien, pero pareció contento de que eligieras el nombre de William.

Francie ha preferido no decirle que en realidad su bebé no se llama así por el padre ausente de Marilyn, sino por Lowell, cuyo segundo nombre es William. Francie coloca suavemente a Will en la alfombra de juego, debajo de la tintineante cinta de animales de granja, y se queda delante del ventilador de la ventana agitando su camiseta.

—Siento no haber tenido tiempo para llamarte últimamente —dice—. Estoy muy liada.

—No hace falta que me lo digas. Yo también he sido madre. —Marilyn hace una pausa, pero Francie no sabe qué contestar—. ¿Qué tal está el bebé?

—Bien —responde Francie—. La mayoría de las veces. Estoy teniendo problemas para darle el pecho. Parece que no come suficiente.

—Pues dale leche de fórmula. Ponle un poco de papilla de cereales.

—Oh, ya no se aconseja. Además, estoy intentando no...

—En la iglesia han rezado por ti. Cora Lee me preguntó qué tal había ido el parto, y caí en la cuenta de que no lo sabía. No me lo dijiste.

—¿De verdad? —Francie se siente aliviada—. Fue perfecto. Pude dar a luz de forma natural, sin calmantes.

—No fue fácil. Durante el parto de nueve horas había tenido ganas de levantarse y pedir la epidural unas mil veces, pero se las apañó dando vueltas por la habitación de hospital, bailando despacio con Lowell para soportar el dolor. No ha podido evitar fijarse en la admiración con la que ahora Lowell la mira a veces: no como a su esposa de un metro sesenta con muslos gruesos y rizos rebeldes que están encaneciendo prematuramente a los treinta y uno, sino como a una guerrera imparable capaz de escupir fuego por la boca, que había dado a luz a un hijo sano de tres kilos y dieciocho gramos, y el Día de la Madre, nada menos.

—¿De forma natural? ¿Qué quiere decir eso? ¿No te pusieron la epidural?

—No. Ni siquiera un antiinflamatorio.

Silencio.

—¿A propósito?

—Sí.

—¿Por qué hiciste algo así?

Francie cierra los ojos sintiéndose como si volviera a tener diez años. Procura no alzar la voz.

—Porque quise: Lowell y yo queríamos que el parto fuera lo más natural posible. Los partos sin medicación son ahora...

Marilyn ríe entre dientes.

—Oh, Mary Frances, qué típico de ti. No puedes hacer nada como el resto de la gente. —Francie se sorprende cuando nota las lágrimas ardiendo en el fondo de la garganta—. El caso es que llamo porque tengo algo para William. Un vestido para el bautizo. —Marilyn hace una pausa—. Y me gustaría haceros una visita.

—¿Una visita? —Ella no pensaba que Marilyn fuera a ir nunca a Nueva York. En su vida había salido de Tennessee—. No hace falta, mamá. Lowell y yo estamos ahorrando para comprar los billetes de avión e ir a verte para que conozcas a Will.

—El bautizo debe de ser pronto. Puedo buscar un vuelo. ¿La próxima semana, por ejemplo? Me imagino que necesitarás ayuda.

—Lo siento, mamá. La próxima semana no nos viene bien. —Se estruja el cerebro buscando una excusa plausible—. Lowell tiene una entrevista muy importante. Se pasa el día trabajando, y le sabría mal no poder pasar tiempo contigo. Además, están las Madres de Mayo. Somos...

—¿Las Madres de Mayo?

—Es un grupo de amigas que he hecho. Un grupo de mamás. —Francie no se imagina lo que opinará su madre de todas ellas: Nell, con el tatuaje grande y llamativo que le cubre el hombro. Yuko, que da el pecho sin taparse en la cafetería, delante de los maridos de las demás mujeres. Símbolo, un padre gay—. Pero ha pasado algo terrible...

—Necesitará el vestido. Era tuyo, y antes fue mío.
—Su madre espera. Ella sabe lo que está haciendo. Sabe

que Francie no va a bautizar al niño. La está obligando a mentir—. ¿Cuándo es el bautizo?

—Todavía no estamos seguros. Ya te he dicho que ahora mismo Lowell trabaja mucho. —El sudor de la espalda de Francie aumenta a pesar del ventilador. Se aparta de la ventana mirando a Will en su alfombra y la televisión sin sonido, pensando qué decir.

Y entonces se le para el corazón.

Es Winnie. En la tele. Pero no la Winnie que ella conoce. Esa es mucho más joven: una adolescente. Está en un escenario, ataviada con un vestido dorado sin tirantes, con el pelo recogido en un moño flojo, agarrada del brazo de una mujer mayor casi idéntica que debe de ser su madre. Aparece otra imagen: Winnie con unos leotardos rosas y una larga falda de tul, calzada con unas zapatillas de ballet atadas hasta las rodillas. Francie coge el mando a distancia de la encimera y sube el volumen.

—... Gwendolyn Ross es más conocida por su papel en la serie de televisión de culto *Bluebird*, emitida a principios de los noventa.

—¿Mary Frances?

—Perdona, mamá. Te tengo que dejar. El bebé se ha despertado.

Deja el teléfono en la mesa. La reportera está en una acera con árboles, y detrás de ella se ve el cordón policial amarillo intenso. Francie se acerca a la televisión. El edificio delante del que se encuentra es la casa de Winnie.

—En este momento nuestras fuentes en el cuerpo de la policía mantienen un estricto silencio y declaran que están abordando lo ocurrido como un caso de secuestro infantil, y que todas las pistas están siendo investigadas. Hace ya casi nueve horas que el bebé desapareció. Zara Secor, en directo desde Brooklyn.

—Gracias, Zara. Pasamos a otra noticia triste. La cima sobre el cambio climático ha llegado a...

Francie se dirigie a la mesilla de noche para coger el portátil. *Bluebird.* Alguien, Gemma quizá, dijo en una ocasión que Winnie era actriz, pero la mitad de la gente que Francie ha conocido desde que su mudó a Nueva York asegura que son actores. No sabía que Gemma quería decir eso. Winnie es famosa. La estrella de una serie de televisión de principios de los noventa sobre una joven bailarina que se presenta a una prueba para un puesto de aprendiza en el New York City Ballet. Winnie —que se llamaba Gwendolyn— era la bailarina. Ella era la chica a la que llamaban Bluebird.

Francie no tenía ni idea. Ella debía de tener once años cuando se emitió *Bluebird*, y era la clase de programa —con toques de sexo juvenil y relaciones interraciales— que su madre no habría permitido que se viera en su casa. Abre Wikipedia y busca la página de Winnie. Recibió formación clásica en la School of American Ballet y pasó un verano en la Royal Ballet School. Una fundación familiar, con el nombre de su madre, que concedía becas a bailarinas jóvenes.

A Francie no debería sorprenderle. En cuanto vio a Winnie en la primera reunión de las Madres de Mayo cuatro meses antes, supo que tenía algo especial. Francie lo recuerda como si fuera ayer. Gemma estaba contándole al grupo que había pagado para guardar la sangre del cordón umbilical de su hijo: un procedimiento del que Francie no había oído hablar nunca.

—Es caro, pero puede salvarles la vida si alguna vez, toco madera, tienen una enfermedad mortal —estaba diciendo Gemma cuando la gente empezó a desviar su atención al otro lado del césped, a una mujer que se dirigía hacia ellas, con una barriga de embarazada que abultaba bajo su corto vestido color turquesa y una pulsera de plata ancha en cada muñeca. Todas se corrieron para hacerle sitio, acondicionando mantas y moviendo bebés, y la recién llegada se puso al lado de Francie. Francie tiró de sus pantalones cortos y del algodón húmedo que se le pegaba al vientre mientras observaba cómo Winnie se sentaba doblando sus largas piernas por debajo.

—Soy Winnie —dijo, los dedos apoyados en la elevación de la barriga, justo por debajo de los pechos—. Siento llegar tan tarde.

A Francie le había costado apartar la vista de ella al reparar en lo guapa que era. Una cara de portada de revista y pasarela de moda: las pecas en el puente de la nariz y la inmaculada piel color aceituna que no precisaba del corrector en el que Francie ha depositado una fe ciega durante la última década aproximadamente.

Y cuando las dos coincidieron en la cafetería. A Will le había dado un berrinche repentino, y Francie estaba muerta de vergüenza ante las miradas acusadoras de los dos jóvenes que trabajaban con sus portátiles cerca de la ventana, y el ceño fruncido de la chica del mostrador que esperaba por Francie, demasiado rendida para elegir su bebida. Entonces Winnie apareció como caída del cielo y, sin inmutarse ante el llanto de Will, lo cogió de los brazos de Francie y se puso a pasearse entre las mesas, dándole palmaditas en el trasero y susurrándole al oído hasta que se calmó.

—¿Cómo lo has conseguido? —preguntó Francie, después de juntarse con ella en la mesa del rincón—. Me siento como si fuera la única que no tiene ni idea de lo que hace.

—No seas tonta —dijo Winnie—. Las Madres de Mayo intentan que parezca fácil, pero no te dejes engañar. —Tenía una mirada pícara, como si ella y Francie fueran amigas de toda la vida que compartiesen un secreto—. Esto tampoco es fácil para ninguna de ellas. Hazme caso.

Ha pasado más de una hora y Will por fin se ha dormido en la cuna, con el aspirador encendido cerca para calmarlo, cuando Francie encuentra la necrológica de Audrey Ross, la madre de Winnie. Murió el día del dieciocho cumpleaños de Winnie, yendo a la tienda a comprar helado. Su muerte apareció en varios periódicos, no solo porque era madre de Gwendolyn Ross, la famosa actriz juvenil, sino también por ser la heredera del multimillonario imperio inmobiliario de su padre, uno de los más grandes del país.

Tiene todo el sentido del mundo. La casa de Winnie. Su ropa. El cochecito caro que Francie envidiaba; el mismo que inspeccionaba con anhelo en Babies "R" Us hasta que vio que costaba casi lo mismo que el alquiler mensual que Lowell y ella pagaban. Da con una foto del funeral: Winnie y su padre entran en una iglesia rural cerca de su casa de campo en el norte del estado de Nueva York, no muy lejos de donde Audrey Ross murió. Fue un extraño accidente. Los frenos del coche fallaron de forma inexplicable. El vehículo de Audrey se precipitó cuesta abajo, atravesó la barrera de seguridad y cayó veinticinco metros hasta un barranco. Winnie dejó *Bluebird* unos meses más tarde. La serie fue cancelada poco después.

Francie no da crédito cuando oye las lejanas campanas de la iglesia que anuncian la llegada del mediodía y la arrancan de su ordenador. Cierra el portátil y hace una mueca al ver el montón de ropa sucia sin tocar, y se dirige a la cocina a preparar la comida. Cansada y medio dormida, sabe que tiene que mentalizarse para cuando Lowell llegue. Estará agotado y hambriento, deseoso de verla. Pero no puede negar la sensación de pesadez que nota en la boca del estómago al pensar en todo lo que Winnie ha perdido y todo lo que ha conseguido: una carrera de éxito como actriz, ser la estrella de su propia serie, una relación feliz con un músico, al que ha mencionado en la única entrevista que ha concedido después de la muerte de su madre.

«Me he apoyado en Daniel —dijo, haciendo referencia a su novio, cuando un periodista le preguntó cómo lidiaba con la situación—. Él es lo único que me ayuda a superar el dolor.»

Y todo a los diecisiete años.

Francie coge el agua para los macarrones y no puede evitar pensar en lo que ella hacía a esa edad: cantar en el coro de la iglesia, dar clases de catequesis, dejar que el señor Colburn, el profesor de ciencias, le levantara la falda y le metiera los dedos en el laboratorio durante las horas de estudio. Por lo menos así empezó. No tardó mucho en hacerlo después de clase en su coche, aparcado detrás de la zapatería de ocasión del centro comercial, y luego en su casa, una lúgubre vivienda de una habitación que pagaba el programa de voluntarios. Era una iniciativa católica. El año después de licenciarse, los alumnos de las universidades más prestigiosas de Estados Unidos daban clases en un instituto de secundaria de un barrio desfavorecido en el quinto pino, como Nuestra Señora del Perpetuo Socorro, el instituto de Francie en Estherville, Tennessee. En ese piso era donde había probado por primera vez el vino tinto y la marihuana. También era allí donde el señor Colburn —James, como se atrevía a llamarlo cuando estaban solos— la inmovilizaba y le quitaba el uniforme de voleibol a pesar de sus protestas.

Francie oye los pasos pesados de Lowell en la escalera mientras echa en el bol los últimos trozos de atún de la lata. Se seca las manos en los pantalones cortos y corre al cuarto de baño para mirarse al espejo, domar su pelo encrespado y rociarse las muñecas de desodorante con aroma floral. Antes de que Lowell tenga ocasión de introducir la llave, ella abre la puerta:

—¿Sabes qué? Winnie ha salido en las noticias. Es una actriz famosa...

Pero entonces repara en la barba oscura de varios días de la cara del hombre, el contorno voluminoso de su cintura y el bulto de una pistola en su cadera. Francie se interrumpe, y sus palabras se quedan en el aire mientras mira los ojos grises del desconocido, vacíos bajo la visera de una gorra del Departamento de Policía de Nueva York.

—Nell. —Nell nota una mano en el brazo—. Tienes que despertarte. Ha venido la policía.

Es quince años antes y está en su piso de Washington, descorriendo las cortinas, viendo el sedán oscuro aparcado al otro lado de la calle y al hombre de camiseta negra y gafas de sol apoyado en él, que enciende un cigarrillo con los ojos clavados en su ventana.

—Nell. —Sebastian le sacude el hombro, y el recuerdo se desvanece—. Despierta.

Nota un sabor amargo en la boca y trata de incorporarse, pero tiene la cabeza a punto de estallar. Sebastian deja una taza de café en la mesilla de noche y le aparta el pelo de los ojos.

—Ha venido la policía.

Ella se incorpora.

—¿Lo dices en serio? ¿Por qué?

—Quieren hablar contigo. De lo de anoche.

«Lo de anoche.»

Le viene todo a la memoria de golpe. Winnie. Midas. La caminata de vuelta a casa, el momento en que despertó a Sebastian y le contó lo que había pasado antes de sumirse en un sueño intermitente y angustioso.

—Están esperando en el salón.

Sale despacio de la cama y se ve fugazmente en el espejo de encima de la cómoda, vestida con la camiseta que llevaba la noche anterior. Se le ha corrido el rímel por debajo de los ojos, y tiene los labios como uvas pasas, con una costra de pintalabios seco.

—¿Dónde está el bebé?

—Dormido.

Nell coge la taza. El café le abrasa el fondo de la garganta.

—Vale. Ya voy.

La habitación le da vueltas cuando entra en el cuarto de baño principal. Abre el grifo, espera a que el agua se enfríe lo máximo posible y se salpica la cara. Cierra los ojos apretándolos.

«¿Qué pasó?»

Del principio de la noche sí que se acuerda. Bebió una copa de vino mientras se preparaba para salir. Llegó y se sentó al fondo. El calor de los cuerpos a su alrededor, las conversaciones. Nota el burbujeo de la primera bebida y la ginebra en la boca. Billy Idol. Se quedó con el teléfono de Winnie y lo metió en el bolso. Y luego... Nell no recuerda los detalles. Solo que a Francie y Colette les preocupaba Winnie. No sabían dónde estaba. Nell buscó el teléfono de Winnie. Había desaparecido.

Sebastian está poniendo un plato de galletas integrales de chocolate que su madre ha enviado de Inglaterra en la mesita para el café situada enfrente del detective cuando Nell entra en el salón, vestida con unos pantalones de yoga y un blusón fino de algodón que ha cogido de la parte de arriba del cesto de la ropa sucia. El detective tiene cuarenta y pocos años y es guapo, con unos expresivos ojos marrones, una sombra oscura de barba en la cara y un ligero parecido con Tom Cruise. En el antebrazo derecho tiene un tatuaje grande con el número 1.775.

—El Cuerpo de Marines —dice, girando el brazo para que Nell pueda verlo mejor—. El año que se fundó. Serví durante seis años. —Señala con la cabeza el hombro derecho de ella—. ¿Un colibrí?

—Sí. —Su voz suena rasposa—. Un colibrí calíope, para ser exactos. Representa la evasión. Y la libertad.

La palma de la mano de él está sudada al contacto con la suya.

—Detective Mark Hoyt. Lamento molestarla en casa. —Detrás de él hay un hombre de rebeldes cejas grises, y entonces se acuerda. Stephen Schwartz. Él fue quien habló con Alma en el piso de Winnie. Hoyt alarga la mano para coger una galleta desde el sillón y acto seguido acerca el plato a Schwartz, quien coge tres.

—Perdón —dice Schwartz—. Una noche ajetreada. No he desayunado.

—Estamos intentando entender lo que pasó anoche —explica Hoyt, dejando el plato en la mesita antes de mirar a Nell a los ojos—. Estamos hablando con algunas de las personas que estuvieron con Winnie Ross.

Nell se sienta en el sofá; tiene la cabeza a punto de estallar.

—Está bien. —Se fija en la cámara instalada en un largo trípode. Schwartz se sitúa detrás del aparato y aprieta un botón—. ¿Le importa que grabemos la conversación? —pregunta Hoyt—. Es el nuevo protocolo del departamento.

—Para nada. ¿Puedo coger un vaso de agua antes de empezar?

Hoyt la examina y sonríe burlonamente.

—¿Una noche movida?

Ella no le devuelve la sonrisa.

—Todas las noches son movidas con un recién nacido.

—Yo te traigo el agua —se ofrece Sebastian.

—A propósito de las Madres de Mayo —dice Hoyt—. ¿Puede contarnos algo más sobre el grupo?

Ella se aclara la garganta y se centra.

—Es un grupo de madres, ya saben. Todas tenemos bebés de la misma edad. Hace cuatro meses que quedamos, desde que estábamos embarazadas.

—¿En ese bar? ¿La Llama Alegre?

A ella se le escapa una risa frívola.

—No. Quedamos en el parque.

—¿De quién fue la idea de reunirse?

—De Francie.

Schwartz mira su libreta.

—¿Mary Frances Givens?

—Sí. Bueno, no la idea de formar el grupo. Todas nos apuntamos a través de The Village, el sitio web para padres. Pero Francie propuso las reuniones habituales. —Le pasa por la cabeza la idea de entrar en la cocina para servirse una copa de vino tinto (es lo único que podría hacer que la habitación dejara de dar vueltas) y pega fuerte las palmas a la taza de café que tiene entre las manos.

—Ajá. —Hoyt asiente con la cabeza—. ¿Y qué hacen en esas reuniones?

—Ya sabe. Cosas de madres primerizas.

Él arquea las cejas.

—¿Por ejemplo?

—Obsesionarnos con los bebés. Mirar con cara de bobas a los bebés. Obsesionarnos más con los bebés.

Hoyt sonríe.

—¿La señorita Ross asiste a todas esas reuniones?

—A muchas. Sobre todo al principio. —Nell visualiza a Winnie andando hacia el corro, normalmente con quince minutos de retraso, sentándose y envolviéndolas a todas en el aroma de un perfume suave y caro: el olor que uno imaginaría de una mujer con su aspecto.

—¿Hablaba mucho de sí misma?

—La verdad es que no.

Hoyt sonríe.

—¿Sabía que era actriz?

Nell detiene la taza a escasos centímetros de su boca.

—¿Es actriz?

—Lo era. La estrella de una serie famosa hace veintitantos años. ¿Le suena *Bluebird*?

—No tenía ni idea.

—¿La vio alguna vez?

Recuerda que las chicas de su instituto hablaban de la serie y siempre alababan lo innovadora y lo atrevida que era: un personaje guay, un embarazo adolescente...

—Oí hablar de ella, pero nunca la vi. A esa edad dedicaba más tiempo a las matemáticas que a la tele, para ser sincera.

Schwartz da un paso adelante para coger otra galleta.

—Y usted es quien contrató a Alma Romero para que hiciera de canguro esa noche.

No lo había formulado como una pregunta.

—Sí.

Hoyt bebe un sorbo de café y hace un gesto con la cabeza a Sebastian, quien ha vuelto con el agua de Nell.

—Muy bueno, gracias. —Se queda con la taza en las manos—. ¿Insistió usted en que la señora Romero cuidara de Midas para que la señorita Ross pudiera salir?

—No sé si insistí...

—¿No podría haber encontrado ella una canguro?

—Sí, pero...

—Además, en un correo electrónico que usted le envió, se ofreció a pagarle los servicios de Alma si Winnie aceptaba salir.

Nell coge el agua y se traga la mitad.

—Ahora parece una tontería —dice—. Pero en ese momento ninguna de nosotras sabía lo del dinero de Winnie.

—Ajá. ¿Dónde encontró a la señora Romero?

—Conseguí su nombre en la sección de anuncios por palabras de The Village.

—¿Y cuánto hacía que la conocía antes de ofrecerle el trabajo de canguro?

Nell creía que la entrevista no duraría más de una hora: Alma era, en realidad, la sexta candidata con la que había hablado. Ninguna de las otras mujeres le parecía apta, y entonces llegó Alma, toda alegría y risas. Se quedó prácticamente la tarde entera sentada con Nell en el salón, bebiendo té, compartiendo la bolsa grande de M&Ms que Alma guardaba en el bolso, pasándose a Beatrice la una a la otra. Alma le habló a Nell de su pueblo en Honduras, donde había trabajado de comadrona y había asistido por primera vez a una madre en el parto a los doce años. Y también de su viaje a Estados Unidos a través de un tramo poco profundo del Río Grande, embarazada de seis meses, decidida a hacer lo que fuera necesario para ofrecerle a su hijo una vida mejor.

Antes de irse, Alma se ofreció a coger a Beatrice mientras Nell se duchaba y disfrutaba de unos minutos de intimidad. Cuando Nell se tumbó en la cama con las piernas depiladas por primera vez desde que había dado a luz, oyó a Alma por el monitor cantándole al bebé en español. Se despertó sobresaltada dos horas más tarde y corrió por el pasillo al cuarto del bebé. Beatrice estaba profundamente dormida sobre el pecho de Alma, agarrando con sus deditos el pulgar de la mujer, sobre cuya rodilla reposaba la olvidada novela romántica que estaba leyendo.

—Cinco horas más o menos —dice Nell a Hoyt.

—¿Comprobó sus referencias? —pregunta él.

—Sí.

—¿Consultó sus antecedentes penales?

—No.

—¿No? Me sorprende un poco.

—¿Ah, sí?

—Mi mujer se planteó contratar a una canguro una vez. —Lanza una mirada altiva a Schwartz—. Investigó el pasado de aquellas mujeres tan a conciencia que le dije que debería ser yo el que se quedase en casa mientras ella trabajaba para el FBI. —Vuelve a mirar a Nell—. Pero ¿quién puede culparla? Da mucho miedo. Se lee cada cosa.

—No me preocupaba —dice Nell—. No he conocido a ningún delincuente que sepa cantar «La araña pequeñita» en dos idiomas. Pero a lo mejor es solo cosa mía.

—¿Y qué opina de su situación migratoria? —inquiere Hoyt.

—¿Su situación migratoria? —Nell hace una pausa, procurando no mirar a Sebastian a los ojos—. No hablamos del tema.

Sebastian se sienta al lado de Nell en el sofá, y el movimiento del cojín le provoca un acceso de náuseas.

—No lo entiendo —dice Sebastian, inclinándose hacia delante con los codos apoyados en las rodillas—. ¿Por qué le hacen esas preguntas? No pensarán que Alma ha tenido algo que ver con lo que ha pasado, ¿verdad?

—Solo intentamos poner las íes sobre los puntos. —Hoyt se ríe entre dientes de su metedura de pata y consulta su libreta—. ¿Qué pasó cuando llegó al bar? ¿Vio algo extraño? ¿Gente llamativa que iba o venía?

—No, estuvimos apartadas casi todo el rato. Nos quedamos al fondo, en el patio.

—¿Y Winnie se quedó con el grupo todo el tiempo?

De repente, Nell se ve a sí misma. Está de pie ante el lavabo del servicio de mujeres, aspirando el olor fétido a orina y lejía y bebiendo agua con las manos ahuecadas, y tiene la vista nublada. Algo oscuro se cruza por detrás de ella en el espejo.

—¿Señora Mackey?

—Habíamos estado allí una hora más o menos cuando Winnie fue a la barra. —Las palabras resuenan en sus oídos—. Símbolo fue con ella. Esa fue la última vez que la vimos.

—¿Hay una madre del grupo que se llama Símbolo?

—No. Es un hombre. Un padre.

Nota las manos de alguien sobre ella, tirando de su camiseta, clavándole los dedos en el hombro. Un aliento caliente en su cuello.

Schwartz arquea otra vez las cejas.

—¿Un padre? ¿En su grupo de madres?

—Sí. Creo que es gay.

Él asiente con la cabeza, y Hoyt anota algo en la libreta.

—Símbolo. ¿Qué es eso? ¿Un nombre extranjero?

—No. Él es de aquí. Es un apodo. En una de las primeras reuniones lo llamé así porque era el único tío: ya sabe, el hombre simbólico. Se le pegó. Para ser sincera, no recuerdo su verdadero nombre. Creo que ninguna lo recuerda.

Sebastian ríe nervioso y estira el brazo para coger la mano de Nell.

—Tiene una memoria pésima para los nombres.

—¿Me disculpan un momento? Tengo que ir al baño. —Nell se levanta apoyando la mano en el hombro de Sebastian para mantenerse en equilibrio, recorre el pasillo hasta su dormitorio, entra en el cuarto de baño, cierra la puerta y mira al espejo. Todo ha sido un sueño. Tiene que serlo.

Se agacha en el suelo enfrente del lavabo. Hace años que no tiene una de esas pesadillas: las que en otra época le hacían despertarse bruscamente casi cada noche. Pesadillas en las que la seguían. En las que había gente esperándola a la vuelta de la esquina. Tiene que tratarse de eso. Se acordaría si alguien hubiera estado con ella en el servicio, tocándola.

Oye que Beatrice llora y que llaman a la puerta. Es Sebastian.

—Nell. ¿Estás bien? —Ve la camiseta de la noche anterior, hecha una bola en el suelo donde ella la dejó. Sebastian llama más fuerte—. Nell.

—Salgo enseguida. —Recoge la camiseta. Tiene la costura del hombro derecho rasgada.

Pide disculpas a Hoyt al volver al salón.

—No hay problema. Solo unas cuantas preguntas más y la dejaremos en paz. ¿Qué sabe del padre?

—¿El padre de Winnie? —pregunta Nell, mirando la cámara de vídeo—. Nada.

—No, señora. El padre de Midas.

—Ah. Nada. Hasta hace poco no sabía que estaba soltera. —El calor aumenta a su alrededor—. Me quedé el teléfono de Winnie un rato, pero luego no lo encontré. La llave de su casa estaba en la funda del teléfono. —Traga saliva—. ¿Lo encontró alguien? ¿Es así como entraron?

—Es uno de los puntos que tratamos de aclarar —dice Hoyt.

—¿Cuánto bebió anoche?

Ella mira a Schwartz, quien ha hecho la pregunta.

—¿Cuánto?

—Sí.

—No lo sé. ¿Dos copas, quizá? Apenas toqué la segunda.

—¿Estaba borracha?

Ella sabe que debería contarles la verdad. Sabe el riesgo que supone mentir a la policía.

—No —contesta, con un nudo en el estómago—. Claro que no estaba borracha.

Sebastian aparece delante de ella, rodeando la mesita del café y rellenando las tazas de todos. Ella lo mira furtivamente. Mira su mata de rizos castaños y su cuerpo esbelto de futbolista, imaginándoselo la primera vez que lo vio: sentado en el otro extremo de un lúgubre bar de Londres, bebiendo una Guinness a la luz cambiante de la media tarde de un domingo, dibujando en una libreta Moleskine, el rostro de un hombre absorto en su creación. Cuando más tarde se acercó a ella y le preguntó si el asiento de al lado estaba ocupado y le propuso pedir otra ronda, tenía una mirada bondadosa.

Nell aprieta las palmas de las manos en su regazo y trata de concentrarse en la próxima pregunta de Hoyt, pero Sebastian vuelve a atraer su mirada al pasearse despacio por el salón, sosteniendo a su hija en el pliegue del codo, y ve un rostro totalmente distinto del que recuerda haber visto aquel día hace seis años. El rostro de un hombre asustado y preocupado.

Un hombre presa del pánico que piensa lo mismo que ella. «Por favor, no. Otra vez, no.»

5

Segundo día

PARA: Las Madres de Mayo
DE: Tus amigos de The Village
FECHA: 6 de julio
ASUNTO: Consejo del día

TU BEBÉ: DÍA 53

¿Te estás planteando que tu bebé comparta la cama con sus padres? Todavía no es tarde. Puede que no sea una práctica para todo el mundo, pero tiene numerosos beneficios. Los bebés que practican el colecho acostumbran a dormir más. Facilita la lactancia y ayuda a que la madre mantenga la producción de leche. Y, por encima de todo, el colecho crea un vínculo muy especial. Además, ¿a quién no le gusta que le hagan mimos en mitad de la noche?

Hace un calor sofocante en el andén del metro abarrotado de viajeros; la gente se asoma por encima de la vía tratando de ver las luces del próximo tren. El hombre situado a la izquierda de Colette mastica una barrita blanda de cecina, de esas caras que están llegando a las tiendas del barrio. Las dos jóvenes a su derecha hablan demasiado alto, con unos enormes bolsos de marca colgados de los codos y los móviles en las manos.

—Tengo una amiga que nada con el suyo. ¿Tú lo harías?

—¿En el mar?

—Sí.

—Ni de coña. —La chica se mira los dedos separados de la mano izquierda y se ajusta el anillo de diamantes grande y reluciente que lleva—. Si te digo la verdad, ni siquiera me gusta ducharme con el mío.

Colette sigue deambulando por el andén y se detiene ante un quiosco regentado por un hombre con turbante, que aspira gases del metro todo el día y reparte agua embotellada y ruidosos recipientes de Tic Tac. La cara de Winnie aparece en la portada del *New York Post*: una foto de hace diez años. Lleva un abrigo largo y gafas de sol, y tiene la cara vuelta hacia la calle. Seguramente Colette debería sorprenderse, pero no es así. La noticia está a punto de adquirir alcance nacional desde que ayer Winnie hizo público un vídeo en el que reclama la vuelta de Midas.

Anoche Colette lo vio por lo menos una docena de veces en la cama, mientras Poppy dormía plácidamente a su lado. Charlie estaba trabajando, y ella había renunciado a dormir después de pasarse una hora tumbada a oscuras, con sus pensamientos atrapados en una espiral de preocupación. En el vídeo, Winnie aparecía sentada en una butaca tapizada de color gris delante de las ventanas de su terraza. Estaba muy guapa: el pelo recogido, el contorno pronunciado de la mandíbula, su largo y fino cuello contra una sencilla blusa de crepé negra.

—Por favor —decía Winnie mirando a la cámara, pronunciando despacio las palabras—, por favor, no haga daño a mi bebé. Por favor, quienquiera que sea, devuélvamelo, por favor.

Colette oye el chirrido de los frenos del tren al acercarse y saca dos monedas del fondo del bolso. Dentro del atestado vagón, trata de mantener el equilibrio entre la masa ondulante de gente que la empuja mientras abre el periódico por el artículo. Lo firma un periodista llamado Elliott Falk; el titular reza:

¡OH, GHOSH!

Los ciudadanos empiezan a estar indignados con la forma en que el inspector jefe de la policía Rohan Ghosh está dirigiendo la investigación sobre Midas Ross, de siete semanas, que lleva dos días desaparecido. La pérdida del bebé el 4 de julio fue denunciada por su niñera, Alma Romero. El *Post* ha confirmado que los agentes tardaron más de veintitrés minutos en responder a la llamada telefónica de Romero a urgencias, demora que achacan a la presión a que se ha visto sometido el departamento con motivo de las medidas de seguridad del Cuatro de Julio y a un accidente ocurrido cerca del puente de Brooklyn en el que se vieron involucrados dos autobuses urbanos, con docenas de heridos, incluidos dos niños pequeños y una madre joven, actualmente en estado crítico. Una vez que la policía llegó a la residencia de Ross, no precintó la escena del crimen como es debido y es posible que dejara salir a personas que podían estar en la casa por una puerta sin vigilar.

La madre del bebé, la ex actriz Gwendolyn Ross, había salido esa noche con miembros del grupo de madres al que pertenece.

Colette hace una pausa; vuelve a la frase «... dejara salir a personas que podían estar en la casa por una puerta sin vigilar».

¿Era eso posible? ¿Seguía dentro la persona que secuestró a Midas cuando llegaron los agentes de policía? ¿Era ese el motivo por el que la puerta lateral del edificio de Winnie se encontraba abierta?

Unas cuantas fotos acompañan el artículo. En una, Midas aparece mirando a la cámara tumbado boca arriba sobre una alfombra de piel de borrego al lado de una pequeña jirafa de plástico, con su piel de porcelana y unos ojos marrones tan brillantes que parecían pulidos. En la foto de debajo, Winnie está en una manta en el parque, con Midas en brazos. A Colette se le corta la respiración cuando se da cuenta de que se trata de la foto que ella le dio ayer al detective Mark Hoyt, que se presentó en su piso a media tarde cuando ella estaba preparando la cena mientras Charlie había sacado a Poppy a correr con él.

—¿Qué sabe de su pasado? —le había preguntado Hoyt—. ¿Qué detalles le ha contado de su vida?

Colette reconocía que había algo en Winnie que le resultaba vagamente familiar. Pero hacía más de veinte años que no salía por la televisión, y Colette no había establecido la relación entre Winnie y Gwendolyn Ross, pese a haber visto la serie de vez en cuando. En ocasiones, mientras el resto de chicas del instituto se juntaban con botellas de vino y porros robados a los padres de alguna, Colette convencía a su madre —los pocos fines de semana que Rosemary no viajaba por motivos de trabajo— para que se sentase con ella en el sofá, con las caras pegajosas por el efecto de la mascarilla de clara de huevo y miel sobre la que Colette había leído en la revista *Se-*

venteen y un bol de palomitas de maíz entre las dos, a ver *Bluebird*.

Cuando el tren llega a su parada, Colette sube la escalera, atraviesa City Hall Park y deja atrás a un grupo de turistas que hacen fotos enfrente de la fuente. Existía un episodio que Colette había compartido con Winnie del que no le había hablado a Mark Hoyt y que había recordado anoche mismo.

Se trataba de la tarde que ella y Winnie habían vuelto a casa andando, después de la primera reunión de las Madres de Mayo. Habían paseado tranquilamente a lo largo del muro del parque manteniéndose a la sombra. Colette todavía puede oler los frutos secos tostados del vendedor de la esquina, donde Winnie paró a comprar una bolsa de anacardos. Fue allí donde Colette reconoció, sin querer, lo mucho que se asustó cuando se enteró de que estaba embarazada.

—Durante meses lo consideré un error —dijo Colette—. Ahora me hace ilusión, pero ha sido un proceso. No estaba lista para tenerla.

Cuando Winnie miró a Colette tenía una expresión seria.

—Lo entiendo.

—¿De verdad? —preguntó Colette, sintiéndose llena de alivio. Desde que se había hecho miembro de las Madres de Mayo se había sentido como una intrusa (por no decir como una impostora redomada) entre las demás mujeres, que parecían haberse pasado la vida entera esperando a convertirse en madres. Mujeres que habían pasado años siguiendo atentamente sus ciclos, tomándose la temperatura, levantando las piernas en el aire después de mantener relaciones sexuales con la esperanza de que ese mes fuera su momento. Mujeres como Yuko, que habían dejado de tomar la píldora la noche de su compromiso. Scarlett, que se había vuelto vegana creyendo que así su cuerpo estaría mejor preparado para el embarazo y el parto. Y Francie, que en una de las primeras reuniones había compartido el dolor de sufrir dos abortos naturales, y que por fin había concebido después de dos tratamientos de fecundación in vitro que les habían generado una deuda de miles de dólares.

—¿Cuál es tu historia? —preguntó Colette a Winnie. Pero ella rechazó la pregunta con un gesto de la mano.

—Lo dejaremos para otra ocasión —contestó, rebuscando en su cartera. Una mujer mayor situada enfrente de ellas se volvió con un vaso de plástico con frutos secos en las manos. Sonrió al ver sus barrigas abultadas. La mujer posó la mano libre en el brazo de Winnie.

—No tenéis ni idea de lo que os espera —dijo, con los ojos húmedos—. El regalo más maravilloso del mundo.

—Qué maja —comentó Colette cuando la mujer se hubo marchado.

—¿Tú crees? —Pero Winnie no estaba mirándola. Miraba detrás de ella, más allá del muro de piedra, al parque—. ¿Por qué a todo el mundo le gusta decirles a las nuevas madres lo que van a ganar? ¿Por qué nadie quiere hablar de lo que vamos a perder?

Mientras sube la escalera del ayuntamiento, los pensamientos de Colette vuelven sobre el pie que había leído debajo de la foto de Midas: «También han desaparecido la Jirafa Sophie, un juguete de plástico fabricado en Francia famoso entre los padres estadounidenses, y una manta de bebé azul. La policía pide a cualquier persona con información que llame a la línea gratuita del Departamento de Policía de Nueva York».

«¿Por qué se llevaría esas cosas quien se llevó a Midas? Es una buena noticia», concluye Colette, entrando en el ascensor. Después de todo, solo una persona que lo quisiera —o por lo menos alguien que no quisiera hacerle daño— pensaría en llevarse también su manta y su juguete favoritos.

La pregunta la persigue cuando las puertas del ascensor se abren en la cuarta planta. En el recibidor hay un silencio fuera de lo normal. Allison está tras su mesa, mirando el ordenador. Alza la vista al oír el taconeo de Colette en el suelo de mármol.

—Buenas tardes —dice Allison, y Colette ve las imágenes de la pantalla de Allison: una trona, un asiento de bebé para coche y una bañera de plástico azul con forma de ballena.

—A ver si lo adivino —declara Colette—. ¿La lista de regalos para el bebé? —Allison le anunció su embarazo una semana antes de manera totalmente confidencial. «Solo estoy de ocho semanas, así que no se lo cuentes a nadie», dijo. «Sobre todo al alcalde Shepherd. Bastantes preocupaciones tiene ya con las elecciones y el libro.»

—Qué locura —comenta ahora Allison, inclinándose—. No puedo creer todas las cosas que necesitas cuando tienes un bebé.

Colette mira la pantalla del ordenador.

—En realidad no necesitas todo esto. El niño sobrevivirá sin que lo limpies con toallitas húmedas a temperatura ambiente.

—Mi hermana me ha dicho lo mismo —dice Allison—. Supongo que debería fiarme de las expertas. Gracias. ¿Y sabes una cosa? Él llega tarde.

—Te estás quedando conmigo. —Colette arquea las cejas con sorpresa fingida—. ¿El alcalde Shepherd llega tarde?

Allison ríe.

—Ha dijo que te bebas todo el café. Como castigo. Acabo de preparar una cafetera, y ahí dentro hay pastas de su anterior reunión.

—Gracias —dice Colette, súbitamente consciente del hambre que tiene. Ha comido muy poco desde que tomó las patatas fritas en La Llama Alegre dos noches antes; ha estado demasiado preocupada para pensar en comida.

El despacho del alcalde está tranquilo cuando entra. Aunque ha estado yendo los últimos meses, no puede evitar sentirse impresionada cada vez que lo visita. Los ventanales con vistas al puente de Brooklyn, la chimenea encendida y el escritorio que perteneció a James Baldwin —un regalo de la familia— están a años luz del despacho del director sin ventanas de la Escuela Pública 212 del Bronx en el que ella y Teb habían pasado un sinfín de horas juntos cuatro años antes, trabajando en su primer volumen de memorias mientras tomaban cerveza y burritos del restaurante de tacos del barrio. El libro había sido mejor recibido de lo que nadie esperaba y había suscitado críticas en portada, reseñas en revistas, una gira de charlas por el país y luego, un año más tarde, una exitosa candidatura a la alcaldía de Nueva York. Su editorial le había ofrecido una fortuna por una secuela centrada en su relación con su madre, una defensora de los derechos civiles de los negros que había participado en la marcha de Selma a Montgomery con Martin Luther King.

Colette se sirve una taza de café y se sienta a la mesa redonda que domina City Hall Park tratando de no enfadarse por tener que esperarlo... una vez más. Debería aprovechar el tiempo que está sola para avanzar en el nuevo material que tiene que entregar dentro de unos días. Saca el portátil del bolso, abre el manuscrito y hojea los capítulos que envió a Aaron Neeley, el jefe de gabinete de Teb, la tarde anterior. Le arde la piel de la vergüenza. Las páginas son terribles. El estilo es forzado y pueril, y los diálogos son casi ilegibles.

Oye el pitido del móvil que le avisa de que ha recibido un correo electrónico y lo coge dando gracias por la distracción. Es Francie. Ha mantenido un contacto frecuente con Nell y Francie durante los dos últimos días, compartiendo artículos sobre el «Niño Midas», como rápidamente ha pasado a ser conocido entre la prensa, llamando, preguntando si alguna tiene noticias de Winnie.

Colette envió un correo electrónico a Winnie el día anterior, y pocas horas más tarde, esta le respondió.

«¿Quién tiene a mi bebé? ¿Cómo voy a superar esto?»

Colette le contestó de inmediato preguntándole si necesitaba compañía y ofreciéndose a hacerle la compra. Pero Winnie todavía no ha respondido al correo electrónico de Colette ni al mensaje de texto que le envió unas horas más tarde.

«¿Habéis visto esto?», ha escrito Francie. Su correo contiene un enlace a un blog de sucesos; uno de los muchos que componían una comunidad online de detectives aficionados, cuya existencia Colette no conocía con anterioridad: gente que parecía dedicar una sorprendente cantidad de tiempo a tratar de desentrañar misterios sin resolver. Colette lee la entrada:

Un vecino dijo que se cruzó con una mujer cerca de la casa de Winnie en torno a las 21.30. Andaba cuesta abajo con un bebé en brazos que lloraba y que podía tener la edad de Midas.

Enseguida recibe un nuevo mensaje de Nell. «La gente sabe que esto es Brooklyn, ¿no? Multan a las mujeres que viven aquí y no son vistas en algún momento llevando a un bebé que llora en brazos.»

—Hola, Colette. Perdona la espera. —Colette cierra el correo electrónico. Aaron Neeley está en la puerta. Tiene la camisa arrugada, y en su mentón hay una franja de barba incipiente que ha olvidado afeitar.

—¿Va todo bien? —pregunta ella.

Aaron trae una pila de carpetas contra el pecho y las coloca, de una en una, sobre el escritorio de Teb.

—Sí, está reunido con Ghosh. Por lo del secuestro. Qué pesadilla. —La mira—. Supongo que te has enterado.

Ella se aclara la garganta. Debería explicar la situación —debería contarle a Aaron que Winnie es amiga suya, que ella estaba presente esa noche—, pero algo le dice que espere, que hable con Teb en privado del asunto. Sabe lo que podría suponer para el alcalde si se hiciera público que alguien próximo a él está relacionado con el suceso.

—Sí.

—¿Cuánto tiempo tiene Patty?

—Poppy. Casi ocho semanas.

Aaron mueve la cabeza con gesto de incredulidad.

—Los gemelos tienen siete. No me lo puedo creer.

—¿Qué se sabe? —pregunta Colette.

—Oh, no lo sé. Ghosh está a la defensiva. Un agente (un chico joven que salió de la academia hace una semana) ha metido la pata hasta el fondo. No utilizó guantes, y hay huellas digitales suyas por todas partes. Es un auténtico desastre. —Aaron suspira y acto seguido mira a Colette—. En fin, el alcalde no tardará mucho. Está deseando hablar del material que le enviaste ayer. Se nos acaba el tiempo, ¿eh?

—Y tanto. —Colette se vuelve hacia la pantalla cuando Aaron se marcha. Una reunión con Rohan Ghosh. Ghosh y el alcalde eran amigos de la Universidad Estatal de Nueva York en Purchase, y cuando Teb sacó a Ghosh de su puesto como subcomisario en Cleveland, todo el mundo dijo que se trataba de un caso clásico de nepotismo. Muchos consideraban a Ghosh la persona con menos experiencia para ocupar el cargo más elevado del Departamento de Policía de Nueva York.

Colette vuelve a abrir el manuscrito y hace todo lo posible por no desconcentrarse. Sin embargo, al ver las carpetas que Aaron ha dejado sobre la mesa de Teb, se pregunta si contendrán las notas del alcalde sobre los capítulos que ella presentó ayer. Se levanta y se dirige al aparador a por un brioche con pasas mirando el montón de carpetas. Se detiene y tiene que mirar dos veces para asegurarse de que ha leído bien el nombre escrito a mano en finas letras negras en la pestaña de la carpeta de manila de encima del montón.

ROSS, MIDAS.

Colette se acerca a la puerta y la cierra unos centímetros. Cuando vuelve al escritorio de Teb con el brioche en la mano, abre la carpeta y mira dentro. Hay una fotografía de un hombre. Es alto y delgado. Lleva una sudadera con capucha y está entregando algo a un dependiente. Hay otra, tomada por la misma cámara de seguridad, en la que se aparta del mostrador, con la cara de perfil. A continuación se dirige a la puerta y mira arriba, directamente a la cámara. Colette rebusca entre los papeles que hay debajo: copias de notas escritas a mano; una foto de la cuna de Midas, con las sábanas verde claro y un adhesivo de aves finas y delicadas que echan a volar en la pared de encima. Y otra del hombre, en esta ocasión nítida y en color. Es de ascendencia de Oriente Medio y mira fijamente a la cámara, con unas gafas de sol apoyadas encima de la cabeza, mientras sostiene en equilibrio a un bebé en el antebrazo. El bebé está parcialmente tapado con una manta.

Levanta la fotografía para mirarla más detenidamente, pero entonces oye pasos al otro lado de la puerta. La coloca rápidamente en el montón, cierra la carpeta y vuelve a toda prisa a la mesa. Las pisadas pasan de largo, y mira sus notas —el relato de Teb del enfrentamiento con el novio maltratador de su madre—, pero no logra quitarse la imagen de la cabeza. La sonrisa del hombre. Sus manos. Cómo rodeaban el cráneo del bebé.

«¿Quién tiene a mi bebé? ¿Cómo voy a superar esto?»

Antes de que pueda considerar lo que hace, Colette coge el bolso de la silla de al lado, se dirige al escritorio de Teb y mete la carpeta en el bolso. Sale tranquilamente a la sala y recorre el pasillo hasta la sala de la fotocopiadora, donde cierra la puerta y echa el pestillo. El sudor de las palmas de sus manos emborrona la tinta del sello estampado en la parte superior de cada hoja —ULTRACONFIDENCIAL— mientras hojea el montón, consciente de que está infringiendo gravemente su contrato con Teb. Según el acuerdo de confidencialidad que ha firmado, no puede acceder a ninguna información que no haya sido compartida expresamente con ella. No puede hablar con nadie de lo que ha descubierto durante el curso de su trabajo. Ni siquiera puede confesarle a alguien —ya sea pariente, amigo o ciudadano— que es la persona que escribe los libros del alcalde.

Llaman a la puerta.

—¿Hola? Soy Allison. —El pomo gira—. ¿Hay alguien aquí?

Colette mete los papeles en la carpeta y la esconde debajo de una caja situada en el estante de encima de la fotocopiadora. Coge el bolso del suelo, hurga dentro, se desabotona los cuatro primeros botones de la camisa y deja a la vista el borde superior de su sujetador de lactancia. Espera a que el ritmo de su respiración se estabilice antes de entreabrir la puerta.

—Perdón. —Ofrece a Allison una sonrisa de disculpa y levanta su sacaleches manual—. El alcalde todavía no ha llegado, y necesito sacarme leche. El cuarto de baño está un poco asqueroso. Hace difícil la operación.

La frente de Allison se arruga de la vergüenza.

—Dios, siento mucho molestarte. No hay problema. Me quedaré vigilando.

—Eres la mejor. —Colette vuelve a echar el pestillo y espera unos segundos antes de coger otra vez la carpeta. Diez minutos más tarde, está de nuevo en la sala, andando despacio hacia Allison—. ¿Ves lo que te espera?

En el despacho de Teb, devuelve la carpeta al montón. Acaba de sentarse y de levantar la tapa del portátil cuando Teb entra. No lleva puesta la chaqueta del traje, y tiene la camisa arremangada hasta los codos, el algodón estirado sobre los músculos tensos de la espalda.

—¿Me odias? —pregunta, lanzando una libreta al escritorio. Tiene una sonrisa amplia y radiante (la sonrisa que ahora decora las vallas publicitarias de todo el país como parte de la campaña publicitaria «Héroes de verdad», de Ralph Lauren); ni rastro de la difícil reunión de la que viene.

—No, claro que no, alcalde.

Él hace una mueca.

—¿Cuántas veces tengo que decirte que no me llames así? Suena bastante raro viniendo de ti.

—Perdón. No, no te odio, Teb Marcus Amedeo Shepherd.

—Para el carro. Tampoco te pases. —Hojea las carpetas que Aaron ha dejado y las coloca sobre el aparador que hay al lado del escritorio—. Tengo malas noticias.

A ella le da un vuelco el corazón.

—¿Sobre Midas?

—¿Midas?

Ella sacude la cabeza.

—Midas Ross. El bebé de las noticias. Aaron ha dicho que has estado con Ghosh. Creía que ibas a decir...

—No sabía si estarías afectada. Ese bebé tiene la misma edad que Poppy. —Le vuelve la espalda y se sirve una taza de café—. ¿Qué clase de monstruo secuestraría a un bebé?

—¿Tienes alguna...?

Él agita la mano para descartar la pregunta.

—No, la mala noticia no es sobre él. Es sobre tú y yo. —Se vuelve hacia ella, y Colette se prepara—. Tengo que cancelar lo de hoy. No he tenido oportunidad de leer lo que mandaste ayer, y tengo otra reunión ahora.

La tensión del pecho de Colette se disuelve del alivio. No tiene que pasar la próxima hora hablando de ese libro horrible. Puede largarse y tratar de entender lo que acaba de leer.

—Teb... —Procura pronunciar la palabra en tono de enfado.

—Lo sé —dice él—. Soy un gilipollas. Lo siento. ¿Puedes pasar mañana?

Ella empieza a recoger el portátil y la libreta.

—Claro.

—No. Espera. Estaré todo el día en un acto para recaudar fondos en Long Island. ¿Pasado mañana?

Ella asiente con la cabeza.

—Lo que necesites.

—Gracias, C. —El alcalde se sienta detrás de su escritorio, navegando con su móvil—. ¿Qué tal está mi bebé?

—Adorable.

—¿Sí? ¿Le da problemas a su madre? Porque si es así, tendré que hablar con ella.

—Creo que ni siquiera tú eres tan convincente, pero puedes decirle que vaya empezando a dormir de un tirón.

Él mantiene la vista en el móvil y alarga la mano.

—Déjame ver. —Teb alza la vista—. Enséñame una foto reciente de ella.

El móvil de Colette está en el bolso. Teb se levanta, y ella le vuelve la espalda. Abre con cuidado la cremallera del bolso justo cuando Aaron aparece en la puerta.

—Disculpe, señor, pero le están esperando. No tienen mucho más tiempo.

—De acuerdo. —Teb bebe un buen trago de café y deja la taza sobre el aparador, al lado de las carpetas—. Mándame algún mensaje —dice, estirando la mano para tocarle el brazo al salir.

Colette se despide de Allison y, una vez fuera, camina rápido entre la muchedumbre, a través del aire perfumado con el aroma a tierra del aceite de pretzel chamuscado, en dirección al metro. Dentro del tren, se sienta en un asiento vacío al fondo del frío vagón. Diez minutos más tarde, cuando el tren sale del túnel al puente de Brooklyn, observa el torrente de peatones que caminan fatigosamente bajo el caluroso sol de julio. Saca el teléfono, y las lágrimas le escuecen al teclear.

«¿Podéis venir mañana por la mañana a mi casa, chicas? Tengo que contaros una cosa.»

6

Segunda noche

No sé qué hacer.

Intento tener presente lo que me dijo la comadrona: que respirar hondo pone en marcha el sistema nervioso parasimpático, el estado de sosiego y descanso. Pero no da resultado. Tengo el pecho demasiado rígido y no recibo suficiente oxígeno. Necesito salir de aquí, respirar aire fresco, pero afuera están los periodistas dando vueltas, esperando para hacerme preguntas. El tío del *Post*, Elliott Como-se-llame, con su ropa de panoli, su corte de pelo barato y su piel grasa, que debe de hacer sentirse orgullosa a su madre de ver su nombre impreso. Está ahí a todas horas, hablando con los vecinos. ¿Dónde estaba esa noche? ¿Qué cree que pasó? ¿Qué puede contarme de la madre?

Me paseo. De un lado a otro del pasillo, evitando instintivamente la sexta tabla del suelo que tanto cruje enfrente del cuarto del bebé. Mantengo las cortinas corridas. No quiero que nadie sepa que estoy aquí. No quiero más visitas de detectives que me pregunten si puedo hablar, si puedo añadir algo más.

No tengo nada que añadir. ¿Cómo voy a añadir algo cuando me acuerdo de tan poco, cuando los detalles de esa noche vienen y van como una imagen veloz y borrosa de sucesos estáticos?

Recuerdo haber leído el correo electrónico de Nell en el que proponía que saliéramos de fiesta una noche y pasáramos unas horas lejos de los bebés.

Recuerdo haber pensado: «No, no pienso ir». Pero luego no paraba de releerlo y planteármelo. Nell insistió mucho. «Que venga todo el mundo, sobre todo Winnie. No aceptaremos un no por respuesta.»

«Está bien —decidí apresuradamente—. No os daré un no por respuesta. ¡Os daré un sí por respuesta!» ¿Por qué no? Me merecía una noche de fiesta tanto como cualquiera. Me merecía divertirme. ¿Por qué siempre tenía que ser la que se quedaba en casa, obsesionándose con el bebé, cuando el resto de las madres del mundo no tienen ningún problema en salir, celebrar una fiesta o tomar un par de copas? Ellas se desenvuelven fácilmente en este nuevo mundo. Qué tranquilidad. Qué seguridad. Qué perfección, joder.

¿Por qué yo no podía ser como ellas?

Me vestí. Recuerdo eso. Recuerdo haber elegido el vestido que me ceñía la cintura como un fuerte par de manos. Recuerdo haber entrado en el bar y haberlas visto; ojos cansados pintados con lápiz de ojos, ojeras atenuadas con exceso de corrector, labios brillantes embadurnados con un pintalabios que hacía meses que no se ponían.

—«Rebel Yell.» —Canté a coro, bailé, fui parte de ellas, miembros de la misma tribu selecta. Recuerdo haberme encontrado mal de repente, como si necesitara salir de allí. Pero entonces aquel tío apareció de la nada. Se ofreció a invitarme a una copa, con sus profundos ojos color mar y sus labios carnosos. Toda la puta vida me he metido en líos por culpa de chicos como él.

Recuerdo muy poco después de eso.

A veces, cuando cierro los ojos e intento dormir, puedo verme andando por el parque, sin salir de las sombras. Recé.

«Señor, devuélveme a Joshua, por favor. Haré lo que sea.»

—¿Estás bien?

Me había sentado en el banco, y había un hombre enfrente de mí, con un perro a los tobillos y la cara oscurecida por la farola que tenía detrás. Todavía no sé si era real u otra alucinación.

«¿Por qué me ha abandonado? —me dieron ganas de gritarle a ese hombre—. No me merezco esto, después de todo lo que he hecho por él.»

—Estoy bien —le dije al hombre del perro después de que se sentase a mi lado en el banco y me tocase el muslo con el suyo, el brazo estirado sobre el banco por detrás de mí—. Gracias. Solo necesitaba hablar con alguien.

Es lo único que quería hacer. De verdad. Solo hablar con Joshua. Decirle que estar con él es lo único que siempre me ha importado. Hablarle de las cartas que he estado escribiéndole, ofrecerme a leerle una o dos para que supiera exactamente cómo me siento y lo mucho que sigo queriéndolo. Lo mucho que lamento todo lo que pueda haber hecho mal.

«No, detective, lo siento. No puedo contarle nada de eso.»

«Lo siento, Elliott, reportero seboso. No tengo nada más que añadir.»

Me tiembla la mano al escribir esto. Me siento débil y confundida. Me he esforzado mucho por ser una buena madre. He hecho todo lo que he podido, de verdad.

Dios mío, ¿qué he hecho?

7

Tercer día

PARA: Las Madres de Mayo
DE: Tus amigos de The Village
DE: 7 de julio
ASUNTO: Consejo del día
TU BEBÉ: DÍA 54
¡Hablemos del tiempo panza abajo! Es decisivo que coloques a tu bebé boca abajo, aunque sea diez minutos cada pocas horas. El tiempo que pase boca abajo le ayudará a endurecer los músculos del vientre y el cuello, y mientras está en esa posición, debería intentar coger los juguetes, tus dedos o incluso su nariz. (¡Puede que sea el momento de invertir en cortaúñas para bébes!)

Francie ve su reflejo ondulado en el metal plateado mate de las puertas del ascensor y evita fijarse en la forma en que los tirantes del fular elástico acentúan sus michelines; lo baja que es comparada con Nell, que está a su lado, por lo menos diez centímetros más alta que ella, deslumbrante con su pelo rubio cortado de forma atrevida al estilo pixie y su tatuaje grande. Francie se alisa los rizos deseando haber tenido tiempo para lavarse el pelo, o al menos para ponerse rímel o brillo de labios. Pero esa mañana ha sido especialmente dura. Will se despertó a las cinco y estuvo llorando una hora, negándose a mamar.

Francie se inclina hacia delante y mira por dentro de la camiseta los pedazos de patata que se metió en el sujetador por la mañana.

Nell la mira.

—¿Estás preparando patatas fritas ahí dentro?

—No. —Francie se ajusta las patatas para tapar el bulto rojo y caliente—. Scarlett me dijo que lo hiciera. —Convencida de que tenía un conducto obstruido, Francie acudió a Scarlett en busca de consejo. Ella es una de esas madres que parecen que sepan qué hacer en cada momento, de esas que siempre envían correos electrónicos al grupo con consejos útiles: doce bolsitas de manzanilla en el baño para curar la dermatitis del pañal del bebé de Yuko, o un análisis de las nuevas mantas ajustables disponibles en la tienda para bebés que hay cerca del Starbucks.

«Me alegro de que me lo preguntes, porque tengo el remedio perfecto —escribió Scarlett a Francie anoche, en respuesta a su desesperada petición de ayuda—. En primer lugar, NADA DE CAFEÍNA. En segundo, una cataplasma de patatas ecológicas dentro del sostén durante tres horas cada mañana. Ya sé que parece raro, pero enseguida notarás alivio.» Sin embargo, han pasado cinco horas, y a Francie le sigue escociendo el pecho. Se está reprochando haber comprado patatas no ecológicas esa mañana temprano para ahorrar tres dólares. Debería haber seguido el consejo exacto de Scarlett y no haber escatimado en gastos. Seguramente por eso no le está haciendo efecto.

Las puertas del ascensor se abren, y se dirigen al 3A, donde Colette abre la puerta antes de que puedan llamar. Francie se ruboriza al ver a Colette, que tiene el torso descubierto, con sus pechos turgentes sobresaliendo de un sostén de encaje rosa y una constelación de pecas color canela en los brazos y la barriga.

—Perdonad —se disculpa Colette, recogiéndose el pelo, y en sus axilas se ven los puntos del crecimiento del vello nuevo—. El bebé acaba de vomitarme en la última camisa limpia. —Las hace pasar a la sala de estar—. Esta mañana he doblado la ropa, y cuando he ido a guardarla, Charlie me ha dicho que había doblado dos cestos llenos de ropa sucia. Me habría cargado a alguien.

—¿En serio? —dice Francie, pero está demasiado cautivada por el piso de Colette para oír lo que ha dicho. Aparte de la de Winnie, no ha visitado una casa tan bonita en Nueva York. Los relucientes suelos de madera. La sala de estar con espacio para dos sofás y dos sillones. La mesa de comedor debajo de la pared con ventanales con capacidad para diez comensales. Esa habitación sola es más grande que el piso entero de Francie, que es tan pequeño que no pueden invitar a nadie a cenar; donde tiene que guardar la ropa del bebé en recipientes de plástico en el rincón de su único dormitorio; donde tiene que dar el pecho en la sala de estar, a la vista de los vecinos del edificio de lujo que han levantado hace poco al otro lado de la calle. Lowell ha estado detrás de ella para que considere mudarse a una casa más grande, a las afueras de Brooklyn, tal vez en Queens, pero Francie no quiere irse del distrito escolar en el que viven. Tienen que aguantarse, por el bebé, por el barrio, por la perspectiva de una educación de calidad.

—¿Qué tal ha ido? —pregunta Colette a Nell.

Nell se deja caer pesadamente en el sofá.

—Fatal. —Ayer les envió un correo electrónico en el que decía que había despedido a Alma e iba a dejar a Beatrice por primera vez en la guardería, para que se acostumbrara unas horas antes de dejarla la jornada completa dentro de dos días, cuando volviese al trabajo. Se puso a llorar como una histérica. Menuda escenita. Las demás madres se quedaron mirando.

—¿Supieron consolar a Beatrice? —inquiere Francie.

—A Beatrice no —contesta Nell—. A mí sí. —Se limpia la nariz con el pañuelo de papel húmedo y arrugado que tiene en el puño—. Hice el ridículo.

Colette se sienta al lado de Nell y la rodea con el brazo, pero Francie se queda paralizada. ¿Cómo puede hacer Nell eso? ¿Dejar al bebé todo el día en manos de totales extraños? Lo más aconsejable, al menos durante los seis primeros meses, es tener al bebé en brazos lo máximo posible. El empleado de una guardería o una niñera no van a hacer eso. A veces, mientras da de comer a Will, Francie coge el móvil y lee las entradas más recientes de hevistoatucanguro.com, un foro para que los padres publiquen las cosas que han visto hacer a canguros: no hacer caso a los niños, gritarles, hablar por teléfono mientras el pequeño juega solo, etc.

—Todo irá bien, ¿verdad? —dice Nell, buscando un pañuelo de papel limpio en su bolso—. ¿No le harán daño?

—Claro que irá bien —responde Colette—. Millones de mujeres lo hacen cada día.

—Ya lo sé. —Nell asiente con la cabeza—. Y con lo que pagamos en esa guardería, cuando vuelva por la tarde espero encontrármela con las uñas pulidas, rodajas de pepino en los ojos y un cáliz de leche al lado. —Se enjuga las lágrimas y se deja una mancha de rímel negro en la mejilla derecha—. Me sabe muy mal haber despedido a Alma, pero ¿qué se suponía que tenía que hacer? Los periodistas la están persiguiendo. No quiero que Beatrice viva en ese entorno.

—Es desagradable —dice Colette—. Esta mañana Charlie ha traído el periódico. Sale una foto de ella en el parque con su hija. La han echado de casa.

—Estoy hecha polvo —confiesa Nell—. Me paso todo el día atacando a Sebastian. Me molesta todo lo que dice. Y el bebé vuelve a despertarse cada pocas horas.

Colette va a la cocina y coge una caja de cartón de la encimera.

—Ya sé que no es de gran ayuda, pero he comprado estos muffins con pepitas de chocolate. He pensado que os vendría bien uno. —Coloca los muffins en un plato y los deja en la mesita para servir el café antes de irse por el pasillo hacia las habitaciones del fondo—. Tengo que buscar una camisa. Hay café hecho, si os apetece.

Nell se sienta en el sofá.

—Yo no. Ya he tomado cuatro tazas.

Francie entra en la cocina, que está separada de la sala de estar por una gran isla con una tabla de carnicero. Desliza la mano por la madera lisa y la inmaculada encimera blanca hasta el gran fregadero rústico doble. Se detiene antes de abrir el frigorífico para examinar la colección de Polaroid pegadas a la puerta. Poppy tumbada en una colcha rosa claro, apoyada en un cojín de lactancia. Colette y un hombre alto y guapo que Francie se figura que es Charlie cogidos mutuamente de la cintura con sus brazos morenos y tonificados, el largo cabello castaño rojizo de Colette agitado por el viento de la playa y despeinado, el rostro salpicado de un mapa de nuevas pecas. Una nota escrita con letra de hombre, ondulada y desvaída por el efecto del sol que entra por la gran ventana:

Atención, todos los utensilios de cocina, los libros sin terminar, los artefactos infantiles inútiles y los objetos domésticos en general: tened cuidado. Colette Yates está anidando. Ninguno de vosotros está a salvo.

Colette aparece engullida por una camiseta de manga corta blanca de hombre.

—¿La conoces? —pregunta Nell a Colette. Nell está enfrente de una estantería, con una foto enmarcada en la mano.

Colette mira a Nell y acto seguido entra en la cocina para servirse una taza de café.

—Sí.

—¿De qué?

—Es mi madre.

—Te estás quedando conmigo.

—¿Quién? —pregunta Francie. Nell gira la fotografía, y Francie se acerca para ver mejor. Se trata de una imagen de una mujer mayor con una melena corta y encrespada de color blanco montada en una tabla de surf de remo con los brazos levantados triunfalmente por encima de la cabeza.

—Rosemary Carpenter. —Por la cara de asombro de Nell, está claro que Francie debería saber quién es esa mujer.

—Lo siento, no la conozco.

—Es la fundadora de WFE —explica Nell.

Francie se queda sorprendida.

—¿La organización de lucha?

Colette y Nell ríen, y a Francie se le enciende la cara de vergüenza.

—No —contesta Nell—. Women for Equality, la organización feminista.

—En realidad, es una especie de organización de lucha —dice Colette.

Nell deja la fotografía.

—Mi madre me regaló una copia firmada de su libro cuando acabé el instituto.

—Qué curioso —comenta Colette—. La mía también.

Francie no está segura de lo que debería decir y se pregunta por qué en Nueva York todo el mundo es famoso o conoce a uno. Winnie. La madre de Colette. El único famoso que Francie ha conocido en su vida antes de mudarse a Nueva York es el dueño de la cadena de concesionarios de coches más grande del oeste de Tennessee, en la elaboración de cuyo retrato de familia colaboró cuando trabajaba en un estudio fotográfico.

—¿Cómo fue? —pregunta Nell a Colette.

—¿Te refieres a ser la hija de la mujer famosa por acuñar la frase «Lo único peor para una mujer que llegar a depender de un hombre...»?

Nell termina la frase:

—... es tener un niño que dependa de ella.

—Qué horror —declara Francie antes de poder contenerse.

—Fue complicado, pero no podemos hablar de eso ahora. Charlie no tardará en volver, y tengo que contaros una cosa.

—¿Es sobre Midas? —inquiere Francie.

—Sí.

—Bien. He estado pensando mucho. —Francie saca a Will del fular elástico y lo deja en el suelo antes de extraer la libreta del bolso cambiador. Se arrodilla en la blanda alfombra y abre la libreta por la relación cronólogica que ha elaborado de los hechos de aquella noche, incluidos quiénes estuvieron presentes y a qué hora se fueron—. He intentado recomponer una cadena de acontecimientos clara para ver si alguien puede rellenar los huecos. ¿Dónde estaba Winnie? ¿A qué hora se fue? ¿Con quién se fue, si es que se fue con alguien?

Nell se sienta en el suelo al lado de Francie.

—Hay algo que no encaja en la investigación de la policía —dice Francie—. El tío de Lowell es agente de la ley. He estado leyéndole las noticias, y está horrorizado con la cantidad de errores que la policía ha cometido. ¿Habéis visto esto? —Francie busca en su bolso el artículo de Elliott Falk, publicado en el sitio web del *New York Post* que ha imprimido esa mañana. Por lo visto alguien abrió las ventanas del cuarto de Midas y movió las sábanas de la cuna antes de que se hicieran fotografías.

—¿Y leisteis el artículo de ayer? —pregunta Colette—. Insinúa que la persona que se llevó a Midas podría haber estado dentro de la casa cuando llegó la policía.

—Ya, yo también lo leí —dice Nell—. ¿Por eso estaba abierta la puerta cuando llegamos?

—Empecemos por cómo entraría alguien. —Francie se recuesta—. Nell, tengo que preguntártelo otra vez. ¿Has vuelto a pensar en la llave de la casa y el móvil? ¿Tienes alguna idea de lo que pudo pasar? No pudieron desaparecer sin más.

Nell no levanta la vista de la libreta.

—No lo sé. Guardé el móvil en mi bolso. Sé que lo hice. Vosotras me visteis.

—Cuando se te resbaló el bolso y las cosas se desperdigaron, ¿crees que se te cayó el teléfono? ¿Que se pudo deslizar debajo de alguna mesa, quizá?

—¿Se me cayó el bolso?

—¿No te acuerdas? —Francie procura no adoptar un tono de irritación—. ¿Cuando buscabas el teléfono de Winnie?

—Es verdad —dice Nell, pero Francie detecta su incertidumbre—. No creo que el teléfono se cayera.

—Dime lo que recuerdas —le manda Francie.

Nell se lleva las manos a los ojos.

—Fui a pedirle patatas fritas a la camarera. Un poco más tarde, fui a la barra a por una copa con Scarlett. Volvimos...

—No, te equivocas. —Francie lo sabía. Nell estaba todavía más borracha de lo que ella pensaba—. Scarlett no estaba.

—¿Ah, no?

Francie siente más remordimientos. ¿Por qué había confiado el teléfono de Winnie a Nell? Sabía perfectamente que Nell había bebido mucho. ¿Por qué no había sido más lista?

—No. Mira. —Acerca la libreta a Nell y señala una lista de nombres—. Scarlett no vino.

—Vale, Francie, tranquila. Me he equivocado de nombre —dice Nell, poniéndose a la defensiva—. Os he dicho que tengo una memoria horrible para los nombres. ¿Quién es la chica que vino, pero se fue bastante rápido? La de pilates. Fuimos a pedir una bebida juntas.

—¿Gemma? ¿La que llevaba una camiseta de tirantes azul y unos vaqueros?

—Sí, Gemma. Era ella.

—Y luego, ¿qué? —pregunta Francie.

—Y ya está. Fui al váter. Volví a la mesa, todas charlamos un rato y luego Alma llamó.

—¿Estás segura? —demanda Francie—. ¿No le pediste a nadie que te sujetara el bolso? ¿No lo perdiste de vista en algún momento?

—Respira hondo, Francie —dice Colette—. Te va a dar algo.

Francie se sienta en cuclillas.

—Es que no entiendo nada. ¿Dónde estaba Winnie cuando Alma llamó? ¿Y cuándo volvió a su casa esa noche? ¿Y habéis visto lo que Patricia Faith ha dicho esta mañana en *La hora de Faith*?

Nell deja escapar un suspiro de irritación.

—Patricia Faith. No soporto a esa mujer. ¿Desde cuándo ganar el título de Miss California te da derecho a presentar un programa de debate de una hora en la televisión por cable?

—¿Sabes cuál era su fuerte en los concursos de belleza? —pregunta Colette—. La crítica social.

—Venga ya —dice Nell—. ¿Qué hacía? ¿Salía al escenario en bikini y defendía que hay que armar a los escolares?

—Se le debe de estar haciendo la boca agua —declara Colette—. Un bebé rico secuestrado. La madre, una actriz guapa que en su día fue famosa, y ahora madre soltera. Va a hacer ganar una fortuna a su cadena.

—Sí, pero ¿habéis visto lo que ha dicho esta mañana? —tercia Francie—. Saben que nosotras entramos.

A Nell se le escapa un grito ahogado y agarra la muñeca de Francie.

—¿A qué te refieres? —Se ha quedado pálida—. ¿Ha hablado de nosotras? ¿Por nuestros nombres?

—No por nuestros nombres —responde Francie,

poniéndose en pie y cogiendo a Will, que ha empezado a alborotarse—. Se ha referido a nosotras como «amigas de Gwendolyn Ross». Ha dicho que nos dejaron pasar a una escena del crimen activa.

Francie no podía negar el sobresalto que había experimentado al oír las palabras y saber que era a ella —Francie Givens de Estherville, Tennessee, con 6.360 habitantes— a la que se refería Patricia Faith (aunque sin citar su nombre) como amiga de Winnie Ross. Toca con la punta del pie un artículo del montón y lo desliza hacia Nell.

—La prensa se ha hecho eco.

Nell lee en voz alta.

—«Según ha informado la presentadora de televisión Patricia Faith, tres amigas de Gwendolyn Ross, no identificadas por su nombre, llegaron a la residencia de Ross y se metieron en la casa hasta que un agente del Departamento de Policía de Nueva York las expulsó por la fuerza.»

—¿Las expulsó por la fuerza? —repite Colette—. Es un poco excesivo.

—Ya —conviene Francie—. Pero eso no es lo peor. —Lo peor era lo otro que Patricia Faith había dicho (lo mismo que Francie había leído en otra parte), la información que le ha provocado un nudo en el estómago. A la hora de determinar si será posible encontrar a un bebé secuestrado con vida, las primeras veinticuatro horas son decisivas—. Si la policía metió tanto la pata como indican estos artículos, ¿os dais cuenta de lo que podría significar? —No quiere planteárselo: que Midas podría correr aún más peligro por culpa de unos policías incompetentes.

Colette pone su taza de café en la mesa de delante. Algo en su expresión empuja a Francie a dejar de mecer a Will.

—¿Qué pasa? —pregunta Francie.

—Vale, escuchad. Me siento rara compartiendo esto con vosotras, pero tengo información nueva. Sobre Midas.

—¿A qué te refieres? —inquiere Francie—. Lo he leído todo. Si se ha hecho público...

—No se ha hecho público. Lo he encontrado gracias a mi trabajo.

—¿Tu trabajo?

—Sí. ¿Os acordáis de las memorias que estoy escribiendo? Son de Teb Shepherd.

—Estás de coña —dice Nell—. ¿El alcalde Shepherd?

—Sí. Estoy escribiendo su libro.

—¿Por qué necesita que alguien le escriba las memorias? Su primer libro es increíble.

—También escribí el primero —informa Colette.

—¿Tú? —dice Francie. Hasta ella conoce ese libro. Durante meses fue la comidilla de todo el mundo: las magníficas memorias de Teb Shepherd, el joven e irresistible director de un instituto de educación secundaria de South Bronx. Lowell se quedó levantado toda una noche leyéndolas; el club de lectura de su madre debatió sobre el libro. En la cafetería griega que Shepherd aseguraba frecuentar cerca de la casa de su madre en Washington Heights, el negocio seguía yendo en popa, y grupos de mujeres maduras hacían cola con la esperanza de verlo en una mesa del fondo, comiendo su plato habitual de los sábados por la mañana: un muffin de maíz tostado y una tira de beicon.

—Es a lo que me dedico —dice Colette—. Escribo libros que otras personas dicen haber escrito. No estoy autorizada a decíroslo, de modo que os podéis imaginar lo terminantemente prohibido que tengo contaros lo que os voy a contar. Ayer estuve en el despacho del alcalde y encontré el expediente de Midas. De la investigación.

—Te estás quedando con nosotras —replica Nell—. ¿Y qué? ¿Lo miraste?

—Peor. —Colette se arrodilla en el suelo, mete la mano debajo del sofá y extrae una gruesa carpeta de manila—. He hecho copias.

—Madre mía —dice Francie—. ¿Alguien sabe que lo has hecho?

—Nadie. Podría meterme en un buen lío. Ni siquiera se lo he contado a Charlie. Voy tan atrasada con el libro que he sido incapaz de reconocer todo el tiempo que pasé anoche leyendo lo que hay aquí dentro, cuando él creía que estaba trabajando.

—¿Sabe el alcalde que eres amiga de Winnie?

—No. Iba a decírselo, pero después de coger el expediente me pareció demasiado arriesgado. Ahora no puedo. Se preguntará por qué no se lo conté desde el principio.

Francie no puede apartar la vista de la carpeta que Colette tiene en las manos.

—¿Qué contiene?

—Parecen informes recientes, detalles concretos que quieren que Teb vea. Si os fijáis... —Suena el timbre—. Mierda. —Colette espera un instante—. Voy a hacer como si no hubiera sonado. Será un paquete para Charlie. Lo dejarán abajo.

—En realidad, creo que es Símbolo —dice Francie.

Colette lanza una mirada de irritación a Francie.

—¿Has invitado a Símbolo?

Él envió un correo electrónico a Francie esa misma mañana en el que le preguntaba si le apetecía ir a tomar un café con él en The Spot. Era muy raro. Símbolo nunca le ha propuesto hacer algo ellos dos solos, y Francie sabe muy poco de él. Nunca olvidará la sorpresa que se llevó a principios de junio, cuando bajaba corriendo la cuesta hacia el sauce porque llegaba diez minutos tarde a la reunión de las Madres de Mayo, y vio a un hombre en el corro. Estaba sentado al lado de Winnie, susurrándole al oído. Winnie escuchaba, divertida, y luego rompió a reír. Francie supuso que era el marido de Winnie (aunque no era ni de lejos tan atractivo como ella había imaginado que sería el marido de Winnie). Llevaba una gorra raída azul celeste, el mismo color de sus ojos, y vestía como muchos hombres de Brooklyn: una camiseta y unos pantalones cortos desteñidos, unas zapatillas de deporte gastadas y unas gafas de sol de aviador sujetas en el cuello de la camiseta. Pero cuando Francie se sentó se fijó en el canguro que le cruzaba el pecho y en el bebé acurrucado dentro. No era el marido de Winnie. Era un padre.

—Soy un PACMAN —dijo poco más tarde, a modo de presentación.

—¿Como el videojuego? —preguntó Nell—. Encantada, Pacman.

—No —repuso él—. No me llamo Pacman. Soy un PACMAN.

—¿Un Pacman? —Nell lo miró entornando los ojos—. ¿Es algo aparte del Comecocos?

—Un Padre Amo de Casa Moderno y Algo Negado. Jo, normalmente a la gente le hace gracia el chiste. —Sonrió y se encogió de hombros—. Mi pareja se dedica a la moda y viaja mucho. Yo no pago las facturas y puedo quedarme en casa con Autumn. Procuro no meter la pata.

Se convirtió en un habitual casi de inmediato, pero nunca reveló más que unos pocos detalles sobre sí mismo: nada lo bastante significativo para que Francie se acordase. Ella sigue sin saber adónde fue la noche que estuvieron en La Llama Alegre, después de desaparecer de la mesa, por eso esa mañana cuando él le ha propuesto que se vieran, le ha dicho la verdad —que Nell y ella iban a ir a casa de Colette— y lo ha invitado con la esperanza de sacarle información.

—Me preguntó si podía venir —explica Francie en voz alta, oyendo las pisadas de él en el rellano del piso de Colette—. No sabía que íbamos a hablar de esto.

—Hola —dice Símbolo cuando Colette abre la puerta. Tiene muy mal aspecto: no se ha afeitado y lleva una camiseta de manga corta mojada de sudor. A Francie le sorprende ver que no lleva el canguro en el que normalmente transporta a Autumn.

—El bebé está con su madre —informa él, antes de que Francie pregunte.

—¿Por qué has venido entonces? —Francie repara en su tono acusador—. Si a mí me hubieran dejado descansar del bebé, estaría durmiendo.

Símbolo se sienta en el sofá.

—Quería veros. —Apoya la frente en las manos, y Francie se fija en las manchas grises que se extienden desde sus sienes—. Me preocupa mucho Midas. Después de todo lo que ha pasado... vosotras sois las únicas con las que puedo hablar.

Colette sirve una taza de café a Símbolo y vuelve a sentarse en el suelo.

—Bueno, con respecto a eso... —dice—. Símbolo. Chicas. Lo que estoy a punto de contaros... no se lo podéis decir a nadie. —Abre la carpeta y coloca tres fotografías en el suelo—. Tienen a un posible sospechoso.

Símbolo levanta bruscamente la cabeza.

—¿Tienen a un sospechoso?

—Sí, este tío. Se llama Bodhi Mogaro. Creen que está relacionado con el caso.

Francie se arrodilla al lado de Colette. El hombre de la fotografía tiene unos ojos de vivo color marrón rojizo y una piel de un tono moreno claro; lleva el cabello moreno afeitado casi al cero.

—¿Qué tienen contra él? —pregunta Símbolo.

—Fue visto cerca del edificio de Winnie dos veces. El tres de julio compró cerveza y cigarrillos en la bodega del otro lado de la calle. Pagó con una tarjeta de débito. Gracias a eso saben su nombre. El dependiente recuerda que estaba inquieto. Dijo que cuando se fue se sentó en un banco que había cerca, al lado del muro del parque, y se quedó mirando el edificio. Inspeccionándolo, por lo visto. A la noche siguiente fue visto otra vez enfrente del edificio de Winnie, comportándose de forma errática. Gritaba por el móvil.

—¿La noche que Midas fue secuestrado? —demanda Nell.

—Sí.

—Vive en Detroit —dice Símbolo, leyendo un papel que ha sacado de la carpeta, mientras la luz del sol entra a raudales por la ventana, ilumina su plaza del sofá y difumina sus facciones de tal forma que Francie no puede descifrar su expresión.

—Sí —asiente Colette—. Vino en avión a Nueva York el tres de julio. Tenía un vuelo de vuelta para el cinco, pero no lo tomó. No saben dónde está.

—¿Cómo que no saben dónde está? —pregunta Francie.

—La policía no consigue dar con él. Ha desaparecido.

—Joder —dice Nell.

—¿Creen que quiere pedir un rescate por Midas? —demanda Francie—. Seguramente las actrices se enfrentan a situaciones como esta continuamente. Pero Lowell me ha dicho que si todo esto fuera por un rescate, ya lo habrían pedido. —Ella sigue convencida de que Lowell podría equivocarse. Después de todo, el tío de Lowell (y la única fuente de información de su sobrino sobre los cuerpos de la ley) es un sheriff de Estherville. ¿Qué sabrá él de un caso tan importante, con una actriz antaño famosa, una multimillonaria, hija de un promotor inmobiliario bien relacionado?

—No se habla de rescate. Por lo menos en este expediente.

—¿Os habéis fijado en que es de Yemen? —pregunta Nell.

—Sí, pero hace doce años que está aquí —apunta Colette—. Lo he buscado por internet. No hay gran cosa. Tiene una cuenta de Facebook, pero es privada, y todo está escrito en árabe. He encontrado a alguien con el mismo nombre que trabaja de mecánico para una empresa que alquila aviones privados a clientes ricos cerca de Detroit. Tiene que ser él.

«¿Aviones?»

—¿Tiene acceso a aviones? —dice Francie.

Poppy llora al fondo del pasillo.

—He vuelto a llamar a Winnie —anuncia Colette, levantándose—. Por tercera vez. No contesta.

Nell se frota los ojos.

—Y la escenita delante de su casa, con las cámaras y los periodistas. Todo se ha descontrolado. Un gilipollas ha intentado detenerme de camino hacia aquí y me ha preguntado si vivía cerca y si quería hacer algún comentario.

Más de un par de vecinos de Winnie ya han concedido entrevistas, preguntados por lo que saben de ella y por si vieron algo sospechoso esa noche. A Francie le enferma la cantidad de personas que están dispuestas a meter cuchara, a decir lo que haga falta con tal de ver su nombre impreso: que Winnie parece reservada y un poco distante. Que nunca la han visto con un hombre. Que han sentido curiosidad, tienen que reconocerlo, por saber quién es «el padre».

Símbolo se pone en pie y se pasea despacio hasta la ventana, mirando al otro lado de la calle, al parque.

—Van a convertir esto en un puto circo —dice—. Se percibe.

Colette recorre el pasillo en dirección al llanto de Poppy, mientras Francie sigue estudiando el contenido de la carpeta, examinando las notas de Mark Hoyt. No quiere decir nada, pero ella también ha pasado por delante del edificio de Winnie varias veces en los últimos tres días, por las tardes, cuando los periodistas ya se han marchado. Will se pone muy nervioso cada tarde a eso de las siete, antes de que Lowell llegue a casa para echarle una mano. Cuesta quedarse en casa atrapada con el calor cuando el niño llora tanto. Francie se ha acostumbrado a llevarlo a dar un paseo cuesta arriba.

Suele sentarse en un banco al otro lado de la calle, enfrente del edificio de Winnie. El interior de su casa ha estado a oscuras. Pero anoche, mientras el cielo se oscurecía al caer la noche y los mosquitos zumbaban en su pelo, apretó fuerte a Will contra su pecho susurrándole al oído, suplicando un poco de sosiego, convencida de que había visto a alguien moviéndose dentro.

8

Cuarto día

PARA: Las Madres de Mayo
DE: Tus amigos de The Village
FECHA: 8 de julio
ASUNTO: Consejo del día
TU BEBÉ: DÍA 55
¿La sonrisa de tu pareja te parece irresistible? Espera. La primera sonrisa de un bebé llega más o menos al mismo tiempo en todas las culturas, de modo que si tu pequeño todavía no se ha estrenado, prepárate para recibir una sonrisa radiante y desdentada solo para ti como premio por tus amorosos cuidados. Seguro que te hace saltar de alegría (aunque hayas pasado la peor noche de tu vida).

Nell echa un vistazo al perchero con vestidos que cuelgan como cadáveres deshuesados del fino poste metálico. Consulta el reloj: todavía tiene otras dos horas antes de recoger a Beatrice en la guardería. Se le acerca una joven, con una sonrisa rojo cereza pintada encima de sus dientes increíblemente blancos.

—¿Quiere que le lleve la ropa a un probador mientras sigue mirando? —Lleva una rosa de tela negra prendida a sus rizos rubios y una camisa tan breve que deja a la vista los huesos marcados de su caja torácica.

—No, ya estoy —contesta Nell, y la sigue a la parte trasera de la tienda, hasta un pequeño probador separado de los percheros de ropa con la misma cortina fina de flores que Nell ha considerado comprar en IKEA.

—Avíseme si necesita otra talla —dice la chica, corriendo la cortina. Nell se quita los pantalones cortos y la camiseta, y se le llenan los ojos de lágrimas por tercera vez esa mañana. No se puede creer que tenga que volver al trabajo mañana y dejar a Beatrice a cargo de desconocidos nueve horas al día. Tuvo que suplicarle a Sebastian para que llamase él a Alma y le dijese que habían decidido, al menos de momento, dejar a Beatrice en la guardería. Alma se quedó hecha polvo. Nell escuchó pegada al oído de Sebastian cómo Alma decía lo mucho que lo sentía, que no había podido pegar ojo, que los periodistas no paraban de llamarla y de presentarse en su casa, y que la policía la había entrevistado ya tres veces.

—Me lo preguntan todo mil veces. ¿Qué vi? ¿Qué oí? ¿Cómo se comportaba la madre? El cura está aquí. Estoy rezando para que Dios me perdone.

Nell trata de tapar la rendija entre la cortina y la pared antes de ponerse unos pantalones. Son dos tallas más grandes que los que llevaba antes de quedarse embarazada, pero no consigue que le suban por los muslos. No tiene más suerte con la blusa que se prueba después. Le corta la circulación de los brazos y le aprieta demasiado en los pechos. Le resbalan gotas de sudor por la zona lumbar mientras se pone un vestido recto y amorfo por la cabeza. Le molesta que no haya espejo en el probador, de modo que descorre la cortina sin hacer ruido y localiza el espejo de cuerpo entero cerca del perchero de liquidación. A los pocos segundos tiene a la chica encima.

—Es bonito. —Nell no responde, confiando en que su silencio haga volver a la chica a la parte delantera de la tienda, pero la joven ladea la cabeza y arruga pensativamente sus facciones de pajarito mientras se muerde el labio inferior—. ¿Sabe lo que le falta a este vestido?

—¿Un descuento del sesenta por ciento?

La chica ríe.

—Un collar llamativo. Algo para desviar la atención a su cuello, lejos de las cosas que quiere ocultar.

—¿Y si lo que quiero ocultar es mi cuello?

La chica levanta un dedo y se vuelve sobre el grueso tacón de su botín.

—A ver lo que tenemos.

Nell vuelve al probador inquieta y descontenta —con la chica y con lo mal que le queda el vestido—, preguntándose por qué se ha sentido tan turbada desde que vio las fotos de Bodhi Mogaro ayer por la tarde. Deja el vestido en un montón con el resto de ropa antes de huir del probador y de la tienda, con el tintineo de la campana reverberando detrás de ella. Serpentea entre la gente de la acera, sin saber adónde va, y deja atrás las otras boutiques que pensaba visitar con el fin de comprar ropa para el trabajo, algo que cupiera en su cuerpo seis kilos más pesado. Pero no puede soportarlo. Hoy no. Otra tienda no. Otro vestido no. Otra dependienta de la talla treinta que huele a productos para el pelo y chicle de canela no.

«¿Era él?»

«¿Estaba Bodhi Mogaro en el bar aquella noche?»

No consigue sacarse esas preguntas de la cabeza.

¿Es el que le rasgó la camiseta? ¿Es al que ve cuando cierra los ojos, la figura borrosa situada detrás de ella en el cuarto de baño, el par de manos en sus hombros?

¿La siguió él, se enfrentó a ella por la llave de Winnie, todo sin que ella lo recuerde?

No.

La idea es absurda. Sortea a dos chicos montados en moto y a una madre joven que está comprándole a su hija con coletas un cucurucho de sorbete multicolor en un carrito de helados. Se habría acordado; le engaña la mente. Está agotada por la falta de sueño y la preocupación. La noche anterior estuvo paseándose por la sala de estar durante horas, devanándose los sesos, tratando de rellenar las lagunas de aquella noche.

Ojalá la prensa informase de algo que le sirviese de ayuda. No han hecho ninguna mención a Bodhi Mogaro; ni siquiera han insinuado que la policía haya identificado a un sospechoso. Todos los presentadores y los comentaristas prefieren hablar de los errores que está cometiendo la policía. Esa mañana Elliott Falk ha escrito en el *New York Post* que han dado de baja al agente James Cabrera, a quien Nell identificó como el tipo que les dijo que se fueran de casa de Winnie, acusado de dejar la puerta sin cerrar y de permitir que entrase gente en el hogar de Winnie antes de que se recogiesen pruebas. Según algunas fuentes, probablemente lo despidan.

«Bien —ha escrito Francie en un correo electrónico—. Deberían despedirlo. Hay que responsabilizar a alguien de arruinar la investigación.»

Patricia Faith se está poniendo las botas, exigiendo la dimisión inmediata del inspector jefe Ghosh y culpando directamente de todo al alcalde Shepherd: de elegir a su incompetente amigo para que dirigiese el departamento de policía, de preocuparse más por aparecer en anuncios de marcas de moda que de proteger a niños inocentes...

—¿Estoy loca? —se preguntaba Patricia Faith—. ¿O es como si el alcalde no quisiera ver el caso resuelto?

Nell se detiene en la esquina y espera a que cambie el semáforo, mientras el calor envuelve su cuerpo como una manta de lana y la gente le roza los brazos al pasar a toda prisa. Un avión blanco por la luz del sol se refleja en el muro de ventanas del banco situado al otro lado de la calle. Cierra los ojos.

Le viene a la memoria un recuerdo. Está en la barra con una bebida fría en la mano. «Más, más, más.» Alguien le canta esas palabras. Nota una barbilla en el cuello y unos labios en la oreja.

Cierra los ojos apretándolos más y nota unas manos en la cintura. Alguien le agarra los brazos.

«Quiero más, más, más.»

Abre los ojos y echa a correr.

El hombre sentado al final de la barra tiene treinta y pocos años. Lleva una camiseta negra y unos pantalones cortos de camuflaje, y tiene los dos brazos cubiertos por unas mangas de tatuajes negros y grises. Bebe sorbos de una pinta de cerveza y mira el partido de fútbol en una de las grandes pantallas de televisión colgadas encima de las hileras de botellas de alcohol, con un bolígrafo suspendido sobre el crucigrama del *New York Times*. La única persona que hay en el local aparte de él es el camarero, que está inclinado sobre un fregadero lavando vasos. Se sacude el jabón de las muñecas cuando Nell se le acerca.

—¿Qué le pongo?

—Un agua con gas.

Se traga la mitad antes de bajar del taburete y atravesar el bar, con el aire cargado de olor a lejía y cerveza, hasta el patio del fondo. Acerca una silla al lugar que ocupó aquella noche y trata de recrear mentalmente la escena. Colette y Francie están sentadas enfrente de ella. Winnie se encuentra a su derecha. Símbolo —al menos por un rato— está en algún lugar intermedio. Cierra los ojos y ve a Winnie bebiendo té helado y mirando furtivamente el teléfono en su regazo.

Cuando Nell abre los ojos, el hombre de la barra está observándola. Vuelve a cerrar los ojos y esta vez se ve a sí misma. Nota el calor y el martilleo de la música. La multitud aumenta alrededor de ellos. Le quita a Francie el móvil de Winnie.

Borra la aplicación.

¿Por qué? ¿Por qué hizo eso? ¿Es que no había aprendido la lección? Una decisión impulsiva puede destruir una vida entera. Si alguien debía saberlo es ella.

Se levanta y se pasea por el patio vacío.

«Piensa, piensa, piensa.»

Se dirige al interior y pasa por delante de la máquina de discos y la pista de petanca, ahora a oscuras y desierta. Llega hasta el puesto de la camarera, donde pidió las patatas fritas. Las llevó a la mesa y luego fue con Gemma, o quienquiera que fuese, a por otra copa.

Nell abre los ojos de golpe. «El cigarrillo.» Escudriña la sala y ve la puerta de la pared del fondo, cerca de los servicios. Deja la bebida en la barra. La puerta del patio de los fumadores no está cerrada con llave, y sale a una pequeña parcela de grava llena de tambaleantes mesas y taburetes, rodeada de una valla con luces de Navidad colgadas. «Silencio, por favor. Respetad a nuestros vecinos.» Puede oler el humo de su pelo, el sabor intenso a nicotina y alquitrán en su lengua. Está hablando con alguien, pidiéndole un pitillo, oyéndole reír. Por eso al día siguiente tenía tantas ganas de vomitar: por el cigarrillo. Hacía más de un año que no fumaba, desde que Sebastian y ella decidieron ir a por el bebé.

Da vueltas y visualiza a un hombre, de contorno borroso, que le alarga el paquete de cigarrillos, el «clic, clic» del mechero antes de que prenda. Tenía los ojos oscuros, y ella le contó por qué estaba allí.

—Pertenezco a un grupo de madres —dijo, alargando las tres últimas palabras como si estuviera admitiendo algo demasiado vergonzoso para ser verdad—. Yo. En un grupo de madres. ¿Te lo puedes creer? —Nota una mano en el brazo y unas risas en su pelo mientras el calor aumenta a su alrededor.

—¿Otra agua con gas? —pregunta el camarero cuando regresa al interior.

—Sí —responde Nell—. Y échele un chorrito de vodka.

El camarero desliza la bebida hacia ella, y las burbujas brotan al primer sorbo y le hacen cosquillas en la lengua.

—Mierda. —El camarero mira la televisión más cercana, que emite las noticias locales. Alarga la mano para coger el mando a distancia—. Otra vez no.

La mujer de la pantalla lleva una blusa negra sin mangas y una falda amarillo chillón, y tiene la frente arrugada de preocupación. Nell examina el entorno de la mujer y acto seguido se levanta y se acerca a la ventana. Al otro lado de la calle lo ve: el amarillo canario de la ropa de la mujer, la luz de la cámara y una furgoneta de la televisión aparcada cerca.

El camarero sube el volumen, y la voz de la mujer brota de los altavoces situados cerca del techo. «El bebé lleva cuatro días desaparecido, y sin que se haya informado de ningún sospechoso, el caso pinta muy negro. Según fuentes, esta mañana Alma Romero, originaria de Honduras, ha sido llevada a la comisaría para seguir siendo interrogada. La policía también solicita a quien disponga de información útil que llame al número de teléfono que aparece en pantalla.» La mujer se vuelve y señala la entrada del bar. «Como sabes, Jonah, en el momento del secuestro del bebé, su madre, la ex actriz Gwendolyn Ross, se encontraba en un bar con miembros de su grupo de madres. Este bar, La Llama Alegre, está situado...»

La pantalla se oscurece. El camarero ha tirado el mando a distancia al fregadero y ha volcado una jarra de cerveza que estaba secándose.

—Ya estamos otra vez. Cada vez que salimos en las noticias viene otra tanda de mocosos con carnés de identidad falsos que quieren ver el «famoso» bar del Niño Midas que alguien ha mencionado en Facebook. —Vuelve a sumergir los brazos en el agua jabonosa—. Esos gilipollas no dejan propina.

A través de la ventana, Nell ve a la reportera cruzar la calle con su cámara. Busca un billete de diez dólares en el bolso, lo deja en la barra y sale a toda prisa por la puerta lateral a la zona de fumadores cuando la reportera entra y se presenta al camarero.

—Soy Kelly Marie Stenson, de las noticias locales de la CBS. ¿Podría hacerle unas preguntas...?

Nell lleva un taburete hasta la valla. Se sube encima, agarra el cable, se eleva y levanta una pierna por encima. Tiene las palmas húmedas y le resbalan las manos, y se le escurren las sandalias en el cable. Cae al otro lado y se da un trompazo en el pavimento del aparcamiento contiguo. Nota el sabor a sangre del labio mordido y ve los cortes que se ha hecho en la base de las manos y las rodillas. Se levanta, cruza apresuradamente el aparcamiento hasta la acera y nota que el hombro duro de un hombre le da en el costado.

—Imbécil —grita—. Mira por dónde vas.

Sube la cuesta en dirección al parque y reduce la marcha. Al cruzar la calle, nota que alguien anda detrás de ella, siguiéndola de cerca, y entonces se acuerda de todo. Hay gente esperando a la vuelta de la esquina, observándola, tratando de documentar todo lo que hace. Echa a correr otra vez con dificultad, pasando por alto las molestias de la incisión de la cesárea y el dolor que se propaga por la cara interior de su muslo derecho; cruza la calle, recorre la manzana y se dirige a la guardería. Todavía falta una hora para que pueda recoger a Beatrice, y, sin embargo, se obliga a mantener el ritmo, mientras los pies le arden en las finas sandalias. A los diez minutos ha llegado. Mira por la ventana entre los girasoles cortados y las mariposas pegadas al cristal con cinta adhesiva. Dos mujeres se hallan arrodilladas en el suelo delante de una hamaca, inclinadas hacia el bebé sujeto a la silla. Una de ellas presiona el pecho del bebé. Las mujeres... parecen disgustadas. El bebé se está ahogando. Nell se mueve para ver desde otro ángulo. El bebé delante del que están arrodilladas es Beatrice.

Nell corre a la puerta, gira el pomo, pero está cerrada con llave. Aporrea el cristal, golpea con los puños y se imagina a Beatrice dentro, asfixiándose con un objeto dejado irresponsablemente a su alcance, la cara morada. Finalmente el cerrojo se abre con un clic. Nell corre por el pasillo, abre la puerta de un tirón, y sus ojos coinciden con la mirada de sorpresa de una joven con unos tejanos raídos y una camiseta con un cupcake rosa estampado y las palabras GUARDERÍA EL BEBÉ FELIZ.

—Señora Mackey. Está...

Ella pasa corriendo a su lado y se lanza al suelo al lado de las dos mujeres. Nell estira los brazos para coger a su bebé y oye el móvil sonando en el bolso al mismo tiempo que repara en la expresión de la cara de su hija.

Beatrice está sonriendo.

Nell se vuelve hacia la mujer. El objeto que tiene en la mano es un teléfono. Estaba haciendo una foto.

—Mire qué sonrisa más bonita —dice la mujer, sonriendo a Beatrice.

—¿Sonrisa?

—Sí.

—¿No son gases?

La mujer ríe, y el teléfono de Nell vuelve a sonar.

—Esta vez no. Es una sonrisa. ¿No la había visto sonreír antes?

—No —contesta Nell—. Estaba esperando el momento. —Se arrodilla apoyándose en los talones, busca el teléfono, mientras le escuecen los ojos de las lágrimas, y al leer el mensaje de Francie se le corta la respiración.

«Lo han encontrado.»

«Quiero a mi madre.»

Colette corre el último esprint al llegar a la cima de la cuesta. Es demasiado mayor para pensarlo, y, sin embargo, no deja de imaginárselo: sentada con su madre a la gran mesa de la cocina en su casa de Colorado, con los perros a los pies y las puertas de cristal que dan al jardín abiertas mientras su padre les prepara unas bebidas y Colette se lo cuenta todo a su madre. Lo mucho que le preocupa que no encuentren a Midas. Haber cogido la carpeta del despacho de Teb, haber hecho copias y habérselas enseñado a Nell y Francie. Lo profundamente que lamenta haber compartido la información con Símbolo, a quien apenas conoce. Quiere reconocer lo lamentable que es lo que ha escrito y contarle lo que ha pasado esa mañana en la consulta del médico, durante su segunda revisión de posparto, en la que ha acabado llorando delante del doctor Bereck y admitiendo lo agobiada e inquieta que se siente y lo mucho que le cuesta dormir.

—¿Qué es lo que más te inquieta? —le preguntó el doctor Bereck.

—Todo, pero sobre todo Poppy. Me preocupa que le pase algo. —Colette ha estado intentando sin éxito no hacer caso a sus preocupaciones: que los miembros de Poppy parecen débiles, que todavía no ha conseguido dominar del todo la técnica para mantener la cabeza en alto, que a veces le cuesta establecer contacto visual—. Cuando estoy delante de los otros bebés del grupo de madres... no sé. Parecen distintos. Más fuertes —dijo Colette, y por fin se permitió llorar—. Y recibo mensajes diarios de The Village. Poppy no está cumpliendo los objetivos que dicen que debería estar logrando.

—En primer lugar, deja de leer esos mensajes —le aconsejó el doctor Bereck—. Dan por sentado que todos los bebés van a desarrollarse al mismo ritmo. No es así como funciona.

—Ya lo sé, pero aun así. No soporto la idea. Charlie dice que estoy loca. Que no le pasa nada. Pero yo soy su madre. Puedo percibirlo. Podría pasarle algo.

Colette quiere contarle a su madre esas cosas, pero no puede. Ni siquiera sabe dónde está. La última vez que hablaron, diez minutos a través de una línea llena de interferencias hace más de dos semanas, Rosemary estaba en el archipiélago de San Blas, frente a Panamá, investigando una de las últimas sociedades matriarcales que quedan. El padre de Colette, un catedrático de la Universidad de Colorado en Boulder jubilado hace poco, la había acompañado. («Como miembro de una familia matriarcal, creo que me adaptaré bien», dijo cuando la llamaron para comunicarle que iban a estar de viaje tres meses, y que partirían una semana después de la fecha de nacimiento prevista de Poppy.)

Colette se queda sin aliento cuando Alberto, el portero, le abre la puerta, y al salir del ascensor en el tercer piso y hacer un alto para desatarse los cordones de las zapatillas, oye a Charlie dentro de casa, en la cocina, hablando con alguien por teléfono.

Él baja el teléfono del oído cuando ella entra.

—Uau —dice, esbozando mudamente la palabra—. Estás cañón.

Ella se mira en el espejo colgado encima de la mesa del recibidor. Tiene el pelo empapado, las pecas color carmesí, y la piel blanqueada por la capa de protector solar que se ha puesto al salir de la consulta del médico. Es la primera vez que sale a correr desde que dio a luz, y ha tenido que pararse a andar varias veces.

—Supongo que te refieres a que estoy ardiendo como un cañón —le dice a Charlie.

—No —susurra él—. Me refiero a cañón, cañón. —Le besa la mano y acto seguido habla por teléfono—. Podemos hacerlo. Pero no puedo permitir que eso interfiera en la escritura del final del libro nuevo. —Sirve una taza de café y se la da a Colette—. Y no debería perderme ninguna fiesta importante. Dudo de que el bebé me lo perdone.

—Y la madre del bebé —tercia Colette, dando por

sentado que está hablando con su publicista de una nueva invitación para dar una charla en alguna parte. Charlie terminó la gira de presentación de su libro dos meses antes, pero sigue recibiendo peticiones para visitar más ciudades. Colette se sirve un vaso de agua y se fija en que la mesa del comedor —una mesa rústica de época que Charlie compró la pasada Navidad— está puesta para dos, con los platos de la abuela de ella y las servilletas de lino. En el centro de la mesa hay un ramo de margaritas azul intenso, con algunos pétalos flácidos y marchitos, metido en una taza de viaje de acero inoxidable.

Coge una uva del bol que hay al lado de Charlie y le abraza la cintura, pegando la mejilla al familiar hueco entre sus omóplatos, aspirando su aroma —desodorante Speed Stick y ajos asados— y oyendo *Sonidos del vientre materno* por el monitor del estante. Se da el gusto de experimentar la sencilla dicha del momento. El calor del cuerpo de Charlie. Poppy dormida en su cuarto. El ritmo de la casa. Ojalá pudiera quedarse allí, en ese preciso momento, para siempre.

Colette se separa y ve el libro —*Formar una familia*— en la encimera al lado de la cafetera. Coge su café y el libro y se sienta en el taburete tras la isla de la cocina mientras Charlie pica un manojo grueso de perejil con cortes rápidos y seguros, sujetando el teléfono entre el hombro y el oído. Abre el libro por la primera fase del embarazo y hojea las anotaciones que Charlie ha hecho en los márgenes y las esquinas que ha doblado para marcar determinadas páginas.

Nueve semanas: el bebé es del tamaño de una uva.

Cómo preparar a tu compañero de parto.

Cosas a evitar: pescado crudo y carne poco hecha, ejercicio excesivo, baños calientes.

A Colette se le hace un nudo en el fondo de la garganta al leer las palabras y recordar aquellas primeras semanas. El dolor de pechos cuando subía las escaleras. El repugnante olor del jabón y el perfume de los desconocidos en el metro. Los vómitos en el cuarto de baño de su editor, en medio de una reunión para debatir la orientación del segundo libro.

El impacto devastador al ver las dos líneas rosas en la tira de plástico de la prueba de embarazo.

Era un fallo de su organismo. Un retraso de un mes. Conocía su cuerpo lo suficientemente bien para evitar los métodos anticonceptivos, que le habían provocado rabia y depresión los pocos meses que había tomado la píldora. (Charlie le había tomado el pelo diciendo que si todas las mujeres reaccionaban a la píldora como ella, entendía su efectividad porque hacía que se sintiesen tan infelices que nadie querría acostarse con ellas.) Había ido a ver al doctor Bereck buscando confirmación. «Los cuerpos se alteran —le dijo el doctor—. Los ciclos se vuelven más lentos.» Tenía casi treinta y cinco años. Las cosas estaban empezando a cambiar.

Cinco semanas: el bebé es del tamaño de una semilla de amapola.

Cinco semanas: la noche de septiembre que le dijo a Charlie que estaba embarazada. Hicieron el amor después, y él se quedó a su lado, con el pecho pegado a su espalda y la mano en el declive de su cintura.

—Tú. Un bebé. Mi libro —había dicho—. Es todo lo

que siempre he querido. —Ella se había quedado inmóvil, tratando de imaginárselo. El embarazo. Un bebé. La maternidad.

No podía hacerlo. No podía imaginarse nada de eso. Otras cosas ocupaban su imaginación. El viaje de dos meses al sudeste asiático que Charlie y ella planeaban hacer cuando él terminara su segundo libro. El maratón para el que ella acababa de empezar a entrenar. Dejar por fin de escribir para otros y publicar otro libro propio. Esas eran cosas que podía imaginar. Pero ¿eso?

A la mañana siguiente llamó a su madre preguntándose cómo iba a apañárselas, cómo seguiría siendo ella misma, y reconoció que se había tomado tres whiskies la noche antes de saber que estaba embarazada y que había participado en varias carreras agotadoras.

—¿Y si he hecho daño al bebé?

—Colette —le había dicho su madre—, cuando los abortos eran ilegales, las mujeres tenían que tirarse por las escaleras. No vas a matar a tu bebé por accidente.

El recuerdo se esfuma cuando Charlie cuelga y se acerca para besarle la frente. Ella cierra el libro.

—¿Me has preparado huevos revueltos? —dice—. ¿Qué celebramos?

—Tu cita con el médico. —Él señala el libro con la cabeza—. He consultado a los expertos, y según ellos, estamos fuera de peligro.

—¿Fuera de peligro?

Él se dirige al botellero empotrado al lado del lavaplatos, saca una botella de champán y la descorcha con un rápido giro.

—Sí. El bebé no tardará en sonreír. Desarrollará un horario cuando entienda la diferencia entre el día y la noche. Ah, y... —Sirve un poco de champán en un vaso de agua y tira de ella para que se levante del taburete—. Podemos volver a tener relaciones sexuales. Bébetelo todo, mujer.

Su cuerpo se pone en tensión cuando Charlie le rodea la región lumbar con los brazos, pega las caderas a las de ella, la hace retroceder y la empuja contra el frigorífico. ¿Sexo? La sola idea le repugna. Está exhausta y agotada; le duelen los pechos y la espalda. Anoche durmió muy mal porque Poppy se despertó a medianoche y estuvo escuchando a Charlie trastear en la sala de estar, poner una serie de discos de jazz para calmarla y leerle un fragmento de su libro, el capítulo en el que el joven soldado se despide de su madre para ir a luchar a la guerra. Colette sabía que debería haber salido de la cama y haberle ofrecido el pecho a Poppy, con lo que se habría dormido en el acto, pero estaba tan cansada que no tuvo fuerzas para hacerlo, para arrastrarse de debajo de las mantas en la habitación refrigerada, para dejar de pensar en Midas. En Winnie. En Bodhi Mogaro. ¿Tenía él a Midas? ¿Seguía el bebé con vida?

Colette aparta a Charlie empujándolo suavemente.

—Sabes que mañana tengo que irme pronto, ¿verdad? He quedado con Teb.

Charlie se queda inmóvil y cierra los ojos antes de pegar su frente a la de ella.

—Has quedado con Teb.

—Te habías olvidado.

—Me había olvidado.

—Hoy es tu día con el bebé —le recuerda Colette—. Yo la tuve ayer. Y te dije que Teb tuvo que cambiar la última cita...

—Lo sé. Se me pasó. Anoche Poppy se despertó tres veces. Estoy agotado.

—Lo siento —dice Colette—. Pero esta noche me toca a mí. Mañana podrás descansar de ella casi todo el día.

Él suspira y la suelta.

—Tienes que sacarte más leche. He utilizado la de la nevera.

—Ya lo hice. Esta mañana. Está ahí dentro.

—Y tenemos que hablar de todo esto.

—¿Todo el qué?

—Esto que estamos haciendo, dividiéndonos el cuidado de la niña al cincuenta por ciento. No está funcionando.

Ella se siente irritada de inmediato.

—Yo no puedo dedicar más tiempo —dice, tratando de no levantar la voz y metiéndose un pedazo de huevo revuelto de la sartén en la boca—. Me he retrasado un poco con el libro de Teb. —No le ha confesado a Charlie el alcance del problema: lo segura que está de que no logrará respetar el plazo de entrega ni lo mal que está quedando el libro. Está demasiado agobiada para reconocer lo difícil que le está resultando gestionarlo todo, que sabe que se han quedado sin detergente y que la alcachofa de la ducha pierde agua y hace un ruido que la vuelve loca, y que acaba de pedir hora para mañana con el pediatra, siguiendo el consejo del doctor Bereck.

—No te estoy pidiendo que te encargues tú de cuidar de la niña, Colette. Estoy diciendo que tenemos que contratar a una niñera. —Su expresión se suaviza—. Sé que estás asustada. Lo de Midas es horrible. Pero no podemos tenerlo todo. No podemos querer tener trabajos de jornada completa, tener a una recién nacida y no recibir ayuda. —Le coge las manos—. Podemos permitírnoslo. Podemos utilizar parte del dinero de mis padres.

Ella aparta la mano.

—No quiero contratar a una niñera, Charlie. —No soporta la idea de dejar al bebé con una desconocida. Pasa junto a él hacia el dormitorio, sacándose la camiseta húmeda por la cabeza.

—Entonces, ¿qué se supone que tenemos que hacer? —Él la sigue al cuarto de baño—. Si no estás de acuerdo en contratar a una niñera, tendrás que ocuparte tú.

Ella enciende la ducha, levanta la gran bañera de plástico rosa para bebés del suelo de la bañera y aparta la vista del grueso mechón de pelo metido en el desagüe que perdió en la ducha de ayer.

—Pero eso no es lo que acordamos.

—Lo entiendo. Pero tener un niño es un poco más difícil de lo que cualquiera de los dos esperábamos. Tenemos que reconsiderarlo. Mi libro tiene que estar terminado dentro de dos meses.

—Y el mío dentro de uno.

—Lo sé, cariño. —Charlie aprieta la mandíbula—. Pero ya sabes lo que me juego con el mío.

—Tengo que prepararme. —Ella cierra la puerta y acto seguido se ducha despacio, frotándose el cuerpo con un nuevo exfoliante con sal que se le antojó en el supermercado el día anterior, intentando deshacerse del desencanto y el agotamiento. Cuando sale del dormitorio veinte minutos más tarde con una blusa limpia y una falda, Charlie está en su despacho con la puerta cerrada. Entra sigilosamente en el cuarto del bebé; en la habitación resuenan cantos de cetáceo del compacto *Sonidos del vientre materno*, y el ambiente está lleno del aroma de su hija. Colette no puede resistir el impulso de asomarse a la cuna para tocar la mejilla de Poppy y apartarle los finísimos pelos —de color naranja como la tarta de calabaza— de la frente. Su cara se parece mucho a la de la madre de Colette.

Sale sin hacer ruido del piso para no molestar a Charlie y se dirige al metro, donde se queda al final del andén, lejos del quiosco, pues quiere evitar los últimos titulares sobre Midas por unas horas. Una vez en el tren, cierra los ojos pensando en lo ridícula que ha sido su discusión con Charlie. Él está en la cima de su carrera. Un enorme adelanto por su primera novela, entusiastas reseñas que lo consagran como una de las nuevas voces más prometedoras en décadas, inmerso en la fase final de escritura de su segundo y esperadísimo libro.

Y allí está ella.

Camino de la oficina del alcalde, donde tendrá que esperar a Teb, enfrascada en la escritura de un libro que dirá haber escrito él y que le generará una fortuna en derechos de autor, demasiado asustada para intentar escribir otro libro propio. Su primer libro, una biografía de Victoria Woodhull, la primera mujer que se presentó como candidata a la presidencia, se publicó seis años antes. Colette se pasó años investigando y se sintió profundamente orgullosa de su obra. Pero las ventas no acompañaron, y aunque a continuación escribió los borradores de dos libros, ninguna editorial se interesó por ellos. Demasiado apocada para volver a intentarlo, aceptó trabajar como negra editorial siguiendo el consejo de su agente. «Solo por un tiempo —le dijo—. Hasta que se te ocurra una idea mejor para el próximo libro.» De eso hace cuatro años.

El teléfono suena y le avisa de que ha recibido un mensaje mientras sube la escalera del metro en la parada del ayuntamiento y la distrae de sus pensamientos. Es Charlie.

«He estado pensando en algo», ha escrito.

«¿En qué?»

«En el calentamiento global. Qué mal rollo, ¿verdad? —Ella aguarda—. Y ya puestos, ¿qué te parecería una cena romántica en casa esta noche? Después de que la niña se duerma.»

«Pinta bien.»

«Incluso te dejaré cocinar.»

Colette se detiene delante del carrito del café que hay en la entrada de City Hall Park.

—Un café solo con hielo grande —le dice al dependiente—. Y un donut, por favor.

«Qué generoso», escribe.

«Yo pienso lo mismo. ¿Qué vas a preparar?»

«Un suflé.»

«Genial. ¿Qué clase de suflé?»

«Del invisible.»

«Pero ese ya lo preparaste ayer.»

Tiene otros diez minutos antes de la hora de la cita con Teb y decide llevarse el café a un banco del parque, cerca de una budleya con flores moradas. Todo sería mucho más fácil si pudiera contarle a Charlie la verdad. Quiere dejar de trabajar. Quiere centrarse en Poppy. Parte el donut imaginando la vida que desea: ahora mismo, ser solo madre. Asegurarse de que Poppy está bien. De que recibe amor, está sana y no le falta de nada.

Descarta la idea. No puede decirle eso a Charlie.

Ella no puede ser eso.

Colette Yates, la hija de Rosemary Carpenter, la famosa Rosemary Carpenter, que había triunfado escribiendo sobre las dificultades de la maternidad, el sexismo inherente en la convivencia de las parejas, la necesidad de que las mujeres evitaran depender de los hombres. ¿Ella iba a decidir ser una madre y ama de casa?

Colette se termina el donut y abre el correo electrónico, consciente de que tiene que prepararse para la reunión con Teb. Ha recibido un nuevo mensaje de Aaron Neeley, con notas sobre los capítulos de los que tienen que hablar hoy.

No estás profundizando en una parte: el impacto emocional que la muerte de Margeaux tuvo en el alcalde. La cronología está incompleta. Vuelve a estudiar el perfil de *Esquire*. Ese redactor sí que lo hizo bien.

Colette alza la cara al cielo, nota el calor del sol en la piel y oye el sonido de un mensaje de texto entrante. Trata de no pensar en el mensaje de Aaron, ni en la hora que tendrá que pasar hablando del libro, ni en la imagen de Winnie sentada sola en su casa, con la cuna de Midas vacía, rodeada de recordatorios de su ausencia. Lo único en lo que quiere pensar, al menos durante otros cinco minutos, es en el sol en su cara, la cena con Charlie y la cita de mañana con el pediatra, en la que le dirá que todo va bien. Poppy es normal. Sus miedos son infundados.

Coge el teléfono para ver lo que Charlie ha escrito. Pero el mensaje no es de Charlie.

Es de Francie.

Colette intenta aparentar serenidad al saludar a Allison.

—Pasa y ponte cómoda —dice Allison—. Está a punto de salir de una reunión.

En el despacho de Teb, se sienta a una gran mesa redonda y abre el portátil.

«Lo han encontrado.» Era todo cuanto ponía en el mensaje de Francie.

Teclea la dirección del sitio web del *New York Post* preparándose para la devastadora noticia. El artículo está en la página de inicio.

SOSPECHOSO DEL SECUESTRO DE MIDAS ROSS HALLADO EN PENNSYLVANIA

Colette espira y apoya la frente en la palma de la mano. Francie no se refería a Midas, sino a Bodhi Mogaro.

Un hombre yemení de veinticuatro años que se considera relacionado con el secuestro de Midas Ross ha sido detenido esta mañana en Tobyhanna, Pennsylvania, a dos horas al oeste de Nueva York. La policía lo paró por invasión de la propiedad ajena después de que su coche fuera visto aparcado en los terrenos del almacén militar de Tobyhanna, que contiene material de vigilancia empleado por el Ministerio de Defensa. La policía ha confirmado que llevaba dos días buscando a Mogaro, después de que varios testigos oculares lo situaran en las inmediaciones de la residencia de Gwendolyn Ross la noche del 4 de julio a la hora del secuestro de su hijo. En el maletero del coche de Mogaro, un Ford Focus de 2015 alquilado en el Aeropuerto John F. Kennedy a primera hora de la mañana del 5 de julio, se ha descubierto un bolso que contenía casi veinticinco mil dólares en efectivo.

«Veinticinco mil dólares en efectivo.»

Colette vuelve a leer la frase. ¿Por qué tendría ese dinero?

El Departamento de Seguridad Nacional ha intervenido para investigar por qué Mogaro pudo haber entrado en el almacén militar, a la vez que trata de determinar si algún miembro del ejército pudo haber sido cómplice de Mogaro. La esposa de Mogaro, una profesora de economía de la Universidad Estatal de Wayne, ha rehuido hacer comentarios.

El teléfono de Colette vuelve a pitar. Es Nell. «¿Qué quiere decir eso?»

—Colette. —Allison está en la puerta—. Perdona por interrumpirte, pero el alcalde llegará unos minutos tarde.

Colette asiente con la cabeza.

—Está bien —dice, pronunciando las palabras a duras penas—. Gracias.

—Y por si te interesa, la fotocopiadora se ha estropeado. —Allison baja la voz—. El técnico tardará otra hora en llegar, si necesitas utilizar el cuarto. Puedo hacerte una señal. Nadie te molestará.

Colette mira el artículo.

—Muy oportuno —dice—. Estaba a punto de ir a ver si el servicio está libre.

Allison sonríe de oreja a oreja.

—Espera un momento.

Colette saca el bolso de debajo de la silla y se acerca al aparador situado al lado del escritorio del alcalde. La carpeta sigue allí, y cuando la coge pesa más que dos días antes. Desde su mesa, Allison le hace un gesto con el pulgar hacia arriba para indicarle que no hay moros en la costa cuando se dirige al cuarto de la fotocopiadora y cierra la puerta con cerrojo detrás de ella. Al sacar la carpeta del bolso, algo cae a sus pies. Un lápiz de memoria. Lo deja encima de la fotocopiadora y hojea rápido el contenido de la carpeta buscando el nombre de Bodhi Mogaro. Con las prisas, se corta con un papel en el pliegue del pulgar y el índice y deja un reguero de sangre en la primera página.

—Mierda —susurra, mientras frota la sangre sobre las palabras «Lista de miembros: Madres de Mayo».

Hojea unas copias del cuestionario que tuvo que rellenar para ingresar en las Madres de Mayo a través del sitio web de The Village. Ve el perfil de Nell. El de Yuko. El de Scarlett. El de Francie. ¿Cómo ha accedido la policía a esa información?

Ve el suyo.

Lo aparta del montón y mira la foto que adjuntó: una instantánea del viaje a Sanibel que ella y Charlie hicieron antes de que Poppy naciera. La noche que él le propuso matrimonio, el aniversario de su primera cita, la primera noche que habían pasado juntos; a la mañana siguiente habían despertado en el piso de él en Brooklyn Heights y habían visto estrellarse el primer avión contra la torre.

—Siempre estaré contigo —le dijo ella esa noche en la playa de Florida, con el pelo lleno de arena y agua salada, sosteniendo la alianza en la mano—. Pero ya me conoces, Charlie. El matrimonio no es lo mío. —Apenas se reconoce en la foto. Es de solo dos años antes, pero parece muy joven.

Entonces cae en la cuenta: Teb la verá. Descubrirá que ella conoce a Winnie. Sabrá —si no lo sabe ya— que estuvo presente aquella noche. Querrá saber por qué no se lo ha dicho.

Mira la trituradora que hay al lado de la fotocopiadora y, sin pensárselo dos veces, introduce el papel por la ranura de la parte superior. Con un rápido movimiento, unas tiras finas salen por el otro extremo de la máquina.

Vuelve a la carpeta y hojea los papeles. Fotos de la terraza de la parte trasera de La Llama Alegre. Fotos de la casa de Winnie. De su cocina. Un informe de laboratorio que Colette no logra descifrar. Se detiene al llegar a la transcripción de una entrevista de varias páginas de extensión.

HOYT: ¿Puede deletrear su nombre?

MERAUD SPOOL: M-E-R-A-U-D-S-P-O-O-L.

HOYT: ¿Es usted amiga de la señora Ross?

SPOOL: Ex amiga. Hace años que no hablamos, pero fuimos muy amigas de jóvenes.

HOYT: Nos interesa el incidente con Daniel que usted presenció, pero antes hábleme de su relación con la señora Ross.

SPOOL: Nos conocimos en los castings de *Bluebird*. Teníamos muchas cosas en común y enseguida congeniamos. Cuando mi madre y yo nos mudamos aquí por la serie, la señora Ross nos invitó a quedarnos con ellos mientras las obras de reforma de la casa que habíamos comprado terminaban. Pasábamos los fines de semana en su casa de campo, en el norte. Winnie y yo compartíamos habitación. Era como una hermana para mí.

HOYT: De acuerdo.

SPOOL: El caso es que nos eligieron a las dos. A Winnie, obviamente, le dieron el papel protagonista.

[*Risas*]

HOYT: ¿Cómo se sintió al respecto?

SPOOL: ¿Que cómo me sentí? Para serle sincera, me dolió. Por todas las chicas, no solo por mí. Ella no era la que mejor bailaba. Pero era la más guapa.

HOYT: ¿Se llevaba bien con las otras chicas?

SPOOL: No, la verdad es que no. Se sentía incómoda.

HOYT: ¿Incómoda?

SPOOL: Sí, como si no supiera ser ella misma. Siempre estaba cambiando, intentando ser lo que los demás querían que fuera. Intentando adoptar la imagen adecuada a cada situación. Pero después de conocer a Daniel ganó en seguridad.

HOYT: ¿Cómo se conocieron?

SPOOL: Sinceramente, no tengo ni idea. Flaco. Con acné. A las demás chicas les sorprendió que saliesen, pero a mí no después de verlos a los dos juntos. Eran almas gemelas. Él se parecía mucho a ella. Estudioso. Bohemio. Se querían mucho. [*Risas.*] Bueno, como uno quiere a los diecisiete años. Un amor juvenil. Aunque, a los treinta y nueve, con tres hijos y doce años de matrimonio, empiezo a pensar que en realidad ese es el auténtico amor. ¿Esto? Esto es trabajo. ¿Hablo demasiado? No sé si estoy contestando a sus preguntas.

HOYT: Lo está haciendo muy bien.

SPOOL: En fin, la serie era un éxito. Winnie tenía a Daniel. Me tenía a mí. Y entonces su madre murió. Y...

HOYT: ¿Sí?

SPOOL: Y entonces las cosas... Mire, ustedes se pusieron en contacto conmigo para preguntarme si podían interrogarme, y estoy encantada de ayudarles. Tengo tres hijos. Sinceramente, no me imagino lo que ella debe de estar pasando. Pero me da miedo decir algo que no deba.

HOYT: No se preocupe por eso. Solo estamos recabando información.

SPOOL: Ella se volvió loca. Bueno, ¿quién no se volvería loco? Perder a tu madre tan joven... Fue horrible. Aquel extraño accidente que nadie podía explicar. ¿Un fallo de los frenos yendo cuesta abajo? Fue muy raro. Y encima, el tío aquel volvió. Archie Andersen.

Colette hace una pausa. Ayer Francie dijo en un correo electrónico que Winnie tenía un acosador y que no sabía si ese hombre había tenido contacto con ella desde la época de *Bluebird*.

SPOOL: Había desaparecido varios meses después de que dictaran la orden de alejamiento, pero entonces apareció en el funeral de su madre y montó una escena llorando en la iglesia en primera fila. Fue muy duro para ella.

HOYT: ¿Se encuentra bien?

SPOOL: Es muy triste. Winnie y su madre estaban muy unidas. Tenían el tipo de relación que toda joven quiere tener con su madre. Y de repente, puf, ella se esfumó. Winnie empezó a tener ataques de pánico. Unas lloreras terribles. La verdad es que me recordaba a mi madrastra.

HOYT: ¿Su madrastra?

SPOOL: En aquella época ella acababa de dar a luz a mi hermanastra. Es, digamos, varios años más joven que mi padre. Después de eso se le fue la pinza. Lloraba. No podía dormir. Al final la hospitalizaron una temporada. Psicosis posparto.

HOYT: ¿En qué sentido le recuerda a Winnie?

SPOOL: Bueno, Winnie... No era la de siempre. Y entonces ocurrió el incidente.

HOYT: Hábleme de él.

Alguien llama a la puerta del cuarto de la fotocopiadora. Colette vuelve a meter los papeles en la carpeta y la guarda a toda prisa en el bolso, junto con el lápiz de memoria.

—Espera —dice por la estrecha rendija de luz entre la puerta y el marco—. Ya casi he terminado con la última teta. —Extrae el sacaleches manual, se desabotona la camisa por debajo del sostén y abre la puerta.

Es Aaron Neeley.

—¿Todo bien? —Baja la vista al sostén de ella.

Colette intenta abotonarse torpemente la camisa; le arde la cara de vergüenza.

—Sí, perfectamente.

—Te estamos esperando.

—De acuerdo. —Guarda el sacaleches en el bolso—. Ya estoy lista.

Allison lanza una mirada de disculpa a Colette mientras ella sigue a Aaron al despacho de Teb. Está sentado en su silla, leyendo una copia impresa del manuscrito con los pies apoyados en la mesa, una postura que deja a la vista unos calcetines a topos rojos y blancos. Aaron señala una de las butacas vacías de enfrente del escritorio.

—Dame un segundo —dice Teb.

Colette deja el bolso en su regazo y mira a Aaron, y acto seguido a la pared de detrás de Teb, que exhibe una colección rotatoria de fotografías de él posando con diversos famosos. Han añadido unas cuantas nuevas. Teb con Bette Midler. Con un joven recientemente fichado por los Mets de Nueva York. Con el ex secretario de Estado Lachlan Raine, que, según se ha anunciado esa misma mañana, es probable que sea propuesto candidato al Premio Nobel de la Paz por la labor que su fundación está desarrollando en Siria.

—Mola, ¿verdad? —Teb la está observando.

—Mucho.

—Conocí a Raine hace dos semanas en un acto en Cipriani's. Está recaudando millones para mi campaña, pero ese tío está como una cabra. No exagero: no hubo ni una camarera a la que no le tirara los trastos.

Colette trata de mantener un tono alegre.

—Qué sorpresa.

Teb ríe entre dientes.

—Sí, ya. —Deja la última hoja de papel—. Bueno, C. Tengo que serte sincero. Creo que no vamos en la buena dirección.

Ella se recoge el pelo detrás de las orejas, haciendo un esfuerzo consciente por parecer indiferente.

—Lo entiendo. —Aaron sigue mirando con una mezcla de aburrimiento y cansancio—. ¿Puedes ser más concreto?

Teb se recuesta en su silla y observa el techo.

—El primer libro. ¿Con quién comparó mi estilo aquel crítico? —pregunta a Aaron.

—«Una prosa digna de Hemingway. Un ingenio digno de Sedaris» —contesta Aaron.

Colette resopla.

—Para ser sincera, Teb, esa reseña fue un poco exagerada.

—De acuerdo, pero ¿y este? No va a impresionar a nadie. —Mira a Aaron—. ¿Verdad que no?

Aaron expulsa una larga bocanada de aire.

—Sí, señor. Estoy totalmente de acuerdo. Comprendo que te estamos pidiendo que escribas rápido, Colette, pero no podemos conformarnos con algo mediocre después de las expectativas que el alcalde creó con su primer libro.

—Está bien. —Ella asiente con la cabeza—. Repasémoslo.

Durante la siguiente hora trata de centrarse en lo que le piden, pero le distrae el peso de la carpeta metida en su bolso: ¿y si Teb ya ha examinado su contenido? ¿Y si ha visto su formulario de inscripción? Le distrae la televisión sin sonido del rincón, sintonizada en NY1. Colette es incapaz de apartar la vista, y al final ve una foto de Bodhi Mogaro en pantalla, la foto que la policía debe de haber proporcionado a la prensa: la misma foto que ella tiene en casa, en la carpeta escondida debajo del sofá. «Hombre yemení detenido por allanamiento, posible implicado en el secuestro de Midas Ross.» Siente una oleada de alivio cuando Allison llama suavemente a la puerta y asoma la cabeza.

—Alcalde, su siguiente cita ya ha llegado. Le esperan en el 6B. Les he organizado la comida.

—Estupendo, gracias, Allison. —Teb ordena los papeles y se los pasa a Aaron a través de la mesa antes de alargar la mano para consultar el móvil—. Ha sido útil, ¿verdad? ¿Servirá para volver a encarrilar el libro?

—Por supuesto —dice Aaron.

Colette recoge el portátil y la libreta y los mete en el bolso al lado de la carpeta. Sale al vestíbulo, donde uno de los jóvenes ayudantes de la oficina de prensa está dirigiendo una visita pública, señalando las obras de arte de las paredes y guiando al grupo a la gran ventana saslediza con vistas al puente de Brooklyn. Colette se escabulle entre ellos hasta el servicio y se queda esperando al otro lado de la puerta, vigilando el pasillo que lleva al despacho de Teb. Cuando ve que el alcalde y Aaron se encaminan a su siguiente reunión, se dirige a Allison, que está hablando por teléfono en su mesa.

—Creo que se me ha caído la cartera ahí dentro —susurra Colette.

Allison le indica que entre con un gesto de la mano. Ella hace ver que inspecciona el suelo alrededor de la silla en la que ha estado sentada y junto al escritorio de Teb, mientras vuelve a colocar la carpeta en su sitio.

Le dice adiós con la mano a Allison y pulsa el botón del ascensor. Dos mujeres entran a toda prisa justo antes de que se cierren las puertas, con cafés y mecheros en las manos.

—Dicen que es de Yemen. Un musulmán —dice una a la otra, con la voz ronca de una fumadora empedernida—. No puede ser bueno.

La otra mujer sacude la cabeza.

—Lo que a mí me gustaría saber es dónde está la madre. ¿Por qué no concede entrevistas? Solo una mujer que tiene algo que ocultar se negaría a hablar con la prensa.

Las dos miran a Colette. Ella sonríe y pulsa el botón del vestíbulo, con el corazón palpitante, el bolso pegado al pecho y el pendrive todavía dentro.

9

Cuarta noche

Me siento mejor aquí.

Protegida por los árboles y las sombras y por el ala de un sombrero. A solo dos horas de la ciudad, aunque parezca que esté en otro mundo. Gracias a Dios. No sabía si sería capaz de marcharme, pero cargué el coche en mitad de la noche, me fui antes de que saliera el sol sin decírselo a nadie y entré antes de que los vecinos se despertaran, utilizando la llave escondida en la maceta.

Salir de la ciudad y venir aquí ha sido una decisión acertada. Me siento estable, lúcida. Eufórica, incluso. Para ser sincera, hace meses que no me sentía tan bien. Seguramente se deba al aire puro del campo y las pastillas que el médico me recetó antes de darme de alta en el hospital, algo para mitigar el dolor.

Bueno, tengo que entrar en materia. No sé por qué me da tanto reparo escribir sobre esto, pero...

Joshua y yo. Volvemos a estar juntos.

Es demasiado bueno para ser cierto y no quiero gafarlo, pero así es. Lo hice. Fui a verlo. Pensaba que se enfadaría conmigo por presentarme de esa forma y soltarle lo que tenía que decir de una vez por todas. Pero no se enfadó. Yo mantuve el tipo y le expliqué lo duro que me resultaba estar sin él, y lo desesperada y deprimida que he estado, recordándole lo felices que éramos al principio, aquellas largas noches en el baño. Tumbados en la cama los domingos por la mañana leyendo en voz alta. Shakespeare. Maya Angelou. *Un árbol crece en Brooklyn*. ¿Y sabes qué? Me dejó hablar. No, quería oír lo que yo tenía que decir.

—Yo me ocuparé de todo —dije—. Por ti. Por nosotros. —Él sonrió—. Si lo hago, ¿volverás a casa conmigo? —Me acerqué atrayéndolo hacia mí, absorta en el tacto de su piel, su olor, el roce de su cuerpo contra el mío—. Me necesitas tanto como yo a ti. Lo sabes.

No puedo mentir. Estoy nerviosa. Me cuesta fiarme de mis decisiones, y esta vez no es distinta. No dejo de pensar en el letrero colgado en la sala de espera del doctor H.

ALGUNOS QUIEREN QUE OCURRA. OTROS DESEAN QUE OCURRA. OTROS HACEN QUE OCURRA

Me hace gracia recordar la primera visita que hice al doctor H, cuando quité esa placa hortera de la pared y la metí en su consulta. En la habitación había olor a detergente para alfombras y un rastro persistente de colonia con aroma a madera dejado por su último paciente.

—Está de broma —dije, quitándome las chanclas de una patada y metiendo las piernas debajo del cuerpo, con la placa en la falda.

—¿Qué? —preguntó él, con las manos juntas en el regazo y una mirada benévola. (Es de Milwaukee.)—. ¿Sobre qué bromeo?

—Esta placa. ¿A qué viene? ¿Es que ya no quedaban pósteres de gatitos con el rótulo AGUANTA?

Pero la placa no mentía. No podía quedarme de brazos cruzados el resto de mi vida pensando en estar con Joshua. No podía limitarme a desear estar con él. Tenía que hacer que ocurriera, costara lo que costase.

No va a ser fácil. Creo que los dos lo sabemos. Nos quedaremos aquí todo lo que podamos, hasta que sepamos adónde ir. Estamos considerando ir a Indonesia, como en ese libro que tanto le gustaba a todo el mundo. Me cortaré el pelo. Alquilaremos una casa en un arrozal, haremos yoga, nos encontraremos a nosotros mismos. Aprenderé a cocinar.

Pero los detalles pueden esperar. Ahora mismo solo quiero estar aquí, disfrutando del aire fresco y la brisa cálida con Joshua. Esta noche he asado unos filetes a la parrilla para cenar y he abierto la botella de vino más cara que he encontrado en la bodega. Después nos hemos tumbado en la cama, y cuando Joshua se ha dormido, no he podido apartar la vista de él. Sé que se despertará y se preguntará dónde estoy, pero soy muy feliz envuelta en esta bata de seda, escuchando a los grillos, contemplando los campos iluminados por las estrellas y abandonados por personas que no podían permitirse seguir cultivándolos.

Reconozco que tengo que dejar de leer las noticias. Los medios de comunicación —todos— están obsesionados con la historia. La ex actriz que lo tenía todo.

¡Dinero!

¡Belleza!

¡Un precioso bebé!

Patricia Faith incluso está decidida a aprovechar la fecha: la coincidencia de la desaparición de un bebé el Cuatro de Julio, la liberación de la carga de la maternidad experimentada por su madre el Día de la Independencia. La fecha, al igual que el nombre de él, ha adquirido una especie de significado simbólico. Midas. El gran rey griego que convertía en oro todo lo que tocaba y que luego, al menos según el relato de Aristóteles, se murió de hambre por su «vana plegaria». (En otras versiones, por supuesto, era rescatado de una muerte segura en el último momento.)

Pero ¿qué esperaba? Pues claro que estaban obsesionados. Trayectorias profesionales enteras se han forjado en torno a historias como esta. A Joshua le molesta que lea sobre el asunto, pero me está costando abstraerme. Tengo que saber lo que dice la gente. Adónde apuntan los dedos. Sobre todo ahora que Bodhi Mogaro ha sido hallado. La gente ha empezado a opinar en las secciones de comentarios como miembros de una turba enfebrecida. «¿Pillan a un tío con veinticinco mil dólares en efectivo? Alguien acaba de reservarse un asiento en la silla eléctrica.»

«En África y en los barrios pobres de Estados Unidos secuestran a niños continuamente, y a nadie le importa. Esos casos no aparecen en la primera plana del *New York Times*.»

«¿Por qué este periódico no informa de las versiones de testigos presenciales que aseguran haber visto a un hombre caucásico de mediana edad la noche del 4 de julio, sentado en un banco enfrente del edificio de ella? Ha aparecido en todos los blogs sobre sucesos y ha sido confirmado como mínimo por dos fuentes anónimas del Departamento de Policía de Nueva York. El tío es un agresor sexual fichado en libertad condicional después de abusar de un niño.»

Lo reconozco. La última información me hizo sonreír. Yo misma la publiqué. ¿Por qué? Porque alguien va a pagar por lo que ha pasado, y voy a asegurarme por todos los medios de que no sea yo.

En fin, debería dejar que mi mente descanse y disfrutar de lo tranquila que me siento. O de lo tranquila que me sentiría si no estuviera tan nerviosa, si no me imaginara a cada instante que oigo llorar a mi bebé.

10

Quinto día

PARA: Las Madres de Mayo
DE: Tus amigos de The Village
FECHA: 9 de julio
ASUNTO: Consejo del día
TU BEBÉ: DÍA 56
¡Feliz cumpleaños, bebé! Tu pequeño ya tiene ocho semanas. ¡Lo has conseguido! (Te cuesta recordar un momento de tu vida antes de que te convirtieras en madre, ¿verdad?) Es hora de celebrar las últimas semanas que has pasado criando, alimentando, mimando y dando amor a tu pequeño milagro. Y no te cortes, cómete ese trozo de tarta. Te lo has ganado.

Han encontrado a un niño en New Jersey.

Habían llamado al cuerpo de policía entero de una pequeña comunidad costera, pero fue un miembro del equipo de búsqueda formado por voluntarios quien lo descubrió. Se encontraba a un kilómetro y medio por la playa, andando junto a los juncos en busca de conchas, dos horas después de alejarse de sus padres en el breve instante que su madre tardó en desenvolver los sándwiches.

Una niña de Maine fue vista por última vez bajando del autobús escolar cerca de su casa. La policía buscó durante la noche, creó un puesto de mando en la Ruta 8, y trajeron a un perro de rescate. A la mañana siguiente la encontraron viva en casa de un tío.

Ocurre constantemente: un crío desaparece y es descubierto sano y salvo poco después. Pero como Francie comprueba repasando los casos del sitio web del Centro para Niños Desaparecidos, todos esos niños fueron hallados en menos de veinticuatro horas.

«Cinco días.»

Han pasado cinco días enteros, y la policía no dice una palabra. Ni si han encontrado algún rastro de Midas ni si está a salvo. Ni siquiera han dado a conocer algún dato que relacione a Bodhi Mogaro —que sigue detenido acusado de allanamiento— con el secuestro.

Francie saca el biberón de la humeante cazuela con agua de la cocina y lleva a Will a la cuna, a escasos centímetros del ventilador de la ventana. Protegiéndolo de la luz del sol que se filtra a través de las cortinas, lo apoya en el pliegue del codo y acerca el biberón a su boca, esperando (no puede negarlo) que rechace la leche de fórmula, que no acepte otro alimento que la leche materna, que llore de repugnancia al notar el olor químico. Le toquetea los labios con la tetilla de goma naranja, y él abre la boca —el líquido gris aguado se esparce por su labio inferior— y acto seguido bebe dando tragos rápidos, casi frenéticos.

Francie hace caso omiso de la decepción y coge el mando a distancia. Oliver Hood está siendo entrevistado en la CNN. Un abogado especializado en derechos civiles, que se ha hecho famoso defendiendo la liberación de seis presos de Guantánamo, anunció ayer que ha aceptado el caso de Bodhi Mogaro sin cobrar honorarios.

—Según tengo entendido —está diciendo el presentador, un hombre de mediana edad con gafas de montura oscura y una llamativa camisa a cuadros—, Mogaro está detenido acusado de allanamiento. Pero el verdadero interés de la policía es determinar su papel en el secuestro del Niño Midas. Oliver Hood, ¿qué puede contarme?

Hood es un hombre menudo de ojos grandes y redondos.

—Bueno, puedo contarle muchas cosas, pero lo más importante que quiero decir es que mi cliente es inocente. Él no invadió una propiedad ajena a sabiendas, y con toda seguridad no tuvo nada que ver en la desaparición del Niño Midas. Se trata de un caso paradigmático de discriminación social. ¿Qué pruebas tienen contra él? Que fue visto en las inmediaciones del edificio de Winnie Ross y que es de ascendencia de Oriente Medio. Nada más.

—Bueno, si habla...

—Y la cosa empeora. He hablado con dos detectives que afirman que el hombre identificado por un testigo presencial como Bodhi Mogaro la noche del cuatro de julio, el hombre que se dice que andaba cerca del edificio de la señora Ross, aparentemente a la hora del rapto, gritando por teléfono y comportándose de forma errática —Oliver Hood hace una pausa dramática— no es Bodhi Mogaro.

—¿Qué quiere decir?

Hood levanta una foto de un hombre vestido con una bata quirúrgica blanca.

—Se llama doctor Raj Chopra y es el jefe de cirugía del Hospital Metodista de Brooklyn. Iba corriendo a trabajar la noche que libraba para ayudar a atender a las víctimas de un accidente de autobús en el que resultaron gravemente heridos dos niños y una madre joven.

Francie cierra los ojos y asimila la información. ¿Bodhi Mogaro ni siquiera estaba allí esa noche? Si eso es cierto, es posible que la policía no tenga pistas fidedignas.

—Bueno, hay quien le diría que no debería interpretar al pie de la letra nada de lo que un detective le cuente sobre este asunto. Después del lío que han armado con este caso, no. Por otra parte, su declaración no explica qué hacía Mogaro con tanto dinero en efectivo en su coche.

—He hablado largo y tendido con Bodhi, su esposa y sus padres. Bodhi había ido a Brooklyn a recoger el dinero de unos amigos y familiares de la zona para ayudar a pagar los gastos del funeral de una tía que había muerto en Yemen. Es la costumbre en la cultura musulmana.

El presentador sonríe con suficiencia.

—¿Y beber cerveza y fumar cigarrillos, como supuestamente estaba haciendo Bodhi Mogaro la noche del tres de julio mientras estaba sentado en un banco observando la casa de Winnie? ¿También es esa la costumbre en la cultura musulmana?

Oliver Hood ríe.

—Mire, el señor y la señora Mogaro son padres primerizos. —Levanta otro trozo de papel de la mesa y lo muestra a la cámara. Francie se queda boquiabierta. Es la fotografía de Bodhi Mogaro que vio en casa de Colette; en la que aparece sonriendo de oreja a oreja, con un bebé apoyado en los antebrazos y unas gafas de sol en la cabeza—. Este es el supuesto secuestrador y su hijo de seis semanas. ¿Que si bebió un trago y fumó una noche? Sí, pero no me venga con esas. Es un padre primerizo. No sea tan duro con él.

—¿Y su vuelo?

—¿Perdió el vuelo? Se quedó dormido. Fue un error involuntario. No podía permitirse otro billete de avión, de modo que alquiló un coche para volver a casa.

El presentador mira a Oliver Hood entornando los ojos.

—Lo detuvieron tres días después de perder el vuelo. No creo que se tarde tres días en viajar en coche de Brooklyn a Detroit. Hasta la abuela de mi mujer que tiene ochenta y cuatro años podría hacer ese trayecto en un día.

—Paró a visitar a un tío en New Jersey. Luego se perdió por el camino. No sabía que había entrado en una propiedad militar. Se lo aseguro, Chris, ese hombre es inocente. Lo que le está ocurriendo es una tragedia. Más vale que la policía muestre alguna prueba convincente y lo acuse, porque si no tendrá que liberarlo.

—Está bien, reconozco que las razones que alega son interesantes. Sin duda será apasionante ver cómo se desarrollan los acontecimientos. Gracias, Oliver Hood. A continuación, por vía satélite desde Santa Mónica, mi nueva invitada, la escritora Antonia Framingham.

Francie se sienta hacia delante. Adora a esa mujer. Ha amasado una gran fortuna gracias a una serie de novelas de misterio para jóvenes —Francie las ha devorado todas—, y ayer anunció que iba a donar ciento cincuenta mil dólares al Departamento de Policía de Nueva York para ayudar en la investigación. Su hija fue secuestrada hace quince años. La policía no ha conseguido una sola prueba verosímil.

—¿Por qué ha decidido donar ese dinero, Antonia? —le pregunta el presentador.

—Porque sé que para una mujer no hay nada peor que perder a un hijo. —Francie mira a Will y sus ojos brillantes que contemplan los suyos mientras bebe del biberón—. Cualquier madre que ha perdido a un hijo sabe...

Francie quita el sonido a la televisión y deja el mando a distancia en la mesa que tiene al lado. Los frenos de un autobús chirrían al otro lado de la ventana, y un sabor a gases de motor diésel entra en la habitación y se posa en sus labios. No quiere pensar en la pérdida de Antonia Framingham. Ni en la pérdida de Winnie. Pero sobre todo no quiere pensar, como ha estado haciendo los últimos días —los pensamientos dan vueltas en su mente—, en la pérdida de sus tres hijos.

El primero, una niña. Ha estado viéndola, perfectamente nítida en su mente cuando está sola. La habitación con baldosas blancas, la peste a antiséptico, las caras de terror de las otras adolescentes que esperaban en las sillas de plástico de la recepción. Por lo menos ellas iban con alguien: chicos igual de asustados; amigas nerviosas sentadas a su lado mientras masticaban la mitad de un chicle que habían partido para compartirlo. Una chica incluso iba acompañada de su madre, que llevaba unos grandes pendientes de aro y agarraba la mano de su hija; no paraba de decirle a la enfermera que iba a entrar en el quirófano con su hija fueran cuales fuesen las normas. La madre de Francie la esperaba en el coche, dando vueltas por el aparcamiento de los grandes almacenes situados al lado de la clínica, temiendo que alguien de la iglesia la viera.

—¿Eres consciente de los riesgos que corre tu cuerpo? —preguntó una enfermera a Francie cuando por fin la hicieron pasar a una sala esterilizada y fría y le dieron una bata de papel azul.

—Sí.

—¿Y tienes permiso del padre?

—Mi padre no vive conmigo —contestó Francie—. Se fue cuando yo era un bebé.

—Tu padre no. El del bebé.

—Ah. —Ella sintió un pánico repentino—. ¿Lo necesito?

La enfermera alzó la vista.

—Legalmente, no. Pero sería conveniente. —Francie mantuvo la vista en el suelo—. ¿Me puedes decir el nombre del padre?

—¿Su nombre?

El bolígrafo de la enfermera se quedó suspendido sobre su carpeta. Soltó un suspiro de irritación.

—Sí, su nombre. Supongo que lo sabes.

Por supuesto que lo sabía. James Christopher Colburn. Veintidós años. Licenciado por la Universidad de St. James, miembro de los Voluntarios Católicos, profesor de ciencias en el instituto de Nuestra Señora del Perpetuo Socorro. Ella se había quedado después del laboratorio y se lo había contado, mencionando las náuseas matutinas y la prueba de embarazo positiva. Él recogió sus cosas, declaró que tenía que irse y le dijo que la llamaría por la noche. Al día siguiente, el profesor de gimnasia ocupaba su puesto al frente de la clase. Nunca volvió a verlo.

—No. No sé cómo se llama.

La enfermera sacudió la cabeza, sus tiesos rizos rubios se agitaron contra sus hombros, y dijo algo entre dientes mientras hacía una anotación en un papel.

—Firma aquí conforme accedes a la intervención. —Masticó su chicle—. Asegúrate de que no te arrepientes. —A Francie le tembló la mano al firmar. Quería decirle a la mujer que no accedía a la intervención. Quería tener el bebé. Podía hacerlo, pensó. No salía de cuentas hasta el verano. Podía dar a luz después de graduarse y buscar un trabajo para mantenerlos a los dos.

Pero su madre se lo había prohibido.

—No, Mary Frances. Ni hablar. En mi vida no hay sitio para esto —dijo Marilyn mientras amasaba toscamente una bola de masa—. Bastante difícil es ya criar a dos hijas sola. No necesito un bebé que alimentar.

Cuando Francie se sentó con cuidado en el asiento delantero del Cutlass de su madre una hora después de la intervención, Marilyn le preguntó:

—¿Estás bien?

—Sí. Ha sido rápido. —No volvieron a hablar del asunto.

Los otros dos bebés que perdió, los abortos, fueron igual de dolorosos. El primero, solo cuatro meses después de su boda, fue tan prematuro que ni siquiera fue real. Al menos, eso le dijo el obstetra de Knoxville.

—Es muy prematuro, solo un grupo de células. No te preocupes. Seguid intentándolo.

¿Qué le faltaba para ser real?, le dieron ganas de preguntar a ella, mientras Lowell le sostenía la mano aquella mañana en la consulta del médico, con el espectral gel azul para ultrasonidos secándose en su abdomen. ¿Los nombres que había elegido? ¿La vida que se había imaginado?

El segundo —dos años más tarde, después de diecisiete angustiosos meses intentando quedarse embarazada sin éxito, y luego un tratamiento de fecundación in vitro siguiendo el consejo de su médico— fue consecuencia de una anomalía del embrión.

—No nos lo podemos explicar —dijo el médico en esa ocasión—. Es poco frecuente que alguien con veintitantos años tenga problemas reproductivos. Pero volved a intentarlo. Puede que al segundo intento tengáis más suerte.

Ella sí que se lo explicaba. Era exactamente lo que le había advertido la enfermera de la clínica: que llegaría a arrepentirse de su decisión. Que tendría consecuencias. Durante los días previos a la cita, Francie se quedaba tumbada en la cama, convencida de que el bebé era una niña, imaginándose cómo sería, deseando ser lo bastante fuerte para enfrentarse a su madre, para hacer lo que fuera necesario por su hijo. Para ejercer de madre de ese bebé como ella quería. Pero no hizo nada. No podía hacer nada.

Francie se seca las lágrimas del rabillo de los ojos y cuando vuelve a mirar la televisión, Midas está en pantalla. Se trata de una foto de él tumbado boca arriba, con los puños contra los carrillos, mirando a la cámara. Coge el mando a distancia y sube el volumen. Antonia Framingham sostiene un pañuelo de papel contra su nariz.

—No puedo evitar imaginarme a Midas, como solía imaginarme a mi hija estando tumbada en la cama después de que ella desapareciese. —Se sorbe la nariz—. Es como si pudiera verlo. Está solo en alguna parte, sin su madre, con un gran dolor en su corazoncito, preguntándose dónde está. Preguntándose cuándo irá a buscarlo.

Francie apaga la televisión y lanza el mando a distancia al sofá. Ya ha tenido más que suficiente por hoy. Se dirige a la cocina y deja el biberón en el fregadero sin hacer ruido. La leche de fórmula ha dejado a Will tranquilo y adormilado, y lo abrocha con cuidado al cochecito, lo baja los cuatro tramos de escaleras hasta el vestíbulo y sale al calor; a continuación sube la cuesta y recorre las seis manzanas hasta el parque. Se detiene en la bodega a comprar una Coca-Cola light: la primera vez que prueba la cafeína desde hace más de una semana. Cuando se sienta en el banco, su banco, enfrente del edificio de Winnie, tiene la camiseta pegada a la rabadilla. Coloca el cochecito a la sombra, mete la mano en el bolso cambiador para coger la cámara y sopla el polvo del objetivo, antes de ponerse de pie en el banco para ver el parque por encima del muro de piedra y barrer el prado hasta el sauce negro, donde las Madres de Mayo se reunirían dentro de treinta minutos.

Está impaciente por volver a verlas a todas. Ha pasado más de una semana desde que el grupo estuvo reunido debajo del árbol, y las ha echado de menos. La expectación de las reuniones. Su sitio en el corro entre las demás madres, compartiendo consejos, rodeada de los bebés. Baja del banco y enfoca con la cámara al otro lado de la calle, donde la desplaza de los pocos periodistas que quedan delante del edificio de Winnie a la furgoneta de prensa aparcada cerca, y luego a una ventana un par de casas más abajo, en cuyo interior distingue una serie de retratos familiares en blanco y negro colgados sobre un sofá y varias palmeras grandes en el rincón. Gira el teleobjetivo y se aproxima hasta que puede leer los títulos de los libros perfectamente colocados en un estante.

Un perro empieza a ladrar, y Francie dirige la cámara a la acera, al hombre de gafas gruesas. Ronda los cincuenta, y lo ha visto allí antes andando de un lado a otro enfrente del edificio de Winnie, con un perrito pardo atado con una correa. Siempre mira a las ventanas, como si quisiera ver dentro.

Francie no puede por menos de preguntarse si es él: Theodore Odgard. El agresor sexual fichado que vive en algún lugar de esa manzana. Localizó su nombre ayer mientras daba de comer a Will, navegando por el registro de agresores sexuales con su móvil. Y tal vez sea el mismo hombre del que Francie ha leído en un blog de sucesos: el que fue visto en un banco enfrente del edificio de Winnie la noche del 4 de julio.

Francie observa a través del visor cómo arrastra a su perro. Justo cuando pasa por delante del edificio de Winnie, la puerta principal se abre. A Francie se le acelera el corazón: ¡Winnie está allí!

Hace zum en la puerta y se lleva una decepción al ver que no se trata de ella, sino de un hombre. El individuo cierra la puerta detrás de él y baja con cautela los escalones. Es mayor, de cerca de setenta años, y lleva un polo amarillo claro con el nombre HECTOR bordado en el bolsillo delantero. El perrito se lanza hacia él cuando llega a la acera y rompe a ladrar de forma estridente. Hector alarga la mano para acariciar al perro y saluda con la cabeza al hombre que sujeta el otro extremo de la correa y a los tres periodistas sentados en el bordillo. Acto seguido empieza a pasearse de un lado a otro delante de la puerta de Winnie, con las manos cogidas a la espalda, y se detiene para tocar el arbusto en flor situado cerca del sendero y arrancar unos cuantos pétalos marchitos. Francie permanece inmóvil, observando. Se ha escrito muy poco sobre el padre de Winnie, y Francie se pregunta si es él. No, decide; por la forma en que se pasea de acá para allá, debe de ser un vigilante. Un policía jubilado, quizá, contratado por Winnie para que proteja la casa, que se asegure de que nadie intenta entrar y ningún periodista llame al timbre; que espante a los bienintencionados desconocidos que se acercan para dejar un ramo de rosas que enseguida se marchitan con el calor, o que añaden otra Jirafa Sophie a la larga hilera de ejemplares dejados en la acera, de una punta de la manzana de Winnie a la otra.

Por fin ha llamado a Winnie. Tres veces. Winnie no ha contestado a ninguna llamada, pero Francie ha dejado un mensaje en cada ocasión, diciéndole que ha estado pensando en ella y ofreciéndose a hacerle la compra o a prepararle comidas que pueda guardar en la nevera. Francie también quiere decirle lo mucho que le ha gustado *Bluebird*. Encontró una caja de DVD con las tres temporadas en eBay por solo sesenta dólares: un gasto que espera que Lowell no vea en el extracto bancario del mes que viene. Le encanta. Winnie es muy graciosa, muy natural y una bailarina estupenda.

Francie todavía está molesta por la forma en que Lowell reaccionó esa mañana cuando ella le dijo que había llamado a Winnie.

—No me parece muy acertado, Francie.

—¿Por qué no?

—Ahora mismo querrá intimidad. Además...

—¿Además, qué?

—Bueno, nunca se sabe.

—¿Qué quiere decir eso? —le preguntó—. ¿Nunca se sabe qué?

Él suspiró y no parecía dispuesto a decir nada más, pero Francie le insistió.

—¿Dónde estaba ella cuando se llevaron a Midas? ¿Y cómo es que no había señales de que forzaran la entrada? Solo digo que no creo que sea buena idea que te acerques demasiado a ella. Y desde luego no me gustaría que Will pasara tiempo con ella.

Francie se puso furiosa.

—No me gusta lo que estás insinuando.

Francie observa cómo Hector desaparece por el costado del edificio de Winnie, deseando olvidarse de esa conversación. Oye la vibración del móvil en el bolso cambiador y se cuelga la cámara del cuello. Es Lowell, que le envía un mensaje. Para disculparse, supone.

«Malas noticias. No me han dado el trabajo de la renovación. Han elegido a los otros.»

Francie guarda el teléfono en el bolso, llena de preocupación. Ese trabajo era su única perspectiva de ingresos. Tienen que pagar el alquiler dentro de tres semanas. Will hace ruido en el cochecito, y ella mete la cámara en la funda y dirige el cochecito hacia el terraplén del parque con la esperanza de volver a arrullar a Will mientras pensamientos sombríos se deslizan en su cerebro.

Trata de apartarlos de su mente.

Quiere a Lowell. Es un buen marido, un hombre cariñoso.

Y sin embargo... ¿Por qué no eligió a un hombre más parecido a las parejas de muchas de las Madres de Mayo? Un hombre como Charlie, capaz de comprar el lujoso piso del parque, que siempre estaba publicando fotos de Colette y Poppy en Facebook, acompañadas de mensajes tiernos sobre lo guapas que eran las dos y lo afortunado que era. O el marido de Scarlett, un profesor numerario que puede proporcionar una casa grande en las afueras y suficiente dinero para que ella se quede en casa sin tener que preocuparse. En una ocasión dijo que su marido incluso procuraba estar todos los días en casa a las seis para cenar con ella, preparar el baño y ayudarla a acostar el bebé. Un hombre distinto de Lowell, que trabaja continuamente; que nunca, ni una sola vez, ha bañado al bebé; que cada vez tiene menos trabajo y que ha empezado a decirle, cada vez más a menudo, que tiene que buscar una forma de ganar dinero. Él es quien tuvo la idea de que Francie organizase esa reunión y se ofreciese a hacer fotos de los bebés de las Madres de Mayo, a crear una carpeta de trabajos para abrir un negocio de fotos de bebés, un interés pasajero que ella mencionó una vez.

Cuando llega al sauce quince minutos más tarde, inclinada debido al peso del bolso cambiador y de la cámara, tiene los rizos encrespados y húmedos. Colette ya ha llegado y está desplegando su manta. Lleva un vestido corto azul claro y tiene el pelo recogido en una trenza en la espalda. Francie no sabe cómo se lo hace Colette; cómo siempre parece tan descansada y organizada. Francie ni siquiera está segura de haberse cepillado los dientes esa mañana.

—¿Has sabido algo de Nell? —le pregunta Francie después de aparcar el cochecito de Will a la sombra.

—Todavía no. —Colette abre la caja de cartón con minimuffins y le ofrece uno a Francie—. Tiene que llamarme a la hora de la comida. Espero que le esté yendo bien el primer día de trabajo.

Símbolo se acerca entonces. Cuando se quita las gafas de sol, deja a la vista sus ojos irritados.

—¿Estás bien? —pregunta Colette.

—Sí —responde él, apartando la vista—. Son las alergias con este calor. Es atroz.

Empiezan a llegar otras, pero Francie no reconoce a ninguna. Mujeres a las que no ha visto en su vida, que nunca se molestaron en asistir a una reunión cuando no había fotos de bebés gratuitas de por medio, se aproximan con cautela al árbol preguntando si es allí donde se reúnen las Madres de Mayo. Mientras tanto, no hay rastro de las mujeres a las que Francie esperaba ver: ni Yuko, ni Scarlett, ni Gemma. Trata de aplacar su decepción mientras coloca los accesorios que ha traído para los retratos y finalmente invita a las mujeres a acercarse para posar. Nunca ha hecho fotos de bebés, y se vuelca en la faena, ansiosa por distraerse de sus preocupaciones sobre el dinero, sobre Lowell, sobre la imagen que Antonia Framingham pintó: Midas, solo y asustado, echando de menos a su madre.

—Bueno, ya sé que es morboso, pero ¿podemos hablar de Midas? —pregunta alguien en las mantas detrás de ella.

—Esta mañana hemos ido al pediatra —dice otra—. He esperado noventa minutos para que me atendieran, y se me ha acabado la batería del móvil. ¿Alguna novedad?

Francie no las escucha y se concentra en la luz, en las sombras, en conseguir que el bebé quisquilloso y obstinado que tiene delante colabore.

—Esta mañana han entrevistado a ese médico del Hospital Metodista: el que confundieron con Bodhi Mogaro el cuatro de julio. Se licenció el primero de su clase en la facultad de Medicina de Harvard. No se «comportaba de forma errática». Estaba gritando instrucciones por teléfono a un técnico de urgencias. ¿Os acordáis de la madre joven en estado crítico? Murió anoche.

—Oh, qué pena.

—Lo de Bodhi Mogaro es igual de preocupante —comenta otra persona—. Su mujer ha concedido una entrevista. Están haciendo que parezca que acababan de llegar de Yemen, pero son ciudadanos estadounidenses. Ella es de Connecticut.

—Mi madre no se cree una palabra de lo que dice su mujer. —Quien está hablando ríe—. Vale, mi madre solo ve las noticias de *La hora de Faith*, así que no sé si es de fiar.

—Yo sigo sin creérmelo. —Un profundo suspiro—. Sigo sin creerme que le haya pasado a una de nosotras.

Francie se pincha en las rodillas con unas agujas de pino al arrodillarse en el suelo, conteniendo la respiración para evitar el hedor de un cubo de basura cercano rebosante de vasos de cartón de café y bolsas de plástico con restos de comida, rodeado de un enjambre de moscas que dan vueltas. Se inclina hacia el bebé deseando que se quede quieto, como se imaginaba que se quedarían, como hacen los bebés para esa mujer, como se llame, que les hace dormir dentro de enormes pétalos de flor con la cabeza cubierta con hojas de repollo.

—¿Puedes moverlo un poco, por favor? Está a la sombra.

—No me quito de la cabeza que pueda recibir una llamada y enterarme de que mi bebé ha desaparecido. A mi marido y a mí nos tocaba nuestra primera cita nocturna ayer, pero fui incapaz de salir. Fui incapaz de dejar a la niña con una canguro. He leído en alguna parte que la canguro, Alma, es miembro de una red de tráfico de bebés.

Francie leyó lo mismo ayer, y enseguida envió un mensaje a Nell. «¿Alma? ¿Miembro de una red de tráfico de bebés? ¿Es cierto?»

Nell le había contestado una palabra: «Sí».

Francie la llamó de inmediato.

—Nell, es horrible. ¿Cómo has...?

—Lo ponía en su currículum —dijo Nell—. Canguro durante tres años. Madre de dos hijos. Miembro de una red de tráfico de bebés. —Oyó a Nell chasquear la lengua al otro lado de la línea—. ¿Qué podía hacer sino contratarla? Tenía que volver al trabajo, ¿y tienes idea de las pocas canguros que hay hoy día en Brooklyn?

A Francie le sigue molestando que Nell vea la gracia a algo de lo que ha ocurrido.

—Esto no tiene nada de divertido, Nell.

—Lo sé, Francie. Pero me parece indignante la forma en que están arrastrando a Alma a este follón, al mismo tiempo que infunden miedo a todas las mujeres con canguro. Ella jamás haría daño a nadie. No me queda más remedio que tomármelo a risa. Si no, iría y mataría a alguien.

—Buen trabajo, coleguita —dice Francie ahora al nuevo pequeño tumbado en la manta delante de ella—. Eso es. Quédate quieto otro minuto.

—¿Leisteis *Us Weekly* ayer? —Francie está de espaldas a ellas y no sabe quién habla. Sus voces se entremezclan—. En un artículo ponía que Patricia Faith ha ofrecido a Winnie dos millones de dólares por una entrevista en profundidad.

Francie oye el sonido de un nuevo mensaje de texto y hace una pausa para mirar el móvil, que está en el suelo al lado del bolso de la cámara. Es Lowell otra vez.

«Convéncelas para que te contraten. Intenta concertar algo enseguida.»

—Bueno, yo he oído que una empresa le ha ofrecido grabar un vídeo de ejercicio para madres primerizas. Qué asco. —El teléfono de Francie vuelve a pitar, pero no le hace caso: ahora mismo no está para Lowell.

Se vuelve hacia el grupo; le duele la cabeza del sol y el calor.

—¿Quién va ahora? —pregunta, y repara en que Colette está mirando el móvil con el ceño fruncido. Cuando la mirada de Colette coincide con la de Francie, su expresión está ensombrecida por la preocupación.

—Mira el móvil —dice Colette en voz baja. Francie

deja a toda prisa la cámara en la manta. Es un mensaje de Nell.

«Poned el programa de Patricia Faith. Ahora mismo.»

Nell tiene los brazos alzados por encima de la cabeza y la camiseta levantada, que deja a la vista la piel arrugada de la barriga asomando por encima de la ancha goma elástica de sus vaqueros de premamá. Tiene una bebida en una mano y con la otra agarra la muñeca de Winnie. Nell recuerda el momento en que se tomó esa fotografía. Fue al principio de la noche. Estaban quejándose de que en Estados Unidos no se concedían bajas por maternidad. Ella se había levantado cantando la letra de «Rebel Yell» y había tirado de Winnie para que se pusiera en pie. Bailaron. La gente coreó. Todo el mundo reía.

¿Quién haría algo así? ¿Quién de los presentes le habría dado esa foto a Patricia Faith, cuya cara engreída ha sustituido a Nell en la pantalla de televisión? Lleva un elegante vestido negro sin mangas y parece que ha encontrado tiempo para ponerse reflejos nuevos en el pelo. Mira a la cámara con tal intensidad que Nell se siente como si Patricia Faith pudiera verla allí, sentada sola a una mesa en la cafetería de Simon French, con las palmas de las manos húmedas y la bilis subiéndole poco a poco por la garganta.

—Recapitulemos —dice, con la barbilla apoyada en los dedos entrelazados—, esta mañana hemos recibido esta perturbadora foto en la que aparece Gwendolyn Ross la noche, tal vez el momento exacto, en la que su bebé de solo siete semanas fue robado de su cuna.

La cámara hace zum en la fotografía y toma un primer plano del rostro de Winnie. Ella mira directamente a la cámara, con los ojos entrecerrados y vacíos, y una expresión atontada en el rostro.

—Fíjense. Está borracha —dice Patricia Faith—. Lo siento, pero tengo que preguntarlo. ¿Qué significa una foto como esta? ¿Altera la historia? ¿Debería alterarla? Ya sé que hasta ahora nos hemos centrado en otros aspectos. El incompetente del alcalde y la nefasta investigación policial. Bodhi. Dudas sobre la niñera. Pero, no sé, ¿una madre primeriza que ha dado a luz hace pocas semanas deja a su bebé en casa para comportarse así? ¿Es esto lo que se entiende por la maternidad moderna?

La cámara hace una panorámica hasta uno de los invitados de Patricia Faith: un hombre mayor de imperturbables ojos negros y perilla canosa.

—Es un placer contar con la presencia de Malcolm Jeders, director de la Iglesia de Calgary y miembro de la junta de Family America. Y Elliott Falk, del *Post*. Gracias por estar aquí, caballeros. Malcolm, me gustaría empezar por usted. ¿Qué opina de este asunto?

—Ha desaparecido un bebé, Patricia. Es una tragedia. Pero en lo que a mí respecta, estas son las consecuencias de que las mujeres quieran «tenerlo todo». ¿Qué ha llegado a significar eso exactamente? ¿Que pocas semanas después de dar a luz, unas madres salgan de fiesta a un bar, se emborrachen y se comporten como miembros de una hermandad universitaria?

—La Llama Alegre —dice Patricia—. O, más bien, la Mamá Alegre. —Sonríe burlonamente a la cámara, arqueando una ceja por encima de la montura naranja chillón de sus gafas de leer—. Estoy de acuerdo. Nadie dice que las mujeres tengan que estar en casa preparando albóndigas todo el día, pero si yo tuviera un hijo (y un recién nacido nada menos), ¿dejaría al bebé para ir a un bar? No, señor. Cuando mi madre tuvo a su primer hijo, su única prioridad era ese bebé, y así siguió siendo hasta que su hijo más pequeño empezó a ir a la guardería. Ella nunca habría...

Cuatro chicas con envases de cartón rebosantes de ensalada se sientan ruidosamente a la mesa de al lado de Nell y ahogan el sonido de la televisión. Nell coge su bandeja y se dirige al reservado del rincón, debajo de una tele más grande con subtítulos para sordos en la parte inferior de la pantalla. Patricia Faith se vuelve hacia su otro invitado.

—Elliott Falk, me alegro de volver a verlo. Las mujeres fotografiadas en compañía de Winnie Ross (llamémoslas las Mamás Alegres, para mayor comodidad), ¿qué sabemos de ellas y del papel que desempeñaron esa noche?

—Bueno, Patricia, de momento los nombres de esas mujeres no se han hecho públicos. Pero, como sabemos, Winnie había salido con su grupo de madres. Se trata de un fenómeno cultural bastante reciente. Me explico. Históricamente hablando, las mujeres siempre han contado con un círculo de mujeres que las ayudaba después del parto. Por supuesto, para entrar en ese círculo no tenían que inscribirse en ningún sitio. Ocurría de manera natural. Eran sus madres, tías y hermanas. En los países en vías de desarrollo todavía se da esa circunstancia. Pero en la actualidad...

—¿Nell? —Hay una mujer de pie junto a la mesa con una bandeja de comida en las manos. Tiene el pelo recogido en una lustrosa coleta, y su placa de identificación está girada de tal forma que Nell no puede leer su nombre. Los pensamientos invaden la mente de Nell. Asistieron al mismo congreso y compartieron una botella de vino en una cena en Los Ángeles.

—No te he visto desde que te dieron el permiso de maternidad. ¿Cuándo has vuelto?

—Hoy.

—Vaya. ¿Cuánto tiempo tiene el bebé?

—Ocho semanas. —Nell alza la vista a la televisión.

La mujer hace una mueca.

—¿Cómo lo llevas?

—Genial.

—¿De verdad? ¿Es genial dejar al bebé para venir a trabajar? No te creo. —Se sienta enfrente de Nell—. Mi niño tiene ocho meses. Sigo sintiéndome culpable.

Nell asiente con la cabeza y traga saliva. No va a llorar en medio de la cafetería de la empresa, delante de esa mujer. (Piensa reducirlo a los quince minutos que pasará tres veces al día en el servicio, en el urinario de minusválidos, mirando las fotos de Beatrice mientras se saca leche.)

La mujer se da cuenta.

—Oh, Nell. Perdona. La cosa mejorará. —Agita una botella de densa bebida proteínica—. Se supone que nos tienen que dar una sala de lactancia...

Entonces Nell lo ve. En otra pantalla, en una hilera de televisiones al otro lado de la sala. La cara del ex secretario de Estado Lachlan Raine. Está contestando a las preguntas de unos periodistas delante de su casa de Vermont con expresión sombría. Nell conoce perfectamente esa cara: el lento movimiento de cabeza, la estudiada expresión de arrepentimiento.

—Me tengo que ir. —Nell recoge la bandeja con la comida sin tocar—. Tengo una reunión dentro de unos minutos.

—Vale. Por si te interesa, hay un grupo de madres primerizas en la empresa que se reúne...

Nell se siente mareada cuando desliza la bandeja junto a las demás en el carrito metálico al lado de los cubos de basura. Hay un pequeño grupo reunido delante de los ascensores con cafés helados y recipientes de plástico con comida para llevar. Pasa por delante de ellos, se dirige a la escalera y sube los escalones de dos en dos hasta la sexta planta. Le suena el móvil cuando cierra la puerta de su despacho.

Una oleada de alivio la invade al ver el número. Solo es Francie.

—Estoy con Colette —dice—. Hemos venido corriendo a su casa. Espera. Voy a poner el manos libres.

Nell se deja caer en su silla de oficina, sin aliento.

—¿Habéis visto la fotografía en la que salgo yo?

—Sí.

Nell cierra los ojos y vuelve a ver la fotografía. Las manchas de sudor debajo de los brazos. La goma para embarazadas de la cintura. La grasa lechosa de su barriga.

—¿Quién se la ha mandado?

—Un capullo oportunista —dice Colette—. No creo que haya sido ninguna de nosotras. Se nota por el ángulo. Quien la hizo estaba al fondo de la terraza. Y, tranquila, Nell, nadie sabrá que eres tú. Está demasiado borrosa. No se distingue tu cara.

—Entonces ¿por qué están entrevistando a Lachlan Raine? —pregunta Nell.

—¿A qué te refieres?

—Lo he visto en la CNN o en otra cadena. Contestando preguntas.

—Dicen que lo están teniendo en cuenta para el Premio Nobel de la Paz. ¿Creías que estaba haciendo comentarios sobre tu foto? —Colette ríe—. Se me ocurren algunas personas que verán la imagen de una madre bebiendo como un asunto de seguridad nacional, pero meter al secretario de Estado sería un pelín extremo, hasta para Patricia Faith y sus amigos de las noticias por cable.

Nell apoya la cabeza en la palma de la mano y le invade una sensación de alivio. Golpean suavemente la ventana de su despacho. Ian está en el pasillo señalando su reloj. Nell levanta un dedo para indicarle que va para allá.

Francie parece al borde de las lágrimas.

—Esto va de mal en peor. ¿Qué pensará la gente?

—¿Qué más da lo que piense la gente? —dice Colette—. No hemos hecho nada malo.

El teléfono de la mesa de Nell suena.

—Mierda. Esperad. Me está llamando Sebastian. Poppy se ha despertado con fiebre, y se ha quedado en casa con ella.

Debe de haber visto el programa de Patricia Faith. Estará muy preocupado.

—Gracias a Dios que lo has cogido —dice él, en tono forzado—. Sé que tienes una reunión y me daba miedo no pillarte.

—Sí. Me tengo que ir ahora. ¿Lo has visto?

—¿Ver? ¿Ver qué?

—La fotografía. Patricia Faith.

—No, pero...

—¿No me llamas por eso?

—No, cariño, escucha. —Baja la voz, como si alguien le estuviera escuchando—. Ha venido la policía. Quieren hablar contigo. Creo que tienes que venir a casa.

Mark Hoyt está en la sala de estar de Nell echando un vistazo a la librería. Se ha cortado el pelo desde su última visita cuatro días antes.

—Señora Mackey —dice, volviéndose para mirarla cuando ella cierra la puerta tras de sí y deja el bolso en el suelo al lado del sofá. Su expresión no le dice nada. En el taxi de camino a casa, después de decirle a Ian que la fiebre de Beatrice se había disparado y que tenía que irse a casa, Nell ha tratado de convencerse de que no pasa nada, recordándose que no ha hecho nada malo. O por lo menos nada ilegal. Y, sin embargo, no puede negar que cada vez está más asustada. ¿Sabe Mark Hoyt algo acerca de aquella noche? ¿Ha descubierto algo que pasó en el lapso que Nell no recuerda?

El sonido de alguien que viene por el pasillo la sobresalta, y se vuelve para ver a Sebastian.

—Oh, genial, ya estás aquí —dice él, dejando una taza de café en la mesa—. ¿Estás bien? —Susurra las palabras, pero ella percibe el tono de desasosiego de su voz.

—Sí. ¿Qué tal está Beatrice?

—Bien. Le ha bajado la fiebre. Está dormida.

—¿Por qué no se sienta, señora Mackey? —propone Hoyt.

Nell coge el café que Sebastian ha dejado, consciente de que probablemente se lo haya preparado a Hoyt, y se sienta en el sofá.

—¿Qué le trae por aquí, detective?

Hoyt se dirige despacio a la enorme butaca situada al lado de la ventana y se encarama en uno de los brazos. Ella reprime las ganas de decirle que se siente como es debido, que tal como se ha sentado va a estropear el armazón. El sillón fue un regalo de boda de su madre, y Nell sabe todas las horas extra que tuvo que hacer en el hospital para pagarlo.

—Solo serán unas cuantas preguntas —dice Hoyt, subiéndose las mangas de su camiseta de algodón gris—.

Tenemos unos cabos sueltos con los que usted podría echarnos una mano.

—De acuerdo.

—En primer lugar, ¿qué tal está?

—Bien.

Él se pone en pie y vuelve junto a la librería.

—¿Sí? ¿Se encuentra bien? —Levanta una fotografía enmarcada del estante, una del día de su boda, y limpia el polvo del cristal con el dedo pulgar—. ¿Es este su padre?

—Padrastro.

Él asiente con la cabeza.

—Bonito vestido.

Nell señala el último estante, el álbum de fotos grande metido entre unos libros de arte de Sebastian.

—Ahí está el álbum completo. En la tapa pone «Día de la boda». Lo digo por si ha venido a eso, a mirar las fotos de mi boda.

Hoyt ríe.

—No, no precisamente.

—Es una lástima. Fue una boda estupenda. Solo dieciséis invitados. Mi suegra preparó comida hawaiana. —Hoyt coloca la fotografía en el estante. Su silencio resulta tenso—. Detective, hoy ha sido mi primer día de trabajo después de la baja por maternidad. La verdad es que no era el momento ideal para decirle a mi jefe que tenía que salir antes. Además, mi hija ha tenido su primer resfriado después de cuatro horas en la guardería. Estoy un poco hecha polvo. ¿Podemos centrarnos en el motivo por el que ha venido?

—Lo siento mucho. —Él sacude la cabeza; su voz tiene un dejo de compasión de poli bueno—. Me pareció preferible hacerle las preguntas aquí antes que, ya sabe, presentarme en su oficina.

—¿Qué preguntas?

—Todavía estamos intentando aclarar algunos detalles confusos sobre aquella noche. —Sebastian entra en la sala con otra taza de café, pero Hoyt la rechaza con un gesto de la mano—. No, gracias. Ya he tomado demasiada cafeína. —Se dirige a Nell—. Tendrá que disculparme si ya hemos tratado el asunto. Mi mente ya no funciona tan bien como antes. Pero, según tengo entendido, usted fue la que organizó la salida a La Llama Alegre. ¿Es correcto?

—La verdad es que no. Todas...

—Usted insistió mucho en que Winnie Ross las acompañase.

—Todas queríamos que viniera.

—Pero usted envió el correo electrónico a las demás. Escribió un mensaje... ¿Qué decía? «Que venga todo el mundo, sobre todo Winnie. No aceptaremos un no por respuesta.» O algo por el estilo. ¿Me equivoco?

—No me acuerdo exactamente.

—¿No? —Él saca una libreta del bolsillo trasero y la abre—. Sí. Eso fue. A lo mejor no tengo tan mala memoria como pensaba.

Nell asiente con la cabeza.

—No puedo decir lo mismo. Últimamente apenas me acuerdo de ponerme los pantalones. Ahora mismo estoy un poco falta de sueño.

Hoyt sonríe, una sonrisa de niño, una expresión que Nell se imagina que su esposa debe de encontrar irresistible.

—Veamos. ¿Qué más? Ah, sí. —Levanta la vista—. La aplicación para controlar el monitor de vídeo de la señora Ross. ¿Por qué la borró?

—¿Que por qué...?

—Peek-a-Boo!, creo que se llama. Permite a la madre ver las imágenes de vídeo del bebé a distancia. ¿Borró usted esa aplicación de su teléfono?

Nell nota los ojos de Sebastian posados en ella. Le ha dado vergüenza contarle lo que había hecho.

—Fue una tontería, la verdad. Solo queríamos reírnos un poco.

—¿Reírse un poco?

—Gastarle una broma. Winnie no paraba de mirar el teléfono para ver a su hijo. El objetivo de salir era estar lejos de los bebés. Así que cuando se levantó para ir a por una copa y Colette vio que había dejado el móvil en la mesa... —Nell procura evitar que le tiemble la voz—. Evidentemente, ahora me siento fatal. Pienso que la noche podría haber acabado de otra forma si yo no hubiera hecho eso. —Sebastian coge la mano de Nell y entrelaza sus dedos con los de ella—. De todas formas, ella podría haber vuelto a descargar la aplicación fácilmente. No le habría llevado más de un minuto.

—¿Es eso cierto? —Hoyt asiente con la cabeza y deja escapar una risa hueca—. Debo reconocer que no tengo ni idea de cómo funcionan todos esos chismes modernos. Mi hija de once años siempre se burla de mí y me dice que vivo en la Edad Media. Entre ustedes y yo, estoy convencido de que mi hija cree que la Edad Media empezó hacia 1995. Pero sabe manejar el portátil de mi mujer con los ojos cerrados.

Nell no quiere saber nada de la hija ni de la mujer de ese hombre. Quiere que se marche.

—¿Y por qué llamó al móvil de Winnie Ross en dos ocasiones distintas esa noche, señora Mackey?

—¿Que por qué...?

—El registro de llamadas indica que entre las diez

treinta y dos y las diez treinta y cuatro de la noche (justo a la hora del secuestro, creemos), usted llamó a su móvil dos veces. O —levanta la mano para aclarar—, mejor dicho, alguien que utilizó su móvil lo hizo.

Ella nota que tiene la palma cada vez más sudorosa en la mano de Sebastian. Hoyt arquea las cejas esperando una explicación, pero ella no tiene nada que explicar. No recuerda haber hecho eso.

—¿Por qué llamó a su teléfono?

—Yo estaba... Debí de...

—¿Cuántas copas bebió esa noche, señora Mackey?

—Ya se lo dije. Dos.

—Claro. ¿Y la señora Ross? ¿Sabe cuántas copas pudo haber bebido esa noche?

—El otro día me preguntó lo mismo. —Hace un esfuerzo por no perder la compostura—. Sinceramente, ¿qué más da?

—¿Qué más da?

—Sí, ¿qué importancia tiene? Creo que ella no bebió esa noche. Estaba tomándose un té helado. Y a pesar de lo que diga la gentuza de las noticias por cable, a las madres todavía nos dejan beber si nos apetece.

—El alcohol puede volver la versión de ella un poco menos fiable —dice Hoyt, manteniendo una expresión estática—. Y lo mismo va para usted.

Beatrice gimotea en su cuarto, y la mente de Nell se nubla mientras trata de descifrar el llanto. ¿Vuelve a tener fiebre? ¿Tiene hambre? Se da cuenta de que Hoyt la está mirando fijamente, esperando a que diga algo.

—No le he oído —declara—. ¿Cuál era la pregunta?

—¿Había alguien cerca de ella cuando pidió la bebida? Alguien que pudiera tener malas intenciones. Que pudiera haberle echado algo dentro.

—No que yo lo viera. —Beatrice gimotea más fuerte, y Sebastian se va corriendo por el pasillo. Cierra la puerta del cuarto de la niña detrás de él y Nell se vuelve hacia Hoyt—. Ya que estamos con preguntas, detective, tal vez yo pueda hacerle algunas a usted.

Nell distingue algo que cruza fugazmente el rostro del policía, pero acto seguido serena su expresión.

—Adelante.

—¿Quién está hablando de Alma con la prensa?

—¿Quién...?

—Sí, eso de que es miembro de una red de tráfico de bebés. Los rumores de que pueda estar implicada. —Nell sabe que debería refrenarse, pero la ira y la impaciencia se apoderan de ella—. A menos que haya algo muy concreto que quiera contarme, juro por la vida de mi hija que ella no tuvo nada que ver en esto. Usted y la gente de su departamento tienen que dejar de insinuar lo contrario. Esto podría arruinarle la vida. —Nell sonríe—. Puede que sea una inmigrante, pero sigue siendo un ser humano.

—Yo no he insinuado nada...

Sebastian sale al pasillo con cara de preocupación.

—Vuelve a tener fiebre —anuncia—. Deberías darle el pecho.

Nell suspira y se frota los ojos con la palma de las manos, tratando de contener el dolor que aumenta tras ellos.

—Oiga, detective, ha sido un placer ponernos al día, pero mi bebé me necesita. Supongo que tengo derecho a pedirle que se vaya.

Hoyt asiente con la cabeza.

—Por supuesto que tiene derecho. Volveré con mucho gusto en otro momento más oportuno. Ya sé cómo son los niños. —Pone los ojos en blanco—. Tengo tres.

Nell se levanta con pesadez de piernas y se dirige a la puerta. La abre de par en par.

—Entonces sabe lo duro que es cuando enferman.

Hoyt hace una pausa por un instante.

—Claro, señora Mackey. No es fácil. Ser padre puede ser verdaderamente agobiante. Por lo menos cuando son bebés. —Luce una mirada intensa—. ¿No está de acuerdo?

Ella se queda en silencio mientras Hoyt se levanta de la butaca y se dirige despacio a la puerta. Se detiene delante de Nell y saca una tarjeta de visita del bolsillo trasero de los pantalones.

—Esta es mi línea directa —dice, dándosela—. Llámeme si se le ocurre algo que pueda ayudarnos. ¿De acuerdo, señora Mackey?

Ella coge la tarjeta.

—Sí, está bien.

Antes de que pueda cerrar la puerta, el detective la para con la puntera de la bota, asoma la cabeza y le lanza una mirada de curiosidad.

—Ese es su verdadero nombre, ¿verdad? ¿Nell Mackey?

11

Sexto día

PARA: Las Madres de Mayo
DE: Tus amigos de The Village
FECHA: 10 de julio
ASUNTO: Consejo del día
TU BEBÉ: DÍA 57
Si todavía no has introducido una rutina para acostar a tu bebé, tenemos una pregunta que hacerte: ¿a qué narices estás esperando? Una rutina de sueño ayudará al pequeño a saber que es la hora de dormir, de modo que plantéate pasar todo el tiempo que puedas acunando, cantando, bañando, leyendo y/o mimando al bebé. ¡Después los dos estaréis listos para dormir como un tronco!

La sangre corre del tajo de la muñeca de Francie por su antebrazo y se acumula en el pliegue de su brazo. Ella se apoya en la encimera mientras Lowell corre hacia ella con el paño de cocina amarillo claro, el de los girasoles. La sangre va a estropear el paño. Tendrá que tirarlo.

—Joder —dice él, presionando el paño contra la muñeca.

—Lo siento.

—No pasa nada. Apriétalo más fuerte.

—Pero ese plato era uno de los de tu abuela.

—No te preocupes por eso. —Lowell limpia la sangre del linóleo rayado bajo sus pies antes de sacar los trozos de cristal del fregadero. Una vez que todo está limpio, se apoya en la encimera—. ¿Estás bien?

—Sí. No es tan grave como parece. Ha sido muy raro. Se me ha escurrido el plato entre los dedos.

Él asiente con la cabeza.

—Anoche te oí aquí. ¿Qué hacías?

—Me pareció oír llorar a Will y luego no podía volverme a dormir. Estuve leyendo unas cosas...

Lowell sacude la cabeza.

—Hay gente trabajando en el caso, Francie. Profesionales. Si está ahí fuera, lo encontrarán.

Ella mantiene la mirada gacha, presionando la herida.

—Lo sé.

—Estás muy nerviosa y distraída. Eso no es bueno para Will.

Ella se gira hacia él.

—¿Qué quiere decir eso? ¿Cómo que no es bueno para Will?

—Ahora tienes que pensar en él. En su...

—¿Hablas en serio? Nuestro bebé es lo único en lo que pienso.

—Vamos, Francie. Tranquilízate.

—¿Que me tranquilice? No, Lowell, tranquilízate tú. La gente que trabaja en este caso son un hatajo de payasos e incompetentes. Tú mismo lo dijiste. ¿Y qué? ¿Se supone que tengo que olvidarlo? —Lanza el paño a la encimera—. ¿Y lo de Bodhi Mogaro? ¿Has leído sobre ese asunto? La gente está saliendo en su defensa. Dicen que ha sufrido discriminación racial. La Unión Estadounidense por las Libertades Civiles está empezando a tomar buena nota. No tienen nada contra él. Ni antecedentes penales ni móvil. Su mujer dice que perdió el vuelo porque se quedó dormido. —Francie detecta el tono acusador de su voz—. Dice que él no duerme mucho porque se levanta con su hijo de noche. Para que ella pueda descansar.

Lowell se queda en silencio con expresión impasible.

—Hasta Patricia Faith dice que la policía se está pasando de la raya teniéndolo detenido. Ese tío se perdió. Por eso estaba en una propiedad del Estado. Si tuvieran algo contra él, ya lo habrían acusado.

—Yo no me fiaría demasiado —él arquea las cejas y sonríe— de lo que dice esa mujer.

—No me vengas con eso, Lowell.

—Ya lo sé, pero tú no puedes hacer nada, Francie. Hablo en serio. No duermes. Apenas comes. —Apoya el brazo en los hombros de ella—. Ya sé que no puedo insinuar que Midas está muerto...

—Basta, Lowell.

—... pero ¿sabes qué? Podría estarlo.

Ella se aparta.

—Basta, Lowell. No seas tan poco respetuoso. Estamos hablando de la vida de un bebé...

—Escúchame, Francie. Podría estar muerto, ¿vale? Es horrible, pero tienes que prepararte para la noticia.

—NO está muerto. —Se acuerda de que Will está al alcance del oído, balanceándose en la hamaca de la sala de estar, y baja la voz—. Lo sé.

—¿Cómo? ¿Cómo lo sabes? En la vida pasan cosas malas, Francie.

Francie cierra los ojos, y el recuerdo vuelve: sentada bajo el sauce entre las Madres de Mayo solo diez días antes, con el sol en el cuello, oyendo las palabras de Nell. «Cuando hace tanto calor pasan cosas malas.»

La estancia se inclina a su alrededor.

—Lo mejor que puedes hacer es cuidar de ti misma —dice Lowell, con una voz débil y lejana a sus oídos—. A nadie le hace bien que pierdas los papeles de esta forma. Me voy a tomar el día libre. Puedo cancelar una reunión.

Ella lo mira.

—¿Por qué?

—Para que puedas descansar.

Francie se recrea en la idea: meterse en la cama, darse el lujo de estar unas horas sola... Han pasado meses desde la última vez que estuvo sola más de quince minutos: cuando Lowell vigiló al bebé para que ella pudiera ir corriendo a la tienda a por un bote de salsa. Debería hacerlo. Debería permitirse el lujo de descansar de Will y su llanto, de dejar de pensar en Midas y leer el sitio web de Patricia Faith, con sus espantosos comentarios y las preguntas que la gente está empezando a hacer sobre Winnie. ¿Dónde estaba esa noche? ¿Por qué no habla con la prensa, concede entrevistas, exige el regreso de Midas?

Pero no puede hacerlo. No puede permitirse el lujo de que Lowell no asista a una reunión, después de perder el trabajo con el que contaban.

—No, estoy bien —dice—. Pensaba sacar al bebé a pasear. Tengo que empezar a hacer ejercicio.

—¿Estás segura?

—Sí. Tienes razón. Tengo que cuidar mejor de mí misma. Una buena caminata a paso ligero me vendrá bien.

Lowell parece ablandarse.

—Me estoy ofreciendo. Última oportunidad de decir que sí.

—Tienes que trabajar. No me pasará nada.

—Bueno, si estás segura... —Lowell le besa la frente—. Voy a ducharme.

Ella espera a oír la ducha abierta para entrar en el dormitorio, cierra la puerta sin hacer ruido detrás de ella y saca la libreta que ha escondido en el primer cajón debajo de las bragas de encaje que hace meses que no se pone. La abre por la lista que ha hecho de personas que estaban presentes aquella noche en el bar y pasa a la nueva lista que ha elaborado: los nombres de todos los posibles sospechosos.

Escribe un signo de interrogación delante del primer nombre de la lista.

«Bodhi Mogaro.»

¿Y si su abogado tuviera razón? ¿Y si realmente no fuera él? Repasa las otras opciones.

«Alguien relacionado con el negocio del padre de Winnie.»

«Alma.» Nell insiste en que Alma no desempeñó ningún papel, pero Francie ya no sabe qué creer. ¿Es posible que alguien entrara en casa de Winnie, se llevara a Midas de la cuna y Alma no oyera nada? Ayer Francie leyó que el hermano de Alma que vive en Tucson fue detenido hace años por robar un coche. Y que un tío suyo de Honduras había matado a alguien.

Sin embargo, quien de verdad empieza a preocuparle es el acosador de Winnie. Archie Andersen. Dibuja varios círculos alrededor de su nombre. No hay mucha información escrita sobre él, y ni siquiera ha podido encontrar una foto suya en la red. Fue hace años, antes de internet y Facebook y las noticias las veinticuatro horas, y la única información precisa que ha logrado desenterrar es un artículo de *People* en el que se informa de que

Archie Andersen se había presentado en los estudios de *Bluebird*, había llegado hasta el plató en varias ocasiones y había obligado a la madre de Winnie a acudir a las autoridades más de una vez y, a la larga, a solicitar una orden de alejamiento. En aquella época él tenía dieciséis años y estaba convencido de que Winnie y él estaban destinados a estar juntos. Luego apareció en el funeral de la madre de Winnie llorando como si hubiera perdido a su propia madre, hasta que el novio de Winnie en aquel momento se lo llevó por la fuerza.

Ahora Archie debía de tener treinta y pocos años. Como el tío de La Llama Alegre: el que se había acercado a Winnie tan repentinamente en cuanto ella se había quedado sola en la barra. La última persona con la que había sido vista.

Francie ha enviado un correo electrónico a Nell y a Colette unas horas antes preguntándoles si creían que la policía estaba cometiendo un error al no investigar a Archie Andersen.

«Me imagino que lo están teniendo en cuenta —contestó Colette—. A pesar de lo que han dado a entender los medios de comunicación, la policía no es tan tonta.»

Pero ¿cómo podía estar tan segura Colette? Si en realidad Mark Hoyt y compañía se estaban equivocando con Bodhi Mogaro, ¿con qué más podían estar metiendo la pata? Francie oye que el agua de la ducha se cierra y la cortina se descorre y cierra la libreta y la mete apresuradamente en el cajón. En la sala de estar, levanta a Will de la hamaca, coge el bolso cambiador y el fular elástico, y grita adiós a Lowell.

Él sale del cuarto de baño en bóxers secándose el pelo con una toalla cuando ella sale por la puerta.

—¿Adónde vas?

—Con las Madres de Mayo. —Francie se aclara la garganta—. Tenemos una reunión de última hora en The Spot. Acabo de recibir el correo electrónico.

—Me alegro mucho, cielo. —Él vuelve a entrar en el cuarto de baño—. Es justo lo que necesitas.

Francie trata de no prestar atención al zumbido de una lámpara del techo mientras mece a Will de un lado a otro por la fría y vacía sala de espera, y se detiene a mirar una mesa llena de montones de folletos. La lucha contra el terrorismo a través del intercambio de información. La sensibilización con el colectivo LGBTQ. «Si ves algo, di algo.»

Se sobresalta al oír el sonido de una puerta cerrarse detrás de ella y se vuelve para ver a Mark Hoyt entrando en el vestíbulo de la comisaría de policía acompañado de un hombre con barba descuidada y mirada furtiva vestido con una camiseta negra y unos vaqueros holgados. El hombre mira a Francie y establece contacto visual con ella por una fracción de segundo antes de apartar la vista con nerviosismo. Hoyt se vuelve hacia ella una vez que el hombre ha salido de la comisaría.

—Señora Givens. Perdone por hacerla esperar. Venga al fondo, por favor.

Francie lo sigue; pasan por delante de un agente sentado a su mesa detrás de un cristal que estudia el sudoku de la contraportada del *Post* y recorren un pasillo bien iluminado.

—¿Ese hombre ha venido a hablar de la investigación? —inquiere a Hoyt.

—No.

—¿Es un sospechoso?

—No.

A cada lado del pasillo hay pequeños despachos, y cuando llegan al de Hoyt, el policía se aparta e invita a Francie a entrar primero. Parece el decorado de una mala serie de policías: una mesa desvencijada llena de pilas torcidas de carpetas de manila y papeles esparcidos desordenadamente. Al lado de un arcaico ordenador de sobremesa hay tres vasos de cartón alineados medio llenos de café. La parte superior de uno de los vasos tiene una capa arrugada de moho marrón y verde.

—¿Le apetece un café? —pregunta él.

—No, gracias. He dejado la cafeína. —Francie señala con la cabeza a Will, sujeto en su pecho—. Por el bebé. —Se siente culpable por mentir a la policía, pero no tiene ninguna obligación de decirles que prácticamente ha dejado de dar el pecho. Y, además, si lo dice en voz alta, se pondrá a llorar.

—Puedo prepararle un descafeinado si quiere.

—Entonces sí —contesta ella—. Gracias.

Hoyt entrecierra la puerta al salir, y ella observa su despacho. Mark Allen Hoyt. Nacido en Bay Ridge, Brooklyn. Nieto e hijo de policías. Seis años en el Cuerpo de Marines. Licenciado por la Academia de Policía de Nueva York. Encontró su biografía en internet, acompañando la convocatoria de una charla que dio en una feria de orientación profesional en un instituto de secundaria de Staten Island el año pasado. Se inclina por encima de la mesa examinando el montón de carpetas, dando por supuesto que tratan de Midas. Hoyt no puede estar trabajando en otro caso. Alarga la mano tímidamente a través de la mesa cuando la puerta se abre detrás de ella. Retira la mano y derriba con el codo un vaso de café, cuyo contenido se derrama en sus espinillas, sus sandalias y la alfombra sucia.

Es Stephen Schwartz.

—Lo siento mucho —dice, buscando toallitas húmedas en el bolso cambiador—. Ahora lo limpio. No quería...

—Venga conmigo.

El tono del policía es poco amistoso, severo incluso, cosa que molesta a Francie. Tal vez no debería haber fisgado en la mesa del detective Hoyt ni haber derramado su repugnante café mohoso, pero Schwartz debería alegrarse de verla. No sabe si ella podría tener información valiosa que fuera de utilidad para la investigación, una pista que ayudase a resolver el caso y a encontrar a Midas con vida. Pero en la actitud de Schwartz no hay el menor asomo de gratitud cuando señala al fondo del pasillo.

—Déjelo. Mandaré a alguien que lo limpie.

—Pero el detective Hoyt tiene que volver. Ha ido a buscarme un café.

Schwartz agita la mano.

—Venga conmigo.

Ella lo sigue, y le tranquiliza ver que Will no muestra señales de despertarse. La leche de fórmula que ha estado dándole de comer le ha ayudado mucho a dormir, y Francie espera que los casi veinticinco centilitros que ha bebido ávidamente en un banco enfrente de la comisaría de policía lo mantengan dormido durante al menos otra hora.

Schwartz abre una puerta al final del pasillo. El interior es frío y austero; un fluorescente tiñe de amarillo la mesa blanca lisa y cuatro sillas plegables metálicas. Francie ve su reflejo en la pared de cristal que tiene enfrente —las raíces cada vez más grises, la barriga abultada— y aparta la vista. Hoyt está sentado en una de las sillas con las piernas estiradas por delante y cruzadas a la altura de los tobillos. Señala una silla y desliza un vaso de plástico con café hacia ella.

—Siéntese.

—Me quedaré de pie, si no le importa. El bebé no soporta estar quieto. —Francie coge el vaso sintiéndose nerviosa—. Les pasa a muchos bebés. —Bebe un sorbo de café. Está tibio y amargo, con posos de café flotando; resiste el impulso de escupirlo en el vaso. Schwartz cierra la puerta y se apoya en ella—. Bueno, Mary Frances Givens. ¿A qué debemos el placer de su visita?

Ella deja el café en la mesa y vuelve a mecer a Will.

—Me gustaría que me pusieran al corriente sobre la investigación.

Hoyt arquea las cejas.

—¿Le gustaría que la pusiéramos al corriente?

—Sí. Han pasado seis días desde que Midas fue secuestrado. Me gustaría saber cómo están las cosas. —Le cuesta evitar que la aprensión asome a su voz—. Me gustaría saber por qué no han encontrado al bebé.

Schwartz mira a Hoyt.

—Habérnoslo dicho antes —dice Schwartz. Retira una silla vacía, se sienta y saca una pequeña libreta y un lápiz del bolsillo de la pechera. Lame la punta del lápiz; su cara de interés es un poema—. ¿Me da su dirección de correo electrónico?

—¿Mi dirección de correo electrónico?

—Sí.

—¿Por qué?

—Quiero enviarle el informe completo. Y ponerla al día conforme recibamos más información.

—Los mensajes de texto son mucho más eficaces —apunta Hoyt—. Deberías pedirle el número de móvil.

—Buena idea. —El lápiz de Schwartz se halla suspendido encima del papel y sus enormes cejas arqueadas con expectación—. ¿Cuál es su número de móvil?

—Se está haciendo el gracioso.

Schwartz ríe y lanza el lápiz a la mesa.

—Sí —asiente—. Supongo que se puede decir que sí.

Ella nota que se le enciende la cara de la ira.

—¿Pueden al menos decirme qué pasa con Bodhi Mogaro? ¿Van a acusarlo? ¿O lo de la confusión con el cirujano es cierto?

—Francie —dice Hoyt—. Sabe que no podemos hacer comentarios sobre una investigación en activo. —Bebe un sorbo de café, observándola—. ¿Ha venido por eso? ¿Para ver lo que sabemos?

—Sí. Bueno... también he estado pensando en algunas cosas. Cosas que podrían interesarles. —Mantiene la vista en Hoyt. A diferencia de Schwartz, él lleva una alianza. Tal vez también tenga hijos—. Hay un hombre que vive a pocas manzanas de Winnie.

—De acuerdo —dice Hoyt.

—Un agresor sexual fichado.

Ella estaba en lo cierto. Hoyt se muestra comprensivo. Algo en su rostro se suaviza cuando ella dice eso, y se inclina hacia delante apoyándose en los codos.

—Francie, hágase un favor. Deje de leer blogs de sucesos. Se va a volver loca.

—No, no lo entiende. Por lo visto esa noche había un hombre blanco de mediana edad sentado en el banco de al lado de su casa, y es un agresor sexual. Sí, vale, me he enterado por un blog de sucesos, ¿y qué? También se puede buscar dónde viven los agresores sexuales. Hay uno en el gran complejo de pisos que está a pocas manzanas de aquí. —Francie sabe que habla demasiado rápido y trata de ir más despacio—. He estado vigilando su casa. —Mete la mano en el bolsillo delantero del bolso cambiador para buscar la fotografía que tomó y mandó imprimir en la farmacia—. Este tío suele ir paseando un perrito. Parece que tiene un extraño interés en el edificio. Siempre se para delante y mira las ventanas. Como si estuviera inspeccionándolo, la verdad.

—¿Por qué ha estado vigilando su casa?

—Bueno, no he estado vigilándola con unos prismáticos ni nada parecido. Vivo cerca. Paso por allí con el bebé. La idea de que fuese un vecino quien se llevase a Midas tiene mucho sentido. Piénselo. Era la primera vez que Winnie salía de casa por la noche. La primera vez que se separaba del bebé. Tiene que ser alguien que lo sabía. Alguien que estaba observándola.

—Parece que usted ha estado observándola —comenta Hoyt.

—¿Qué? No. Quiero decir... —Hace una pausa para serenarse—. Es mi amiga.

—¿Cuánto hace que la conoce?

—Un tiempo. Cuatro meses. Pero nos habíamos conocido por correo electrónico meses antes.

—¿Cuatro meses? No es mucho tiempo.

—Sí, lo es. Además, este caso es distinto. Somos madres primerizas. Usted no lo entendería. Es una amistad especial.

Hoyt se queda en silencio asintiendo con la cabeza, esperando a que ella continúe, pero Francie no quiere. No quiere explicarle a ese tipo cómo es esa amistad; que los miembros de las Madres de Mayo comprenden a Francie de una forma que nadie más la ha comprendido. La frecuencia con que la apoyaron durante el embarazo, cuando le daba pánico perder al bebé, como le había pasado con los otros. Lo mucho que la han ayudado desde que Will nació: enviándole artículos, respondiendo a sus preguntas y reflexiones sobre la maternidad, y ayudándola a vencer el aislamiento.

—No he venido a hablar de amistad —le dice a Hoyt—. Hay otra cosa que quiero contarle. Una confesión, en realidad. —Hoyt mira la pared de cristal, y por un momento ella se pregunta si hay alguien detrás, observándolos—. Esa noche ocurrió algo, pero no me había dado cuenta de lo extraño que fue.

—¿De qué se trata? —pregunta Schwartz. Parece aburrido.

—¿Se acuerdan del hombre del que les hablé cuando me interrogaron? ¿El de la barra que se acercó a ella de repente?

—Sí.

—Deberían encontrar a ese hombre. Y detenerlo.

Schwartz se recuesta e inclina la silla de tal forma que se queda en equilibrio sobre las dos patas traseras y junta las manos detrás de la cabeza.

—No soy ningún experto en derecho (me licencié en la academia de policía por los pelos, si le digo la verdad), pero estoy seguro de que acercarse a una mujer y ofrecerle una copa es legal. Por lo menos en Nueva York.

—No estoy insinuando que esas cosas sean ilegales, detective. —Hace todo lo posible por mantener un tono firme—. Estoy insinuando que es un comportamiento un poco sospechoso.

Schwartz empieza a hablar, pero Hoyt levanta la mano para detenerlo.

—Está bien. Le seguiré la corriente. ¿Qué tiene de sospechoso un hombre que habla con una mujer en un bar? ¿No van a los bares los hombres para eso?

—Puede. Pero...

—Su amiga Winnie es una mujer muy guapa.

—Sí. Lo sé. Pero... —Will se retuerce en su pecho, y Francie se da cuenta de que ha dejado de mecerlo—. Pero tengo una idea aproximada de quién puede ser ese hombre. No he caído en la cuenta hasta esta mañana, de verdad. Es una pista que tienen que seguir.

—¿De qué se trata? —pregunta Schwartz.

—¿Les suena el nombre de Archie Andersen? ¿El acosador de Winnie?

Schwartz lanza un profundo suspiro y se dirige a la puerta.

—Vuelvo al trabajo.

Ella mira a Hoyt una vez que Schwartz se ha ido y siente un gran alivio cuando se quedan solos.

—Estoy convencida de que el hombre del bar pudo ser Archie Andersen. ¿Lo ha investigado?

Hoyt se frota los ojos.

—Francie, tiene que saber que estamos haciendo nuestro trabajo. Nos estamos tomando muy en serio este caso.

—¿Tiene usted hijos? —Su voz suena forzada, y se regaña a sí misma en silencio. No es momento de llorar.

—Tres. —Él busca su cartera en el bolsillo trasero y saca una fotografía arrugada de tres niñas en una piscina infantil—. Estoy chapado a la antigua. Me sigue gustando tener estas cosas en papel. Es de hace unos años. —Examina la foto con más detenimiento, como si hiciera tiempo que no la ve. Sacude la cabeza—. Crecen muy rápido.

—¿Se imagina lo triste que sería perder a una de sus hijas antes de que tuvieran ocasión de crecer, detective? ¿Como le ha pasado a Winnie? —Levanta el bolso cambiador del respaldo de la silla y golpea sin querer con el brazo la cabeza de Will, que se despierta sobresaltado. Francie nota el sudor acumulado alrededor de la tela del portabebés y siente la repentina necesidad de respirar aire fresco—. Ya he dicho lo que tenía que decir. No me habría perdonado no haberlo dicho.

Se encamina hacia la puerta, pero Hoyt le cierra el paso.

—Oiga, Francie, lo que he dicho iba en serio. Hacemos todo lo que podemos por encontrar a Midas. Tengo tantas ganas de ver a ese niño vivo como cualquiera. —Ella asiente con la cabeza y trata de esquivarlo, pero él posa firmemente la mano en su brazo—. ¿Quiere saber la verdad? En casos como este, cuando un bebé desaparece, cuando no hay señales de que la puerta de casa haya sido forzada, cuando no hay motivo de venganza, tenemos que empezar a buscar donde no queremos buscar.

Ella se suelta de un tirón y recorre el pasillo a toda prisa hacia la salida. Will llora más fuerte, y su llanto apaga el zumbido de la luz, pero ella todavía puede oír las palabras de Hoyt mientras corre hacia el vestíbulo.

—Ha llegado el momento de empezar a poner en duda los motivos de la gente que conocía al bebé. Me refiero a los allegados a la familia, Francie.

12

Sexta noche

Mi madre siempre decía que yo era una ingenua. Normalmente se refería a un episodio con mi padre, claro: mi más reciente decisión de perdonar a mi padre por algo que había dicho o algo que había hecho, por volver a casa borracho otra vez, sacarme de la cama por el brazo, dislocarme el hombro, decirme que guardase mis putos zapatos, dejados en mitad del pasillo, como si quisiera matarlo.

—Se siente culpable —decía yo a la mañana siguiente, evitando mirar a mi madre a los ojos mientras ella sostenía una bolsa de hielo contra mi hombro—. No era su intención.

Ella sacudía la cabeza.

—Eres muy lista para todo menos para él. —Todavía puedo ver la decepción en su mirada—. ¿Cuándo vas a aprender?

Tal vez ella tenía razón. Tal vez nunca aprenda. Lo cierto es que todo es mucho más duro de lo que esperaba. Qué tonta he sido creyendo que podía escabullirme y ser feliz. Para empezar, me muero de aburrimiento. Aquí no hay nada que hacer. Nada en lo que ocupar mis pensamientos. Y bien sabe Dios que el aburrimiento no está hecho para mí. Cuando el diablo no tiene qué hacer y todo eso.

Joshua es igual. Se pone más contento cuando vamos andando al pueblo a comprar un sándwich de pavo y una cerveza helada en la pequeña sandwichería que hay cerca de la biblioteca o a la poza apartada que hemos descubierto, debajo del puente, siguiendo el camino de madera, y después nos tumbamos desnudos en una roca, adormilados y sonrosados por el sol. Pero hoy le he dicho que ya no me siento segura haciendo esas cosas. Siempre hay gente alrededor —paseando perros, repartiendo el correo—, y están empezando a preguntarme qué tal estoy. Ese es el problema de la gente del campo. Son unos cotillas. «Volved a vuestras casas —me dan ganas de decirles—. Volved con vuestro punto de cruz y vuestros macarrones con queso congelados y vuestras noticias por cable las veinticuatro horas.» He estado ensayando mis respuestas, repasando mi versión una y otra vez con Joshua, tratando de no meter la pata, de creerme mis propias mentiras.

A estas alturas debería ser una profesional. Llevo toda la vida mintiendo.

«Mi madre no se encuentra bien. Tiene la gripe. Lo siento, pero me ha pedido que llame para cancelar la cita.»

«No seas tonto. No te estoy pidiendo que dejes a tu mujer. Solo me interesa lo que hay entre nosotros.»

«Donante de esperma», decía inclinándome, sonriendo como si esa persona —tan maleducada como para preguntarme quién era el padre cuando se me empezó a notar a los cinco meses— fuese la única a la que le estuviese confesando el secreto. «Sentía la llamada de la maternidad y no puedo quedarme esperando a que aparezca el hombre perfecto, ¿no?»

Pero esta vez las cosas no son tan sencillas. Las mentiras son más complejas, y es más fácil enredarse. De modo que se acabaron las salidas, por muy aburridos que estemos. Y nada de quejarse, tampoco. Voy a poner al mal tiempo buena cara. Como hice con mi querido padre.

Ya he empezado. Esta mañana Joshua y yo nos despertamos malhumorados y distantes. ¿Me enfadé? ¿Exigí saber qué pasaba? No. Lo dejé comiéndose el coco delante de la televisión y salí al sol, paseé por la finca y recogí las flores silvestres que crecen cerca del arroyo. Las metí en casa y las prensé entre las páginas de unos libros de cocina, como solíamos hacer mi madre y yo. Cuando volví él estaba de mucho mejor humor, y después de desayunar registramos la casa, tiramos las cosas que no nos gustan —esos cojines raídos con las fundas ásperas, las cortinas pasadas de moda de nuestro dormitorio, las fotos familiares que ya no soporto mirar— y cambiamos los muebles de sitio para verlo como nuestro hogar.

También he estado llevando estos diarios, como me recomendó el doctor H.

—Creo que deberías anotar las cosas —decía—. Te ayudará a procesar tus emociones. Será una forma de que te centres.

Estoy siguiendo su consejo y trato de adoptar la actitud adecuada, pero no me gusta. No quiero anotar estas cosas. Quiero hablar con él en el sofá de cuero blando de su consulta, con una taza de té de menta entre las manos, mientras una brisa agita las cortinas transparentes y el zumbido del generador de ruido blanco me calma los nervios. Ojalá él me ayudara a hacer los ejercicios que me aconsejaba cuando estaba especialmente inquieta, en los que tenía que cerrar los ojos y visualizar un lugar más alegre.

Quiero decirle al doctor H dónde estoy y cómo me siento, y que sinceramente no quería matar a nadie.

Pero, naturalmente, no puedo hacerlo. Lo he estudiado: él tendría que denunciarme a la policía. Eso sería terrible para los dos. Quiero hablarle de las voces que oigo de noche entre el canto de las cigarras y los grillos. Mark Hoyt, acribillándome a preguntas. «¿Dónde estuvo esa noche? ¿Qué sabe?»

Depende de a lo que te refieras por «dónde».

Físicamente, creía que lo sabía, pero ya no me acuerdo. Esa noche ha pasado, como si ya no existiese. Como si no hubiera tenido lugar.

Emocionalmente, espiritualmente, eso sí que lo sé. He estado en el infierno. Perdida. Atormentada. Sin tener ni idea de cómo salir. De cómo manejarlo. La tristeza incontenible. El fracaso. La culpa por ser una madre tan imperfecta.

Tengo que controlarme. Lo mejor que puedo hacer en este momento es pensar adónde ir ahora y darme prisa en marcharme. Evidentemente, no podemos quedarnos aquí mucho más.

No después de lo que he hecho.

13

Séptimo día

PARA: Las Madres de Mayo
DE: Tus amigos de The Village
FECHA: 11 de julio
ASUNTO: Consejo del día
TU BEBÉ: DÍA 58
¿Todavía envuelves a tu pequeño en una manta? Puede que haya llegado el momento de dejarlo. Aunque envolver a un recién nacido puede ayudarle a sentirse seguro y a gusto, se cree que también provoca una mayor incidencia del síndrome de muerte súbita del lactante a medida que los niños tienen más movilidad y aprenden a rodar. De modo que, aunque el bebé tarde solo unos segundos en dormirse envuelto en esa manta, más vale prevenir que curar.

Colette tiene las palmas de las manos pegajosas en el mango del cochecito, y el sol le quema la nuca incluso a esas horas, cuando todavía no son las siete de la mañana.

—Me muero —dice Nell, colorada y sudorosa—. No puedo creer que corras tanto.

Colette disminuye la velocidad para situarse a la altura de Nell.

—Ya casi hemos llegado. —Bajan la cuesta y enfilan el sendero con sombra, por debajo del arco, mientras las ruedas de los cochecitos crujen sobre las piedrecitas.

—¿Se me ve más delgada? —pregunta Nell cuando se detienen en la gran plaza abierta en la que un grupo de niños de un campamento de verano, vestidos con bañadores y chalecos de color amarillo chillón, entran en el parque cogidos de las manos—. Sebastian espera que vuelva a desnudarme delante de él. Cuando ese momento llegue me gustaría que mi culo pesara solo seis kilos más de a lo que él está acostumbrado.

—Date la vuelta. Deja que te mire.

Nell ríe y gira el trasero hacia Colette, pero su expresión se ensombrece al ver algo a lo lejos.

—Dios mío —murmura Nell—. Mira.

Es Midas.

Su cara está impresa en una pancarta sujeta por dos mujeres mayores que tratan de fijarla al muro de piedra que bordea el parque. Colette se acerca y se dirige a una mujer muy gorda con el pelo canoso recogido en una coleta alta. Tiene los antebrazos apoyados en los barrotes metálicos de un andador. Cerca de ella, un pequeño grupo de mujeres coloca claveles rosas formando un círculo en el pavimento caliente.

—¿Qué hacen? —pregunta Colette.

La mujer estira el cuello para ver mejor dentro del cochecito a Poppy, que duerme profundamente con los brazos levantados por encima de la cabeza y pegados a los oídos.

—Qué preciosidad —dice la mujer—. Vamos a dedicar una vigilia de oración al Niño Midas. Empezará dentro de una hora más o menos. —Nell aparece al lado de Colette, y la mujer les da a cada una un folleto del montón que hay en una mesa plegable de plástico detrás de ella.

UNA ORACIÓN POR MIDAS
¿Puede una madre olvidar a su niño de pecho
y dejar de amar al hijo que ha dado a luz?
Aun cuando ella lo olvidara, ¡yo no te olvidaré!
Isaías, 49,15

Colette ve lo que hay impreso debajo de las palabras —EL ABANDONO DE NIÑOS ES UN DELITO— y acto seguido la fotografía. La que Patricia Faith mostró de Nell y Winnie en La Llama Alegre. La imagen es inmisericorde: Nell, con una copa en la mano y la barriga al aire. Winnie, mirando a la cámara, con una expresión ausente en la cara y los ojos entrecerrados.

Colette devuelve el folleto y coge la mano de Nell.

—Venga, vámonos.

—Deberíais acompañarnos —dice la mujer—. Ese bebé necesita todas las oraciones que pueda recibir. Y va a venir una invitada especial. —Se inclina hacia ellas y habla en un tono que apenas es un susurro—. Patricia Faith.

—Va a ser que no.

Colette conduce el carrito con una mano y empuja a Nell hacia delante con el otro. Nell está al borde de las lágrimas cuando llegan a la acera de enfrente del parque. Un joven con barba morena y —pese al calor— un gorro de lana en la cabeza sale de una furgoneta que avanza al ralentí en la esquina con una cámara de televisión.

—Esa foto. —A Nell se le entrecortan las palabras—. No es... Parece que seamos...

—Vamos a mi casa —propone Colette.

—Tengo que prepararme para ir al trabajo. —A Nell se le llenan los ojos de lágrimas.

—Solo unos minutos. Charlie no está en casa. Prepararé café. —Colette coge a Nell por el brazo y echan a andar más rápido.

—¿Quién es esa gente? —pregunta Nell cuando se acercan al edificio de Colette a pocas manzanas de distancia. Alberto les abre la puerta y meten sus carritos en el ascensor. Nell mira el folleto, que todavía tiene en la mano—. ¿Qué piden?

—Letras escarlata, supongo.

El piso es tranquilo. Colette pone agua a calentar para hacer café y corta la tarta de limón que preparó esa mañana después de levantarse con el bebé a las cinco de la madrugada. Nell se sienta en el sofá, abrazando a Beatrice contra el pecho.

—¿Qué está pasando?

—No lo sé.

—Esto no es bueno. Se nota en el ambiente. Van a echarle la culpa a ella.

—Sí, ya lo sé. —Colette se sienta a la isla de la cocina. Tiene la cabeza a punto de estallar—. Me sorprende que haya tardado tanto.

—Es un disparate. —Nell expulsa una bocanada de aire—. Lo único que hicimos... lo único que hicimos... fue salir de noche.

—Basta, Nell. No hicimos nada malo. Ni siquiera...

—Estás viendo lo que está pasando, ¿no? ¿Ves adónde está llevando Patricia Faith este asunto? En el programa de ayer no paraba de poner el vídeo de Winnie, el del día después del secuestro de Midas, analizando el más mínimo gesto, preguntando por qué no había dicho una palabra desde entonces.

—Sí —asiente Colette—. Las dos tenemos que dejar de ver esa basura.

—Es imposible que Winnie pueda haber...

Colette se presiona las sienes.

—No sé.

—No, no digas eso. Ella no pudo hacer algo tan perverso. La conocemos.

Colette mira a Nell, vacilante.

—¿De verdad? ¿Nos conocemos realmente alguna de nosotras?

—Por lo menos lo suficiente para saber si hay una psicópata entre nosotras. Sé lo mucho que le gusta a todo el mundo culpar a la madre, pero me niego a creer que ella sea la responsable. —Esparce las lágrimas por sus mejillas con las dos manos—. Ayer leí un artículo horrible. Era sobre Winnie y el llamado síndrome de Medea, por el personaje de la mitología griega. Medea fue la hija de un rey que se vengó de la traición de su marido matando a sus hijos.

—Deja de leer esas cosas, Nell. Hablo en serio. No te harán ningún bien.

—No sabes las cosas que la gente ha escrito sobre Winnie en los comentarios. La indignación colectiva de las personas que dicen que no debería haber dejado a su bebé con una desconocida para emborracharse. Que aunque encuentren a Midas deberían quitárselo; que no está capacitada para ser madre. —Nell reprime un sollozo—. ¿No saben lo difícil que es todo esto? La presión de mantener a los bebés con vida. Querer a alguien así, y lo fácil que es cagarla, como estamos convencidas de que la cagaron nuestras madres. —Se le quiebra la voz—. Hay días en los que sinceramente creo que voy a derrumbarme. Estoy cansada. Sé que estas cosas pasan, pero ¿puedes imaginártelo? ¿Hacer daño a tu propio hijo?

Colette mira a Poppy, dormida en el cochecito a su lado.

—¿Por qué lo hice? —se pregunta Nell—. Borrar la aplicación. Y luego encima perdí la llave. No puedo...

—Basta, Nell. No dejes que esa gente juegue contigo. No hiciste nada malo. Ninguna de nosotras lo hizo. Y aunque se te cayera la llave, nadie la encontró y dijo: «Aquí está la llave de Winnie. La utilizaré para colarme en su casa y llevarme a su bebé». Lo que pasó estaba planeado.

Nell asiente con la cabeza.

—No paro de decirme lo mismo, pero ¿quién lo planeó? ¿Por qué no tienen ninguna pista? ¿Por qué no han aparecido el teléfono y la llave? —Aparta la vista—. Tengo que contarte una cosa.

El tono de voz de Nell incomoda a Colette.

—Vale.

—Bebí demasiado.

A Colette se le escapa una risa rápida.

—Nell. No me jodas.

—Dije que solo había...

—Lo sé, Nell. No eres la única que bebió demasiado esa noche. Estábamos de fiesta. Sin los bebés. No es ningún delito...

—Fue extraño —comenta Nell—. Me tomé unas copas, pero luego, de repente... hay una gran parte de la noche que no recuerdo. No es propio de mí. Emborracharme tanto, olvidar cosas. No suele pasarme. —Vacila—. Y acabé con la camiseta rota en el hombro. Lo vi a la mañana siguiente. Me preocupa que pasara algo que no recuerdo.

—¿Como qué?

—No lo sé. Es una sensación que tengo: alguien cerca de mí, tocándome. A lo mejor quien tiene a Midas estuvo allí esa noche, buscándola, y me quitó el teléfono y la llave, pero no me acuerdo. Aunque por otra parte pienso: No. No puede ser. Me acordaría de eso, ¿no? Ya no sé qué es verdad. Tengo miedo de volverme loca. —Nell mira a Colette—. ¿Y por qué ella estuvo mirando a Midas en su cuna por el móvil toda la noche? ¿Te lo has preguntado?

Colette asiente con la cabeza.

—Es como si estuviera esperando algo.

—Quiero acabar con esto de una vez —dice Nell—. Quiero que me digan que Winnie estaba en alguna parte que tenga sentido. Saber que él está vivo. —Empieza a llorar más fuerte—. Si está muerto, nunca podré... —Se interrumpe y se suena la nariz con una toallita húmeda para bebés del recipiente de la mesa, que le deja una reluciente película blanquecina en la piel—. Quiero saber que ella no lo hizo.

—Sí —asiente Colette en voz baja, mirando al sofá de la sala de estar. Se pone en pie—. Yo también.

Nell acerca un taburete a la isla, con Beatrice cogida al hombro.

—¿Cuánto hace que tienes esto?

—Tres días.

—¿Y no lo has mirado?

—No. —Colette se recoge el pelo con la goma de la muñeca y a continuación introduce el lápiz de memoria en el ordenador. Aparece una carpeta con una lista de archivos—. No debería haberlo cogido. Me he convencido de no mirarlo, de devolverlo la próxima vez que vea a Teb.

Hace clic en el primer archivo y lo abre, y un vídeo ocupa la pantalla.

—Dios mío —dice—. Soy yo. —Nell está sentada en un sofá al lado de un hombre que Colette deduce que es Sebastian. Está pálida y tiene los ojos inyectados en sangre. Colette le da al *play*.

«¿Le importa que grabemos la conversación? —Es la voz de Mark Hoyt—. Es el nuevo protocolo del departamento.»

«Para nada. ¿Puedo coger un vaso de agua antes de empezar?»

—Es de la mañana siguiente, cuando vinieron a mi casa. —Nell se inclina hacia la pantalla—. Madre mía, ¿de verdad estoy tan gorda?

«¿Una noche movida?»

«Todas las noches son movidas con un recién nacido.»

—¿Podemos ver qué más hay? —pregunta Nell—. Yo no soporto mirarme.

Colette cierra el vídeo y hace clic en el segundo archivo. El reproductor de vídeo vuelve a abrirse.

—Es Scarlett —anuncia Colette—. Deben de habernos entrevistado a todas.

Stephen Schwartz sale de detrás de la cámara y se sienta enfrente de Scarlett.

«Tengo entendido que usted no salió anoche.»

«No. La familia de mi marido está de visita. No puedo creérmelo. Es horrible.» Su rostro está ensombrecido por la preocupación. «No puedo imaginármelo. ¿Tienen idea de lo que pasó?»

«Por eso estamos interrogando a los conocidos de Winnie. El hombre de su grupo. —Schwartz mira su libreta—. Símbolo, creo que lo llaman.»

«Sí.»

«¿Lo conoce bien?»

«No, la verdad es que no. Cuando estaba embarazada asistí a muchas reuniones, pero nos vamos a mudar y ahora estoy muy ocupada. Para ser sincera, ese apodo siempre me pareció infantil.»

—Puf —dice Nell—. ¿Podemos avanzar?

Colette cierra el vídeo y abre el tercero de la lista.

—Yuko —informa Colette, y lo cierra rápido para pasar al siguiente: Gemma sentada a una mesa de comedor. Hay un hombre de pie detrás de ella que sujeta en brazos a su hijo. «Llegué allí cerca de las ocho y veinte, creo. Puedo mirar el teléfono. Envié un mensaje a James cuando llegué para ver qué tal estaba el bebé.»

A Colette se le revuelve el estómago. ¿Está su entrevista con Mark Hoyt allí? ¿Sabe ya Teb que ella estuvo presente aquella noche? Hace clic en el último archivo de la lista, preparándose para verse. Oye a Nell soltar un grito ahogado.

Es Winnie. Está en su casa, sentada en la esquina del sofá modular. El pelo le cae lacio sobre los hombros, y tiene los ojos hinchados. Mira con gesto ausente a la cámara.

«¿Ha dormido algo?» Esta vez es la voz de una mujer.

«Un poco.»

«Bien. Me alegro. —La mujer sale de detrás de la cámara. Lleva unos pantalones negros y una blusa sin mangas rosa—. Voy a hacerle unas cuantas preguntas complementarias y me iré. En primer lugar, tengo entendido que ha estado visitando a un psiquiatra.»

La mujer acerca una otomana y se sienta enfrente de Winnie.

«Eso no me parece una pregunta.»

La mujer suaviza el tono.

«Se lo mencionó al detective Hoyt anoche.»

«¿De verdad?»

«¿No se acuerda?»

«Todos ustedes me están haciendo muchas preguntas. Es difícil no confundirse.»

«¿Cuánto tiempo ha estado visitando a ese médico?»

«Mucho.»

«¿Por?»

«Depresión. —Se encoge de hombros—. Camaradería. Mi padre prácticamente me obligó después de la muerte de mi madre.»

«¿Y cuándo fue la última vez que la atendió?»

«Hace unos meses.»

La mujer arquea las cejas. «¿No ha vuelto desde que dio a luz?»

«No. —La detective empieza a hablar, pero Winnie la interrumpe—. Después de que Midas naciera me sentía bien. Mejor de lo que me había sentido en años.»

«De acuerdo. También quiero preguntarle por Daniel.»

Winnie se mueve en su asiento. «¿Daniel? ¿Por qué?»

«Salieron en el instituto. ¿Por qué rompieron?»

A Winnie se le nubla la expresión. «En ese momento no podía con nada. Incluido Daniel.»

«Pero ¿siguieron unidos?»

«Sí. Fue mi primer amor.»

«Después de que él se casase, ¿tuvieron alguna aventura?»

«¿Una aventura?»

«Ya sé que es un tema incómodo, pero tengo que...»

«No, nunca tuvimos una aventura. La verdad es que no sé qué...»

Colette oye el sonido de una llave que se introduce en la puerta de la entrada.

—¿Quién es? —susurra Nell.

La puerta se abre y Charlie entra manteniendo en equilibrio dos cafés en una bandeja para llevar y una bolsa de papel blanca.

—Ah, hola —dice, quitándose los auriculares.

Colette cierra el portátil.

—Hola, cariño. —Procura que no se le entrecorte la voz—. Has vuelto pronto.

—Resulta que hay un coro cantando en la cafetería. Me han echado una panda de bebés y niñeras. —Mira a Poppy dentro del cochecito y acto seguido vuelve a mirar a Colette—. ¿Qué estáis viendo?

Colette se suelta las manos en el regazo.

—Un vídeo. Sobre entrenamiento del sueño.

—¿Ah, sí?

—Sí, ya sabes —dice Nell—. Mete al niño en la cuna con una lata de sopa. Cierra la puerta. Vuelve dentro de unas semanas.

Charlie ríe.

—Después de la nochecita que hemos pasado, compraría esa sopa. —Se acerca a la isla de la cocina y deja el café y la bolsa en la encimera al lado del portátil de Colette—. Te he comprado un cruasán de almendras y un café. Si hubiera sabido que estabas aquí, Nell...

—No te preocupes. En realidad, tengo que irme a trabajar.

Charlie besa a Colette en la frente.

—Yo también. Hasta luego.

Colette espera a que Charlie cierre la puerta de su despacho. Cuando oye que sale música de jazz de la habitación, baja el volumen y le da al *play*.

«No, nunca tuvimos una aventura. La verdad es que no sé qué insinúa con esa pregunta.»

«Lo siento, Winnie. Sé que esto es difícil, pero tenemos que plantearle estas preguntas para hacernos una idea cabal de la situación.»

A Winnie se le escapan las lágrimas despacio. «Daniel solo ha sido un buen amigo para mí.»

«Lo entiendo. —La detective ofrece a Winnie un pañuelo de papel y se inclina hacia delante en su asiento, con la libreta colgando de la mano—. Hablemos de otro tema. Dígame, si no le importa, dónde estuvo anoche. Cuando salió del bar.»

«Ya se lo he dicho.»

«Bueno, se lo dijo al detective Hoyt, pero me gustaría oírlo en persona.»

Winnie cierra los ojos.

«Fui al parque.»

«El parque.»

«Sí. Era la primera vez que estaba sola desde que di a luz. Y ese bar... no era el sitio donde me apetecía estar. Salí y decidí seguir andando. Acabé en el parque.»

«¿La vio alguien?»

«No sé.»

«¿Por el camino, quizá? ¿O dentro del parque? ¿Se cruzó con alguien o habló con alguien?»

«No que yo recuerde.»

«¿Le cuesta recordar las cosas?»

«No. —Winnie se queda mirando las manos en su regazo unos instantes y acto seguido levanta bruscamente la cabeza—. ¿Ha oído eso?»

«¿Qué?»

«Es Midas.»

«¿Midas?»

«Chis, escuche. —Winnie se levanta, escuchando algo a lo lejos—. Allí. ¿Lo ha oído?»

«No, ¿qué está...?»

«Está llorando. —Winnie sale del encuadre—. Le oigo llorar.»

«Winnie...»

Aparece otra vez en la pantalla. «Se ha callado. —Mira al fondo del pasillo, hacia el cuarto del bebé—. Pero ¿de dónde viene?»

«Escuche, Winnie. Quiero llamar a su médico. Creemos que debería pedir una cita...»

«No necesito a un médico. —Se pasa los dedos por el pelo agarrándolo con los puños—. Necesito que ustedes encuentren a mi hijo. Ahora mismo está llorando. Me necesita. Y ustedes están aquí sentados, haciéndome las mismas preguntas una y otra vez. ¿Qué hacen aquí? —Se acerca a la puerta de la terraza y la abre—. ¿Por qué no están ahí fuera buscando a mi bebé?»

La detective se levanta y se dirige con rigidez a la cámara. «Vamos a hacer un descanso.» El resto de sus palabras resultan indescifrables, antes de que la pantalla se oscurezca.

Colette percibe el silencio en torno a ellas y un profundo dolor en el pecho.

—Dios mío —dice Nell—. Se ha vuelto loca. ¿Crees...? ¿Fue ella...?

Nell está sentada en el asiento del retrete, conectada al sacaleches. Mira el móvil y, actuando en contra de sus principios, cierra la foto de Beatrice e introduce la dirección del sitio web de Patricia Faith. Como Nell esperaba, la presentadora de televisión está emitiendo en directo desde la plaza, debajo de la gran pancarta con el mensaje UNA ORACIÓN POR MIDAS.

Nell abre el vídeo con vacilación, y la pantalla cobra vida: una imagen de Patricia, con un vestido de flores ceñido, gritando a una mujer que empuja un cochecito doble.

—Disculpe —dice—. ¿Tiene un minuto? —La mujer se detiene, y Patricia corre con cuidado hacia ella con sus tacones de siete centímetros. Detrás de ella, Nell ve al corro de mujeres con claveles rosas en las manos que rezan con las cabezas gachas.

—Soy Patricia Faith, presentadora de *La hora de Faith*.

—Sí —asiente la mujer—. Lo sé.

—Hoy estamos tratando lo que algunas personas llaman el fenómeno de la Mamá Alegre.

—Creo que usted es la única que lo llama así.

—Entonces ¿ha oído hablar del tema?

—Sí —contesta la mujer—. Por desgracia.

—Estupendo. Está claro que es usted madre. Parece alguien que quiere a su hija. —Patricia arquea las cejas—. ¿Qué opina de que haya grupos de madres que se reúnan en bares y beban alcohol? Tengo entendido que algunas lo hacen por las tardes y se llevan a sus hijos. —Se seca discretamente el sudor de la ceja con el dedo y apunta a la mujer con el micrófono.

—Opino que a quién coño le importa.

Patricia Faith mira con disimulo a la cámara y hace una mueca.

—Los niños no son los que beben. Eso sí lo entiende, ¿verdad, Patricia?

—Sí, pero los padres sí que beben. Con todos los sitios que hay para reunirse, ¿no le parece una irresponsabilidad? La noche que Midas fue secuestrado, su madre estaba en un bar. —Muestra a la mujer el folleto que tiene en la mano, con la foto de Nell y Winnie—. ¿Ha visto esto? Es de la noche...

Nell apaga el teléfono y desconecta el sacaleches, cuyo motor deja de emitir un zumbido. No ha extraído ni de lejos tanta leche como esperaba, pero en el servicio hace calor y el ambiente está un poco cargado, y tiene que volver al trabajo. Se abotona la camisa, guarda el biberón y espera a que el servicio se quede vacío para salir del retrete. Necesita un café; se ha sentido mareada desde que se fue del piso de Colette, y aquella imagen de Winnie no abandona su mente.

Al avanzar por el pasillo le sorprende ver a Ian esperándola, las manos en la parte superior del marco de la puerta, con el remolino rizado que le asoma de la frente como un signo de interrogación: un rasgo que, por lo que Nell tiene entendido, a muchas de las empleadas jóvenes de la empresa les parece irresistible. El cinturón de hoy: flamencos rosas bordados sobre un fondo azul celeste.

—Hola —dice mientras ella entra en su despacho y deja el sacaleches debajo de la mesa—. ¿Tienes un segundo?

—Claro. —A Ian le acompaña una joven con la que Nell ha coincidido varias veces de pasada, alguien del departamento editorial. Tiene veintitantos años y lleva un vestido de encaje blanco por encima de unos vaqueros negros y unas bailarinas naranjas. Tiene el pelo recogido en un moño despeinado y sostiene una carpeta en las manos.

—¿Conoces a Clare? —pregunta Ian. Nell asiente con la cabeza, endereza la espalda y nota el tirón de la camisa y cómo se le arruga entre los botones. Todavía no ha encontrado tiempo para buscar ropa que le quepa. Ian se acerca a la ventana con paso despreocupado, se sienta en el alféizar y aparta algunas de las fotografías enmarcadas de Beatrice que Nell ha colocado esa misma mañana—. El segundo día de vuelta, ¿eh? ¿Cómo lo llevas?

—Genial, gracias.

—¿Sí? ¿No te molesta volver al trabajo?

Ian lleva unos calcetines de distintos colores, una elección que Nell supone intencionada.

—Es un cambio. Pero me alegro de volver.

—Sí, sé lo que se siente.

Ella sonríe. No, no lo sabe. Es un soltero de cuarenta y cuatro años que, según los rumores, sale con una de las asistentes de *Mujer casada*, la revista para novias de la empresa. ¿Qué sabrá él lo que es dejar a un bebé, prácticamente todavía un recién nacido, en la guardería nueve horas al día?

—Reconozco que me alegro de que hayas vuelto —dice Ian—. Desde que llevo en la empresa, hemos perdido a muy buenas empleadas que han decidido quedarse con sus bebés. Piden la baja por maternidad, nos dicen que volverán y, luego, ¡zas!

Nell arquea las cejas.

—¿Zas?

—Sí, zas. Pocos días antes de volver a la oficina nos llaman. —Adopta una voz un poco más aguda—. «No puedo hacerlo. No puedo separarme del bebé.» Me alegro de que no sea tu caso.

Una imagen le cruza la mente. Se imagina tirando a ese capullo al suelo, sentándose a horcajadas encima de él y estampándole la cabeza en la alfombra.

—Un millón de gracias, Ian.

—De nada. Clare y yo necesitamos ayuda. —Indica a Clare con la mano que dé un paso adelante—. Tenemos diferencias sobre una portada y hemos decidido acudir directamente a la experta. —Clare saca dos copias impresas de la carpeta y las deja una al lado de la otra sobre la mesa de Nell. Son maquetas de la *¡Rumores!* de esta semana (la revista más vendida de la empresa) en las que figura la actriz Kate Glass, que ha dado a luz hace poco. Aparece en una playa en dos poses distintas vestida con la parte de arriba de un bikini y unos pantalones cortos, sujetando una bandera de Estados Unidos, debajo del titular en negrita CÓMO HE RECUPERADO MI CUERPO.

—¿Qué opinas? —pregunta Ian a Nell.

—¿Que qué opino? —Nell es consciente de que Clare la mira expectante.

—Sí. Como madre reciente, ¿qué te sugiere esto?

—A ver. —Nell coge las imágenes—. Bueno, me alegro mucho de saberlo.

Ian tiene la cabeza ladeada.

—¿Qué parte?

—Que ha recuperado su cuerpo.

—Es de locos, ¿verdad? —comenta Clare—. Esta foto es de solo cinco semanas después de que tuviera un hijo.

—Caramba —dice Nell—. Debió de costarle muchísimo. Intentar cuidar a un niño pequeño, y todo sin cuerpo. —Nell se dirige a Clare—. ¿Qué le pasó? ¿Se lo había robado alguien? ¿Un grupo de búsqueda rescató sus abdominales en un gimnasio de Cleveland?

Ian ríe.

—Te dije que es graciosísima —le comenta a Clare, con la mirada en las impresiones—. Ya sé que puede parecer un poco ridículo, pero estas portadas de después del embarazo siempre arrasan. A las mujeres les encantan estas cosas. —Estudia las dos muestras, una al lado de la otra—. No sé si deberíamos borrar la bandera que tiene en las manos con Photoshop.

—Yo creo que no.

—¿No?

Nell no puede contenerse.

—No. Por regla general, todas las mujeres que acaban de ser madres se acuerdan de llevar su bandera de Estados Unidos para pasar un día en la playa.

Él vuelve a reír débilmente. Su impaciencia es manifiesta.

—Lo siento —dice Nell—. Es solo que... —Mira a Clare—. Esta revista en concreto. No es mi favorita de todas las que publicamos.

—Lo sé, lo sé. Pero recuerda que sin los ingresos por publicidad de *¡Rumores!* no podríamos publicar *Escritores y artistas*.

—Está bien, lo siento. Dejadme volver a intentarlo. —Vuelve a examinar las imágenes—. Me gusta esta —dice, levantando la imagen de la mano izquierda—. Y quitad la bandera. Es ridícula.

Clare ejecuta una palmada silenciosa con las uñas pintadas de rosa a escasos centímetros de la boca.

—Te dije que es la mejor foto.

Ian asiente con la cabeza mientras recoge las imágenes con expresión pensativa.

—No sé. Sigo pensando que cometemos un gran error.

—¿Un gran error? —Nell agita la mano despectivamente. Que te hagan una foto en un bar, borracha y gorda, con unos pantalones de premamá dos meses después de tener un niño, y que esa foto se distribuya a los habitantes de Brooklyn: eso sí que es un gran error. Esto es una tontería—. No pasará nada. Las fotos son casi idénticas.

Ian vuelve a sacudir la cabeza.

—No me refiero a eso. —Regresa a la ventana y contempla el Lower Manhattan y el río Hudson a pocas manzanas de distancia—. Es un error no sacar al Niño Midas como tema de portada.

Nell mantiene una expresión vaga cuando Ian se vuelve para mirarla.

—Ya lo hemos hablado un millón de veces —dice Clare—. Todo el mundo sacará una portada sobre el tema. Nosotros esperamos captar a todos los lectores que están cansados del Niño Midas.

—Pero nadie se ha cansado del Niño Midas —repone Ian—. La gente no quiere leer menos. Quiere leer más. —Mira a Nell—. ¿Verdad? ¿No quieres leer más?

—No —contesta Nell—. ¿Qué sentido tiene cubrir continuamente la noticia? Aparte de los ingresos por publicidad, claro. Esa familia necesita...

—Pero ¿quién es el padre de Midas? —Ian se está alterando más—. ¿Por qué ella no dice nada al respecto?

—Tengo entendido que recibió una donación de semen y...

—Muy bien, Clare, muy bien. Pero entonces ¿por qué no sale y lo dice? ¿Por qué no habla con Oprah, como muchas madres en su situación han hecho antes?

—Oprah se ha retirado.

—Ya sabes lo que quiero decir, Nell. Es a lo que nos hemos acostumbrado, y Gwendolyn Ross lo sabe. Se crio con la prensa. ¿Por qué está tan callada? ¿Qué esconde?

—Recuerda que publicamos seis páginas sobre ella —apunta Clare con delicadeza—. Solo estamos hablando de la portada.

—Lo entiendo. Pero ¿llegarán los lectores a ese reportaje? ¿No sería más inteligente seguir centrados en Midas? Ha llegado la hora de buscar respuestas. Tenemos un corresponsal en Queens que está intentando hacer hablar a la niñera. Por lo que he oído, ella no vio a ningún bebé. No entró en su cuarto. Pero ese corresponsal es malísimo. ¿Y el fenómeno de la Mamá Alegre? Tendríamos material para semanas.

—Creo que deberíamos estar por encima de eso —declara Nell.

Él gira bruscamente la cabeza hacia ella.

—¿Estar por encima de eso? Ese no es nuestro trabajo, Nell. Nuestro trabajo es crear eso.

Ella sabe que es inútil discutir.

—Bueno, en cualquier caso, sigo estando de acuerdo con Clare en la portada. Me sentiría más inclinada a comprar la revista con Kate Glass en la portada.

Ian suspira.

—Está bien. Espero que tengáis razón. Las ventas están bajando. La señora de arriba no está nada contenta. —Se levanta del alféizar—. En fin, volvamos al tajo. —Se dirige a la puerta y de repente se detiene—. Ah, casi me olvido, Nell. El otro motivo por el que quería hablar contigo es porque tenemos que pedirte que te vayas.

—¿Que me vaya?

Él ríe.

—No pongas esa cara de susto. Necesitamos que te vayas de viaje en algún momento de las próximas dos semanas. Cuatro días. A —hace una pausa para llamar la atención— las Bahamas. Están considerando instalar allí el nuevo servidor y quieren que vayas. Que conozcas a los protagonistas. Mitad trabajo, mitad placer. ¿Qué te parece?

—¿Cuatro días?

—Sí. Está justo en la playa.

—Me parece estupendo —dice Nell, forzando una sonrisa—. Llevaré mi bandera.

Nell lee el mismo párrafo del manual de formación por cuarta vez deseando concentrarse, pero la idea vuelve a penetrar poco a poco en su mente.

«Cuatro días fuera.»

No puede pensar en ello. La primera exposición comisariada por Sebastian se inaugura dentro de tres semanas. Ha estado quedándose a trabajar hasta tarde todas las noches y no podrá estar de vuelta en Brooklyn a las seis cuando cierre la guardería. ¿Quién recogerá a Beatrice? ¿Cómo se sacará Nell suficiente leche para cuatro días? ¿Cómo soportará estar lejos del bebé tanto tiempo? Descarta la idea, el viaje, su realidad (a lo mejor su madre puede tomarse unos días de vacaciones y venir en coche de Rhode Island) y trata de concentrarse, pero está demasiado distraída. Minimiza el PDF.

Renunciará.

Bajará ahora mismo al despacho de Ian. «Zas —dirá—. Por lo menos yo he durado dos días.»

No, no bajará. Subirá a la planta decimoctava a ver a la mismísima señora de arriba. Adrienne Jacobs, la directora creativa de treinta y cinco años de Simon French, ex bloguera de moda, la primera mujer y la más joven en la historia en dirigir una empresa con noventa y ocho años de antigüedad. La mujer del hermano de Sebastian. La cuñada de Nell.

Nell se lo imagina. Entrará allí con paso resuelto, pasará por delante de los asistentes de Adrienne y penetrará en su despacho con ventanas, inmaculadas paredes blancas, dos sofás blancos y una alfombra blanca importada de Turquía que cuesta más de lo que Nell gana en un año. «¡Zas!»

Y luego, ¿qué? No pueden permitirse pagar el piso con el sueldo de Sebastian, ni las cuotas de su préstamo estudiantil, ni las vacaciones que prometieron que harían —las primeras en cuatro años— en Navidades. Por primera vez desde que empezaron a salir, las cosas les van bien en el plano económico. Mucho mejor de lo que jamás imaginaron en Londres, cuando Sebastian estudiaba Arte y ella asistía a las clases del máster a la vez que daba clases de ciberseguridad como profesora adjunta en una universidad de la zona. Cuando se acostumbraron a comer sopa de fideos varias veces a la semana y a llevarse sus propias palomitas al cine para ahorrarse las cuatro libras.

Tampoco es que ella pueda conseguir fácilmente otro trabajo. No con su historial laboral, su experiencia, las cosas que tendría que contar sobre sí misma para solicitar un nuevo empleo.

Tiene suerte de contar con ese puesto. No ha dejado de recordárselo desde que entró a trabajar en Simon French hace dieciocho meses; desde antes incluso, cuando Sebastian le habló de la oferta aquella fría mañana de otoño, cuando ella entró en su piso de Londres después de un día dando clases con los brazos cargados de la compra.

—Estás de coña —le había dicho ella, paralizada.

—No. —A él le brillaban los ojos de emoción—. Adrienne ha llamado en persona cuando tú no estabas. Te ofrece el puesto. Vicepresidenta del departamento de tecnología. Encargada de todas las cosas de seguridad online.

—¿Las cosas de seguridad online? ¿Es esa la descripción oficial del puesto?

—Podrás volver a hacer lo que te gusta.

—No, Sebastian. Ella no tiene por qué...

—No es un acto de caridad, Nell. Lo ha dicho la propia Adrienne. «No hay nadie mejor que Nell.» Te quiere en su equipo. Ha dicho que ella se ocupará de todo. —Se aclaró la garganta—. Y se lo he explicado todo. Que ahora te llamas Nell.

—No puedo trabajar allí.

—¿Por qué no?

—Porque su revista principal es *¡Rumores!* Y tengo principios.

Nell se pasea por el despacho recordando la mirada de Sebastian. Hacía poco que los del MoMA habían contactado con él y le habían ofrecido el trabajo de sus sueños, pero iba a rechazarlo. No podían mudarse a Nueva York como el museo le ofrecía, sobre todo ahora que Nell y él acababan de empezar a buscar un hijo. Pero ¿de verdad podía decirle que no? ¿Después de todo lo que él había hecho por ella? Él, que nunca había juzgado sus errores del pasado. Que siempre la había aceptado como era y no como otras personas decían que era. Y, además, era una oportunidad de regresar a Estados Unidos. De volver a casa. De estar más cerca de su madre.

—Muy bien —dijo Nell—. Hablaré con Adrienne.

Sebastian cruzó la sala sonriendo y la besó antes de quitarle las bolsas de las manos.

—Gracias. Y no digas que estás intentando quedarte embarazada.

Nell oye el pitido que la avisa de que ha recibido un mensaje nuevo. Vuelve a su mesa, consciente de que tiene que retomar el trabajo. Abre el correo electrónico y ve seis mensajes nuevos de las Madres de Mayo. El grupo ha reanudado su actividad tras un paro de varios días después de que se hiciera pública la noticia de Midas, cuando nadie parecía saber qué decir.

Yuko había escrito para hacerles una consulta. «Hola, mamás. Necesito ayuda. Nicholas se ha despertado con una erupción. Adjunto foto. ¿Tengo que preocuparme?»

Nell ojea las respuestas.

«A mí me parece un sarpullido», ha contestado Gemma.

«¡Evita al médico! —ha escrito Scarlett—. Te dará algo fuerte y tóxico cuando lo único que necesitas es crema de caléndula.»

Nell borra los mensajes preguntándose si Winnie seguirá recibiendo los correos electrónicos de las Madres de Mayo. Se la imagina en el interrogatorio del vídeo, con el rostro demacrado, desplazando rápidamente la mirada por la sala. Oye las palabras de Ian.

«¿Quién es el padre de Midas? ¿Qué esconde? Ha llegado la hora de buscar respuestas.»

Nell cierra los ojos. Por décima vez desde que vio el interrogatorio de Winnie contenido en el pen drive, y por centésima vez desde la noche que Midas fue raptado, le viene a la mente la idea: ¿hasta qué punto es seguro el sitio web de The Village? ¿Sería muy difícil entrar y echar un vistazo al cuestionario que Winnie rellenó cuando se inscribió en las Madres de Mayo: el mismo que todas tuvieron que rellenar? «Tu nombre. El nombre de tu pareja. Háblanos un poco de tu familia.»

Nell se levanta y cierra la puerta de su despacho. Una vez sentada de nuevo a la mesa, nota que el corazón le late cuando abre el sitio web de The Village y empieza a teclear hasta que consigue entrar en la página de administración. Le lleva menos de cinco minutos. Tiene un don para ello desde que recibió su primera clase de informática: un instinto, como un profesor le dijo más tarde, o, como a ella le gusta considerarlo, su superpoder. En la universidad fue la primera estudiante novata que ganó una competición de programación nacional, un mérito que la ayudó a conseguir una prestigiosa beca —elegida entre más de ocho mil candidatos— en el Departamento de Estado de Estados Unidos, trabajando directamente para el secretario de Estado Lachlan Raine.

Nell ve el perfil de Francie en lo alto de la lista y lo abre. La foto que incluyó es exactamente la que Nell habría esperado de ella: un selfie con Lowell y la ecografía de su bebé. Nell lee rápidamente lo que Francie escribió: Lowell y ella se conocieron en su ciudad natal de Tennessee, y ella lo siguió a Knoxville, donde él estudió Arquitectura mientras ella recibía clases de fotografía y trabajaba de ayudante en un estudio fotográfico, y en su tiempo libre trabajaba por su cuenta tomando fotos de gatos. «Llevamos poco tiempo en Nueva York, y estoy deseando conocer a las demás mamás», escribió Francie.

Nell cierra el perfil de Francie y echa un vistazo a los otros, sorprendida de algunas de las cosas que lee; de lo poco que conoce a esas mujeres. Yuko trabajó de secretaria para un juez del Tribunal Supremo antes de tener a su hijo. Gemma es de la misma ciudad natal que Nell: Rhode Island; fue al instituto de secundaria rival.

El sonido repentino del teléfono de la mesa la sorprende, y cierra el sitio web.

—Hola, soy Nell Mackey. —Al otro lado suena una respiración profunda—. ¿Diga? ¿Quién es?

Se aparta de la mesa.

—¿Colette? —Se hace el silencio, y entonces Nell oye a Colette llorando—. ¿Qué pasa, Colette? ¿Estás bien?

—Estoy en el cuarto de la fotocopiadora de la oficina del alcalde —susurra—. Creo que hay alguien fuera.

—¿Qué quieres decir? ¿Estás bien?

—No. —Hace una pausa—. He leído el expediente policial. He visto algo. No han informado. No sé...

—¿De qué, Colette? ¿De qué se trata?

—Han encontrado un cadáver.

Francie desliza la mano por la tela frisada del sofá Ektorp y sigue por el laberinto, y se detiene a mirar la etiqueta de una mecedora tapizada en cuero sintético blanco. Da unas palmaditas a Will en el trasero y echa un vistazo al móvil. Colette tenía una reunión con el alcalde esa tarde y había accedido a mirar el expediente de Midas para ver si contiene información sobre Archie Andersen. Francie espera que después de su visita de ayer a la comisaría de policía, Mark Hoyt se haya dado cuenta de que han pasado por alto algo crucial. A estas alturas ya deberían haber averiguado el paradero de Andersen y haberlo detenido para interrogarlo.

Francie deambula hacia los muebles de dormitorio. Es su quinta excursión a IKEA en dos semanas. Lowell por fin ha instalado el aparato de aire acondicionado en la sala de estar —uno de segunda mano que ella compró a través de los anuncios clasificados de The Village—, pero es una porquería que expulsa aire hediondo y tibio. Está desesperada por escapar del calor cada vez peor, pero no soporta encenderlo: ¿quién sabe los gases tóxicos que podría emitir? Ha intentado poner al mal tiempo buena cara refugiándose en la biblioteca, las clases de música e IKEA, un sitio que parece agradar a Will. Tal vez sea el impacto de la iluminación con fluorescentes o la sensación cavernosa, como si hubieran entrado en un enorme útero bien iluminado, pero el pequeño se calma en cuanto entran, cosa que permite disfrutar a Francie de al menos cuarenta minutos de relativa tranquilidad y deja que sus pensamientos se serenen y que un resquicio de luz se abra en su cerebro.

Will empieza a alborotarse en la sección de almohadas, y Francie aprieta el paso en dirección a la cafetería. El aire apesta a albóndigas, y orienta una silla hacia la ventana y busca en el bolso la botella de agua y un envase de leche de fórmula. Echa el polvo en la botella y mientras la agita se fija en una madre joven sentada al lado de un cochecito que se mete en la boca un trozo de salmón rosa con un tenedor y mira el envase de Enfamil que hay en la mesa de Francie.

Francie aparta la vista y siente que su vergüenza y su bochorno aumentan mientras mete la tetilla en la boca de Will, tratando de no hacer caso a las miradas de la mujer. Ojalá tuviera el valor para explicarle que sabe que la leche materna es mejor, pero que se ha quedado sin leche. Su cuerpo ya no puede alimentar a su bebé.

Will casi ha terminado el biberón cuando suena el móvil. Es Colette.

—Qué bien —dice Francie, sintiendo una oleada de alivio—. Estaba esperando tu llamada.

—Lo sé. Lo siento.

—¿Y bien? —pregunta Francie—. ¿Qué has encontrado?

—Nada.

—¿Nada? ¿Estás segura?

—Oye, Francie. Tienes que dejar de mandarme mensajes sobre el tema. No sabes el lío en el que me meteré si alguien descubre lo que he hecho.

—Lo sé, perdona. Pero no lo entiendo. ¿Has mirado en el expediente?

—Sí.

—¿Y...?

—Y no hay nada sobre el tal Archie.

Francie deja escapar un suspiro de irritación.

—¿Nada? ¿Cómo es posible? ¿Es que a Mark Hoyt no le interesa ni un poco hacer su trabajo? ¿De verdad no va a buscarlo y a interrogarlo?

—No quiere decir que no lo haya hecho. Solo quiere decir que aquí, en este expediente, no está. Aquí no se acaba todo. Mierda. Francie, te tengo que...

—Vale, pero espera. ¿Y el tío con el que Winnie estaba hablando en la barra? ¿Hay algo sobre él?

—No hay nada nuevo en el expediente. —Francie oye voces al fondo—. Te tengo que dejar —dice Colette, y corta.

Francie está al borde de las lágrimas cuando Will se termina la leche de fórmula que queda, y al levantarse, se marea. Esta mañana estaba demasiado disgustada para desayunar, y considera pedir algo, pero al pensar en la comida del establecimiento se le revuelve el estómago. Sale de la cafetería hacia la salida antes de darse cuenta de que se ha equivocado de dirección. Vuelve sobre sus pasos y se queda atrapada en la compleja red del centro, sin saber por dónde salir. Will empieza a llorar, y Francie anda rápido hacia la sección de alfombras, donde se queda atascada detrás de una mujer con un cochecito que ocupa el pasillo entero y camina muy despacio.

—Disculpe —dice Francie, tratando de adelantarla a

toda prisa, pero entonces ve la cara de la mujer y se detiene—. Scarlett.

Scarlett la mira con expresión confundida, y Francie se siente incómoda. Scarlett no la reconoce.

—Soy yo, Francie.

Scarlett deja escapar una risa nerviosa.

—Claro. Perdona. He tenido un lapsus. Diría que es la amnesia del embarazo, pero supongo que tengo que dejar de utilizarlo como excusa. —Scarlett mira a Will, que está retorciéndose en el portabebés y llora más fuerte—. ¿Qué tal el conducto obstruido? ¿Han funcionado las patatas?

—Sí —miente Francie, incapaz de soportar otro consejo en ese momento.

—Me alegro mucho. ¿Y sigues sin tomar cafeína?

Francie vacila.

—Sí, ni una pizca. Desde hace una semana. ¿Qué tal tú?

—Cansada. Entre el bebé y la mudanza, no he tenido ni un momento para mí. —Scarlett mira debajo de la manta estirada encima del cochecito y baja la voz—. Lleva durmiendo casi dos horas, gracias a Dios.

—¿Dos horas? Will nunca ha dormido una siesta de dos horas.

Ella frunce el ceño.

—¿Nunca? ¿Te aseguras de que ha comido bastante antes de acostarlo?

—Sí —responde Francie—. Creo que sí.

Scarlett asiente con la cabeza, y Francie no puede por menos de advertir suficiencia en su expresión.

—He tenido suerte con este pequeñajo. Siempre ha dormido bien.

Francie asiente con la cabeza.

—¿Estás haciendo compras para la casa nueva? —logra decir.

—Sí. —Scarlett toca las fibras de una alfombra—. Mi marido siempre me dice que lo que venden aquí es basura. Y sé que tiene razón. Debería comprar en alguna tienda de la ciudad. —Francie mece a Will, que ha empezado a llorar más fuerte—. ¿Qué tal estáis vosotras? Echo de menos veros a todas.

—Yo también —dice Francie, y se le quiebra la voz—. Ha sido difícil desde lo que le pasó a Midas...

Scarlett cierra los ojos.

—Estoy muy preocupada. No me imagino lo que debe de estar pasando Winnie.

—Ya. —A Francie se le escapan las lágrimas antes de poder contenerse—. Para ser sincera, ahora mismo estoy un poco agobiada. Últimamente el bebé se despierta mucho de noche, y es complicado porque Lowell necesita dormir. Nuestro piso es muy pequeño. —Ríe—. Desde luego no es una casa de cuatro habitaciones en las afueras. Y cuando por fin se duerme, me quedo despierta pensando en Midas. Lo que pasó tiene que tener alguna explicación, ¿verdad? Cómo entraron o por qué alguien querría llevarse a un bebé. —Sabe que debería dejar de hablar, pero las palabras le salen atropelladamente—. La policía lo ha hecho fatal, ¿no te parece? El detective Hoyt parece que no sepa lo que hace. Me niego a creer que Midas no esté vivo. Colette acaba de llamar. Estamos haciendo todo lo posible por averiguarlo. —Quiere decirle a Scarlett que Colette era su última esperanza de encontrar a Archie Andersen, que ella ha intentado localizarlo muchas veces por internet, ver si ha estado en la cárcel, si todavía vive en Nueva York, si podría haber estado cerca de la casa de Winnie esa noche. Francie saca una toallita del bolso cambiador y se suena la nariz—. Seguramente tampoco he estado comiendo suficiente. ¿Quieres comer algo o tomar un café? Me encantaría tener compañía...

Cuando Francie vuelve a mirar a Scarlett se muere de vergüenza. Scarlett está mirándola con una expresión de horror en el rostro. Francie mira al suelo, humillada. «¡Qué impresión debo de dar! —piensa—. En IKEA, con una blusa manchada y arrugada del cesto de la ropa sucia, el pelo hecho unos zorros, poniéndome histérica en la sección de alfombras.»

—Lo siento —se disculpa Francie—. No quería agobiarte con...

—No pasa nada —la interrumpe Scarlett—. Me encantaría tomar un café. —Sonríe lánguidamente, la mirada ensombrecida por la lástima—. Pero los de la mudanza van a venir dentro de una hora para hacer un presupuesto.

—Claro —dice Francie—. Lo entiendo.

—¿Comemos esta semana en el parque, por ejemplo? —propone Scarlett, al tiempo que empieza a marcharse—. Estaremos yendo y viniendo de Brooklyn a la casa nueva unos cuantos días más. Te mandaré un correo electrónico.

Francie se despide, echa a andar en la otra dirección y tira el paquete de servilletas de papel rosa que iba a comprar en un contenedor de plástico lleno de pinzas para la ensalada. Al final consigue llegar a las colas para pagar serpenteando entre gente que intenta conducir pesados carritos sobrecargados de largas cajas de cartón. Al salir a la humeante acera, ve un autobús detenido en la parada del otro lado de la calle y corre hacia él.

Se sienta al fondo, con la cabeza pegada a la ventanilla, reprimiendo el bochorno. ¿Por qué demonios ha hecho eso? Scarlett es tan organizada, tan segura... Una casa en Westchester. Muebles nuevos que comprar. Otra madre con un bebé bueno y una vida aparentemente ideal. Y allí está ella, llorando en IKEA con un bebé que no puede controlar y un marido que rehúsa comprar un aparato de aire acondicionado nuevo para el salón, o un cochecito nuevo, ni siquiera después de que el freno del que les compró su tía dejó de funcionar hace dos días. Desde entonces Francie ha tenido visiones: pierde el control del cochecito con Will dentro, ve cómo se precipita cuesta abajo demasiado rápido para alcanzarlo y llega a la calle. Cuando Lowell la llamó ayer por la tarde desde la oficina para ver cómo estaba, le entró el pánico y le exigió que parase a comprar un cochecito nuevo al volver del trabajo. Él se negó.

El movimiento del autobús ayuda a calmar a Will, y Francie busca en su bolso la botella de Coca-Cola light caliente de esta mañana y la apura, preguntándose si debería considerar lo que Lowell le propuso anoche. Estaban tumbados en la cama, con Will entre los dos, cuando Lowell le dijo que debería visitar a su médico.

—Ha sido idea de mi madre —dijo—. La he llamado hoy. Cree que el médico podría recetarte algo para que no estés tan ansiosa ni llores tanto.

—No necesito una pastilla —replicó Francie—. Necesito que encuentren a Midas. Necesito ayudar a ese bebé a volver con su madre.

Un hombre se sienta en el asiento vacío de al lado y ella se pega a la ventanilla. No quiere pensar más: ni en Lowell, ni en Scarlett, ni en la opinión de su suegra. Saca el móvil del bolso y consulta el tiempo —durante los próximos días las temperaturas se van a acercar a los cuarenta grados— antes de abrir Facebook. Su mirada se detiene en la entrada de la parte superior de la pantalla: la invitación a ver *Una noche de fiesta*, el álbum que Yuko creó para la reunión en La Llama Alegre. Francie todavía no se ha sentido con ánimos para abrirlo, pero esta vez hace clic, ansiosa por distraerse, y se desplaza por las fotos que la gente ha añadido. Yuko y Gemma delante de la barandilla de La Llama Alegre. Nell y Colette entrechocando sus copas. A Francie se le corta la respiración al topar con una foto de Winnie. Está sentada a la mesa con la barbilla apoyada en la mano. Hay otra de ella en la que aparece mirando a la clientela, con la puesta de sol detrás y una expresión extraña, casi soñadora en el rostro.

Y entonces Francie la ve, al fondo: la mancha de vivo color carmesí.

Amplia la foto con los dedos. La gorra roja.

Es el tipo con el que Winnie estuvo hablando. Está solo, con una bebida en la mano. También aparece en otra foto, con la cara nítida al fondo. Y no solo está allí. Les clava los ojos, las observa, mira fijamente a Winnie.

—Disculpe —le dice al hombre de al lado quince minutos más tarde cuando el autobús se detiene en su parada. Pasa por encima de sus piernas, baja del autobús a toda prisa y se dirige a su edificio, colorada de la expectación. La puerta principal está ligeramente entornada. Francie le ha pedido a Lowell por lo menos cuatro veces que arregle el cerrojo, que no se engancha. No es seguro. Dentro, la correspondencia está amontonada en la inestable mesa de madera del pequeño recibidor, y ve un recibo de una tarjeta de crédito y un sobre grande con su nombre escrito en letras mayúsculas verdes. Mete el recibo de la tarjeta de crédito en el bolso cambiador, consciente de que tiene que encontrar una forma de pagar los cien dólares en ropa para bebé que encargó en Carter's antes de que Lowell supiera que no le habían concedido el trabajo de renovación, y no hace caso al otro sobre: la letra recuerda vagamente la de su madre, y no quiere lidiar con ello ahora, suponiendo que se trata del puñetero vestido para el bautizo que su madre insistía en mandarle. Sube corriendo los tres tramos de escaleras y finalmente localiza el portátil debajo de las recetas que ha imprimido esta mañana. Empujando la hamaca de Will con la punta del pie, abre Facebook y va al álbum de fotos de Yuko.

Sí.

Es él. El tipo con el que Winnie estuvo hablando. Francie examina cada foto, viendo si lo divisa al fondo. Mientras lo hace, no puede evitar estudiar las fotos de Winnie una vez más. La mirada distante. La forma en que la captaron en una foto mirando el móvil. Es extraño, pero Francie procura no pensar en ello. Procura centrarse en la buena noticia.

Ahora tiene un plan.

14

Octavo día

PARA: Las Madres de Mayo
DE: Tus amigos de The Village
FECHA: 12 de julio
ASUNTO: Consejo del día
<u>TU BEBÉ: DÍA 59</u>
Lo más probable es que todavía tengas unos cuantos kilos de más que perder. Que el peso del embarazo no te deprima. ¡Levántate! Coge el cochecito (y también a unos miembros de tu grupo de madres) y da un paseo enérgico por el parque. Opta por picotear verduras y fruta. Mastica despacio la comida. Evita los hidratos de carbono. En poco tiempo podrás subirte la cremallera de esos viejos vaqueros.

Colette está sentada a la isla de la cocina, con las manos de Charlie en sus pechos hinchados.

—Venga ya, Charlie —dice, apartándolo de un empujón—. Ahora no. Sabes que tengo que trabajar.

—Ya lo sé —murmura él—. Pero el bebé acaba de dormirse en el cochecito, y ayer te quedaste otra vez levantada hasta tarde trabajando. Te has ganado tus quince minutos reglamentarios de descanso para el café. —Desciende con las manos por su vientre, las mete en su pantalón del pijama y abarca con las palmas la cara interior de sus muslos—. No me obligues a denunciar a una empleada secreta del alcalde por infringir las leyes laborales.

Ella se suelta.

—Por favor, Charlie, para. Tengo que acabar este capítulo.

Él se levanta suspirando.

—Me estás matando, nena. Han pasado ya tres meses.

—Lo sé.

—Tenemos que recuperar la normalidad.

Ella se gira hacia él, tratando de disimular su irritación.

—Lo sé, Charlie, pero ahora mismo estoy trabajando. Yo no entro en tu despacho cuando estás escribiendo e intento seducirte.

Él ríe.

—¿Sabes qué, cielo? Si alguna vez te apetece entrar en mi despacho y seducirme mientras escribo, deberías obedecer a tus impulsos. En el acto. Aunque esté al teléfono con mi editora. Aunque mis padres estén de visita. Aunque, por el motivo que sea, dé la casualidad de que esté reunido con el Papa. Dejaré de hablar y te satisfaré de inmediato.

Colette sonríe.

—Es bueno saberlo.

Él señala con la cabeza su despacho al fondo del pasillo.

—¿Quieres probar? ¿Quieres ver si digo la verdad?

—¿Está el Papa dentro?

—No.

—Entonces no me interesa. —Ella estira las piernas y coloca los dedos de los pies encima de los de él—. Lo siento. Tengo que concentrarme. Acabo de buscar «fui» en el diccionario de sinónimos. No lo llevo bien. —Él saca los pies y se dirige al frigorífico para buscar el biberón de leche materna que ella había preparado antes—. ¿Te vas? —le pregunta Colette.

—Sí.

—¿Adónde la llevas?

—A correr.

—Yo me la llevaré cuando vuelva. La reunión de hoy debería ser rápida.

Charlie asiente con la cabeza.

—Coge el gorro para el sol amarillo —dice Colette—. Los otros le quedan demasiado grandes.

—Sí, ya lo sé.

—¿Tienes el filtro solar?

—Sí.

—Dicen que hoy hará todavía más calor.

—Ya. —Charlie cierra el frigorífico, manteniéndose de espaldas a ella—. Sé cuidar de mi hija.

—¿Estás enfadado conmigo?

—Sí.

Él se vuelve, exasperado.

—Es frustrante.

—¿Vas a divorciarte de mí?

Él no puede evitar reírse.

—Sí, Colette. Voy a divorciarme de ti.

—¿Me dejarás la cafetera exprés?

Charlie deja el biberón en la encimera y se acerca a ella.

—No.

—¿La cafetera francesa, por lo menos?

—Habla con mi abogado.

—¿Me quieres?

—Mucho. Pero, Dios, eres muy cabezota. —Se inclina y le besa la frente—. Hasta luego.

Colette se sirve otra taza de café, la lleva a la ventana y mira la calle, agotada. Se ha pasado casi toda la noche en la mecedora, durmiendo a intervalos entre las tomas de leche de Poppy, consciente de que debería poner a la niña en la cuna, obligarla a que se acostumbre a dormir sola, como recomiendan todos los expertos, y dejar que llore si es necesario. Pero no se ha sentido con el valor suficiente para hacerlo. Su instinto le dice que se quede con el bebé, que deje dormir a Poppy entre sus brazos toda la noche si es lo que necesita.

La visita al pediatra no fue bien.

—Va con retraso —dijo el médico—. Es evidente. Tiene debilidad muscular en la parte superior del cuerpo, un poco más pronunciada en el lado derecho. Y me preocupa la forma en que sostiene la cabeza.

—¿Qué significa? —preguntó Colette, meciendo a Poppy contra el pecho.

—Es demasiado pronto para saberlo. A estas alturas lo único que podemos hacer es observarla. Vuelve dentro de tres meses.

—¿Tres meses? ¿Por qué tanto? ¿No hay que hacer nada antes?

—No a esta edad. Solo tenemos que ver y esperar. Los niños pueden superar esto.

Charlie aparece en la acera. Se ajusta los auriculares y acto seguido echa a trotar despacio conduciendo el cochecito hacia la entrada del parque. Él reaccionó a la noticia como ella esperaba que reaccionase. Con calma.

—Bueno, pues volveremos a llevarla dentro de tres meses —dijo—. Si nos dice que tenemos que preocuparnos, empezaremos a preocuparnos.

Un coche viene a toda velocidad por la calle justo cuando Charlie se dispone a cruzar, sin esperar a que el semáforo se ponga verde. Colette contiene la respiración mientras él retrocede y grita algo al conductor. Cuando cruza corriendo y gira al llegar al muro de piedra, ella corre la cortina, deja el café en la mesa y se arrodilla delante del sofá para buscar a tientas debajo el sobre que contiene el pendrive.

Lo guarda en el bolsillo interior del bolso, cierra la cremallera y se queda un rato en la ducha, con el agua muy fría, tratando de despejar su mente y de despertarse; de purgar los pensamientos que han estado acosándola desde ayer. Han encontrado un cadáver.

La información era escasa: una simple nota de Mark Hoyt en la parte superior del montón. «Ayer a las 17.00 aproximadamente se hallaron unos restos. Los enviamos al laboratorio y mañana a las 12.00 tendremos la identificación confirmada. Le pondremos al día lo antes posible.»

Cierra los ojos bajo el chorro de agua fría y vuelve a visualizar el sueño que tuvo anoche. Winnie estaba en un campo, junto al cuerpo sin vida de Midas. Colette se acercaba y alargaba la mano para coger el brazo de Winnie, pero cuando esta se volvía, Colette veía que se había equivocado. No era Winnie la que estaba junto a Midas. Era Francie.

Cierra la ducha y se viste rápido. Cuando llega a la cuarta planta del ayuntamiento una hora más tarde, Allison no está en su mesa. Colette espera en el recibidor unos minutos antes de acercarse a la puerta de Teb y asomarse a su despacho vacío. Sus pisadas no hacen ruido en la alfombra mientras se dirige despacio al aparador y busca el pendrive en el bolsillo del bolso. Justo cuando está a punto de dejarlo en el suelo debajo de una hilera de sillas, Allison se levanta detrás del escritorio de Teb.

—Hola —dice.

—Dios mío. —Colette agarra más fuerte el pendrive—. Me has dado un susto de muerte.

—Lo siento —dice Allison, llevándose la palma de la mano al abdomen—. Uy. Me he mareado un poco.

—¿Qué estás haciendo? —pregunta Colette.

Allison suspira.

—Oye, ¿existe alguna posibilidad de que alguien viniera y se llevara algo de la mesa del alcalde mientras tú estabas aquí trabajando?

—¿De que se llevara algo? —Colette se aclara la garganta—. No que yo recuerde.

—Mecachis.

—¿Qué pasa?

—Nada. Juraría que le había dejado algo aquí al alcalde, pero no lo encuentro. Está cabreado conmigo.

—Puedo ayudarte a buscarlo —se ofrece Colette—. ¿De qué se trata?

Allison agita la mano.

—No seas tonta. Bastantes preocupaciones tienes ya como solucionar un problema mío. Pero —frunce el ceño— tengo que pedirte que esperes fuera. Me ha dicho que no puedo dejar entrar a nadie en su despacho mientras él no esté. Seguramente no se refiere a ti, pero ya tengo suficientes problemas, así que...

—Claro —dice Colette—. Esperaré fuera.

Colette sigue a Allison al vestíbulo. Detrás de los sofás, enfrente de los ventanales del oeste con vistas a City Hall Park, un joven está montando un atril mientras otro espera cerca, con cara de aburrimiento, sosteniendo un sello de cartón de la ciudad. Colette se sienta en uno de los sillones de cuero y mete el lápiz de memoria en el bolso justo cuando Allison vuelve a aparecer con un gran sobre de manila en la mano.

—Esto ha llegado para ti.

El nombre de Colette está escrito en mayúsculas verdes en la parte delantera del sobre, seguido de la dirección del ayuntamiento. ¿Quién le enviaría correspondencia a la oficina del alcalde? Se supone que nadie sabe que va allí.

—¿Cuándo? —pregunta Colette.

—Ayer a última hora.

Colette coge el sobre y lo mete en el bolso.

—Gracias.

—De nada. Con suerte no tendrás que esperar mucho, pero, sinceramente, la cosa no pinta bien. —Allison señala con la cabeza a los dos jóvenes que montan el atril—. Hoy están pasando cosas raras aquí.

Allison vuelve a su mesa y Colette se sienta en su asiento, distraída por el sobre. Algo le dice que no debe abrirlo ahora. Aquí no, con gente delante.

Durante los siguientes treinta minutos, Colette hojea distraídamente números antiguos de *New Yorker*. Por fin oye a gente que viene por el pasillo. Aaron entra en el vestíbulo acompañado de una mujer. Ella lleva un traje gris oscuro y Colette vislumbra una pistola enfundada en su cintura. Hay algo familiar en ella.

—Hasta luego —le dice la mujer a Allison, y al oír su voz, Colette cae en la cuenta. Es la detective que interrogó a Winnie. La del pendrive. La mujer desaparece en el ascensor mientras Aaron se acerca a Colette con el móvil en una mano y una carpeta gruesa en la otra. Colette se pone en pie, pero él le indica con la mano que vuelva a sentarse.

—Todavía no, perdona. Ha surgido algo. El alcalde te pide disculpas. Danos diez minutos más.

—Puedo volver en un momento más oportuno.

—No, estoy haciendo todo lo posible por que te reciba —dice Aaron, mirando por encima del hombro de Colette a Joan Ramirez, la secretaria de prensa del alcalde, que se encuentra delante de la puerta del alcalde. Aaron hace una señal con la cabeza a Joan—. Diez minutos más. —Toca a Colette en el hombro y se vuelve para marcharse, pero al hacerlo se le cae al suelo la carpeta de debajo del brazo, y un montón de papeles se esparcen alrededor de sus pies. Ella se agacha para ayudarle a recogerlos metiendo la mano debajo de la butaca.

La mano de ella se detiene en el aire.

Es una foto de Midas. Colette recoge la foto y la examina. Lleva puesto un mono a rayas grises y está chupándose el puño. Parece que está tumbado en una alfombra blanca.

—¿Colette?

Aaron le tiende la palma de la mano. Ella se levanta y le da la foto.

—Gracias —dice, guiñándole el ojo.

Hace pasar a Joan al despacho del alcalde y Colette vuelve a sentarse mientras la sala le da vueltas. Apoya la frente en las manos, reprimiendo el deseo de meter la cabeza entre las rodillas, como le aconsejó que hiciera en segundo un conductor de autobuses que se había fijado en que se estaba mareando en el asiento de detrás. «Se hallaron unos restos.» Esa fotografía. El detective. La rueda de prensa que están preparando.

Midas está muerto.

¿Qué otra cosa podría ser?

Oye la voz de Teb y, cuando alza la vista, lo ve andando hacia ella. Se pone en pie, manteniendo el bolso cerca del cuerpo.

—Tengo malas noticias, Colette —dice Teb. Su tono

es serio—. Tengo que ocuparme de un asunto. Lo siento mucho.

—¿De qué se trata? —inquiere ella, pero entonces aparece Aaron y le suena el móvil. Mete la mano en el bolsillo interior de la chaqueta de su traje.

—Sí —dice Aaron por el teléfono—. Está bien. —Cuelga—. El inspector Ghosh acaba de llegar, señor. Está subiendo. —Aaron mira el atril montado enfrente de las ventanas y acto seguido vuelve a mirar a Teb—. Tal vez le interese cambiarse de corbata. Algo un poco más solemne.

Teb asiente con la cabeza y se vuelve para regresar a su despacho.

—Lo siento, Colette —declara Aaron, conduciéndola hacia el ascensor y pulsando el botón de bajar—. Sé que debe de ser frustrante, pero a veces las cosas escapan a nuestro control. Son gajes del oficio. —Las puertas del ascensor se abren y Elliott Falk del *New York Post* sale repentinamente—. Le diré a Allison que te llame para cambiar la fecha —anuncia Aaron. Las puertas del ascensor se cierran entre ellos, y cuando vuelven a abrirse, Colette sale corriendo y para el taxi más cercano. Cierra la puerta de un portazo detrás de ella.

—¿Adónde?

—A Brooklyn —contesta ella, deslizándose sobre el cuero caliente y cuarteado—. A Prospect Park West.

Pulsa el botón de encendido de la televisión instalada enfrente de su asiento y la pantalla parpadea y llena el taxi de música fuerte, una sintonía publicitaria sobre la compra de un colchón. El taxista toca el claxon en la entrada del puente de Brooklyn. Están emitiendo un programa matutino local de cocina. Cómo hacer que los niños coman más verdura. El taxista sube la radio, que compite con el sonido de la televisión. Está escuchando la emisora de las noticias.

Ella se inclina hacia delante.

—¿Ha oído algo sobre Midas, el bebé que fue secuestrado?

—¿El rico?

—Sí.

—Está muerto —contesta el taxista—. Por lo visto, un ex novio lo mató.

—No. —La palabra se le atraganta—. ¿Dónde lo ha oído?

—Me lo dijo mi mujer el otro día. —Hace una mueca—. Está obsesionada con esa noticia.

El móvil de Colette pita. Es Nell.

«NECESITO verte. ¿Puedes quedar conmigo a las 5? En The Spot. Me iré pronto, tengo que recoger a Beatrice a las 6.»

«No puedo —teclea Colette—. Hoy no.»

Tres puntos. Nell responde de inmediato. «POR FAVOR. Es importante.»

Colette deja el teléfono sobre el regazo y cierra los ojos. «Acuérdate de respirar.» Se imagina a la comadrona arrodillada delante de ella en los peores momentos del parto, repitiendo la frase una y otra vez. «Todo se basa en la respiración.»

«Lo digo en serio —escribe Nell—. Tengo que hablar contigo.»

«Está bien. Allí estaré.»

—Disculpe —dice el taxista quince minutos más tarde—. Ya hemos llegado.

Charlie está en la cocina preparando un sándwich cuando entra en el piso.

—¿Ya has vuelto?

Ella deja el bolso junto a la puerta, quita el volumen a la música que él tiene puesta, enciende la televisión y se pone a zapear.

—¿Qué haces?

—El alcalde va a dar una rueda de prensa. Creo que es sobre Midas... —Cuando llega a un informativo de una cadena por cable, ve a Teb detrás del atril levantando la mano para pedir silencio a los periodistas.

—Los restos fueron descubiertos en el bosque situado a unos ciento veinte metros de la casa de Winnie Ross, en su finca en el norte del estado de Nueva York. Como el cuerpo había sufrido graves quemaduras, recibimos ayuda del FBI para identificar los restos.

—No. —Charlie se sitúa al lado de Colette y le coge la mano—. Han encontrado a Mid...

—Chissssss.

—Esta tarde hemos recibido la confirmación de que los restos pertenecen a Hector Quimby, un antiguo empleado de la familia Ross. —Teb consulta los apuntes que tiene delante—. Durante los últimos treinta años, el señor Quimby ha trabajado como encargado de la finca de los Ross, además de mantener la residencia de la familia en Brooklyn, de la que Midas fue sustraído la noche del cuatro de julio. —Una fotografía aparece en pantalla. El hombre ronda los setenta años, tiene el pelo y un bigote canosos, y unos ojos azul claro—. Todavía no sabemos si existe alguna relación entre la muerte del señor Quimby y el secuestro de Midas Ross, pero estamos siguiendo con la investigación partiendo del supuesto de que existe.

—¿Cómo se descubrió el cadáver? —grita alguien del grupo de periodistas.

—Los investigadores del FBI y el Departamento de

Policía de Nueva York dieron con el cadáver del señor Quimby... —Teb tose—. Disculpen. Dieron con el cadáver del señor Quimby gracias a unos perros rastreadores que seguían el olor de Midas Ross.

Colette desentrelaza los dedos de los de Charlie.

—Necesito un segundo. —Se dirige a la cocina, coge su bolso y cierra la puerta del cuarto de baño con pestillo. Se sienta en el retrete, saca el sobre de manila y lo abre rompiéndolo. No hay rastro del remitente. Ni carta. Ni firma. Solo una hoja de papel.

Es una fotografía policial.

En la foto es un adolescente. No tiene arrugas en los ojos, ni una perilla canosa. Mira fijamente a la cámara, con una expresión desafiante en el rostro. La placa que sostiene delante del pecho tiene escrita su fecha de nacimiento y el lugar de su detención. Pero no de qué se le acusaba. Ni siquiera su nombre.

Pero sin duda es él. Símbolo.

Francie mete barriga al darse cuenta de que se acerca un hombre, pero este pasa de largo y se sienta al fondo del bar. Vuelve a consultar la hora: las 3.32 de la tarde. Él llega con treinta y dos minutos de retraso. Tal vez le ha mentido. Tal vez no va a venir.

—¿Otro vino rosado?

Ella tira de la tela de su escote al ver la mirada del camarero.

—Vale —dice, mirando el mensaje que su suegra, Barbara, le ha enviado hace unos minutos con la foto adjunta de Will tumbado en una manta en el parque. «Nos lo estamos pasando bomba. Espero que la sesión de fotos esté yendo bien. ¡Buena suerte!»

Le tiembla la mano cuando entrega un billete de diez dólares al camarero, pensando otra vez en la discusión que ella y Lowell han tenido esta mañana, después de que él saliera del dormitorio y se encontrase a Francie sentada en el sofá dando el biberón a Will, tratando de contener las lágrimas.

—¿Qué pasa esta vez? —le preguntó él.

—¿Cómo que qué pasa?

—Pareces disgustada.

—Pues no lo estoy.

—Francie...

—No es nada. No quiero hablar del tema.

No puede contarle a Lowell lo que le preocupa: que ayer llamó a Mark Hoyt para informarle de que había encontrado unas fotografías del hombre que se acercó a Winnie en La Llama Alegre.

—Me siento decepcionada por tener que hacer yo su trabajo —le dijo a Hoyt, impresionada con el tono autoritario de su voz—. Pero no pasa nada. Les mandaré un correo electrónico, a menos que, por motivos de seguridad, prefiera enviar aquí a un agente para que las recoja en persona.

—Escúcheme, Francie —replicó Hoyt—. Tiene que dejar de molestar.

—¿Dejar de molestar? ¿Me está...?

—Ya me ha oído, señora Givens. Deje de molestar. Búsquese alguna ocupación. Lleve a su hijo a los columpios. O vaya a ver al médico. Asegúrese de que todo va bien. Déjenos hacer nuestro trabajo.

—¿Que vaya a ver al...? —Se le escapa la risa—. ¿Tiene idea del trabajo de mierda que están haciendo? ¿Es consciente de que depende de ustedes que un bebé recién nacido vuelva con su madre? ¿Que vaya a ver al médico? ¿Se está quedando conmigo? No necesito que otro hombre...

—Adiós, señora Givens.

Por supuesto, no podía contarle eso a Lowell, que se quedó quieto mirándola como si estuviera loca, con la espalda contra la encimera y los brazos cruzados.

—Estás empezando a preocuparme, Francie.

Se siente mal al pensar en lo que le dijo después de eso, en que lo acusó de frío e indiferente mientras él se vestía y en que rechazó su beso cuando salió por la puerta para ir a recoger a su madre al aeropuerto (al parecer, Lowell había llamado a Barbara y le había pedido que viniera de Tennessee a pasar unos días diciéndole que Francie estaba desbordada y que le vendría bien un poco de ayuda con el bebé, sin haberlo consultado antes con ella). Francie no soporta cuando se pelean. Antes apenas discutían, pero ahora, desde que tuvo el bebé, le molesta todo lo que él hace. Sabe que tiene que pedirle disculpas y limar asperezas, sobre todo ahora que tienen a Barbara en casa durmiendo en el sofá de la sala de estar, y que puede oír cada palabra que se cruzan. Coge el teléfono, pero de repente nota unas manos alrededor de la cintura.

Se vuelve, con el teléfono inmóvil en la mano, asombrada de lo guapo que es de cerca: sus fríos ojos azules; su mandíbula recia y cuadrada; su pelo moreno debajo de la gorra rojo intenso. Antes de que pueda saludarlo siquiera, él la levanta del taburete, la atrae hacia sí y la besa como no la besan desde hace mucho tiempo, y se olvida por completo de Lowell.

Él retrocede.

—Eres la mujer con la que tenía que verme, ¿verdad?

—Sí. Hola. —Francie lamenta el quiebro de voz producto de los nervios.

Él se sienta en el taburete de al lado, hace señas al camarero y pide una cerveza y un chupito de whisky, sin ofrecerle otra copa a Francie.

—Siento llegar tarde. Me ha surgido algo. —Se bebe el chupito de un trago y a continuación bebe un sorbo de cerveza. Ella coge su copa de vino mirándolo. Estaba en lo cierto. Tiene treinta y tantos años, la misma edad que ahora debía de tener Archie Andersen. Él bebe otro trago y ella se fija en la forma en que su mano agarra el vaso y en cómo la camiseta de manga corta le tira a la altura del bíceps. Es mucho más corpulento de lo que recordaba después de verlo en La Llama Alegre—. Me gusta tu estilo —dice, limpiándose la boca con el dorso de la mano.

Ella arquea las cejas.

—¿Te refieres a mi vestido? —Él pasea la mirada de sus pechos a su cuello, y luego a sus ojos, enmarcados bajo las falsas pestañas que se ha puesto una hora antes en el servicio de un Starbucks de la zona.

—Sí, bueno. Eso también. Me refería a que no pierdes el tiempo. Muchas chicas quieren hablar por correo electrónico durante días antes de quedar.

Francie está orgullosa de lo rápido que ha ideado el plan, todo gracias a Nell. Ayer, después de que sus contactos con Mark Hoyt llegasen a un callejón sin salida, envió un correo electrónico a Nell al trabajo.

«Ya sé que es una posibilidad muy remota, pero he encontrado unas fotos del tío con el que Winnie estuvo hablando en La Llama Alegre —escribió Francie—. ¿Existe alguna posibilidad de que podamos utilizarlas para saber algo sobre él?»

Nell tardó siete minutos en contestar. «Esto es lo único que he encontrado. He introducido su foto en una aplicación de reconocimiento facial. Parece majo.»

Francie abrió el enlace, y allí estaba: sus fotos y su correspondiente perfil en un sitio web llamado Sex Buddies, una página de contactos. Él revelaba muy poco de sí mismo: su altura, su peso y su preferencia por las mujeres de grandes pechos, pero no su nombre (a menos que su nombre fuera realmente Doktor Peligro).

«¿Qué vas a hacer con esto?», escribió Nell.

«Nada —respondió Francie—. Tenerlo a mano, por si acaso.»

En realidad, se pasó la siguiente hora maquillándose, haciéndose selfies, tratando de mostrarse lo más sugerente posible y creándose su propio perfil en Sex Buddies. Tres correos electrónicos desde la cuenta falsa de Gmail que se había abierto fueron lo único que necesitó para concertar esa cita. Se deprimió al leer las cosas que la gente había escrito en el sitio web y dio gracias al cielo por tener a Lowell, por la vida que llevaban, por la maravillosa familia que habían creado.

El tipo se inclina hacia ella.

—Hueles fenomenal —dice.

—Gracias. Pero antes de nada, todavía no sé cómo te llamas.

—¿Cómo me llamo? ¿Cómo quieres que me llame?

—¿Que cómo quiero que te llames?

—Sí. —Ella detecta un olor a tabaco en su aliento—. ¿Por qué no eliges tú mi nombre?

Francie hace ver que se lo piensa un momento.

—Quiero que te llames Archie.

Él ríe.

—¿Como el del tebeo? —Ella también ríe, tratando

de disimular su decepción. No puede ser él. A menos que sea un actor de Oscar, no habría respondido con tanta displicencia si ella hubiera adivinado su nombre—. Archie. Me gusta.

—Perfecto —dice ella. Bueno, piensa. Puede que no sea Archie Andersen, pero de todas formas podrá responderle a algunas preguntas clave: por qué se acercó a Winnie, de qué hablaron, adónde fue Winnie esa noche.

—Tú puedes ser mi Veronica —propone él—. Ojalá tuviéramos una Betty.

Él mira algo detrás de ella y, sin decir palabra, coge la mano de Francie, la baja del taburete y tira de ella hacia el fondo del bar. Ella le sigue el paso con dificultad, derramando vino en el vestido e intentando mantener el equilibrio con los tacones que lleva. Recorren un estrecho y oscuro pasillo que apesta a orines y entran en una habitación trasera vacía con una mesa de billar en un rincón y un sofá destrozado en el otro.

Él la lleva al sofá y la atrae hacia sí, acercando los labios a su oreja.

—Esto es más íntimo —murmura, y acto seguido la empuja hacia atrás hasta que ella cae torpemente en el sofá y tira casi todo el vino. Él se sienta a su lado, posa una mano callosa en su rodilla y la desliza despacio por su muslo.

—Todavía no —susurra ella, apartándole la mano. Siente un gran alivio cuando dos hombres entran en la habitación. Se dirigen a la mesa de billar ataviados con botas de trabajo y cinturones portaherramientas; probablemente trabajen en una obra de construcción cerca de allí y sea su hora de comer. No puede evitar pensar: ¿Y si por una terrible casualidad la conocen? ¿Y si son colegas de Lowell que han trabajado con él en algún proyecto?

—Tengo cuarenta minutos antes de ir a trabajar —dice el falso Archie. Parece molesto. Ella lo entiende. Sex Buddies no es precisamente conocida como plataforma para que la gente quede en un bar durante el día y hable de sus intereses comunes. Ella tampoco tiene mucho tiempo. Le ha dicho a Nell que la verá en The Spot a las cinco; hay algo de lo que Nell quiere hablarles a ella y a Colette. Mientras tanto, tiene que poner en práctica el plan. Un plan que estuvo pensando despierta toda la noche.

Se levanta, se pone a horcajadas sobre las piernas estiradas de él y posa las manos en sus muslos, con los pechos a escasos centímetros de su cara, mientras lo envuelve en el aroma de su perfume.

—Voy a por otra ronda.

En la barra, Francie contiene las ganas de volver a mirar la foto de Will en el parque y siente otro acceso de culpabilidad por mentir a Lowell y Barbara, diciéndoles que había puesto un anuncio clasificado en el sitio web de The Village y que la habían contratado para fotografiar a un bebé de nueve meses. Lleva las bebidas al sofá, haciendo todo lo posible por parecer tranquila y segura al sentarse al lado de él.

—Bueno, Veronica. —La boca de él vuelve a estar cerca de su oreja—. ¿De qué quieres hablar?

Ella bebe un largo trago de vino y pronuncia las palabras que ensayó esta mañana.

—Necesito esta copa. He perdido mi trabajo.

—Qué putada. —Él se quita la gorra y le roza el cuello con la nariz.

—Sí. Trabajaba de camarera. En un sitio genial de Brooklyn. La Llama Alegre.

Él se recuesta.

—Yo voy allí a veces.

—Estás de coña.

—No. Está a pocas manzanas de mi casa.

—Qué raro. —Ella entrecierra los ojos y lo mira más atentamente—. Dios mío, espera. Eres tú.

Él la mira frunciendo el ceño.

—¿Tú, quién?

—¡Tú! —Ella deja su copa en la pegajosa mesa y se vuelve hacia él, poniéndole la mano en la rodilla—. ¿Estuviste en La Llama Alegre el cuatro de julio?

Él lo piensa.

—Pues sí, la verdad. ¿Cómo lo has sabido?

—Eres aquel tío. Qué casualidad. —Francie ríe y le da un manotazo en la rodilla—. Mis compañeros no se lo van a creer. Todos hemos estado hablando de ti.

Él parece estupefacto.

—¿De mí? ¿Por qué?

—Eres el que estuvo hablando con esa mujer. Esa tal Winnie.

—¿Quién es esa Winnie?

A Francie le sorprende la convincente actuación de él, que finge no saber de qué le está hablando.

—¿Gwendolyn Ross? ¿La actriz? Su hijo ha sido secuestrado.

—¿Cuándo?

—¿En serio? ¿No lees los periódicos? ¿No ves la televisión?

—Solo deporte.

Ella no puede creérselo. De verdad no lo sabe.

—¿Te acuerdas de que hablaste con una mujer en la barra aquella noche? ¿Guapa? Es posible que desaparecieras un rato con ella.

Por fin, un destello de reconocimiento.

—¿La mujer del niño secuestrado?

—Sí. Su hijo Midas. Lo raptaron esa noche.

—Hostia puta. He oído hablar del tema. Las chicas del trabajo se pasan todo el día comentándolo. Midas. Como el rey griego. —Pone la cerveza en la mesa y se inclina hacia delante, riendo—. Qué fuerte. Ya verás cuando se lo cuente a mis amigos.

—¿Por qué? —pregunta Francie con complicidad—. ¿Qué dirán tus amigos?

—Ellos fueron los que me retaron a hacerlo.

La voz de Francie pierde el tono de diversión.

—¿Hacer qué?

—Hablar con ella. Intentar ligar con ella. —Parece atónito—. Había unas madres allí, en la parte de atrás.

—Sí, me acuerdo. Esa mujer estaba con ellas.

—Mis colegas me dijeron que me darían veinte pavos si le tiraba los tejos a una de ellas. Ya sabes, en broma. En plan: ¿quién sería capaz de intentar ligar con una madurita? Yo acepté la apuesta. La primera con la que lo intenté me dio calabazas antes de que pudiera ofrecerle una copa, pero a ella, esa tal Winnie, le gustó. —Se ríe—. Le encantó.

Francie bebe otro trago de su copa. Tiene que bajar el ritmo. El vino la está confundiendo.

—¿No la conocías antes de esa noche?

—No. —Él sonríe con suficiencia—. Pero no veas si la conocía al final.

Ella suaviza el tono y lo mira entornando los ojos por debajo de sus pestañas.

—Estoy intrigada.

Él se queda callado, estudiándola. Coge el dobladillo de su vestido entre los dedos, lo pliega sobre sí mismo y acorta el vestido descubriendo sus muslos recién depilados, lustrosos de loción con aroma a melocotón.

—¿Seguro que quieres oírlo? Es muy raro.

Ella fuerza un tono coqueto.

—Me gustan las cosas muy raras.

—¿Ah, sí, Veronica? Demuéstralo.

—¿Que lo demuestre?

—Sí. Digamos que tengo una historia increíble para ti.

—Vale.

—Pero tienes que ganártela. —La cara de él está a centímetros de la de ella—. Bésame y te lo contaré.

Él se inclina, presiona bruscamente sus labios contra los de ella y le mete la lengua en la boca. Finalmente se aparta y le deja un dejo amargo a cerveza en la garganta.

—La invité a una copa.

Francie arquea las cejas y acto seguido frunce el ceño.

—Eso no es nada raro.

—No, eso solo es el principio. —El hombre recorre la clavícula de Francie con el pulgar—. ¿Quieres más?

Ella asiente con la cabeza mientras él desliza la mano debajo de su vestido y le separa las piernas suavemente. Él le aprieta la cara interna del muslo acariciando con el pulgar el borde de su ropa interior.

—Adelante —dice Francie. Su voz suena cavernosa y desconocida.

—Le pedí que viniera a casa conmigo. —Uno de los obreros de la mesa de billar los mira cuando el falso Archie coge la mano de Francie y la coloca entre sus piernas. Francie nota que se le ha puesto dura, y él guía su mano de adelante a atrás sobre la tela de los vaqueros.

—¿Y fue a casa contigo? —pregunta ella. Él la besa. Cuando se aparta, ella ve borroso. El olor a cerveza de su aliento. La áspera barba de varios días de su mentón. No lo está viendo a él —el hombre al que llama Archie—, sino al profesor de ciencias, el señor Colburn.

—No, por desgracia. Dijo que tenía que pensar en su hijo. Estaba disgustada.

Francie abre más las piernas y experimenta una sensación de ansiedad mientras sigue apretándole la entrepierna. Cierra los ojos.

—¿Winnie estaba disgustada?

—Sí. —Él le aparta las bragas a la fuerza, y ella nota los brazos inmovilizados y el tacto rasposo de la manta que cubre la cama del señor Colburn. Tiene ganas de gritar, pero no puede—. Dijo que estaba deseando venir a mi casa. Y montarme. —La mano de ella se mueve más rápido sobre la tela de sus vaqueros—. Que no soportaba no poder salir de casa. Tener ese bebé que la obligaba a estar pendiente todo el tiempo.

Ella le susurra al oído.

—¿Te dijo eso? ¿Que no soportaba tener un bebé?

—Algo por el estilo. Nos encerramos en el servicio. Yo no podía parar de tocarla. Fue increíble. Le dije que por lo menos se quedara un poco más. Que me dejara invitarla a otra copa.

—¿Y...?

—Se puso a gritarme. A decirme que tenía que irse a hacer cosas. Que ella no era así. Algo sobre ser buena madre. —Su respiración se vuelve entrecortada en el cuello de Francie, y ella nota que su cuerpo empieza a tensarse—. Habría matado por llevármela a casa. Por tirarla en mi cama. Por arrancarle el vestido. —Él saca la mano de entre las piernas de Francie, le agarra la muñeca y empuja la palma de su mano hacia abajo obligándola a ir más rápido, con los ojos cerrados y la boca abierta—. Winnie. Madre mía. Estaba buenísima, joder. —Francie nota que se le saltan las lágrimas por el rabillo de los ojos mientras gime, con voz grave y profunda, y el sonido llena la habitación.

Están mirándolos. Los dos tipos de la mesa de billar. Inmóviles, sosteniendo los tacos a los lados como horcas. Archie no parece reparar en que ella está llorando mientras mira al techo, lamiéndose los labios, con la cabeza apoyada en el respaldo del sofá.

—Su hijo. Secuestrado. —Él sacude la cabeza, se pone derecho y alarga la mano para beber el resto de cerveza—. Espero que la policía le haga unas cuantas preguntas. Esa chica estaba como una puta cabra.

Nell está sentada a una mesa cerca de la ventana de The Spot. La taza de té negro se enfría en su mano mientras repasa las fotos que tomó anoche de Beatrice; docenas de fotografías de sus pequeñas manos, sus diminutos pies, sus nalgas doradas como la mantequilla, que dan ganas de comérselas.

Nell vuelve a mirar la puerta, esperando que Colette y Francie estén en camino. Está impaciente por llegar a la guardería para recoger a Beatrice, consciente de la ridícula cantidad de horas que se pasa mirando fotos de los pies de su bebé mientras paga a desconocidos para que cuiden de ella.

Nell mete el móvil en el bolso y, cuando levanta la vista, Colette se encuentra de pie junto a la mesa, con Poppy asomando de la tela de un fular elástico. Colette tiene los ojos enrojecidos, y sus pecas contrastan con su piel, que está extrañamente pálida.

—¿Estás bien? —pregunta Nell.

—¿Lo has visto? —Colette se sienta pesadamente en la silla de enfrente de Nell—. Han identificado el cadáver.

Nell asiente con la cabeza.

—Lo he visto en el trabajo, en la cafetería de la empresa. Todo el mundo estaba pegado a la televisión. Creía que sería Midas. Desde que me llamaste ayer estaba convencida de que sería su cadáver.

—Ya. Yo también. —Colette se inclina hacia Nell—. Tengo que contarte algo. He recibido una cosa por correo...

Nell ve a Francie al lado de la puerta, mirando la carta escrita en una pizarra encima de la barra.

—Bien, ya está aquí —dice Nell. Se levanta y hace señas con la mano a Francie, y se sorprende al ver que lleva un vestido ceñido y escotado que permite atisbar su sostén de encaje negro debajo.

—¿Lo habéis visto? —inquiere Francie, acercándose a la mesa—. ¿El cadáver? —Lleva el rímel corrido en forma de arcos por encima de los ojos, enmarcados por unas largas pestañas falsas como las finas patas de una araña.

Nell asiente con la cabeza.

—Lo he visto. Es...

Se sienta.

—¿Y lo de Bodhi Mogaro? Lo han puesto en libertad. —La noticia de su liberación se ha hecho pública ese mismo día en una rueda de prensa convocada por Oliver Hood. En los escalones de la cárcel al lado de Mogaro, su esposa y su madre, Hood ha exigido disculpas a los agentes de policía implicados en la investigación, al inspector Rohan Ghosh y al alcalde Shepherd.

—Veremos al Departamento de Policía de Nueva York en los tribunales —ha declarado Hood.

—Necesito urgentemente un café —dice Francie—. Y agua. —Nell se fija en la forma en que arrastra las palabras y en el lustre del sudor encima de los labios de Francie.

—¿Estás borracha, Francie?

Francie lanza una mirada de irritación a Nell.

—No, Nell. No estoy borracha. Soy una madre en periodo de lactancia. —Coge el agua que Nell tiene delante y bebe un largo trago—. Me ha afectado mucho la noticia de ese tal Hector. Lo he visto cuando venía para aquí. ¿Tienen idea de quién lo mató?

—No, pero escuchad... —dice Colette, antes de que Francie la interrumpa.

—Él tenía las llaves del edificio. Podría haber entrado. O haber dejado entrar a otra persona. Van a investigarlo, ¿no? Hasta un idiota como Mark Hoyt podrá relacionarlo.

—Sí —contesta Nell—. Y están pidiendo voluntarios para buscar a Midas en la finca y los alrededores. Deberíamos ir.

Francie está demacrada.

—Te refieres a buscar su cadáver.

Colette se inclina hacia delante.

—Escuchad. Tengo algo que contaros: hoy me ha pasado algo muy inquietante. —Saca el sobre del bolso cambiador, con su nombre escrito en letras mayúsculas verdes en la parte delantera—. Esto me ha llegado hoy a la oficina del alcalde.

Nell ve las letras mayúsculas. La tinta verde. Mete la mano en el bolso que ha dejado a sus pies y saca un sobre parecido, con su nombre escrito en idénticos caracteres.

—Esto me ha llegado al trabajo —dice Nell—. Por eso he pedido veros. Para enseñároslo.

El sobre estaba en su buzón cuando volvió de comer. Lo abrió sentada a la cabecera de una mesa de negociaciones, antes de una reunión para informar a los demás directivos de la empresa de los cambios inminentes en el sistema de seguridad. Realizó la presentación tartamudeando, azorada por el contenido.

Francie tiene los ojos muy abiertos.

—Dios mío. Yo he recibido uno igual. En casa, esta mañana. No lo he abierto. ¿Qué es? —Coge el sobre de Nell y saca la foto policial—. ¿Quién ha mandado esto?

—No tengo ni idea —responde Colette, con una voz que es poco más que un susurro—. Alguien que sabe que trabajo para el alcalde. O sea, vosotras y Símbolo, pero dudo de que él lo haya enviado.

—¿Por qué lo detuvieron?

—Aquí no lo pone —dice Nell—. He indagado un poco, pero...

—¿Indagado? —Francie mira a Nell—. ¿Dónde?

—En varios sitios. Quería ver lo que podía encontrar. ¿Por qué alguien me mandaría esto? Y ahora es todavía más extraño. ¿Por qué nos lo han mandado a todas? —Baja la voz—. He entrado en la página de administración del sitio web de The Village. La he hackeado para ver su perfil y averiguar un poco más sobre él.

—¿Cómo...? —Francie mira fijamente a Nell.

—No importa. Es algo que sé hacer.

—¿Y...? —inquiere Colette.

—Y nada. Apenas lo rellenó. Se crio en Manhattan, cosa que creo que ya sabíamos. Su pareja se llama Lou. Ni siquiera incluyó una foto.

Francie sigue hablando en voz baja.

—Deberías volver a entrar y mirar el perfil de Winnie. A ver si pone quién es el padre de Midas.

Nell vacila y acto seguido se inclina hacia ellas.

—Ya lo he hecho.

Un hombre choca bruscamente con la silla de Nell y vierte algo sobre su hombro. Ella se vuelve, molesta, y ve que es alguien a quien reconoce: un hombre de su edificio.

—Hola, Nell. Perdona.

Es el hombre que vive en la planta de abajo, el que siempre lleva el bajo de la pernera derecha remangado, listo para montar en bici; el de la mujer de ceño fruncido.

—¿Qué tal? —pregunta—. ¿Cómo está el bebé?

—Estupendamente, gracias.

El hombre asiente con la cabeza.

—Parece que tiene problemas para dormir, ¿verdad?

—¿A qué te refieres?

—Lisa y yo la oímos llorar a veces. A través del techo.

—Ah, claro. Bueno...

—De hecho, Lisa ha investigado un poco. ¿Le ponéis un chupete?

—¿Un chupete? Sí.

—Ah. Porque Lisa ha leído que pueden ayudar a que los bebés dejen de llorar.

—Muy bien —dice Nell—. Supongo que no tenéis hijos...

—También hay unas mantas nuevas. Cuando el bebé llora...

—Gracias por preocuparos —dice Nell, a quien se le está agotando la paciencia—. Pero no es necesario. El que lloraba anoche no era el bebé.

—¿Ah, no? ¿Quién era?

—Mi marido. Sebastian.

—¿Sebastian?

—Sí. Estaba viendo *Eternamente amigas* otra vez. Siempre se emociona.

El hombre le dirige una sonrisa torcida.

—Claro. Hasta luego, Nell.

Todas se quedan en silencio hasta que él termina de echarse leche y azúcar en el café en la barra. En cuanto sale de la cafetería, Colette se inclina hacia Nell.

—¿Qué ponía en el perfil de Winnie?

—No estaba —contesta Nell—. No tiene perfil. No consta que sea miembro en ningún sitio.

—¿Qué quiere decir eso?

—No lo sé exactamente. Supongo que se dio de baja, y el sistema no lleva un registro. La verdad, la entiendo perfectamente. Imagináosla abriendo el correo electrónico, esperando recibir noticias sobre Midas, y tener que sortear dieciséis correos nuevos sobre los ejercicios de Kegel.

Colette apoya la frente en las manos.

—Esto es cada vez más raro. No tengo ni idea de lo que debemos hacer ahora.

—Yo sí —dice Francie. Desplaza la vista de Colette a Nell, con una mirada inquietantemente opaca, como si hubieran proyectado una sombra sobre sus ojos—. Vamos a hacer lo que haga falta para encontrar a Midas. No vamos a renunciar a él. No hasta que no nos quede más remedio. No hasta asegurarnos de que hemos hecho todo lo que está en nuestras manos para devolverlo adonde tiene que estar: a salvo con su madre.

15

Octava noche

Estos últimos días he estado pensando en una cosa: la promesa que me hice cuando descubrí que estaba embarazada. Qué momento. Encima del asiento del retrete de la farmacia Duane Reade, demasiado impaciente para esperar a hacer la prueba en casa, viendo cómo las dos líneas rosa chicle formaban una cruz inmediata, como la que mi madre colgó encima de la puerta de su dormitorio.

«No seré una de esas madres», prometí.

«No leeré todos los libros que hay que leer. No me estresaré por los ftalatos del champú ni los pesticidas de la leche en polvo. El bisfenol A del recipiente chino de comida para llevar. No le hablaré fuerte a mi hijo en el supermercado, ni una sola vez, esperando que todo el mundo oiga lo comprensiva que soy, lo unidos que estamos, como si ser madre fuera una puta *performance*.»

«No me volveré una persona distinta.»

¿Y cuánto tardé en romper esa promesa?

Tres minutos.

Sí, tres minutos: el tiempo necesario para envolver la prueba de embarazo en papel higiénico, guardarla en el bolso, lavarme las manos y salir. Tres minutos, y era una persona totalmente diferente.

Una mamá.

¿Que cómo lo sabía? Porque me quedé en la esquina, sin coches a la vista, y esperé a que el semáforo se pusiera verde. En mi vida había hecho eso. Todavía puedo verme. Una multitud de gente pasó a mi lado a toda prisa, cruzó la calle vacía, camino del gimnasio, del almuerzo, con sus cafés para llevar salpicando su ropa de deporte, mientras yo me quedaba allí, inmóvil, con las palmas de las manos contra la barriga, convencida de que en cuanto bajase de la acera un coche vendría corriendo por la calle salido de la nada, doblaría la esquina y aplastaría al bebé (y a mí con él) contra el parabrisas.

Y nunca volví a ser la de antes. De repente era esa otra. Era como si hubiera aparecido una escalera mecánica debajo de mí que me levantase en contra de mi voluntad y me llevase a un sitio donde —¡puf!— todo era algo temible: hornos microondas, tapas de alcantarilla, polvo de la obra de renovación de al lado. Todo era motivo de preocupación, cosas que no podía pasar por alto, a menos que quisiera arriesgarme a perder al bebé. A que me lo robasen.

Hice todo lo posible por protegerlo.

Fracasé.

Ha pasado un rato. He dormido una siesta intermitente esperando que un poco de sueño me haría sentir mejor y me despejaría la cabeza. Que me daría el valor para ser más sincera.

Estoy empezando a arrepentirme de mi decisión.

Ya está, lo he dicho. Ya era hora de que tuviera las agallas de soltarlo. Y ahí no acaba la cosa.

Lo que hay entre nosotros no funciona. Me temo que haga lo que haga, Joshua nunca será feliz conmigo. Hemos vivido días difíciles. Él está huraño, pasa de mí, me rechaza.

Me hace el vacío, como si ni siquiera estuviera ahí. Como si mis sentimientos no importasen. (Nunca se lo diría a él, pero juro que es idéntico a mi padre.)

Esta mañana le he recordado que los dos queríamos esto. Y luego he dicho unas cuantas cosas que ojalá no hubiera dicho. Le he confesado que a lo mejor cometí un error. Que a lo mejor estaba mejor antes. Que tendría que vivir con ello el resto de mi vida y que ya no creía que valiese la pena. A veces puedo ser muy mala. No debería haber dicho nada de eso.

He intentado ver su parte de la historia. Lo molesta que debe de ser mi constante necesidad de hablar de las cosas, sobre todo ahora que han soltado a Bodhi. El hecho de que aún no lo haya resuelto todo. Claro que le he contado todas mis anécdotas: lo lista que siempre he sido, que de niña sacaba unas notas fuera de lo normal, que tenía un don innato para resolver problemas, como decía mi madre. Y ahora creo que él espera que solucione este brete, que descubra la estrategia adecuada. Que me asegure de que estamos protegidos.

Pero ¿sabes qué otra cosa va siendo hora de que reconozca? Que no soy nada lista. De hecho, soy imbécil.

No podemos ir a Indonesia. Joshua no puede conseguir un pasaporte, obviamente. Debería haberme dado cuenta desde el principio; es el tipo de cosa con la que el doctor H me habría ayudado en el pasado. A ver los puntos débiles de mi razonamiento, mi incapacidad para entender los detalles más sencillos. De modo que volvemos a estar en Brooklyn, en la burbuja, tramando un plan nuevo, sin llamar la atención, preparándolo todo para largarnos.

Las Madres de Mayo están por todas partes. A veces estoy delante de la ventana, asomándome por detrás de la cortina, tratando de recibir un poco de luz del sol en la cara, y las veo. Hace unas horas fue Yuko, que andaba por el lado con sombra de la calle con una esterilla de yoga debajo del brazo y unos auriculares en los oídos. Luego, cuando no habían pasado veinte minutos, Colette. Estaba con un tío que deduje que era Charlie. Charlie, el gran escritor. Llevaba a Poppy sujeta al pecho, y él y Colette iban cogidos de la mano, riéndose de algo, pasándose un café helado el uno al otro, con los brazos cargados de flores del mercado agrícola. La familia de Brooklyn ideal. Hacen que parezca fácil ser perfecto.

Lo que la gente como ellos no entiende es lo que provoca ver escenas de ese tipo a la gente como yo. A la gente que no tiene lo que ella tiene. Ayer Joshua y yo fuimos a dar un paseo en coche, y yo estaba mirando el semáforo por la ventanilla. De repente vi a una madre en el coche de al lado. Estaba en el asiento delantero, mirando al frente, con el brazo estirado hacia el asiento trasero, cogiendo la mano de una niña sujeta a su sillita de coche. Una imagen muy natural y bonita. Poco sabía ella que estaba partiéndome el corazón. En la ciudad se percibe el ritmo de los niños. Los gritos y risas a primera hora de la mañana, los cuerpos menudos reunidos, corriendo bajo los aspersores de jardines invisibles desde la calle, discutiendo por los columpios en el parque. Luego la calma en torno al mediodía, cuando vuelven a casa para lavarse las manos, comer y dormir, tranquila, plácidamente, resollando con la boca abierta hasta que se despiertan unas horas más tarde y cobran vida de nuevo.

No soporto estar encerrada mucho más, pero tampoco soporto la idea de tropezarme con una de ellas por la calle, de tener que charlar de cómo estoy y dónde he estado. De tener que oír la inevitable pregunta: «Dios mío, ¿qué le ha pasado a Midas?».

Oh, no. Joshua está levantado. Debo irme. Detesta verme llorar.

16

Noveno día

PARA: Las Madres de Mayo
DE: Tus amigos de The Village
FECHA: 13 de julio
ASUNTO: Consejo del día
TU BEBÉ: DÍA 60
Hablemos de... sexo. Lo más probable es que durante las últimas semanas hayas estado demasiado cansada para pensar en el tema. Aunque es común tener la libido baja después de dar a luz, es muy posible que la situación empiece a volver a la normalidad en ese aspecto. Y es importante que las madres recientes no olvidemos que también somos esposas. De modo que puede que haya llegado el momento de abrir una botella de vino, poner música y ver lo que pasa. (Pero recordad: LOS MÉTODOS ANTICONCEPTIVOS SON VUESTROS MEJORES ALIADOS.)

Francie está sentada en la escalera de entrada caliente y áspera de una casa de piedra caliza, chupando un pretzel cubierto de chocolate, presionándose el bulto blando de una ampolla del talón, con la cámara apoyada en el regazo.

«Tiene mucho sentido», piensa, una vez más.

La forma en que él miraba a Winnie durante las reuniones, le susurraba al oído, le reservaba un asiento a su lado en la manta. Era como si estuviera obsesionado con ella. ¿Y dónde se metió después de desaparecer tan repentinamente de La Llama Alegre? Francie debería haberse centrado en eso desde el principio, y no dejarse confundir por falsas pistas. Archie Andersen, que parecía haberse esfumado. El falso Archie Andersen. Solo con pensar en ese tipo sentía repugnancia: las manos de él en su cuerpo, su aliento apestoso... Se ha sentido asqueada desde que se excusó para levantarse del sofá diciendo que tenía que ir al servicio y salió pitando del bar.

No les había contado a Nell ni a Colette que lo había conocido, ni las cosas que él le había dicho. No era necesario. Ese tipo era un mentiroso. Lo supo en cuanto lo vio. Tal vez decía parte de la verdad. Tal vez habían echado un polvo. ¿Y qué? Winnie estaba soltera; podía hacer lo que le diera la gana. Francie no se había acostado con nadie aparte de Lowell (el profesor de ciencias no contaba), pero era consciente de cómo funcionaban las cosas en el mundo real. Sobre todo hoy día, sobre todo en Nueva York, y por supuesto para una mujer tan guapa como Winnie. Pero ¿decir esas cosas sobre Midas? ¿Que no quería a su propio hijo?

No.

Francie conocía a mujeres a las que no les gustaban sus hijos. Se crio con una de ellas. Winnie no era así.

Una puerta se cierra de golpe al otro lado de la calle. Coge la cámara y enfoca con el zum a una mujer con pantalones de yoga y camiseta de tirantes que baja dando saltos la escalera del número 584, la dirección que Nell sacó del perfil de Símbolo en The Village. La mujer se detiene a hacer estiramientos y luego se vuelve hacia el parque y echa a correr varios edificios más abajo. Francie se está impacientando. Lleva sentada en esa escalera más de una hora, y están empezando a llegar pacientes a la consulta del quiropráctico en la planta baja. La madre de Lowell, Barbara, ha pedido hora en la peluquería, y Francie ha dicho que volvería para recoger al bebé mucho antes. Recoge la cámara, prometiéndose que solo se quedará diez minutos más, y repasa las fotos almacenadas en la cámara: los bebés de la quedada de las Madres de Mayo de hace cinco días con los que todavía no ha hecho nada y las imágenes de Hector Quimby vestido con el polo amarillo claro delante del edificio de Winnie.

Francie cierra los ojos y ve a Hector como lo contempló desde su sitio en el banco, con las manos juntas a la espalda, paseándose despacio enfrente del edificio de Winnie. ¿Quién era? Según Patricia Faith, el cadáver de Hector fue descubierto después de que su esposa llamara a la policía local y les informara de que su marido había ido a ocuparse de unos asuntos a la finca de los Ross y no había vuelto a casa. Habían estado casados treinta y dos años. Diez nietos. Conductor voluntario del programa de entrega de comida a domicilio para personas necesitadas. Había trabajado para la familia Ross durante casi treinta años y veía a Winnie como a una hija. Las pruebas forenses indican que lo mataron, arrastraron su cuerpo al bosque y lo empaparon en gasolina antes de prenderle fuego.

Francie se levanta y guarda la cámara en el bolso, consciente de que ha llegado la hora de dejarlo y volver a casa. Hace demasiado calor para seguir allí sentada. Una de las cosas buenas de que Barbara esté de visita es que Lowell volvió a casa anoche con un aparato de aire acondicionado nuevo, después de que su madre se quejara del viejo. Francie volverá a casa, lo encenderá y jugará con Will unas horas en la casa fresquita. Le suenan las tripas mientras desciende por la escalera y gira para bajar por la cuesta hasta su casa, pero entonces oye algo: la puerta del edificio de Símbolo vuelve a cerrarse.

Es él.

Autumn va en el canguro, y su padre se pone unas gafas de sol, baja por la escalera y gira al oeste hacia el parque. Francie se cuelga el bolso a través del pecho y lo sigue cuesta arriba, tratando de hacer caso omiso del doloroso roce de la ampolla, procurando mantenerse media manzana por detrás de él. Símbolo gira hacia el norte en la Octava Avenida y recorre dos manzanas hasta The Spot. Ella cruza la calle y se agacha detrás de una ranchera Volvo, mirando a través de las ventanillas del coche. Cuando él se sienta en un taburete junto a la ventana, Francie levanta la cámara y observa a través del visor cómo hojea un periódico dejado en la barra y remueve su café: el expreso doble con un chorrito de leche caliente que solía llevar a todas las reuniones.

Se bebe el café de tres sorbos, llama por teléfono y se dirige a la puerta. Francie se esconde detrás de otro coche y se lleva el teléfono al oído, fingiendo que habla con alguien. Se vuelve con cautela al ver que sube la cuesta y lo sigue desde el otro lado de la calle, tratando de permanecer oculta detrás de los coches aparcados entre ellos. Parece que él vaya a girar a la derecha, a desviarse de su casa, y Francie empieza a cruzar la calle. Pero de repente Símbolo se detiene y se da la vuelta. Ella está en mitad de la calle, en el campo visual de él. Se gira y vuelve corriendo a la acera, pero tropieza con el borde y, tratando de proteger la cámara, nota el escozor en las palmas de las dos manos y el dolor en la rodilla que ha dado contra el pavimento.

—Vaya por Dios. ¿Se encuentra bien? —Una mujer mayor está de pie junto a ella, con un perrito calzado con zapatillas y sujeto con una correa detrás—. Deme la mano. Deje que la ayude.

—Estoy bien —dice Francie, poniéndose en pie. Tiene un corte grande en la rodilla, y un reguero de sangre le corre por la espinilla.

—¿Está segura? Le daré un pañuelo de papel.

—Estoy bien —repite Francie, rechazando a la mujer con un gesto de la mano. Recoge el bolso y al volverse se topa de lleno con Símbolo.

Símbolo sale de la larga y estrecha cocina junto a la sala de estar con una bolsa de hielo en una mano y dos tazas de café en la otra.

—Mierda —dice, dejando las tazas en la mesa para el café—. Me he olvidado de que no tomas cafeína como yo, que no puedo vivir sin ella.

—Ya no. —Francie coge la taza y la bolsa de hielo.

—Espera. Te traeré algo para el corte. Tiene bastante mala pinta.

Cruza la puertaventana situada al otro lado de la estancia y desaparece en una habitación. En una librería empotrada hay una gran pantalla de televisión sintonizada en *La hora de Faith* que muestra una escena de la finca de Winnie en el norte, tomada desde un helicóptero, adonde han acudido más de cien personas a ayudar a registrar la zona. Patricia Faith, que emite en directo toda la semana desde el salón de baile del hotel Ramada, nombrado cuartel general de la búsqueda, está sentada a una mesa de banquetes hablando con el pastor de una iglesia cercana. Patricia parece especialmente preocupada hoy.

—A mi modo de ver —dice—, hay dos opciones. —Levanta un dedo con la manicura perfecta—. Hector Quimby estuvo implicado en la desaparición del Niño Midas. Tal vez alguien le pagó (no hagamos conjeturas sobre quién aún) para que se llevase a Midas y luego se deshiciese de él. Y tal vez ese plan salió mal. —Levanta otro dedo—. O es otra trágica víctima de esta dramática historia. Tal vez sabía algo que no debía saber. Tal vez tuvieron que hacerlo callar.

El pastor sacude la cabeza.

—Con el debido respeto, señorita Faith, pero conozco a Hector y Shelly Quimby desde hace casi cuarenta años. Yo bauticé a sus hijos y a sus nietas. Y juro por la biblia de mi abuelo que es imposible que ese cristiano bueno y cariñoso tuviera algo que ver con el secuestro o el asesinato de un bebé.

—¿Y qué puede contarme de Winnie Ross? —pregunta Patricia, mirando al pastor con los ojos entornados—. Su familia es dueña de esa casa desde hace décadas. ¿Ha conocido a alguno de ellos?

El hombre se seca la boca con un pañuelo de algodón.

—No, señora, no he conocido a ninguno. Que yo sepa, ningún miembro de la familia Ross ha pisado una iglesia de la zona.

Francie aparta la vista de la televisión sintiéndose mareada. Símbolo le ha inspeccionado el cráneo, deslizando los dedos entre su pelo y presionando suavemente cada centímetro de su cabeza. No hay rastro de chichón, y, sin embargo, tiene la cabeza a punto de estallar. Observa el piso de él, que es pequeño y pulcro. El canapé de lino en el que está sentada se encuentra al lado de una antigua mesa de caoba para servir el café, y hay pequeñas fotos enmarcadas de escenas de la vida urbana colgadas encima de una mesa de comedor, decorada con un jarrón con rosas recién cortadas. Se levanta y se dirige de puntillas a la estantería, con un gran dolor de rodilla, y examina unas cuantas fotos enmarcadas de Autumn y Símbolo, y de Autumn y una mujer. El cuarto de baño está junto a la sala de estar, y al asomarse ve unos frascos de leche limpiadora facial y champú perfectamente alineados en el alféizar de una ventana que da a la toma de luz.

Oye los pasos de Símbolo que avanzan hacia ella desde la habitación y cierra la puerta del cuarto de baño.

—Estaba debajo del cambiador —dice, levantando un tubito de pomada antibiótica—. ¿Dónde iba a estar si no? —Acompaña a Francie al sofá—. Siéntate. Deja que te ponga un poco en la rodilla.

—Puedo hacerlo yo —dice ella, cogiendo el tubo.

Él se sienta en la butaca de enfrente.

—¿Adónde ibas corriendo tan rápido?

—Ya sabes. Estaba haciendo ejercicio. —Señala el michelín de su barriga—. Dicen que el peso del embarazo se pierde dando el pecho. Mienten.

—¿Con el bolso de la cámara?

—Sí. Quiero abrir un negocio de fotografía. Nunca se sabe cuándo vas a encontrar un posible cliente.

Él asiente con la cabeza y mira la televisión.

—No sé por qué tengo la televisión en el canal de esta horrible mujer. Se está poniendo las botas con la muerte de Hector.

—¿Hector?

—Sí, Hector Quimby. El hombre...

—Ya sé de quién hablas —dice Francie—. Pero lo has dicho como si lo conocieras.

Símbolo la mira.

—¿Ah, sí?

Francie aparta la vista. La bolsa de hielo le escuece en la rodilla.

—Tienes un piso muy bonito —logra decir, y entonces ve a través de la puertaventana que da a la habitación tres guitarras apoyadas en soportes—. ¿Tocas la guitarra?

Él se encoge de hombros.

—No tanto como antes.

—Mmm. —Ella bebe un sorbo de café—. Bueno, háblame de Lou.

Una alarma suena en la cocina.

—Enseguida vuelvo. —Regresa con unas manoplas en las manos, sosteniendo un bizcocho que deja en un salvamanteles sobre la mesa.

—He salido a dar un paseo y me he olvidado de que esto estaba en el horno. Menos mal que me he acordado antes de incendiar el bloque entero. —Corta el bizcocho con un cuchillo largo y fino—. Sinceramente, la repostería se me da como el culo. Pero lo intento.

—Solo un trocito —dice ella—. Estoy intentando reducir los hidratos de carbono y el azúcar.

Símbolo le alarga un trozo en una servilleta, y comen en silencio unos instantes. Francie se fija en el movimiento de la pierna de él, la forma en que carraspea continuamente y desvía rápido la mirada a la pantalla de televisión situada detrás de ella.

—He estado pensando, ¿sabes? —dice Francie—. Nunca nos has contado la historia del parto de tu hija.

—¿La historia del parto de mi hija? No creía que tuviera que hacerlo.

—¿Por qué no?

—Yo no fui el que hizo la faena.

—¿Te refieres a la madre?

—Sí. —Símbolo ríe y estruja la servilleta entre las manos—. La madre.

—¿La adoptasteis?

—¿Adoptar? No.

—Entonces ¿cómo la tuvisteis?

—¿Qué cómo la tuvimos? —Mira a Francie entornando los ojos—. Pues verás, Francie, cuando dos personas se quieren...

—No, quiero decir...

Símbolo ríe.

—Es broma. Lucille dio a luz a la niña.

—¿Lucille? —Ella traga el bizcocho con dificultad—. Un momento. ¿Lou es Lucille?

—Sí. Mi mujer.

—Pero si eres gay.

Él se recuesta en su butaca y arquea las cejas.

—¿Ah, sí?

Ella ríe nerviosamente.

—¿No lo eres?

—Va a ser que no.

—Entonces ¿cómo es que nunca te he oído decir que tienes mujer? Y el grupo de madres. No es algo...

Él asiente con la cabeza.

—Tenía la impresión de que todas lo pensabais. No. Soy tan hetero como el que más, y no hemos adoptado. Tuvimos al bebé a la antigua usanza. Teníamos programada la cesárea. —Sonríe burlonamente—. Al menos, ese era el plan. Pero Autumn tenía otras intenciones. Llegó unas semanas antes de lo previsto y la única noche que yo estaba fuera de la ciudad porque tenía un concierto. Seguro que Lou sigue cabreada con Autumn y conmigo. No fue un parto fácil.

—¿Estáis bien?

—¿Lou y yo? No. La verdad es que no. —Se levanta y se lleva el bizcocho a la mesa volviendo la espalda a Francie—. Ya sabes cómo son las cosas después de tener un niño. Hay que adaptarse. —Se vuelve para mirarla—. Pero una cosa te digo: si no fuera por las Madres de Mayo, estaría bastante perdido. Hacer esto siendo tío te aísla mucho. Pero todas os habéis portado estupendamente. Yo no sabía qué esperar. Un padre que aparece en un grupo de madres. Digamos que estaba un poco nervioso. La semana pasada fue dura, sin las reuniones que tanta ilusión me hacen. Echo de menos veros a todas.

—¿A todas? —pregunta Francie—. ¿O a Winnie?

Él ladea la cabeza.

—¿Winnie? ¿Qué quieres decir?

—A lo mejor no la echas de menos. A lo mejor has estado viéndola desde esa noche. A lo mejor sabes más de lo que dices. —Francie no puede negar lo eufórica que se siente mirándolo a los ojos, pronunciando las palabras en voz alta.

Él se cruza de brazos y se apoya en una de las sillas de comedor. Parece que no sepa qué decir.

—Y no solo eso, sino que también pareces un poco obsesionado con ella. —Pone los dos pies en el suelo y deja la servilleta y la bolsa de hielo en la mesita para el café—. Voy a hablar sin rodeos. Lo sabemos todo de ti.

Francie juraría que ha visto tensarse los músculos de su mandíbula.

—¿Lo sabéis todo de mí?

—Sí. Tu detención. Tus antecedentes penales. ¿Te suena?

—¿Mis antecedentes?

—Sí, eso es. —Ella hace una pausa—. ¿Qué hiciste?

Una sonrisa se dibuja lentamente en la cara de él.

—Si lo sabes todo de mí, ¿por qué no me lo dices tú?

—Bueno, esa parte no la sé. Nell ha intentado averiguarlo, pero no lo ha conseguido.

—¿Nell ha intentado averiguarlo?

—Sí.

—¿Y cómo lo ha hecho? —El pánico que le ha parecido ver en su cara es sustituido por otra cosa. Enfado.

—Para ser sincera, no lo sé exactamente. Ella sabe acceder a la información. Te buscó en internet. Entró en tu perfil de las Madres de Mayo. —En cuanto las palabras salen de sus labios, Francie duda de su conveniencia. Tal vez no sea prudente delatar a Nell de esa forma, pero el tono de superioridad moral de él y la forma en que la mira la están poniendo nerviosa. Endereza la espalda, dispuesta a exigirle que le explique por qué se marchó del bar esa noche, adónde fue y qué oculta. Pero antes de que pueda hacerlo, él se encamina hacia ella.

—¿Todas habéis estado investigándome? ¿Husmeando?

—Sí, pero...

Antes de que pueda pronunciar el resto de palabras, lo tiene encima. Él estira el brazo, le agarra la muñeca con la mano y la levanta bruscamente del sofá.

La niña llora en sus brazos, y él intenta hacerla callar siseando más fuerte mientras siente que la ira brota dentro de él. El sarpullido de Autumn la está alborotando mucho; el médico ha dicho que es resultado de pasar demasiado tiempo en el canguro con ese calor —los últimos tres días las temperaturas han superado los treinta grados—, pero es la única forma de que duerma la siesta, y él necesita que la duerma para poder descansar.

Entra en la cocina y tira el bizcocho entero en el cubo de basura viendo la expresión del rostro de Francie, lo asustada que parecía cuando él la llevó a la puerta y la empujó al recibidor. Mantiene en equilibrio al bebé sobre el hombro, abre el grifo, y el vapor sube mientras enjuaga la vajilla. Se ha equivocado creyendo que podía fiarse de esas mujeres. Que podía entrar en su grupo, intentar adaptarse a ellas, pensar...

Inspira despacio tratando de serenarse. Necesita dormir. Ha estado despierto casi toda la noche pensando en Winnie, en el mensaje que le dejó ayer por la mañana, antes de que se hiciera pública la noticia, que decía que habían encontrado el cadáver de Hector. No ha podido ponerse en contacto con ella —no contesta sus llamadas— y no sabe qué hacer. Cierra el agua y busca un paño en el armario de debajo del fregadero. Mientras lo hace, le parece oír pasos fuera de su piso. Sale a la sala de estar, escuchando. Hay alguien en la puerta girando una llave en la cerradura.

—Hola, cielo. —Dorothy deja el bolso en el suelo cerca de la puerta principal—. Madre mía, qué calor hace hoy. Han dicho que son las temperaturas más altas jamás registradas... —Se detiene al ver la expresión de la cara de él y acto seguido se le acerca y lo abraza, con Autumn entre ellos—. ¿Estás bien?

Él asiente con la cabeza; le calman su aroma familiar y sus brazos alrededor de la espalda.

—Me había olvidado por completo de que venías.

Ella retrocede y toma su rostro entre las manos, estudiando sus ojos.

—¿Te viene bien hoy?

—Sí, claro.

—¿Qué pasa?

—Nada, mamá. No te preocupes. Solo estoy cansado.

—¿Qué tal el viaje de Lucille? —pregunta Dorothy, quitándose las sandalias y dejándolas al lado de la puerta antes de acercarse para coger a Autumn de brazos de él.

—Se ha alargado. —Él entra en la cocina y deja las tazas de café en el fregadero—. No volverá hasta mañana. Pero parece que le va bien. —Se alegra de que Dorothy no le vea la cara. Sabría que está mintiendo.

Lou había llamado ayer desde Los Ángeles para decir que su última reunión se había pospuesto un día. Él sabe que no es verdad, que se queda para pasar una noche más con él. Cormac. Su puto jefe. El capullo que hace *crossfit* y que tiene un chófer privado. Hace un año que encontró sus correos electrónicos en el móvil de ella mientras se duchaba, buscando el número de teléfono del dentista.

Los nombres cariñosos. Los lugares de encuentro.

Lou juraba que solo era una aventura, que ya le había puesto fin. Que estaba dispuesta a hacer lo que él le había propuesto: empezar a buscar un bebé.

—¿Está lista mi nieta para el Día de la Abuela?

Dorothy se llevó a Autumn su primer Día de la Abuela cuando tenía solo veintitrés días. Lou ya había vuelto a trabajar. Estaba en vías de cerrar un trato importante cuando rompió aguas dos semanas antes de la fecha programada para la cesárea, y no le hacía gracia haberse ido antes de conseguir el contrato. El primer día dijo que iba a la oficina solo unas horas, pero no volvió a casa hasta las nueve y media de la noche, y desde entonces había vuelto a trabajar sesenta horas a la semana. O decía que estaba en el trabajo.

«¿No crees que deberías hacer menos horas? —preguntó a Lou hace unas semanas, con un dejo de furia en la voz, haciéndole saber que no pensaba seguirle el juego con aquella farsa—. Tanto trabajo no es bueno.»

Ella se había irritado y había salido de la habitación.

«¿Y cómo se supone que voy a hacerlo? —gritó desde su habitación—. Sin mis ingresos...»

—¿Seguro que estás bien? —le pregunta ahora su madre, entrando en el salón con Autumn en brazos. Lleva un vestido de algodón con margaritas amarillas planchado.

—Estoy bien, mamá. De verdad.

—De acuerdo. —Ella le pone a Autumn el cinturón del cochecito.

—¿Le has comprado tú ese vestido?

—No puedo evitarlo. —Dorothy se acerca para tocar la mejilla a su hijo—. ¿Qué vas a hacer tú?

—Todavía no lo sé.

—Dormir, espero.

—Sí, seguramente. —Él le besa la frente—. Gracias, mamá.

Cierra la puerta y espera unos instantes antes de entrar en el dormitorio, donde abre el cajón de la mesilla de noche y saca el sobre. Mira dentro para asegurarse de que los papeles siguen allí y a continuación se pone las zapatillas junto a la ventana y confirma que su madre no está a la vista antes de irse.

Sabe exactamente adónde va y anda rápido antes de cambiar de opinión. Que le den a Nell, piensa. Que le den a Francie, que lo ha seguido esta mañana, «escondida» detrás de aquel coche, viendo cómo se bebía el café en The Spot. Que les den a todas. Cuando llega al edificio de Winnie diez minutos más tarde, ve que el número de periodistas que esperan enfrente ha disminuido; sin duda muchos se han ido al norte a informar sobre los progresos de la búsqueda.

Mantiene la distancia quedándose al otro lado de la calle, con los ojos ocultos tras sus gafas de sol, y ve las docenas de Jirafas Sophie nuevas que han aparecido desde ayer y lee los últimos mensajes dedicados a Midas —«RECEMOS POR EL NIÑO MIDAS», «TRAED A MIDAS A CASA»— clavados con chinchetas al tilo plateado que hay enfrente del edificio de Winnie. Mira las ventanas de Winnie y se figura lo que está pasando detrás de las gruesas cortinas de seda. Se imagina a Mark Hoyt en la cocina, de rodillas junto a la isla, inspeccionando una pequeña mancha que resultará ser salsa marinera que salpicó las baldosas del suelo diez días antes; a los forenses pasando sus dedos enfundados en látex por el cristal de la habitación de Midas, deambulando despacio por la habitación de Winnie, revisando, una vez más, la puerta de la terraza. Mira la puerta y se acuerda de la primera vez que entró en esa habitación.

Aparta la vista del edificio y saca el sobre doblado del bolsillo. Apareció en su buzón dos días antes. Todavía no sabe quién se lo envió, ni por qué, y había pensado hacer caso omiso de los papeles del interior, convencido de que quien estaba detrás solo tenía malas intenciones.

Cruza la calle y se acerca a Elliott Falk, que está apoyado en el capó de un Subaru granate resguardado del sol fumando un cigarrillo.

—¿Quieres una noticia?

Falk expulsa una bocanada de humo.

—Es probable. ¿De qué se trata?

—La noche que Midas fue secuestrado. La mujer de la fotografía que Patricia Faith hizo pública. La borracha de La Llama Alegre.

A Falk le brillan los ojos.

—¿Qué le pasa?

—Se llama Nell Mackey.

—¿Nell Mackey?

—Sí. Y tienes que investigarla.

—¿Investigarla? ¿Por qué?

Entrega el sobre a Falk.

—No es quien dice que es.

Falk lanza el cigarrillo a la calle y saca los papeles. Suelta un silbido tenue mientras lee lo que hay dentro.

—Caramba, gracias.

Él intenta contestar, pero las palabras se le quedan atascadas en la garganta, y se vuelve y se marcha hacia el parque agachando la mirada, con un nudo de vergüenza en el pecho.

17

Décimo día

PARA: Las Madres de Mayo
DE: Tus amigos de The Village
FECHA: 14 de julio
ASUNTO: Consejo del día
TU BEBÉ: DÍA 61
No te alarmes, pero deberías empezar a fijarte en la forma del cráneo de tu bebé. Aunque el método recomendado para dormir es boca arriba, si tu bebé pasa demasiado tiempo tumbado boca arriba puede padecer una deformación conocida como plagiocefalia postural. Puedes prevenirla asegurándote de que pasa boca abajo la cantidad de tiempo necesaria al día. Si la parte aplanada parece pronunciada, consulta a tu médico.

—¡Ellen! ¡Ellen! ¡Una sonrisa!

—¿Sabe lo que le ha pasado a Midas, Ellen?

Sebastian les tapa las cámaras con el brazo y se abre paso a la fuerza entre la multitud protegiendo a Nell.

—¿Quiere hacer algún comentario sobre la foto en la que aparece en La Llama Alegre? ¿Estaban muy borrachas usted y Winnie esa noche?

—¡Está muy guapa, Ellen! ¿Qué opina de la candidatura al Nobel de Lachlan Raine que se ha hecho pública esta mañana?

Nell agarra la mano de Sebastian, aturdida por el flash de las cámaras y el zumbido constante de sus obturadores. Sube a la parte trasera del coche y Sebastian cierra la puerta y le dice adiós con la mano desde la acera mientras ella le indica al taxista la dirección de su oficina. El hombre mira por el espejo retrovisor cómo ella sostiene su bolso delante de la ventanilla para taparles la vista, con las gafas de sol empañadas por las lágrimas.

—¿Es usted actriz o algo por el estilo?

—No. Arranque, por favor —le ruega ella.

Cuando se alejan de la acera, la pantalla del respaldo del asiento se enciende y aparece un programa matutino. Tres mujeres se hallan sentadas a una mesa, con tazas de café al lado y caras de diversión. Nell odia esas estúpidas televisiones, instaladas recientemente en el asiento trasero de todos los taxis. Se pregunta cómo es posible que a la gente le dé tanto miedo estar a solas consigo misma que no soporten ni un puñetero trayecto en coche por Nueva York sin la distracción del «entretenimiento» fatuo. Oye la voz de su madre hablando anoche por teléfono. «Respira, Nell. Todo irá bien.»

Nell alarga la mano para quitar el volumen a la televisión justo cuando oye su nombre.

—Esta mañana Ellen Aberdeen vuelve a ser noticia —dice una de las mujeres, con el pelo teñido de rubio Barbie y la frente inmóvil como el cristal—. Anoche Elliott Falk informó en el *New York Post* que Aberdeen, de treinta y siete años, vive en Brooklyn y trabaja para la empresa Simon French. Se hace llamar Nell Mackey. Supongo que se ha casado.

Una de las otras mujeres ríe entre dientes.

—Debieron de tener una primera cita incómoda. «¿No eres la del caso Aberdeen?»

—¿Podemos hacer un alto, por favor? —pregunta la tercera mujer, levantando la mano en señal de protesta—. Ella era una becaria de veintidós años. Él era el secretario de Estado, tenía sesenta y seis años y era candidato a la presidencia. ¿Por qué le hemos puesto al caso el nombre de ella?

De repente aparece una fotografía en la pantalla grande situada detrás de la mesa: la imagen de Nell correspondiente a aquella noche en La Llama Alegre.

—Hay más —dice la primera mujer—. No os lo vais a creer, pero ella es la mujer que estaba en el bar la noche...

Nell pulsa el botón de silencio y se aprieta los ojos con los puños sintiendo que el pánico aumenta dentro de ella. «No, no, no. Por favor, otra vez no.»

Una fotografía de Nell y el secretario de Estado, Raine, aparece a continuación: la fotografía original de los dos en la escalera de incendios, con una botella de tequila entre ellos, los pies descalzos de Nell apoyados en el muslo de él. Luego otras, las mismas fotos que decoraron las primeras planas de periódicos y revistas de todo el mundo hace quince años. Nell, de pie al lado de su madre el día que se licenció en Georgetown. Sola en el asiento trasero de un taxi, después de que se hiciera pública la noticia de la aventura, su mirada atormentada en la portada de *¡Rumores!*

Se sume en las tinieblas dejando que los recuerdos fluyan. El eterno pesar por haberse dejado engañar: por la forma en que Lachlan le hablaba, la forma en que la miró la primera vez que coincidieron, cuando él recorrió la fila de nuevos alumnos en prácticas estrechándoles la mano. Los regalos que le dejaba en el primer cajón de la mesa que le asignaron al final del pasillo de la oficina de Lachlan, empezando pocas semanas después de que comenzara a trabajar para él, después de que le concedieran el contrato de prácticas en el Departamento de Estado. Lo había solicitado sin pensarlo durante su último año en Georgetown, universidad a la que asistía con una beca. Era la única forma de que estudiara allí. Con el dinero que ganaban su madre y su padrastro, nunca habrían podido permitirse pagar la matrícula.

—Lo has conseguido, Ellen —había dicho su madre cuando Nell la había llamado para comunicarle que la habían elegido entre más de ocho mil candidatos—. Tienes un porvenir ilimitado, lo sé.

Empezó por una moneda rara de su reciente viaje a India. Luego un joyero acompañado de una nota en la que ponía que lo había visto en un escaparate de París y había pensado en ella; que no pudo evitar fijarse en que los peridotos de la tapa eran del mismo color que los ojos de ella. Por último, un fino collar de oro con un colgante con la letra e.

«Para Ellen —decía la tarjeta—. Esta noche estaré en el despacho hasta tarde. Pásate sobre las ocho.»

Había motivos de sobra para negarse. Él era tres veces mayor que ella. Tenía mujer e hijas, la mayor solo un año más pequeña que Nell. Kyle, su fiel novio desde hacía cuatro años, le había propuesto matrimonio recientemente. Pero Nell le dijo que no. Lachlan había anunciado hacía poco que se iba a presentar como candidato a la presidencia. Ella tenía veintidós años, le daba miedo no obedecer sus órdenes y sentía curiosidad por saber lo que él quería.

Él estaba sentado a su mesa cuando ella llamó y la invitó a pasar diciéndole que cerrase la puerta, que necesitaba ayuda para descifrar cómo se imprimía en la nueva red. Se mostró despreocupado, encantador, riéndose de su bochornosa falta de conocimientos técnicos; estaba a punto de pedir comida india, ¿le gustaba a Nell el korma de gambas? Comieron en el suelo, apoyados en la mesa, mientras hombres armados con trajes oscuros del Servicio de Seguridad Diplomática iban de acá para allá arrastrando los pies al otro lado de la puerta cerrada. Raine le dio a probar su pudin de arroz y le contó que estuvo en la Explanada Nacional durante el discurso encabezado por «Tengo un sueño», le habló de su reciente encuentro con el primer ministro británico y le reveló que se habían bebido dos botellas de vino en la cena y que después se habían quedado dormidos en el cine privado de Downing Street viendo *Zoolander: Un descerebrado de moda*.

La Nariz. Así es como la llamaron cuando su breve amorío salió a la luz, después de que un estudiante de secundaria vendiera la fotografía que había hecho desde la azotea de su casa: Nell y Lachlan sentados en la escalera de incendios. Kyle estaba fuera esa noche, y Nell dijo que sí cuando Lachlan se ofreció a llevarla a casa en la parte trasera de un sedán camuflado. Volvió a decir que sí cuando él se autoinvitó a pasar para quedarse unos minutos.

—Siempre es interesante ver cómo vivís los jóvenes de hoy día como tú —dijo mientras recorría su pequeño piso de Dupont Circle, desatándose la corbata.

Ella todavía puede ver la cara de Kyle, la mirada de sus ojos cuando ella volvió a casa la tarde que la fotografía apareció en la primera plana del *Washington Post*.

Kyle estaba sentado a la pequeña mesa de comedor que tenían en la cocina bebiendo whisky. A su lado, en el suelo, había una maleta. La de ella.

—Tienes que marcharte.

—No, por favor. ¿Podemos hablar...?

Él levantó la mano.

—Basta, Ellen. No quiero oírlo. —Los ojos de Kyle estaban llenos de indignación cuando la miró—. ¿Aquí? ¿En nuestra habitación?

—No —repuso ella—. Nunca. Solo pasó una vez. No sabía cómo decir...

—No quiero oírlo. Lo nuestro se acabó.

Ella se sentó enfrente de él.

—Pero, Kyle... Las invitaciones de boda. Acabamos de mandarlas.

—Mi madre ha empezado a llamar a los invitados para decirles que se anula la boda. —Kyle se terminó la bebida, se dirigió tranquilamente al fregadero y lavó su vaso. Lo dejó en el escurridor y acto seguido cogió su abrigo de la percha de al lado de la puerta—. He hablado con Marcy. Me ha dicho que puedes quedarte en su casa. No estés aquí cuando yo vuelva.

La despidieron del trabajo tres días más tarde, y se enteró por un periodista que la llamó para preguntarle si quería hacer algún comentario; uno de los mismos periodistas que habían dicho que era una quitamaridos. Una fulana. Una chica rechoncha con narizota que buscaba una figura paterna y a la que no le importaba en lo más mínimo la mujer de ese hombre. Priscilla Raine apareció al lado de su marido en la rueda de prensa, escuchando estoicamente cómo él expresaba su arrepentimiento al pueblo estadounidense en un tono de falsa contrición; cómo él pasaba a reconocer que había sido débil e insinuaba que Nell lo había seducido: que lo había llamado «guapo» y se había ofrecido a quedarse trabajando hasta tarde. Raine echó el brazo sobre los finos hombros de Priscilla y explicó que había pedido perdón a su familia, que estaba recibiendo asesoramiento de su pastor, que había empezado a buscar tratamiento para el alcoholismo y que ya no se presentaría como candidato a las elecciones para presidente de Estados Unidos. Todos —los medios de comunicación, los comentaristas, las revistas del corazón— afirmaron que Nell había alardeado ante sus amigas de la aventura, diciendo que Lachlan iba a dejar a Priscilla para estar con ella. Nell nunca lo había dicho. Nunca lo pensó. No lo deseaba en lo más mínimo.

Un claxon interrumpe sus pensamientos, y Nell se da cuenta de que viene del taxi. El taxista se asoma a la ventanilla agitando el puño contra un joven montado en bicicleta.

—¡Échate a un lado! ¿Qué te pasa? —El olor de un camión de basura situado tres coches por delante invade el taxi.

Es Alma la que se lo ha contado, la que ha revelado la identidad de Nell a Mark Hoyt, quien a su vez debe de habérselo contado a la prensa. Tiene que ser así. Nell ha tenido la certeza desde que Elliott Falk la llamó por teléfono ayer a última hora de la tarde pidiéndole que confirmase su identidad y diciéndole que su historia iba a divulgarse en internet al cabo de diez minutos.

Nell no pensaba confesarle a Alma su pasado, pero le salió todo en su primer encuentro, después de saber que iba a ofrecerle el puesto. Nell tenía que contárselo. Alma iba a estar con Beatrice cincuenta horas a la semana. Tenía que saberlo en caso de que llegase el momento que Nell ha temido durante los últimos quince años... en caso de que la descubriesen.

Esto.

El taxi llega a Manhattan. Trata de serenarse, pero las lágrimas vuelven. Se odia a sí misma. Todo el trabajo que ha hecho, las medidas que ha tomado para convertirse en otra persona. Los años de terapia, escondida en Londres, donde el acento se convirtió en algo natural para ella, sacándose un máster, trabajando en una pequeña universidad, dando clases a estudiantes demasiado jóvenes para tener idea de quién era ella. Ni siquiera Sebastian lo supo hasta su octava cita, cuando ella se lo contó todo convencida de que se iría.

Pero no se fue; la atrajo hacia él.

—Siento que te pasara eso —dijo.

—Yo lo acepté —declaró Nell, apartándose de él y mirándolo a la cara—. No fue todo cosa suya.

Sebastian asintió con la cabeza y le tomó las manos.

—Ya, pero eras una cría.

Nell estudia su reflejo en la ventanilla del taxi; el pelo corto, el tatuaje, la nariz increíblemente respingona, cuya visión todavía le sorprende a veces en el espejo por la mañana; pagada por el padre al que casi nunca veía, que vivía en Houston con su segunda esposa y sus dos hijos y la llamaba unas cuantas veces al año. Nada de eso importa, esas medidas para parecer totalmente distinta, para ser totalmente diferente. Sigue siendo ella. Siempre será ella.

—Ya hemos llegado —dice el taxista. Nell le da un billete de veinte dólares, abre la puerta del taxi y sale a la acera, de nuevo a la luz estroboscópica de las cámaras.

Dos horas más tarde está sentada a su mesa, revisando la versión definitiva del manual de formación y picando el sándwich de ensalada de huevo que Sebastian le preparó esta mañana, consciente de que ya no puede comer en la cafetería de la empresa. La forma en que sería observada lo hace imposible.

Llamaban suavemente a la puerta de su despacho.

—Buenos días, Nell. —Ian asoma la cabeza y entra—. ¿Cómo lo llevas?

Ella se gira en la silla hacia él y fuerza una sonrisa.

—Bueno, ya sabes. Ahora mismo es un poco duro. —Nell está segura de que los redactores jefe de *¡Rumores!* están arriba hablando del caso, preguntándose qué deben hacer, cómo abordar el tema—. Todo debería quedar olvidado en unos días. Encontrarán sangre fresca en otra parte. —«Los tiburones como tú», le dan ganas de decir.

—Esta mañana había cámaras en la entrada cuando he llegado. Bastantes.

—He hablado con el jefe de seguridad —dice ella—. Van a ver lo que pueden hacer para que no haya gente en la fachada del edificio.

—No pueden hacer nada. Me han llamado. Es propiedad pública. —Hace una pausa—. Ya sabes cómo funcionan estas cosas, Nell. Las cámaras tienen todo el derecho a estar ahí.

—Sí, en fin. —Ella se encoge de hombros—. Nunca se sabe. Podría haber una crisis humanitaria en alguna parte. Unas elecciones amañadas. Tal vez un gobierno que bombardee a sus ciudadanos y que interese más a los ciudadanos que mi vida. No hay que perder la esperanza, ¿no?

Ian se inclina hacia delante, con una expresión de desconcierto en la cara.

—Tengo que reconocer una cosa, sinceramente: ¿lo del acento británico? Genial. No tenía ni idea, en serio. —Su sonrisa se desvanece al ver que ella no reacciona—. Siento mucho lo del bebé de tu amiga. Ha debido de ser duro.

Nell asiente con la cabeza.

—Tú estuviste con ella la noche que pasó, ¿no?

—Sí.

—¿Eres una de las mujeres que entró en su casa esa noche? ¿Antes de que la policía la asegurase?

Nell vuelve a asentir con la cabeza.

—Ostras. —Ian cierra la puerta—. ¿Y qué crees que pasó? —Le guiña el ojo—. ¿Quieres contarme algo? ¿Entre tú y yo?

—Deja de guiñarme el ojo. Ni lo intentes.

Él suspira y se apoya en la puerta.

—Está bien, Nell. Escucha. No me hace gracia ser yo quien te lo diga, pero creemos que deberías tomarte unos días.

—¿Unos días?

—El estrés de esta situación tiene que estar afectándote.

—Estoy bien. Ya he sobrevivido a esto, y volveré a sobrevivir.

—Sí. —Él asiente con la cabeza—. El caso es que desde que volviste no has estado en forma.

—¿En forma? Dame un respiro, Ian. Llevo menos de una semana.

—Eso es lo que estoy haciendo. Ofreciéndote un respiro. Tal vez te hayamos exigido demasiado haciéndote volver...

—Ian, yo...

—Te pagaremos. Considéralo una excedencia a largo

plazo. Una baja por maternidad alargada, si quieres. Durante unos meses más o menos. Un poco más si lo necesitas.

Nell ríe.

—¿En serio? ¿Una baja por maternidad alargada? ¿Es la nueva política para toda la empresa? A las mujeres les hará mucha ilusión. —Ian le guiña el ojo, y ella trata de contener la ira—. ¿Cuándo quieres que empiece la baja por maternidad?

—Hoy.

—¿Hoy? Ian, mañana es el curso de formación de seguridad. He estado preparándome. He vuelto al trabajo antes para supervisarlo.

—Hemos hablado con Erik y él asumirá tus responsabilidades. —Ian mira por la ventana, evitando su mirada—. No lo hará como lo harías tú, pero estamos seguros de que se las apañará, y ocupará tu puesto mañana. Ve a descansar, lo necesitas. Pasa tiempo con Chloe.

—Se llama Beatrice. Oye, ya sé que esto no llega en un momento oportuno, pero no he hecho nada malo. Me han encontrado. Vale. Pero lo que pasó fue hace quince años...

—Nell —dice Ian, mirándola a los ojos—. Lo siento.

—Habla con Adrienne.

Él se muerde el labio.

—¿Por qué?

—Porque ella lo sabe. Lo ha sabido siempre. Y le da igual. No podéis obligarme a que me marche.

—Adrienne es quien me ha enviado aquí. Le sienta fatal. A todos nos sienta fatal. Pero no podemos permitirnos esta publicidad. Nos impide centrarnos en lo importante.

Nell se arma de valor.

—¿Qué es lo importante? ¿Decidir qué foto mía se

publica en la portada de ¡*Rumores!* de la semana que viene? ¿Se trata de eso? Puedo ponerme un bikini e ir a por una bandera, si sirve de algo.

Él le sostiene la mirada.

—No lo compliquemos. Recoge tus cosas, por favor. Podemos reconsiderarlo dentro de unas semanas y ver cómo está la situación.

Ella cierra los ojos y se ve recogiendo sus pertenencias en una caja en el Departamento de Estado. La gente apartando la vista cuando ella se dirige al ascensor. Saliendo y topándose con un montón de cámaras. Los años siguientes, sin poder encontrar trabajo, rechazada para todos los puestos, con aquella expresión en las caras de cada posible jefe. ¿Él renunció a la oportunidad de ser presidente por ella?

Abre los ojos y mira a Ian.

—No.

—¿No?

—No. Me quedo. No podéis despedirme.

—Nadie está despidiendo a nadie...

—No pienso irme, Ian. Contrataré a un abogado si no me queda más remedio. Pero no pienso irme.

—Pero, Nell... Estoy... esto es...

—Perdona que sea grosera, Ian, pero tengo que pedirte que te vayas. Considéralo una excedencia a corto plazo de mi despacho. —Se vuelve otra vez hacia su ordenador—. Tengo que terminar de preparar un curso de formación para mañana.

Ian abre la puerta y sale al pasillo en silencio. Nell se levanta para cerrarla y repara en el chico parado a escasa distancia, tratando de escuchar su conversación, probablemente con la esperanza de hacer una foto discretamente para su ridícula cuenta de Facebook.

Vuelve a su mesa y se pone a leer como atontada el manual de formación, tratando de borrarlo todo de su mente. Ian. El chico del pasillo. Los fotógrafos del exterior. El artículo que ha leído antes de que Ian entrase.

La misma mañana que se ha propuesto al secretario de Estado Lachlan Raine como candidato al Premio Nobel de la Paz, se ha relacionado a Ellen Aberdeen con la desaparición del Niño Midas. De hecho, ha sido identificada como la madre en estado de embriaguez que bailaba tambaleándose en La Llama Alegre el 4 de julio, la noche del secuestro.

Nell coge su bolso del suelo y hurga en su cartera pensando en Alma. Ella también le confesó algunos secretos la mañana que Nell reconoció la verdad de su pasado: le habló del hombre de Queens que le vendió las tarjetas falsas de la seguridad social, de las mentiras que su marido contó para conseguir el trabajo de gerente del Hilton de al lado del aeropuerto; detalles que Nell no sabe si la policía ha descubierto.

Encuentra la tarjeta de visita que Mark Hoyt le dio y marca el número de teléfono mirando la foto de Beatrice que tiene en la mesa. Hoyt contesta al segundo timbre.

Nell cuelga el teléfono. Marca otro número y se deshace en lágrimas cuando oye el suave «¿Diga?».

—Mamá —dice—. Te necesito. ¿Puedes venir, por favor?

Colette desliza la esmeralda de un lado a otro por el fino collar de oro. Esta mañana se ha despertado y ha encontrado la cajita sobre la almohada vacía de Charlie.

«La piedra natal de Poppy, el día que cumple dos meses —rezaba la tarjeta—. Gracias por ser una madre tan maravillosa.»

Coge el teléfono. «Lo siento —escribe Colette, reprimiendo el nudo que se le forma en la garganta al pensar en las imágenes que han copado las noticias esta mañana. Las fotos de Nell de joven; los vídeos de ella saliendo del taxi y entrando en el edificio de Simon French esta mañana, tratando de protegerse la cara con el bolso—. Ojalá me lo hubieras contado.»

La Nariz. Esa era Nell. Colette se acuerda perfectamente del escándalo. Su madre se contaba entre el coro de defensoras de los derechos de las mujeres que denunciaron lo que pasó y que intentaron analizar la situación como lo que era: no la historia de una joven promiscua que trataba de acostarse con su poderoso jefe según los medios de comunicación, sino la historia de una joven de la que abusó un hombre poderoso.

Vuelve a consultar el reloj de encima de la mesa de Allison, procurando no hacer caso al cosquilleo de los pezones. No puede estarle pasando eso: la primera vez que se olvida de sacarse leche tal vez sea el único día que realmente lo necesite. Esta mañana estaba tan disgustada viendo las noticias sobre Nell que le costó recobrar la compostura y se olvidó de sacarse leche antes de marcharse. Luego se le hizo tarde y tuvo que volver corriendo a casa a por la cartera. Y ahora se da cuenta de que se ha olvidado en la isla de la cocina el sacaleches que siempre lleva. Además, Teb viene con retraso después de prometer que sería puntual. Sabe que ella tiene que estar de vuelta en casa a las dos.

«Es importante que hoy acabemos a tiempo —escribió a Teb en un mensaje esta misma mañana—. Charlie tiene una reunión.»

No es una reunión cualquiera. El director de la *New York Times Magazine* ha invitado a Charlie a comer en el último momento para debatir la posibilidad de publicar un extracto de su nueva novela en exclusiva.

—No, Colette, no puedo arriesgarme —dijo Charlie anoche—. Si no puedes cambiar la reunión con Teb, contrataré a una canguro.

—Volveré —le aseguró ella—. Te lo prometo. Teb lo ha prometido. No llegaré tarde.

Coge el bolso y se dirige al servicio taconeando sonoramente en el suelo de madera. Hay alguien en el primer urinario; se sienta en el váter del segundo y mira el móvil. Nell ha respondido a su mensaje.

«Que les den. Esto ya acabó conmigo una vez. No volverá a pasar. No pienso dejar que Beatrice lo vea.»

La mujer del otro urinario sonríe cuando Colette se acerca al lavabo, pero su expresión cambia cuando le mira los pechos. Colette se mira al espejo. Dos grandes círculos grises se extienden por su blusa de seda blanca. La mujer termina rápidamente de lavarse las manos, y una vez que se ha ido, Colette enciende el secador sosteniendo la blusa debajo del chorro de aire caliente, pero las manchas vuelven a aparecer nada más secarse. El papel higiénico doblado que se mete dentro del sostén le deja unas arrugas visibles debajo de la blusa.

Presiona su bolso contra el pecho y nota el escozor de la leche que le sigue saliendo mientras vuelve al vestíbulo. Le suena el teléfono dentro del bolso. Es un mensaje de Charlie. «Tengo que irme. Supongo que estás en camino. Voy a dejar a la niña abajo, con Sonya. No pasará nada. Hemos hablado. Puedes recogerla allí.»

—Colette. —Allison está a su lado—. Está listo para recibirte.

Colette pone el móvil en modo silencioso y mantiene agarrado el bolso por delante de ella al entrar en el despacho de Teb. ¿Sonya? ¿La chica del segundo piso a la que han visto, cuánto, dos veces, en la fiesta de vacaciones del edificio? Teb está recostado en su butaca consultando el móvil. Señala con la cabeza una de las butacas de cuero situadas enfrente de él sin disculparse por la espera.

—Siéntate.

—¿Qué tal? —pregunta ella.

—Estupendamente —contesta él, pero su tono y su expresión son fríos.

—Parece que... —Él no le hace caso y se inclina hacia delante para pulsar un botón del teléfono de su mesa.

—Pasa, Aaron. —La puerta se abre casi de inmediato, como si Aaron estuviera esperando la llamada. Aaron la saluda con la cabeza, se dirige al aparador y coloca la pila de carpetas sobre su regazo. Ella ve el nombre de Midas escrito en la carpeta de arriba del todo.

—Bueno, Colette. —Teb tiene una mirada dura—. Estamos metidos en un buen lío.

A ella se le hace un nudo en el estómago. Lo saben.

Saben que estuvo con Winnie aquella noche y que robó la carpeta. Han analizado la sangre que le cayó en los papeles cuando se cortó hace unos días y han dado con su ADN. Han descubierto de algún modo que cogió el pendrive, que sigue en su piso, escondido dentro de un viejo bolso en su armario. La leche empapa el papel higiénico arrugado y se filtra a través de la tela de su sostén. Piensa por dónde empezar —cómo explicar por qué ha estado ocultándole la verdad, los motivos por los que no pudo resistirse a mirar el expediente de Midas— cuando Teb habla.

—Este libro es horrible. —Teb se frota los ojos.

Ella espira.

—Vale.

Teb se reclina en su butaca.

—¿Qué ha pasado, C? ¿Por qué este es tan malo?

¿Por qué? Un embarazo inesperado. Falta de sueño. Las preocupaciones por la salud de Poppy. El pánico a que Midas esté muerto.

—En parte puede ser porque ahora tú estás más ocupado —dice—. No es como la última vez. Ha sido un poco difícil mantener las reuniones programadas...

Teb niega con la cabeza.

—No. Ese no es el problema. El problema es que esto no parece algo escrito por mí.

—Bueno, tú no lo has escrito.

Aaron lanza una mirada a Colette mientras Teb se gira despacio hacia ella en su butaca.

—¿Qué quieres decir?

A ella se le ha secado la boca; ojalá hubiera cogido una botella de agua.

—Quiero decir que tú no has escrito el libro, Teb. Yo lo he escrito.

—Colette. —Aaron emplea un tono de cautela—. No sé...

—Lo siento —dice ella—. Revisaré el libro encantada, pero tenemos que programar un calendario para hablar de algunas de las experiencias que quieres incluir. Con el debido respeto, Teb, no ha sido fácil sentarse contigo.

—Creo que lo que el alcalde quiere decir —apunta Aaron— es que esto no funciona.

—Lo entiendo. Pues hablemos de cómo arreglarlo.

Aaron empieza a hablar, pero Teb lo interrumpe.

—Lamento decir esto, C, pero necesitamos a otro escritor.

—¿Otro escritor?

Aaron se sienta hacia delante en su butaca.

—Hemos hablado con el editor —dice Aaron—. Vamos a contratar a otra persona para que arregle el libro. Alguien con más nombre. El tío de *Esquire*.

—Estás de coña. ¿Ya lo has organizado? ¿Sin hablar conmigo?

—Venga ya, Colette —dice Aaron, pellizcándose el puente de la nariz—. Este libro será una parte decisiva de la campaña del alcalde para la reelección. Lo sabes. No podemos llevar lo que has escrito a la editorial ni a los votantes. Estamos de mierda hasta el cuello con el asunto del secuestro del bebé. Ese pirado del sector inmobiliario está ofreciendo dinero a nuestro adversario. Estamos en la cuerda floja.

Ella busca la respuesta adecuada, pero no dice nada. Se acabó.

Ya no tiene que fingir que puede con el bebé y con el trabajo. Ahora podrá quedarse en casa con Poppy.

—¿Estás seguro? —Se dirige a Teb, pero es Aaron quien le contesta.

—Me temo que sí, Colette. —Le pita el teléfono—. Y, lamentablemente, tenemos que irnos. —Teb mira por la ventana, reticente a dirigir la vista a ella—. Han llegado los banqueros —dice Aaron, abotonándose la chaqueta y señalando a la puerta—. Muchas gracias, Colette. —Su actitud es desenfadada, como si estuvieran poniendo fin a una conversación para decidir dónde almorzar—. El alcalde ha disfrutado mucho trabajando contigo.

Ella se levanta, esperando que Teb diga algo, pero él permanece en silencio. Colette sale de su despacho y se dirige al ascensor. La cabeza le da vueltas. ¿Qué pasa ahora? ¿Qué supondrá eso para su carrera? Debería llamar al editor o a su agente; tiene que explicarse.

Pero entonces se imagina a Poppy, a solas con una mujer que no conoce.

Pasa corriendo por delante del ascensor y baja los escalones de cuatro en cuatro. Afuera no hay taxis a la vista, y atraviesa lo más rápido posible City Hall Park y desciende por la escalera del metro. Hay un tren en el andén, y las puertas están empezando a cerrarse cuando pasa por el torniquete. Llega justo a tiempo para meter el brazo entre las puertas, que se cierran contra su codo. Se abren unos centímetros y antes de que puedan volver a cerrarse, las separa haciendo palanca con las dos manos, lo suficiente para entrar y sentarse en uno de los asientos vacíos. La mujer sentada a su lado huele a laca, y Colette llama la atención de una mujer mayor que tiene un montón de bolsas de plástico naranja en el suelo entre las piernas. La mujer chasquea la lengua sonoramente.

—Vaya forma de retrasar al resto de viajeros —dice, frunciendo el ceño. Colette aparta la vista. Tiene un dolor punzante en el codo.

De los auriculares de un hombre sentado enfrente de ella sale música rap a todo volumen, y se tapa los oídos con los dedos pensando cómo explicárselo a Charlie. Él no sabe los problemas que le ha dado el libro, lo mucho que le ha costado escribirlo. ¿Qué dirá? Colette abre los ojos y ve que el hombre de enfrente sostiene un ejemplar abierto del *New York Post*, con la foto de Nell en La Llama Alegre en la portada.

El sonido de un chirrido de frenos y el repentino llanto de un bebé resuenan en el aire. La mujer sentada al lado de Colette le agarra el muslo cuando el tren se detiene bruscamente traqueteando, y el hombre mayor situado al lado de la puerta cae al suelo.

—Lo siento —dice la mujer de al lado, quitando la mano.

Una joven pareja ayuda a levantar al hombre, y los viajeros alzan la vista de sus móviles y echan un vistazo a las caras de los demás mientras un silencio de estupor se instala en el vagón de metro. La mujer mayor de las bolsas de la compra vuelve a chasquear la lengua y empieza a decir algo, pero sus palabras son engullidas por la voz del conductor.

—Policía, acudan a la vía. Si pueden oírme, acudan a la vía del nivel inferior cerca del andén F. Hay una persona en la vía. —Se oyen interferencias por un instante y acto seguido—: Lleva algo atado.

Hay un corte de electricidad, y el aire acondicionado deja de hacer ruido y las luces se apagan; un silencio fantasmal se hace en el vagón. Colette nota movimiento a su alrededor mientras la gente mira sus teléfonos, al igual que ella, aun sabiendo que no tendrá cobertura.

«Tengo que volver a casa con Poppy.»

La puerta del final del vagón se abre.

—¿No os imaginabais que pasaría algo así? —El individuo lleva unos vaqueros cortos y una fina camiseta de tirantes blanca que deja a la vista unos brazos nervudos y musculosos. Recorre el vagón con paso enérgico hacia la puerta del otro extremo, serpenteando entre la gente que está de pie—. ¿No os imaginabais que veríamos a un terrorista suicida en Nueva York con el gilipollas que tenemos de presidente?

El pánico aumenta en el pecho de Colette. Ve la cara de Poppy, su aspecto en mitad de la noche, mamando, con un amor puro reflejado en sus ojos azul intenso, mirando a Colette. Todavía no se cree que pueda sentir un amor tan insondable, como la cantera abandonada a la que le daba miedo saltar de niña, la que más tarde engulló a un chico de su instituto cuyo cuerpo no apareció nunca. Coge el móvil de su regazo y escribe un mensaje a Charlie. No podrá enviarlo sin cobertura, pero si alguien encuentra el teléfono, si el aparato sobrevive a la explosión...

«Te quiero más que a nada. Poppy. Por favor, dile que...»

Las luces vuelven a encenderse parpadeando, y acto seguido sobreviene la vibración del aire acondicionado.

—Señoras y señores, les habla el conductor. Vamos a abrir las puertas del primer vagón. Avancen hasta la salida. Vayan lo más rápido y ordenadamente que puedan.

Colette se levanta y se interna en el torrente silencioso de personas que avanzan por el atestado pasillo. En el vagón de al lado hay una adolescente sentada sola en un asiento junto a la ventana, con el móvil en la mano y una lágrima deslizándose por su mejilla. Lleva unas mallas de rombos con un agujero en la rodilla, y un piercing de oro brilla en un agujero de su nariz. Colette le toca el brazo, y la chica la mira.

—Tengo que llamar a mi madre, pero no tengo cobertura.

—Vamos —dice Colette, cogiendo a la chica del brazo—. Camina conmigo. —Mantiene la mano en el codo de la chica, guiándola hacia delante. Cuando llegan al primer vagón, le tranquiliza ver que la parte delantera está en una estación; no tendrán que andar por la vía. Espera su turno para salir y entonces ella y la chica echan a correr con el resto de la gente, avanzan por el andén, pasan por los torniquetes y suben la escalera. La chica desaparece en medio de una multitud de gente y Colette se aleja corriendo de la entrada del metro. En la siguiente manzana ve a alguien que sale de un taxi, se dirige a él a toda prisa y se pone delante de un hombre que se disponía a subir a la parte trasera.

—Lo siento —dice—. Necesito llegar a casa.

Cierra la puerta de un golpe para resguardarse de los improperios que el hombre le grita y el sonido de sus puños aporreando la ventanilla.

—A Brooklyn —le dice al taxista, indicándole la dirección—. Deprisa, por favor.

Cierra los ojos y le da la impresión de que han pasado horas cuando llegan a su edificio. El cielo se ha oscurecido, y nota las piernas débiles al entrar y acercarse a la mesa del portero.

—Necesito el número de piso de Sonya.

En el segundo piso trata de serenarse y acto seguido llama suavemente a la puerta de Sonya. No contestan. Sigue aporreando tan fuerte que le duelen los puños.

—¿Hola? ¿Sonya? —Se abre la puerta del otro lado del rellano. Es un hombre que ronda los treinta años, seguido de un perrito que le mordisquea los talones, y suena música clásica al fondo.

—¿Qué hace? —pregunta, empujando con cuidado al perro a la vivienda con el talón descalzo.

—No abre la puerta. Tiene a mi bebé. Vivo arriba.

—Se ha ido.

—¿Que se ha ido?

—Sí, la he oído salir. Se oye todo a través de estas paredes.

—¿A qué hora?

—No lo sé. Hará unos veinte minutos.

¿Veinte minutos? ¿Tenía leche para dejarle Charlie? ¿Le ha dado el protector solar? Colette no sabe el número de teléfono de la mujer. Ni siquiera está segura de cómo se apellida.

Se vuelve y sube corriendo los escalones de dos en dos. Llamará a Charlie, interrumpirá su reunión y le pedirá que vuelva a casa y la ayude a buscar al bebé. Busca el móvil en el bolso e introduce la llave en el cerrojo.

Charlie.

Está allí, tumbado en el suelo al lado de Poppy, que estira los brazos hacia los dedos de los pies sobre la alfombra de juego. Colette suelta el bolso, corre junto al bebé, lo levanta de la alfombra y le besa la cara con tal ansia que Poppy se pone a lloriquear molesta. Charlie respira de forma ruidosa; se ha dormido. Poppy acaricia con la nariz la piel caliente del pecho de Colette buscando leche. Colette nota el peso del cansancio, y la habitación se mueve a su alrededor. Cierra los ojos, imaginándose tumbada al lado de Charlie, acurrucada contra él y contándoselo todo. Lo que ha pasado en el metro y que ha perdido el trabajo. El terror que ha estado sintiendo, la necesidad desesperada de saber que Midas sigue vivo. Quiere contarle la culpabilidad que le provoca estar lejos del bebé, lo mucho que se ha esforzado para que no se venga todo abajo. Quiere despertarlo y contarle que no puede esperar tres meses hasta la próxima cita de Poppy con el médico para empezar a preocuparse. Que ya está aterrada.

Pero tiene miedo. Miedo de que si empieza, se ponga a llorar y no pare, de que la consuma la tristeza, el temor, el agobio, la certeza de que todo lo que tiene en la vida se está esfumando.

—¿Tienes que hacerlo ahí, delante de mis narices? —El sonido de la voz de Charlie la sobresalta. Está despierto.

—¿Hacer qué?

—Eso. Ponerte en plan pulpo con ella. —Colette no dice nada. No tiene palabras para contestar—. No es fácil ver lo cariñosa que eres con ella cuando a mí me apartas cada vez que te toco.

—No, Charlie. Por favor. Creía... Tienes la...

—No he ido.

—¿Por qué?

Él se levanta y se va por el pasillo a su despacho.

—Sabía el disgusto que te llevarías si dejaba al bebé. No quería hacerte eso.

Ella lo sigue y estira la mano para cogerle el brazo, pero él se aparta.

—Ahora no, Colette. Necesito tiempo.

—Charlie. Lo siento. Mira, hay cosas...

Pero él ya ha cerrado la puerta.

18

Undécimo día

PARA: Las Madres de Mayo
DE: Tus amigos de The Village
FECHA: 15 de julio
ASUNTO: Consejo del día
TU BEBÉ: DÍA 62
Todas hemos tenido días especialmente agotadores, incluso momentos en los que nos hemos sentido tristes o agobiadas. Pero a estas alturas esas sensaciones deberían estar desapareciendo a medida que tú y tu pequeño adquirís una rutina. Pero si tú o algún ser querido tuyo empezáis a preguntaros si lo que sientes es algo más que tristeza posparto, no dejes que la vergüenza o el orgullo te impidan consultar a tu médico. A veces, recibir ayuda puede ser lo mejor que puedes hacer por tu bebé.

Francie recorre despacio el estrecho pasillo de la sección de ficción de la librería situada al fondo de The Spot, con la primera novela de Charlie en las manos, tratando de convencerse de que todo irá bien y de que Nell lo superará. Francie no tenía ni idea de las cosas que están diciendo los presentadores de los telediarios sobre Nell. Ni siquiera estaba al tanto del escándalo: el candidato a la presidencia que abandonó la carrera después de tener una aventura con una becaria del Departamento de Estado de veintidós años. Francie tenía dieciséis años cuando ocurrió, y su madre no era la clase de mujer que exponía a su familia a los escándalos sexuales de los políticos (ni a nada que tuviera que ver con un político demócrata, ya fuera bueno o malo).

Y luego estaba Símbolo. La brusquedad con que la echó de su casa hacía dos días sin darle ninguna explicación de por qué lo habían detenido planteaba todavía más preguntas.

Sin embargo, lo peor es lo que ha pasado esta mañana. Francie se dirige a la parte delantera de la tienda para pagar el libro de Charlie y siente otra vez náuseas al visualizar el momento. Barbara estaba sentada en el sofá viendo la televisión, esperando a Francie, que se había ofrecido a prepararle el sándwich de huevo poco hecho que come cada mañana. Francie estaba haciendo todo lo posible por no escuchar a su suegra, que no paraba de contar chismes del lugar donde vivía. Que la sobrina de su amiga acababa de tener el cuarto hijo, una niña monísima. Que habían abierto un nuevo salón de belleza en su pueblo, donde a Barbara le habían hecho la manicura para el viaje. Que en el salón trabajaban cuatro mujeres que seguramente estaban en el país de forma ilegal. «Orientales.»

Francie oyó el nombre de Colette justo cuando la tostadora saltó. Se volvió para mirar la televisión y vio a Colette en pantalla corriendo por la acera cerca de su bloque de pisos, con la cara colorada y jadeando.

«Dejadme en paz —dijo Colette, pasando a toda prisa por delante de las cámaras y tapándose la cara con los brazos—. No tengo nada que comentar.»

«Colette Yates es hija de Rosemary Carpenter, la famosa defensora de los derechos de las mujeres —explicó el reportero—. Mantiene una relación con el novelista Charlie Ambrose, con el que tuvo una hija hace dos meses.

»Colette era una de las mujeres que estuvo con Winnie en el bar aquella noche —pasó a decir el reportero—, y aunque según una fuente era íntima del alcalde Shepherd, ella se niega a hacer comentarios al respecto.»

Y de repente estaban hablando de ella, de Francie. Incluso tenían una foto suya de la noche en La Llama Alegre, con la cara pegada a la de Nell.

El periodista añadió que Francie era ama de casa, y cuando Lowell entró en la cocina, Francie oyó que Barbara dejaba escapar un grito ahogado.

«Su marido, Lowell Givens, es uno de los dueños de Arquitectos Givens y Light, un joven estudio de Brooklyn.»

—Qué horror —dijo Barbara, haciendo caso omiso a Francie y mirando fijamente a Lowell—. ¿Qué supondrá esto para tu empresa?

Francie entrega el dinero al cajero, consciente de que no debería comprar el libro de Charlie, de que debería haber esperado a pedirlo prestado en la biblioteca. Pero la biblioteca no abre hasta el mediodía, y su piso es tan pequeño que necesitaba escapar de Barbara y de la expresión de su cara. Los juicios. La decepción.

Francie coge el cambio y se vuelve para buscar una mesa. Y entonces la ve al exterior, en la acera.

Lleva unas gafas de sol y una chaqueta larga sin forma, y tiene el pelo recogido debajo de una gorra, pero Francie sabe que es ella.

—¡Winnie!

La palabra se le escapa más alto de lo que pretendía, y la gente que espera para pedir su café se queda en silencio. Francie se abre paso entre ellos a toda velocidad y sale corriendo por la puerta.

—¡Winnie! ¡Espera, Winnie!

Apretando a Will contra el pecho, empieza a trotar torpemente detrás de Winnie, que anda rápido cuesta arriba.

—¡Espera, Winnie, por favor! —No entiende por qué Winnie no se detiene. Will rompe a llorar cuando Francie echa a correr detrás de ella, y la alcanza justo antes de que llegue a su edificio. Winnie busca apresuradamente las llaves en su bolso—. Por favor, Winnie. Tengo que hablar contigo. He estado muy preocupada. —Francie trata de recobrar el aliento—. ¿Has recibido mis mensajes? Lamento mucho que...

Un coche para chirriando, y los dos neumáticos delanteros suben bruscamente a la acera a escasa distancia de ellas. Un hombre bajo y gordo con un sombrero de fieltro y unos pantalones cortos a cuadros salta del asiento del conductor y agarra la voluminosa cámara que le cuelga del cuello.

—¡Gwendolyn! Mire aquí. ¿Qué tal está? ¡Gwendolyn!

Winnie se apresura a introducir la llave en la puerta, y Francie la sigue, pero tropieza con el escalón antes de entrar en el vestíbulo fresco y oscuro. Winnie cierra la puerta contra los puños del hombre, y Francie sube detrás de ella los cuatro escalones de mármol y recorre el pasillo iluminando las paredes con el flash de su cámara. Las gruesas cortinas de seda de la sala de estar están corridas, y a Francie le embarga el olor a rancio del aire y el hedor a comida podrida. Winnie descorre las cortinas de las puertas de la terraza y Francie tarda un minuto en adaptarse al impacto de la luz del sol. Dos grandes alfombras se hallan enrolladas y apoyadas contra la pared del fondo. En el rincón hay cajas de embalaje amontonadas sin orden ni concierto. Hay recipientes de comida esparcidos por la mesa y el suelo; una botella de vino vacía se encuentra tirada de lado cerca de las puertas de la terraza. Francie no puede evitar fijarse en dos copas de vino al lado de una bata de seda blanca hecha una bola.

Winnie se quita la chaqueta. Está esquelética.

—He recibido tus mensajes. Perdona. No he tenido energías para contestarte.

Francie se queda en el centro de la estancia, dando palmaditas a Will en el trasero, tratando de recobrar el aliento.

—No sé qué decir, Winnie. ¿Te estás... te estás mudando?

—¿Mudando? —dice Winnie.

Francie señala la alfombra enrollada y las cajas de embalaje.

—Las cajas...

—Ah. —Winnie echa un vistazo a la sala—. Los detectives hicieron todo esto. Los días siguientes... —Deja la idea en el aire—. He visto lo que le ha pasado a Nell. Y ahora a ti y a Colette. Salís en las noticias.

—¿Nosotras? No te preocupes por nosotras. ¿Qué tal estás? No me...

—Estoy bien.

—¿Bien? —A Francie le cuesta encontrar las palabras, asombrada de lo distinta que parece Winnie. Demacrada. Macilenta. Nada que ver con la mujer que Francie tanto admiró hace solo unos meses cuando la vio por primera vez cruzando el césped hacia el sauce, embarazada. Nada que ver en absoluto con la mujer hermosa y amable que había estado sentada enfrente de Francie aquel día en The Spot, o con la saludable chica de los DVD de *Bluebird* que Francie ha visto una y otra vez.

—¿Qué quieres que te diga, Francie? —contesta Winnie—. Mi bebé ha desaparecido. Nada de lo que diga puede describir lo que estoy pasando.

Francie nota que se le empiezan a llenar los ojos de lágrimas. «Lo comprendo —quiere decir—. Comprendo lo que es perder a un hijo más de lo que te imaginas.» Pero no se atreve.

—¿Puedo hacer algo para ayudarte? ¿Alguna cosa que necesites? ¿Tienes idea de lo que ha pasado? —Las palabras le salen demasiado rápido.

Winnie se vuelve hacia las puertas de la terraza.

—Obviamente no sé lo que ha pasado.

—He estado pensando mucho en ello —dice Francie—. Es increíble cómo ha metido la pata la policía. Al principio estaba segura de que era Bodhi Mogaro. Les creí. Luego empecé a pensar en otras posibilidades. Como el tío con el que estuviste hablando en la barra.

Winnie se vuelve para mirarla, con un atisbo de algo que Francie no logra identificar en los ojos. O tal vez es su cara y la forma en que habla. Parece muy forzada, vacía.

—¿El tío de la barra?

—El que se te acercó aquella noche. Con el que te... Con el que te tomaste una copa.

—No me tomé una copa con nadie aquella noche.

Will se calma apoyando la cabeza en el pecho de Francie, y ella tiene que reprimir las ganas de marcharse. ¿Por qué le miente Winnie?

—Entonces ¿dónde estuviste después de levantarte de la mesa?

Winnie evita la mirada de Francie, y luego parece que no ha oído lo que ha dicho. Se vuelve, se dirige a la cocina y regresa con una botella de vino y dos vasos de plástico. Sirve el vino y le da a Francie un vaso. Francie lo acepta, pero no se mueve; recuerda a Winnie en la última reunión de las Madres de Mayo en el parque, con los labios entre el pelo de Midas, rechazando con un gesto de la mano el vino que Nell le ofrecía. «No, gracias. El alcohol no siempre me sienta bien.»

—Fui al parque —responde Winnie.

—¿Al parque? ¿Por qué?

—A visitar a mi madre. —A Winnie le tiembla el vaso en la mano.

—¿Tu madre? Pero si tu madre está muerta, Winnie.

Winnie lanza una mirada a Francie.

—Gracias, Francie. Ya lo sé. —Bebe un trago de vino—. En el parque hay un árbol, un cornejo, que mi padre y yo trajimos de nuestra finca en el norte. Lo plantamos una noche en el parque, en el sitio favorito de mi madre, cerca del prado. Es un secreto que siempre he tenido, un sitio donde me siento más cerca de ella. Fui allí esa noche.

—¿Por qué?

—La echaba de menos. —Winnie abre la puerta de la terraza y sale al amplio balcón. Francie la sigue. Las risas agudas de unos niños que juegan en el cajón de arena del patio de una guardería atraviesan el aire denso que las rodea. La barandilla está llena de tiestos con hierbas marchitas.

—No es una gran coartada.

—¿Coartada? ¿Qué quieres decir?

—Que estuve en el parque. Nadie me vio. Sé lo que dice la gente. Sé dónde... —Bebe otro trago de vino—. Yo nunca haría daño a mi bebé.

Francie se acuerda de que tiene el vaso en la mano y bebe un sorbo haciendo un esfuerzo por tragarlo, a pesar del nudo cada vez más grande que tiene en la garganta.

—Creía que lo peor que me pasaría en la vida sería perder a mi madre. Me equivocaba. —Francie alarga la mano para coger el brazo de Winnie, pero ella se aparta—. No quiero más preguntas. No puedo pensar de forma racional, de forma lineal. El tiempo da vueltas.

Su expresión parece endurecerse al reparar en algo a lo lejos. Francie mira y ve a una mujer en un pequeño balcón al otro lado del patio trasero, con un bebé al hombro en una manta, que riega un macetero con cinias rosa. La mujer deja la regadera en el suelo y poda algunas plantas antes de entrar y cerrar la puerta detrás de ella.

—Madres y bebés. Estáis por todas partes. Espero que valores todo lo que tienes. —Winnie inclina hacia atrás el vaso de vino y se traga lo que queda, y a continuación mira a Will entornando los ojos—. No quiero ser borde, Francie, pero la verdad es que no soporto...

A Francie le invaden los remordimientos. ¿Por qué no ha pensado en eso? En lo egoísta e insensible que ha sido obligar a Winnie a ver a Will. Lo difícil que debe de ser cada día para Winnie, rodeada de madres con sus hijos. Ahora entiende por qué Winnie huyó de ella enfrente de la cafetería.

—Lo siento, Winnie —dice Francie—. Debería haber sido más considerada.

Entran en casa y Francie cierra la puerta de la terraza. Winnie sube la escalera volviendo la espalda a Francie.

—Ya sabes dónde está la puerta.

—Si necesitas algo... —Francie hace una pausa—. Está vivo, Winnie. Lo noto. Por favor, no abandones la esperanza. Yo no la he abandonado.

Winnie dobla la esquina en lo alto y desaparece por un pasillo.

Francie atraviesa la sala de estar con paso vacilante, pasa por delante de otro montón de cajas de mudanza —entristecida ante la idea de que unos desconocidos registren la casa de Winnie y pongan las manos en sus posesiones— y abre la puerta de la calle. Echa a andar sin saber adónde va y repara en un sonido de pasos que corren hacia ella. El tipo del sombrero de fieltro sale de la esquina a toda prisa tapándose la cara con la cámara.

—¡Hola! ¡Mary Frances! ¿Qué ha dicho Winnie...? —El obturador de la cámara hace clic incansablemente, y el hombre le grita preguntas, pero Francie no le hace caso y sigue andando, con la cabeza agachada hacia la acera, los brazos protegiendo al bebé y la mente confusa.

—¿Qué haces? —pregunta Lowell a Francie más tarde esa noche. Ella está sentada en el suelo del salón, con un nudo en el estómago, colocando velas con aroma a lavanda en un círculo alrededor de Will, que está tumbado en la manta situada delante de ella.

Francie procura mantener un tono firme.

—Estoy practicando *hygge*.

Lowell asiente con la cabeza.

—¿Ah, sí? ¿Qué es eso?

—Está haciendo furor en Dinamarca. —Francie sopla su taza de manzanilla insípida, consciente de la forma en que Lowell la mira. La forma en que la observa—. Significa «estar a gusto». Por eso allí la gente está tan tranquila y tan contenta. Pensé que a lo mejor mejoraba el humor de Will.

—Buena idea. —Lowell se sienta en el sofá y abre una cerveza—. ¿Y qué tal está tu humor?

Francie le pone a Will unos calcetines de algodón limpios en los pies. En el artículo decía que era mejor envolverse de piel de oveja, pero no se ha atrevido a gastar dinero en la alfombra que ha encontrado en internet, de modo que esos calcetines de algodón de Carter tendrán que servir.

—¿Mi humor? Bien. ¿Por qué?

—¿Cómo que por qué? ¿No puedo preguntarle a mi mujer cómo se encuentra?

—Bueno, esta tarde tu madre me ha dicho que cree que nuestro suelo es antihigiénico. Y que debería fregarlo con lejía. —Francie no levanta la voz. Barbara está en el cuarto de baño dándose su baño nocturno, con una mascarilla de arcilla en la cara, mientras escucha un programa de radio de llamadas telefónicas por su iPod.

—¿Qué le has dicho?

—Nada, pero no puedo utilizar lejía para el suelo. ¿Lejía? ¿Alrededor de un bebé? Tengo la sensación de que está buscando defectos a nuestro piso. Y a la mitad de las cosas que yo hago.

—Francie. —El rostro de él se ensombrece—. Ella no piensa eso. Son imaginaciones tuyas.

Francie bebe un sorbo de infusión tratando de dominar la ansiedad. No quiere hablar de Barbara; quiere hablar de Winnie, de la conversación que han mantenido antes. Pero no puede hablar con Lowell. No le ha contado lo que ha pasado imaginándose lo mucho que se enfadaría con ella por llevar a Will a casa de Winnie. Para colmo de males, Barbara se ha quedado en casa toda la tarde, con el pelo lleno de rulos de plástico, susurrando por teléfono en la habitación de ellos. Francie se figura que ha estado llamando a sus amigas de Tennessee, preguntándoles si han oído cuando han mencionado a Lowell en las noticias, diciéndoles que ella tenía razón desde el principio con respecto a los peligros de Nueva York. Barbara no ha salido de la habitación hasta que Lowell ha vuelto a casa, y para entonces a Francie le daba demasiado miedo decir algo.

—Vamos, France. Tiene buenas intenciones. Las cosas han cambiado desde que ella tuvo hijos. Solo...

—¡Dios mío! —El grito de Barbara procedente del cuarto de baño sobresalta a Francie, que derrama unas gotas de infusión caliente en el brazo de Will. El niño empieza a llorar, y Lowell se levanta de un salto, se da contra la mesa, derrama su cerveza y apaga dos velas. Baja corriendo la escalera hacia el cuarto de baño y llama a la puerta.

—¡Mamá! —Tira del pomo, pero la puerta está cerrada—. ¡Mamá! ¿Estás bien?

—¡Lo sabía! —Barbara tiene un tono triunfal—. Lo dije desde el principio.

—¿De qué hablas?

La puerta se abre de golpe y Barbara sale al pasillo envuelta en una toalla, con una capa dura de color gris en la cara, mientras le resbalan burbujas de las espinillas al suelo.

—Van a interrogarla oficialmente —anuncia Barbara, y su mascarilla se agrieta—. Esa amiga vuestra. La madre. Sabía que escondía algo.

19

Undécima noche

Veo una imagen de alguien que me corta.

Un cuchillo largo y fino que penetra en mi estómago, justo por debajo del ombligo, un tajo fácil, en línea recta al corazón. Estoy vacía por dentro. Negros como la ceniza, mis órganos parecen polvo. Un roce, y mi corazón se deshace en un millón de manchitas como el hollín, polvo negro caído en el suelo que deja huellas oscuras adondequiera que voy.

Siempre he sido así. Una niña mala. Mi padre lo decía continuamente.

—Déjala en paz —le gritaba mi madre—. Pórtate mejor —me susurraba cuando él no estaba delante—. No le des motivos para que se enfade.

Yo pensaba que convertirme en madre me cambiaría, pero me equivocaba. El bebé no hizo más que empeorarlo todo. Y ahora todo el mundo va a conocer mi verdadero yo. ¿Era inevitable que descubrieran una pista que los llevase hasta mí? Francie, esa imbécil chismosa y entrometida.

La manta de Midas. ¿Por qué no me ocupé de eso antes? ¿Por qué?

¿Por qué?

¿Por qué por qué por qué?

Mis pensamientos se aclaran. Tengo que mantener la calma. Oigo una voz que resuena en mi cabeza, como si hablase a través de un megáfono. Me imagino la voz. Tiene bigote y lleva un sombrero de copa grande, gafas de montura metálica redondas y zapatos color esmeralda de puntera curva.

«Eh, mujer —grita por su megáfono—. Tienes que mantener la calma. No es el momento de ponerse histérica.»

«Ja, ¿sabes qué, voz? Ya lo he hecho. Me he vuelto exactamente lo que según mi padre se volvían todas las mujeres. Histérica.»

Vamos a desaparecer. Sé que no hago más que decirlo, pero esta vez lo digo en serio. Mañana. El problema es que, bueno...

Ya no queda casi dinero. Me daba miedo mirar, pero lo hice. Ayer. 743,12 dólares. Nada más.

No me quedó más remedio que contárselo a Joshua.

—Pero no te preocupes —le dije anoche, volviéndole la espalda para no ver la sorpresa y la ira en sus ojos—. No se ha acabado todo.

Por primera vez en meses me alegro de que el doctor H no esté delante. «Te lo he dicho un millón de veces: ten cuidado con ese dinero», me diría, con expresión de decepción, como si todavía fuera una adolescente.

Y luego Francie ha aparecido hoy y me ha distraído del dinero y me ha recordado que tengo problemas más graves. ¿Y si no me creen? Por fin formulo esa pregunta en voz alta. ¿Y si no se tragan el cuento que hemos creado?

¿Y si voy a la cárcel?

Pero Joshua se ha apartado de mí. Sé que la simple mención le aterra. Más tarde, mientras cenábamos en silencio, era perfectamente consciente de lo que él estaba pensando.

«La Señorita Listilla no puede sacarnos de este apuro. El genio de las matemáticas del instituto todavía no ha dado con la solución a una sencilla ecuación: ¿adónde vamos ahora?»

No puedo desperdiciar más tiempo teniendo en cuenta la forma en que me están acorralando. Tennessee. Montana. Alaska. Viajaremos en coche hasta que encontremos un sitio donde queramos estar o nos quedemos sin gasolina. Nos instalaremos. Buscaré trabajo. Alquilaremos una cabaña. Joshua desea algo apartado y escondido. Una tierra donde podamos perdernos y empezar de cero. Un sitio donde nunca nos encuentren.

Yo también lo quiero. Al menos, eso creo cuando intento imaginármelo. Un jardín en la parte trasera. Puede que unas gallinas.

Una pistola cerca para protegernos. Por si acaso.

20

Duodécimo día

PARA: Las Madres de Mayo
DE: Tus amigos de The Village
FECHA: 16 de julio
ASUNTO: Consejo del día
TU BEBÉ: DÍA 63
Han pasado nueve semanas desde que diste a luz, y ha llegado el momento de hablar de EQUILIBRIO. Sabemos lo que es ser madre. Cuidar del bebé. Hacer la compra. Volver a ponerse en forma. En el caso de algunas, volver al trabajo. No es fácil. Lo mejor que puedes hacer por ti —y por tu bebé— es esforzarte por conseguir el equilibrio adecuado en tu vida. Puedes contratar a una niñera unas horas a la semana o pedirle a una amiga que haga de canguro para poder ir al gimnasio. Puedes gastar un poco de dinero extra encargando que te traigan la compra a casa. Busca la fórmula que te dé resultado. Después de todo, donde hay una madre feliz hay un hogar feliz.

Nell nota el cuerpo como si estuviera hecho de cemento y las piernas como si se las hubieran escayolado.

Oye el llanto, pero suena amortiguado. El bebé la llama bajo el agua. Ella trata de moverse, pero no tiene suficientes fuerzas.

—Nell.

Huele el rastro de vainilla de la crema de manos de su madre y abre los ojos. Margaret está de pie a su lado.

—¿Llego tarde al trabajo? —pregunta Nell.

—No. Todavía no son las siete. —Su madre se agacha junto a ella—. Me sabe mal despertarte, pero tienes que ver una cosa.

Nell se fija en la expresión de su madre. Se incorpora.

—¿Está bien Beatrice?

—Sí, tesoro. Está perfectamente. Duerme como un tronco. Sebastian acaba de irse a trabajar. Pero ven conmigo a la sala de estar.

Nell se levanta de las cálidas sábanas y sigue a su madre por el pasillo. Margaret llegó ayer por la noche; dejó el trabajo nada más recibir la llamada de Nell y condujo las cuatro horas que separan Newport de Brooklyn sin hacer paradas. Ha dormido en un colchón hinchable en la sala de estar, con el monitor del bebé al lado, cuidando de Beatrice para que Nell y Sebastian pudieran disfrutar de su primera noche entera de sueño desde que la pequeña nació.

La televisión del salón está encendida, y Nell ve que el alcalde Shepherd se encuentra ante un atril y que se aparta para hacer sitio a Rohan Ghosh detrás de la hilera de micrófonos.

Nell mira a Margaret.

—¿Qué ha pasado?

Ghosh levanta la mano.

—Hablaré cuando todos se calmen —dice, y hace una pausa para beber un sorbo de una botella de agua—.

Anoche nos vimos obligados a llevar a cabo un nuevo registro del coche propiedad de Winnie Ross, en el que descubrimos una manta de bebé azul metida en el hueco del neumático de repuesto. La manta coincide con la descripción de la que fue sustraída de la cuna de Midas la noche que fue raptado. El equipo forense ha confirmado que las fibras de la manta contienen restos del ADN de Midas Ross, así como evidencias de su sangre.

—No —dice Nell, notando una presión en el pecho.

—¿Qué les llevó a inspeccionar otra vez el coche? —grita alguien entre la multitud.

Ghosh sigue hablando, alzando la voz.

—Aproximadamente a las seis de esta mañana, Winnie Ross ha sido detenida y acusada formalmente de la desaparición de su hijo, Midas Ross.

Nell deja escapar un grito ahogado, y su madre se sitúa a su lado, cogiéndole la mano.

—¿Han encontrado el cuerpo?

—Podremos ofrecerles más detalles a lo largo del día. Ahora mismo me gustaría agradecer al detective Hoyt su concienzudo trabajo en este caso. Y, por supuesto, reconocer el mérito del alcalde Shepherd. Han sido ustedes muy duros con estos dos hombres, pero todos los implicados han realizado un soberbio trabajo. —Ghost recoge los papeles del atril—. Es todo de momento, amigos. Gracias.

Nell agarra la mano de Margaret cuando la imagen de la pantalla da paso a un vídeo de Winnie siendo trasladada de la parte trasera de un todoterreno particular a la comisaría de policía de Lower Manhattan. Winnie mira a las cámaras por debajo de su pelo moreno, con las muñecas esposadas a la espalda, flanqueada por dos hombres de uniforme.

Entra en el edificio, y la cara del presentador del informativo llena la televisión, pero luego el vídeo empieza otra vez desde el principio: Winnie baja del coche, se dirige a la comisaría de policía y mira a la cámara, con una mirada ausente y el rostro pétreo.

«No.» Francie mece a Will de un lado a otro del pasillo diciendo la palabra en voz alta.

—No.

Coge el teléfono de la encimera y teclea. «¿Estáis recibiendo mis mensajes? Tenemos que hablar de esto. Se me ha ocurrido una idea.»

Necesita que Will deje de llorar. Necesita un momento para pensar. Entra en la cocina, contenta de tener por fin la casa para ella ahora que Lowell ha ido al aeropuerto a dejar a su madre. No ha probado bocado desde la comida de ayer, y está que se cae de hambre, pero en los armarios no hay nada que le apetezca. Abre la nevera, coge un envase de maíz congelado del estante y lo sostiene contra la nuca. El piso es un horno —una cárcel—, y tiene ganas de encender el aire acondicionado, pero esta mañana Lowell le ha pedido, con una voz que apenas era un susurro, que evitara usarlo para ahorrar dinero en la factura de la luz hasta que ella cobre el nuevo encargo de fotógrafa sobre el que ha mentido.

—No. —Esta vez dice la palabra más alto. «No han encontrado su cadáver. Todavía podría estar vivo.»

El timbre vuelve a sonar. Ha estado sonando las dos últimas horas. Periodistas a la caza de comentarios. La señora Karan, su casera, ha llamado antes a Francie para decirle que tiene que echarlos de la entrada y se ha quejado de que alguien ha tirado los tiestos de sus geranios.

Francie consulta el móvil, impaciente por recibir una respuesta de Nell y Colette, y vuelve a escribir tecleando con el pulgar libre.

«Hablo en serio. Deberíamos hablar con Scarlett. Creo que ella puede ayudarnos.»

Francie cree que es posible que la mujer que vio regando las plantas en el balcón de enfrente del edificio de Winnie fuera Scarlett. Al principio no estaba segura, pero anoche, mientras Lowell dormía en la cama y Barbara en el sofá, se encerró en su caluroso cuarto de baño sin ventanas y estuvo estudiando el cuaderno que guarda en el cajón de la ropa interior, buscando algo que se le pudiera haber pasado por alto. Treinta minutos más tarde, desnuda en la bañera, con el agua de la ducha como pinchazos helados en la espalda y el cuero cabelludo, y el pelo cual cortinas sobre las mejillas, se acordó de algo: la última reunión de las Madres de Mayo, celebrada unas semanas antes, cuando Scarlett les dijo que Winnie estaba deprimida. Francie puede verlo claramente. Estaban sentadas en las mantas bebiendo el vino que Nell había traído. Scarlett comentó lo preocupada que estaba por Winnie. Que eran vecinas y habían ido a pasear juntas.

Francie coloca con cuidado a Will en el columpio, le mete el chupete en la boca y gira la esfera a la posición más rápida.

«A lo mejor Winnie le dijo algo —escribe—. Algo que podría ser de ayuda.»

Pulsa el botón de enviar, y el teléfono suena enseguida. Es Colette. Parece que esté llorando.

—Tienes que parar, Francie. Te estás agarrando a un clavo ardiendo.

—No, no es cierto. —Francie también empieza a llorar—. La manta azul. ¿La policía no había registrado el maletero de Winnie antes de anoche?

—No, no han dicho eso. Volvieron a registrarlo. Alguien...

—He estado despierta toda la noche pensando en el tema. Si Winnie le confesó a Scarlett que estaba deprimida, a lo mejor también le confesó otras cosas. A lo mejor hay algo que a la gente se le ha pasado por alto...

—No. —Francie advierte el tono de impaciencia de Colette—. Tienes que escucharme, Francie. Ya sé que es duro. Lo es para todas. Pero empiezo a preocuparme seriamente.

—Lo sé. Yo también. Estoy preocupada...

—No, Francie. Me refiero a ti.

—¿A mí? Esto no tiene nada que ver conmigo...

—Necesitas descansar, Francie. No piensas racionalmente. Necesitas...

—Pero no han dicho que esté muerto. No han encontrado el cadáver. —Francie tiene la garganta tan cerrada que teme que vaya a ahogarse—. A lo mejor todavía está vivo. A lo mejor todavía hay tiempo para salvarlo. Necesita estar con su madre...

—¡No! —A Francie le duele la palabra al oído—. No puede estar con su madre, Francie. Su madre es la que le ha hecho daño. Acéptalo. Se acabó.

Francie lanza el teléfono al sofá. «¿Se acabó?»

El timbre vuelve a sonar, y entonces oye pasos en la escalera. Llaman fuerte a la puerta. Es la señora Karan, que viene a decirle que no puede vivir con ese caos. Ha venido a echarlos. Ella, Lowell y el bebé no tendrán adónde ir.

—¿Hola? ¿Francie? —Es una voz de hombre.

Ella se acerca más a la puerta.

—¿Quién es?

—Daniel.

—¿Daniel? —La cabeza le da vueltas. Ese nombre. Le suena. Daniel.

Cierra los ojos y se aprieta las sienes. El artículo que leyó. La entrevista que Winnie concedió después de la muerte de su madre. «Me he apoyado en Daniel. Él es lo único que me ayuda a superar el dolor.»

Él golpea más fuerte.

¿El novio de Winnie? ¿Está allí, en su casa? ¿Lo envía Winnie? ¿Quizá con un mensaje, algo que la lleve hasta Midas?

—Abre, Francie. Por favor. Tengo que hablar contigo.

Ella gira el cerrojo y entreabre la puerta dos centímetros mirando al pasillo. La palabra le sale en un susurro.

—¿Símbolo?

—¿Fuiste novio suyo?

—Sí —contesta él—. Hace mucho.

—Y ahora... ¿estáis juntos?

—No, no. Nada de eso. —Will da un grito y Francie se levanta, pero Símbolo llega antes a él y lo levanta del columpio. Lo acuna contra su pecho y empieza a pasearse por la sala de estar.

Ella vuelve a sentarse en la butaca, sin apartar los ojos de su bebé.

—Pero vosotros dos...

—Solo somos muy buenos amigos. —Él mira al suelo, evitando la mirada de ella—. Cuando su madre murió, puso fin a la relación. Se alejó de todo el mundo, incluido yo. Hice todo lo que pude por que cambiara de opinión, pero se negaba a verme.

—No lo entiendo. ¿Qué haces aquí?

La risa de él suena rara... incluso amarga.

—Sinceramente, no lo sé. Solo quería verte. Puede que seas la única persona que sabe lo que está pasando.

—¿Qué quieres decir?

—Winnie no lo hizo.

Francie se encuentra muy cansada; está confusa. No le gusta que él esté cogiendo a Will, pero está mareada.

—Tu detención. ¿Qué...?

—¿Cómo os enterasteis?

—Vimos la foto de tu expediente.

—Me lo imaginaba. La encontrasteis en internet. Pero ¿por qué...?

—No. No la encontramos en internet. Nos la mandaron por correo.

Él deja de pasearse.

—¿A quiénes os la mandaron?

—A nosotras. A Nell, a Colette y a mí.

—¿Cómo que os la mandaron por correo? ¿Quién?

—No lo sé. Llegó por correo. Alguien se la envió a Colette a la oficina del alcalde. No había remite.

—¿A la oficina del alcalde? —Cierra los ojos—. No lo entiendo.

—¿Qué hiciste?

—Estuve a punto de matar a alguien.

Francie se levanta y le quita a Will de los brazos.

—Márchate. Ahora mismo. —Le vuelve la espalda, protegiendo a Will de él—. Llamaré a la policía.

—No, Francie, escúchame. No fue así. Fue para proteger a Winnie. Estaba en peligro.

Ella se da la vuelta.

—¿Peligro?

—Tenía un acosador.

—Sí, ya lo sé. Archie Andersen. He leído sobre el tema.

Símbolo asiente con la cabeza.

—Fue después de que Winnie y yo rompiéramos. Ella no lo sabía, pero yo la seguía a los ensayos, cuando volvió al trabajo, para asegurarme de que llegaba sana y salva, de que él no la seguía. Winnie creía que él había perdido el interés, pero entonces apareció en el funeral de Audrey. Le asustó mucho. Yo quería asegurarme de que estuviera a salvo.

—¿Y...?

—Fue su tercer día de trabajo después de la muerte de su madre. Él estaba esperándola en la esquina cuando ella salió del metro. Al principio no estaba seguro de que fuera él, pero me quedé cerca. La siguió al interior y luego la agarró y la metió a la fuerza en el hueco de la escalera. En un segundo yo estaba encima de él. Ni siquiera me vio. Le golpeé la cabeza contra el suelo tan fuerte que le partí el cráneo. Se pasó semanas en el hospital.

—¿Fuiste a la cárcel?

—Nueve meses. Me declaré culpable de un delito de lesiones a cambio de una sentencia más leve. Un año de cárcel y salí antes por buena conducta. El juez cerró el caso, a petición de los abogados de Winnie, y conseguimos evitar que la prensa metiera las narices. Winnie dejó la serie poco después. Hizo todo lo que pudo para desaparecer de la vida pública.

—¿Se recuperó Archie Andersen?

—Lo bastante para mudarse a Virginia Occidental, donde mató a una pareja de ancianos en un intento de atraco frustrado. Ha estado once años en la cárcel.

Francie mueve la cabeza.

—Esa información no consta.

Símbolo la mira.

—¿No?

A Francie se le seca la boca cuando pega los labios a la frente de Will. «Está en la cárcel.»

—¿Por qué no nos contasteis que tú y Winnie sois amigos?

—Winnie es muy reservada. —Símbolo se sienta en el sofá—. Puede que te hayas dado cuenta. Después de que nacieran nuestros hijos, me animó a que viniera a una reunión de las Madres de Mayo. Pero me pidió que no contara nuestra historia porque no haría más que plantear preguntas. A ella no le gusta hablar de esos años.

—No me lo puedo creer. Fuiste a la cárcel por ella.

—Es cierto. —Una sombra fugaz oscurece su rostro—. Y volvería a hacerlo sin dudarlo. Haría cualquier cosa para protegerla. —Baja la vista al suelo—. Y a Midas.

Francie lo observa unos instantes.

—Escucha —dice, sentándose a su lado en el sofá—. Tengo una idea. Se me ocurrió ayer. Es algo que creo que puede ayudar.

Él mantiene la vista en el suelo, pero a Francie le parece detectar un cambio en su expresión. Cuando por fin levanta la mirada, está sonriendo.

—¿Algo para ayudarla?

21

Decimotercer día

PARA: Las Madres de Mayo
DE: Tus amigos de The Village
FECHA: 17 de julio
ASUNTO: Consejo del día
TU BEBÉ: DÍA 64
Cuando tienes un bebé parece que todo el mundo tenga derecho a opinar (¡ja! ¿Quiénes somos nosotros para hablar?). ¿Cómo lidiar con ello? En primer lugar, tómate lo que oigas con reservas. Nada minará más tu seguridad que escuchar el más mínimo consejo que recibas. También ten presente que quienes te aconsejan tienen buenas intenciones. Aunque queramos a nuestros bebés más que a nada en el mundo, muchas personas (¡nos referimos a ti, abuela!) desean asegurarse de que el pequeño está a salvo.

Colette sigue los rayos de sol en la mejilla de Charlie. Él tiene la mano en la cintura de ella.

—¿Sabes que has llorado muy pocas veces delante de mí en los quince años que llevamos juntos?

Ella asiente con la cabeza y cierra los ojos, mientras

ve la imagen de Winnie siendo llevada a la comisaría de policía ayer. Vuelve a embargarla la pena.

—Ojalá hubiéramos hablado de esto antes —dice Charlie, atrayéndola más hacia sí.

Anoche, después de ver la noticia sobre Winnie, Colette rompió a llorar y lo confesó todo. Que hizo copias del expediente policial y robó el pendrive. Los esfuerzos que ha estado haciendo para seguir a flote y su preocupación por Poppy, lo celosamente que ha estado vigilándola, buscando la más mínima señal de mejoría. Lo difícil que es intentar equilibrarlo todo: ser una buena pareja, una buena madre y una escritora competente.

—¿Qué quieres hacer? —le pregunta Charlie ahora.

—No lo sé. —Poppy lloriquea por el monitor, y Colette se levanta para cogerla, pero Charlie le pone la mano en la espalda.

—Vamos a dejarla un momento para que lo resuelva sola.

Colette vuelve a relajarse contra él.

—En realidad, es mentira. Sí que sé lo que quiero hacer. Quiero asegurarme de que ella está bien. Solo quiero ser madre una temporada. Y en algún momento volver a escribir. Mis propias obras. —Se seca las lágrimas en la funda de la almohada—. Aunque mi cerebro ya no funcione y no tenga nada de lo que escribir.

Charlie sonríe.

—Haz lo que hacen todas las madres primerizas. Escribe sobre tener un bebé.

—Tengo que cogerla —dice Colette, mientras Poppy vuelve a gritar.

—Ya voy yo. —Charlie se incorpora y busca sus calzoncillos en el suelo alrededor de la cama—. Es sábado. Quédate en la cama. Sigue durmiendo.

Colette apaga el monitor y vuelve a hundirse bajo la sábana aspirando el aroma de Charlie en la almohada. Al otro lado de la ventana, los estorninos se juntan en la escalera de incendios y comen del comedero que ella colocó hace unos días. Cierra los ojos deseando poder quedarse allí todo el día, sin pensar en la pena y las imágenes de Winnie llevada a la cárcel, esperando que en cualquier momento oirá la noticia de que han encontrado el cuerpo de Midas.

El teléfono de la mesilla suena a su lado. Quiere dejarlo sonando, pero sabe que no puede.

Se incorpora y lo coge.

—¿Diga?

—¿Estás en camino?

Colette hace una pausa.

—No.

—Son casi las nueve. Vas a venir, ¿no?

Colette se frota los ojos.

—No estoy segura, Nell. Yo...

—No, Colette —dice Nell—. Ni se te ocurra. Dijiste que vendrías. Las dos lo dijimos. —Nell hace una pausa—. Hablo en serio, Colette. Tenemos que hacerlo. Se lo prometimos.

Charlie está preparando café mientras Poppy hace gorgoritos alegremente en la hamaca a sus pies cuando Colette entra en la cocina ataviada con su vestido amarillo.

—Tengo que salir un rato —dice.

—No me lo habías dicho. ¿Adónde vas?

—Tengo que hacer una cosilla. —Le da un beso—. Volveré pronto. ¿Y sabes qué haremos esta noche?

Rodea la cintura de Charlie con los brazos y pega las caderas a las de él.

—Me hago una idea.

Ella ríe.

—Eso. Y también he hecho una reserva para cenar.

—¿Los tres?

—No. He buscado a una canguro.

—Te estás quedando conmigo. ¿A quién?

—Sonya, del piso de abajo. ¿Sabes que hizo de niñera de unos gemelos durante dos años?

Él ladea la cabeza.

—Pues claro que lo sé. Y gracias. Estará bien. —La besa pausadamente—. Llévate el paraguas, está empezando a llover. Y vuelve corriendo a casa.

Nell está esperando enfrente de The Spot con un periódico empapado encima de la cabeza para protegerse de la lluvia y un café helado en la mano.

—Siento llegar tarde —dice Colette.

—Vamos. —Nell apura el café y lo lanza a un cubo de basura cercano—. Francie ya me ha llamado tres veces.

Colette aprieta el paso para seguir el ritmo de Nell, consciente de que es la decisión correcta. Francie apareció ayer en casa de Colette a altas horas de la noche con los ojos hinchados y hablando atropelladamente: Símbolo había ido a su piso y le había dicho que él y Winnie habían salido juntos en el instituto. Francie le contó lo que Scarlett había dicho en la última reunión de las Madres de Mayo, que Winnie estaba deprimida, y que ella estaba cada vez más convencida de que Scarlett era la mujer que había visto desde el edificio de Winnie.

«Él cree que yo debería hablar con Scarlett —le dijo Francie a Colette—. Cree que es muy buena idea, pero le he enviado varios correos electrónicos y no me contesta. Símbolo ha dicho que debería fiarme de mi instinto y seguir intentándolo. Quiero localizarla. Los dos pensamos que podría ser nuestra última esperanza de encontrar a Midas y ayudar a Winnie.»

«Francie, es una idea disparatada», le había contestado Colette.

«No, no lo es. Ni siquiera nos habíamos dado cuenta de que Winnie estaba deprimida. Además, es una de esas mujeres que siempre sabe qué hacer. Te lo aseguro, tenemos que hablar con ella.»

Colette no ha podido quitarse de la mente la mirada desesperada de los ojos de Francie, y sigue dentro de su cabeza mientras baja la cuesta a toda prisa junto a Nell.

—Bueno, ¿cuál es el plan? —pregunta Nell.

—Le dejaremos echar la carta. Luego yo propondré que vayamos a tomar un café. Allí hablaremos con Francie y le diremos lo preocupadas que estamos por ella.

—Ojalá pudiéramos saltarnos esa parte e ir directamente al café. Imagínate lo que pensará Scarlett cuando lea la carta.

—Lo sé, es ridículo, pero es lo mejor que se me ha ocurrido. —Un trueno resuena a su alrededor al mismo tiempo que la lluvia empieza a caer con más fuerza. Colette se acerca a Nell y la protege con su paraguas—. He hablado con la editora de Charlie. Ella pasó por esto después de que naciera su primer hijo. Me ha dado los nombres de tres psicólogos.

—Bien —dice Nell—. Si Francie se niega a pedir cita, llamaremos a Lowell. Él tiene que saber que hay un problema más importante.

Doblan la esquina y Colette ve a Francie esperando enfrente de un edificio al final de la manzana. Alguien la acompaña con un paraguas.

—¿Es ese Lowell? —pregunta Colette.

Nell entorna los ojos.

—Es Símbolo. ¿Te dijo ella que vendría?

—No. Creía que solo íbamos a estar las tres.

—Llegáis tarde —dice Francie a medida que se acercan. Levanta el sobre—. ¿Queréis leerla? A Símbolo... —lo mira—, perdona, a Daniel le parece que está bien.

—Seguro que es perfecta —conviene Colette—. ¿Qué has escrito?

Francie lame el sobre y lo cierra.

—Lo que te dije anoche. Que nos preguntamos si sabe algo que podría ser de ayuda.

—Estupendo —dice Colette.

Francie respira hondo y sube la escalera de entrada. Símbolo se acerca a Colette.

—¿Te importa? —pregunta, señalando el paraguas con la cabeza. Colette y Nell se apartan para hacerle sitio. Él pega el hombro al de Colette y ella nota su aliento en el cuello mientras observan cómo Francie se inclina debajo del paraguas para mirar los nombres de los buzones.

—¡Yo tenía razón! Es su piso —dice, justo cuando una mujer abre la puerta principal desde dentro y le da a Francie en la cadera.

—Perdón —se disculpa la mujer. Mantiene la puerta abierta—. ¿Pasa?

Francie los mira, y Colette niega con la cabeza.

—No —repone Colette—. Solo déjala y...

Francie estira el brazo hacia la puerta.

—Sí, gracias.

—Maldita sea —murmura Nell.

—Vamos —dice Colette, viendo que Francie desaparece dentro del edificio. Sube corriendo la escalera de entrada, seguida de Nell, y alcanza la puerta antes de que se cierre—. ¿Vienes? —grita a Símbolo.

—No —responde él, poniéndose la capucha—. Es mejor que me quede aquí. Por si acaso.

—Sí, vigila —dice Nell, y acto seguido baja la voz para hablar en un susurro exagerado—. Si no hemos vuelto dentro de tres días, llama a la policía.

Colette y Nell entran en el vestíbulo.

—Francie —grita Colette por la escalera alfombrada—. Echa la carta y vámonos.

—En serio, no tengo tiempo para esto —se queja Nell, ascendiendo por la escalera—. Mi madre se marcha hoy.

Colette sigue a Nell hasta el tercer piso, donde ve el paraguas mojado de Francie apoyado contra la pared al lado de una puerta en lo alto de la escalera. Colette entra en el piso y penetra en una pequeña cocina. El pasillo está lleno de cajas de embalaje perfectamente apiladas, catalogadas con letras mayúsculas: CACHARROS DE COCINA. ROPA DE CAMA. PLATOS. La encimera está repleta de biberones, vitaminas prenatales, hierbas chinas y cajas de infusiones para la lactancia.

Francie está en la sala de estar, separada de la cocina por una isla con baldosas blancas, examinando la estancia.

—¿Cómo has entrado? —le pregunta Nell.

—La puerta... se ha abierto.

Colette mira el pomo, que está destrozado y suelto, y ve un tornillo en el suelo.

—Francie, ¿has entrado a la fuerza?

—No. El pomo estaba suelto.

—Esto ha ido demasiado lejos —dice Colette—. Deja la nota fuera.

—Voy a dejarla. —La voz de Francie suena distante mientras pasa por delante de Colette, avanza por el pasillo y deja atrás las cajas hacia el dormitorio—. Dame un segundo.

Colette suspira y acto seguido se fija en Nell, que está hojeando una libreta en la encimera de la cocina.

—Mira esto —dice Nell—. Es una tabla para controlar la alimentación y los cambios de pañales del bebé. —Pasa otra página—. Dios, hasta anota cada vez que oye un eructo.

—¿Tú no? —pregunta Colette.

—Sí, yo también —responde Nell—. Pero solo los eructos de Sebastian. Tengo un trastero entero para estas cosas.

Francie vuelve a entrar en la cocina y pasa por delante de ellas. Sin decir palabra, abre la puerta de cristal y sale a la pequeña terraza. En la barandilla hay tiestos con flores y hierbas y los brotes de una tomatera. Mira al otro lado del patio unos instantes y vuelve adentro, con los rizos empañados por la lluvia, y mira en el interior de un armario al lado de la cocina.

—¿Creéis que es posible que tuviera un monitor de vídeo o una cámara de vigilancia?

—No —contesta Colette. Se acerca al armario y cierra la puerta—. Decididamente, no es posible. —Colette pone las manos en los hombros de Francie—. Deja la nota. Es lo único que puedes hacer.

Nell se aproxima.

—Colette tiene razón, Francie. Vamos a The Spot. Han sido unos días duros. Yo pago los muffins. —Nell se pellizca la grasa sobrante de la cintura—. ¿Ves?

Francie se suena la nariz.

—¿Creéis que llamará cuando lea la carta?

—Yo sí —dice Colette—. Estás haciendo lo correcto. Pero es hora de marcharnos.

Francie asiente con la cabeza.

—He dejado el bolso en el dormitorio. —Se va por el pasillo hacia la parte trasera del piso mientras Colette entra en la sala de estar para cerrar la puerta de la terraza.

Nell mira por el pasillo.

—¿Quedaría raro si utilizo el cuarto de baño? No debería haber tomado el café. —Pero entonces le cambia la expresión y se acerca a la puerta.

—¿Qué pasa? —pregunta Colette.

Nell levanta la mano.

—Escuchad. —Colette lo oye entonces: un llanto de bebé.

—No puede ser ella —susurra Colette.

—Ya lo sé. Ha salido, ¿no?

—Chissssss, cariño. Chissssss. —Unos pasos suben corriendo por la escalera—. Ya casi estamos en casa.

—Dios mío —murmura Nell, agarrando el brazo de Colette—. Es ella. Ha vuelto.

Colette sigue a Nell por el pasillo hasta el dormitorio y cierra la puerta detrás de ellas. Oyen a Scarlett entrar en la cocina.

—¿Qué vamos a hacer ahora? —pregunta Nell.

—No lo sé.

Nell corre a la ventana.

—¿Hay una escalera de incendios o algo por el estilo?

—Francie —dice Colette—. ¿Estás atendiendo? Está aquí.

Pero Francie no parece oírla. Está delante de una mesa en un rincón de la habitación, hurgando en un cajón con expresión ausente. Scarlett canta en la cocina.

—«Duerme, pequeño, no llores más. Una nana mamá te cantará.» Bueno, tesoro —dice—. Es la hora de comer. Chisss. Mamá está aquí. Déjame que me quite la ropa mojada.

La puerta se abre, y el sonido penetrante del grito de Scarlett reverbera en la habitación.

—Colette. —Scarlett tiene el pelo mojado suelto y la cara transida de miedo. Mira a Nell y Francie, envolviendo con los brazos en actitud protectora al bebé, que se retuerce contra su pecho bajo la capucha impermeable del portabebés—. ¿Qué hacéis aquí?

Colette ríe nerviosa.

—Scarlett. Madre mía, qué situación más violenta. Lo sentimos mucho. Estamos...

Francie da un paso adelante.

—Hemos venido por Winnie.

—¿Winnie? No lo entiendo. ¿Tiene que ver con los correos electrónicos que me has mandado?

—Sí. Como no contestabas, no me has dejado otra alternativa que venir aquí. —La voz de Francie tiene un tono alarmante y sus ojos una mirada desquiciada, y entonces a Colette le asalta la idea. ¿Dónde está Símbolo? ¿Por qué no las ha avisado de que Scarlett volvía a casa?

—Para ser sincera, Francie, si te hubiera contestado, habría sido para pedirte que parases. Me has mandado un montón de correos. Es un poco inquietante.

—Te vi el otro día en el balcón cuando estuve en casa de Winnie.

—¿En el balcón de mi casa? ¿Qué quieres decir? Hemos estado fuera.

—No, te vi —repone Francie—. Tenías una regadera.

Scarlett niega con la cabeza.

—Vale...

—Winnie confiaba en ti —dice Francie—. Eso es lo que nos dijiste en la última reunión. Que reconoció que estaba deprimida.

El bebé de Scarlett llora de hambre, y ella empieza a mecerlo.

—Sí, y...

—Y esa noche estabas en casa, ¿verdad? —El tono de Francie es rígido—. ¿Con tus suegros?

—Ya les conté a los detectives todo lo que sé. —Scarlett desvía la vista de Francie a Colette y Nell—. Lo siento, pero lo que estáis haciendo (los correos electrónicos continuos y ahora esto, colaros en mi casa) está totalmente fuera de lugar. —Su voz suena tensa de la ira—. Por no hablar de que va contra la ley.

Colette nota el calor de la vergüenza en el cuello.

—Lo sentimos, Scarlett. Solo íbamos a dejarte una carta...

—¿Cómo habéis entrado aquí?

—La puerta... estaba abierta —dice Francie.

—¿Que la puerta estaba abierta? —Scarlett se ruboriza—. Qué tonta soy.

—No pensábamos... —Colette procura calmar su tono—. Nosotras...

—No teníamos intención de entrar —tercia Nell, acercándose para poner la mano en el codo de Francie—. ¿Qué tal si nos vamos y te dejamos en paz?

El bebé de Scarlett llora más fuerte. Ella se vuelve para irse por el pasillo hacia la cocina.

—Buena idea.

Colette espira.

—Vamos.

Nell lleva a Francie hacia la puerta, pero esta se suelta el brazo y vuelve hacia la mesa.

—Francie —susurra Nell—. Esto ya no tiene gracia. Vamos.

Francie saca un montón de papeles del primer cajón sin hacer ruido y los levanta.

—«Remedios naturales para los conductos obstruidos.» «Seis consejos para dormir que no te puedes perder.»

—Vamos, Francie...

Francie les enseña las páginas siguientes, unas copias impresas de un artículo publicado en internet.

GWENDOLYN ROSS, DETENIDA POR LA DESAPARICIÓN DE SU HIJO

LACHLAN RAINE RECONOCE HABER TENIDO UNA AVENTURA CON LA BECARIA ELLEN ABERDEEN

Francie pasa la página. Es el correo electrónico de Nell. «La Llama Alegre. El 4 de julio a las 8.00. Que venga todo el mundo, sobre todo Winnie. No aceptaremos un no por respuesta.»

A Francie le tiemblan las manos cuando abre una libreta y leen juntas la página.

¿Y si no me creen? Por fin formulo esa pregunta en voz alta. ¿Y si no se tragan el cuento que hemos creado? ¿Y si voy a la cárcel?

Pero Joshua se ha apartado de mí. Sé que la simple mención le aterra.

Francie pasa a la siguiente página, y un fajo de papeles doblados cae al suelo. Nell los recoge y los desdobla. La foto policial de Símbolo. Tres copias del retrato.

Colette cierra los ojos; solo oye el sonido de la lluvia tamborileando contra el tragaluz encima de ellas.

—Dios mío —murmura Nell.

Colette abre los ojos. «Vámonos», esboza mudamente con los labios Francie.

Scarlett está junto a la puerta. El bebé llora más fuerte.

—Parece que tiene hambre —comenta Francie—. ¿Puedo hacer algo para ayudarte?

—Podéis largaros —replica ella—. Mi marido está aparcando el coche y volverá en cualquier momento. Creedme, él no será tan comprensivo.

Colette se dirige hacia Scarlett. Se imagina corriendo escaleras abajo, saliendo a la acera, atravesando la lluvia a toda velocidad, volviendo con Charlie y Poppy, y que nada de eso sea real. Pero entonces su mirada coincide con la de Nell y la de Francie, y nota que da unos pasos hacia Scarlett.

—¿Qué haces? —pregunta Scarlett, con las manos en la cabeza del bebé.

Colette alarga la mano hacia la capucha. Scarlett se aparta, pero Colette vislumbra el pelo y acto seguido la cara del pequeño.

—Midas —dice Francie detrás de Colette mientras Scarlett entra bruscamente en la cocina. Colette la sigue, aunque le flaquean las piernas.

Los gritos del bebé aumentan de volumen cuando Colette alcanza a Scarlett. Mete las manos a la fuerza en el portabebés y envuelve al bebé con los brazos. Nota que Scarlett se lanza hacia el fregadero y ve el cuchillo que aferra con el puño.

En un abrir y cerrar de ojos experimenta un punzante dolor en el costado. Oye el sonido de la voz de Nell. Ve la cara de Poppy.

Y entonces todo se vuelve negro.

Pongo el cuchillo en la mesa.

Francie está inmóvil. Nell está arrodillada al lado de Colette, que ha caído al suelo. El bebé grita contra mi pecho.

—Mirad lo que habéis hecho —digo, mirándolo—. Habéis alterado a Joshua.

—Scarlett, ¿qué has...? —Francie se me acerca—. Dámelo. Dame a Midas.

—¿Midas? Midas está muerto. Este es Joshua. —Veo la mirada de terror en los ojos de él y le susurro al oído—. No te preocupes, cielo. No nos pasará nada.

La habitación empieza a dar vueltas. El polvo brilla en el aire. Han venido de visita.

«He organizado una reunión de las Madres de Mayo en casa.»

Nell grita y sujeta su móvil contra el oído. Tengo que pensar rápido. Me acerco y se lo arranco de la mano.

—¡No! Dámelo. —Está frenética—. Tenemos que pedir ayuda.

Meto tranquilamente el teléfono en el fregadero y abro el grifo.

—Nada de llamadas de teléfono durante las reuniones, señoras. Es de mala educación. —Me vuelvo hacia Francie—. Tú también.

—¿Yo también?

—Sí. —Alargo la mano—. Dame el móvil.

Francie estira el brazo hacia el bolsillo trasero de sus pantalones cortos, los mismos pantalones cortos Old Navy verde claro manchados de leche que tan mal le quedan y que lleva a todas las reuniones, la pobrecilla.

—¿Mi móvil? Yo no...

Paso por encima de Colette, volteo a Francie clavándole las uñas en su blando bíceps y le quito el teléfono del bolsillo. Lo lanzo al fregadero al lado del de Nell, echo un chorro de lavavajillas azul encima de los teléfonos y observo cómo desaparecen bajo una nube de burbujas. Veo mi reflejo en el cristal de la vitrina y reparo en las ojeras oscuras de debajo de los ojos y en el estado de mi pelo. Estoy horrible.

Me pellizco las mejillas y me ahueco el pelo. Debería haberme esforzado más por estar guapa para la reunión. Soy consciente de la importancia que le dan esas mujeres.

—Lo siento —digo, volviéndome otra vez hacia Francie—. No quiero ser maleducada. Joshua ha estado un poco gruñón y está empezando a afectarme. Pero vosotras ya sabéis lo que es eso, ¿verdad?

Me dirijo a la puerta de casa, giro el cerrojo y echo la cadena. Me arrodillo y hago acopio de fuerzas para deslizar un montón de cajas delante de la puerta. Cuando me pongo en pie estoy un poco mareada.

—No tiene sentido ir al parque con la que está cayendo —digo, dirigiéndome a la nevera—. Hagamos la reunión aquí. Se está más cómodo. Y tengo que dar de comer al bebé.

Saco un biberón de leche materna del frigorífico, prácticamente el último de las reservas que pude sacarme antes de quedarme sin leche. Sé que debería haber sido más disciplinada, que debería haber puesto el despertador para que sonara en mitad de la noche y seguir sacándome leche, que debería haber tomado más hierbas, que debería haber bebido esa horrible infusión para la lactancia. Una vez más, he fracasado.

—Siéntate —le digo a Francie, metiendo el biberón en el microondas—. Y por favor, no me digas que calentar la leche en el microondas acaba con todas sus propiedades beneficiosas. Ya lo sé. He leído los mismos libros que tú. Y he decidido seguir mi propia filosofía de cómo ser madre. Se llama «Madres, idos todas a la mierda». —Río y miro a Colette, que está dejando un charco de sangre en las baldosas de la cocina—. A lo mejor deberías escribir un libro sobre eso —le digo.

Llevo el biberón al sofá, miro a las demás y me doy cuenta de algo.

—Un momento —digo—. ¿Dónde están vuestros bebés?

Francie está en silencio, pero de repente algo cambia en su expresión. Parece serenarse.

—Hoy tenemos plan de chicas —explica, sentándose a mi lado y mirando a Joshua—. ¿Te acuerdas? Dijimos que nada de bebés. ¿Verdad que sí, Nell?

—¿Plan de chicas? —Bajo la tela del portabebés y meto la tetilla en la boca de Joshua—. Será divertido. No debí de leer ese correo. No esperaba esta reunión.

Colette se queja en el suelo de la cocina y veo que Nell le presiona el costado con una de mis toallas de manos caras.

—¿Has traído tus muffins? —pregunto a Colette.

Nell tiene la cara blanquecina.

—¿Sus muffins?

—¿No es lo que le toca a ella? Ella pone los muffins y el resto de nosotras el aburrimiento. —Joshua se retuerce contra mi pecho y le saco el biberón de la boca. Suelta un eructo. Apenas se puede considerar un eructo, pero lo daré por válido. Me levanto para anotarlo en mi cuaderno, pero decido volver a sentarme. Lo haré más tarde, cuando ellas se marchen.

—Bueno, ¿qué tal un poco de café? —inquiere Francie.

—¿Café? ¿Y el conducto obstruido? Te dije que la cafeína no hace más que empeorarlo.

—Lo sé. Lo he dejado. Ahora le doy leche de fórmula.

—¿Leche de fórmula? ¿De verdad? Qué lástima. —Joshua está observándome, y sé que es inútil seguir evitando sus ojos. Enseguida veo la mirada de represión, la ira. Ahora mismo se parece mucho a su padre. Me pregunta cómo he dejado que pase esto, por qué no me he esforzado más para evitarlo, como prometí. Aparto la vista—. ¿Café? Vamos a ver.

Vuelvo a la estrecha cocina y abro los armarios.

—No. He guardado la cafetera. Tendrá que servir la infusión para la lactancia. A ver, ¿dónde están las tazas?

Pongo el agua a hervir, rebusco en una caja delante de la puerta y veo la taza hortera con el mensaje «Cabo Cod es para los enamorados» que el doctor H me compró como gracia en un área de descanso durante nuestro primer fin de semana juntos fuera de casa hace dos años. La primera vez que nos acostamos en un sitio que no fuera el suelo de su consulta, con el generador de ruido blanco al máximo, por si su siguiente paciente llegaba antes de tiempo. El fin de semana que me dijo por primera vez que estaba enamorado de mí, y mucho antes de que descubriese el monstruo que podía ser.

Desentierro un frasco de pepinillos sin abrir y una lata de judías negras del fondo del armario. Abro los pepinillos, echo las judías en un plato limpio y, cuando el agua está lista, lo llevo a la mesita del café con la infusión.

—Qué buena pinta —comenta Francie, pero su cara no expresa agradecimiento por mis esfuerzos. Conociéndola, debe de estar juzgándome por no haber cocinado nada. Se toma la infusión—. Bueno, como sabéis, tenemos una forma de empezar las reuniones —dice.

—¿Te refieres a la historia de mi parto? —pregunto riendo—. Fue idea mía, ¿no?

Francie asiente con la cabeza.

—Y como eres la anfitriona, deberías empezar tú.

Animo a Joshua a que acepte el chupete que lleva sujeto a la camiseta.

—Pues di a luz el Día de la Madre. Me acosté para echar una siesta...

—No —me interrumpe Francie—. Antes. Empieza por el embarazo.

—Ah, vale. Veamos. El doctor H no quería tener más hijos. Dice que yo lo engañé, pero estaba tomando la píldora. Soy el uno por ciento. —Río—. No ese uno por ciento. El otro. El uno por ciento del que advierten los envases de píldoras anticonceptivas.

—¿El doctor H?

—Mi psiquiatra. El padre de Joshua. Una vez lo llamé mi novio.

Me muero de vergüenza al recordar el momento en el bar de Queens al lado del hotel donde a veces quedábamos.

—Otro whisky sour para mi novio —le dije a la camarera, una mujer de setenta y tantos años con unos pendientes de plástico que le colgaban de los lóbulos estirados de las orejas y un vaso de plástico lleno de colillas entre las botellas polvorientas de vodka con sabores que tenía detrás.

Ella se volvió para preparar el cóctel y él se puso furioso a mi lado.

—No me vuelvas a llamar así —me susurró al oído, y me agarró el muslo tan fuerte que me dejó cinco puntos morados que descubrí más tarde esa noche al desnudarme para él—. No somos una pareja de adolescentes, joder.

—Está casado —le digo a Francie—. Pero estuvimos juntos dos años. —Pongo los ojos en blanco—. Ya sabes, a ratos.

Francie asiente con la cabeza.

—¿Es el que está aparcando el coche ahora? ¿Tu marido?

—¿Mmm? —Ah, claro. Dije eso antes—. No. No tengo marido.

—Entonces, el doctor H...

—Hace meses que no nos hablamos, desde que le dije que iba a tener a Joshua. Está un poco pirado. Trastorno narcisista de la personalidad, en mi opinión. A los que la sufren les cuesta querer a otras personas. Lo aprendí gracias a él, de hecho. «La única persona a la que tu padre fue capaz de querer fue a sí mismo.» Es lo que el doctor H siempre decía, pero os juro que podría haberse referido a él. —Me sorprende notar que se me hace un nudo en la garganta. No es fácil hablar del tema—. En fin, mis padres no eran los mejores modelos a seguir, y yo no pensaba tener hijos. Pero entonces llegó Joshua, y en mi vida he deseado algo tanto. Desde el momento en que apareció como un signo de suma rosa entre dos láminas de plástico fino, lo supe.

Froto la espalda a Joshua pensando en aquellos días, en lo felices que eran, notando cómo él crecía dentro de mí. Leyéndole libros en la bañera. Llevándolo a pasear por la mañana al parque nuevo y prometiéndole que volvería a llevarlo otro día. Atravesaba descalza el foso de arena imaginando que él cogía piedras y aprendía a trepar árboles. Todas las cosas que se suponía que hacen los niños.

—Era un pequeñajo muy activo. Qué patadas daba. Siempre me decía lo que quería. —Río mientras echo otra cucharazada de azúcar en la infusión—. ¿Os acordáis de cómo nos hablaban cuando estaban dentro?

Por la expresión vacía de la cara de Francie veo que he cambiado de tema.

—Perdón. El doctor H siempre decía que hablo demasiado y que me arriesgo a matar de aburrimiento a la gente.

Me aprieto las sienes con los dedos tratando de ordenar mis pensamientos, de concentrarme en lo que digo y no en la forma en que Joshua me mira.

—No te desconcentres, Scarlett —digo. Sonrío a Francie—. Tenía un plan de parto muy concreto. Ya sabes, sin epidural, contacto directo, «rocíenlo de polvo mágico natural pero no lo limpien antes de dármelo». El caso es que les dio igual mi plan. Antes de que pudiera abrazarlo se lo habían llevado a aquella mesita, con todas las luces y los cables.

»No me acuerdo del nombre de la doctora, pero todavía la oigo chillar, dando órdenes a su equipo. Luego se puso a conectar cables y se lo llevó de la habitación sin ni siquiera dejarme verle la cara... para ver si era como me lo había imaginado. Luego vino el otro doctor y me dijo que tenían que coserme donde me había desgarrado. "Tiene que tumbarse. Tenemos que ocuparnos de usted primero."

»¿Te apetece un pepinillo? —Alargo el tarro a Francie—. ¿No? ¿Nell? —Nell tiene los ojos hinchados. Niega con la cabeza—. En fin, encefalopatía hipóxico-histémica. Eso me dijo un médico. En otras palabras, se ahogó durante el parto. O, en otras palabras, defunción fetal. "Defunción fetal." ¿No os suena a nombre de grupo de punk formado por chicas? —Me echo a reír y me cuesta parar—. Perdón —digo al final—. No tiene ninguna gracia. Sinceramente, me atormenta la culpa. Tuve muchísimo cuidado durante el embarazo. Hice todo lo que pude para que no corriera peligro. No sé lo que pasó. No quería hacerle daño...

Francie me toca la pierna.

—Scarlett. No fue algo que tú...

—En fin —digo, y me levanto y huyo de la compasión de su cara—. Otra mujer vino a preguntarme si quería tener a mi hijo en brazos antes de que se lo llevasen. Yo no sabía si quería tenerlo en brazos. «¿Es lo que hace la gente?», le pregunté. «Sí», me contestó. «Para pasar página.» Es la expresión que utilizó. A alguien se le había ocurrido ponerle un gorrito antes de traérmelo. Como si todavía tuviéramos el lujo de preocuparnos por si cogía frío.

Hago una pausa para meterme una montaña de judías frías en la boca con los dedos al darme cuenta del hambre que tengo. No me acuerdo de la última vez que probé bocado.

—Me dijeron que tenía cuarenta y ocho horas para inscribir su muerte en el registro civil. No lo hice. Sinceramente, me está poniendo un poco nerviosa. ¿Creéis que es un delito? —Me llevo a Joshua en brazos hasta la puerta del balcón y la abro. Necesito aire fresco. Cojo los prismáticos de la estantería y miro al otro lado del patio mojado, a la casa de Winnie, preguntándome qué estará haciendo. Hace dos días que no la veo, desde que Daniel está allí, cuando le vi descorrer las cortinas, prepararle a ella la cena, sentarse a su lado en el sofá y darle pañuelos de papel de la caja que tenía en el regazo, con el plato de Winnie sin tocar sobre la mesita para el café.

«Ah, claro —recuerdo, mientras vuelvo a poner los prismáticos en su sitio—. No está en casa. Está en la cárcel.»

Me vuelvo hacia Francie.

—En fin, eso es todo más o menos. —Río—. La «historia de mi parto». Me alegro de que me haya tocado. Quería ofrecerme voluntaria la noche que Winnie se negó. Pero no sé, me daba corte.

—¿Qué noche? —pregunta Nell.

—La del cuatro de julio. En La Llama Alegre.

—¿Estuviste allí?

—Sí. Al principio me quedé dentro, en la barra. Estuve observándoos. Iba a unirme a vosotras, pero me pareció raro. Nunca he sentido que encajase en el grupo. Y luego, claro, conocí a aquel tío.

Lo veo allí de pie, observándome. Sabía lo que él quería. Acababa de verlo intentar lo mismo con Winnie. El modo en que me miraba descaradamente a los ojos desde su sitio en la barra. La sonrisa. La forma en que me recorrió el cuerpo con la mirada cuando por fin se acercó. Winnie lo rechazó enseguida, pero yo no pude evitarlo.

—Acepté su copa —le digo a Francie—. Una cosa llevó a la otra. —Noto sus manos debajo de mi vestido en el urinario del servicio, suplicándome que vaya a casa con él. Ojalá hubiera dicho que sí. Suspiro y digo que no con la cabeza—. Ha pasado un tiempo ya.

Francie está inmóvil.

—¿Llevaba una gorra roja?

—Era difícil no verlo, ¿verdad? Qué guapo. Sí, llevaba una ridícula gorra roja.

—No lo entiendo —declara Nell—. ¿Cómo te llevaste al bebé? Con Alma...

—Alma tuvo suerte.

—¿Suerte? —dice Nell.

—Sí. Después de irme del bar con la llave que tú me diste estaba segura de que tendría que hacerle daño. Pero me ahorró muchos problemas. Estaba como un tronco.

Las lágrimas se acumulan en la barbilla de Nell.

—¿Yo te di la llave?

—Sí. Hablamos esa noche, en la barra. ¿No te acuerdas?

Nell cierra los ojos apretándolos.

—Sí... me parecía recordarlo. Pero todo el mundo decía que no estuviste allí. Decían que con quien hablé fue con Gemma.

—No. Un momento.

Me levanto y me dirijo al pequeño armario que hay al lado de la cocina y saco la peluca rubia y el sombrero de paja del estante de arriba. Me pongo la peluca, pero me queda mal. Miro dentro, y el móvil de Winnie cae al suelo.

—Oh, aquí está. No sabía dónde lo había metido. —Me pongo otra vez la peluca y me vuelvo hacia Nell—. ¿Te suena?

—Eras tú.

—Sí. No podía creerme que no me reconocierais. Colette y Daniel (perdón, Símbolo) estuvieron a mi lado unos diez minutos y no se enteraron de nada. Claro que estaban demasiado ocupados mirándose como bobos.

¿Te acuerdas, Colette? Tú le contaste a Daniel que trabajabas para el alcalde y le hiciste jurar que tu secretillo quedaría entre vosotros dos.

»Al final decidí tentar la suerte, acercarme y ver de qué hablabais. Me quedé en la barandilla, mirando el móvil. Y entonces te hice la foto en la que sales tan desmelenada, Nell. —No puedo evitarlo y se me escapa la risa—. Enviársela al detective Hoyt fue una idea mucho mejor de lo que había imaginado. Yo pensaba que solo serviría para despistar a Hoyt y ayudarme a ganar tiempo. Pero distrajo a todo el mundo del auténtico problema: que la policía no había conseguido dar con un bebé.

Busco otro pepinillo dentro del frasco.

—Yo lo vi todo. Cuando Winnie dejó el móvil. Cuando tú borraste la aplicación. Cuando te metiste el móvil en el bolso. Luego te chocaste conmigo cuando salía del cuarto de baño, justo cuando estaba a punto de irme a casa. «Venga», dijiste. «Vamos a gorronear un cigarro. Hace siglos que no fumo.»

»Salimos al patio de los fumadores, donde un caballero muy amable te dio un cigarro. Yo me tomé una copa de vino tinto y tú un Camel light y un gin-tonic mezclado con mis cuatro últimos Xanax. A la media hora tenía el teléfono y la llave de Winnie. Creedme. No pensé ni por un segundo que Joshua y yo pudiéramos acabar juntos. Dejé de ir a vuestras reuniones creyendo que al final lo devolvería.

—Nuestras reuniones —dice Francie—. Tú venías. Tenías un bebé.

—No. —Arqueo las cejas—. Tenía una muñeca de porcelana dentro del cochecito. ¿Hola? Gracias por no pedirme nunca que la cogiera en brazos, por cierto. El grado de ombliguismo del grupo jugó a mi favor.

—Dios mío. Tú... —Las palabras de Nell se deshacen en un sollozo.

—Te seguí al cuarto de baño. Intentaste forcejear, pero para entonces estabas bastante grogui. Un momento. Escuchad. —Oigo un sonido en el pasillo—. ¿Viene alguien más?

—No —contesta Francie, y levanta su taza—. Mi infusión se ha enfriado. ¿Puedo tomar otra?

—Supongo. —Me pongo a Joshua al hombro, paso por encima de Colette y vuelvo a la cocina.

—Entonces ¿Joshua y tú os mudáis a Westchester? —pregunta Francie mientras yo enciendo el hornillo—. Qué bien.

—¿Westchester? Ni muerta iría a Westches... —Entonces me acuerdo—. Eso fue otra mentira. Dios, soy terrible. No sé adónde iremos. Mi madre murió hace años, y bien sabe Dios que no me quedaría con mi padre. Estuvimos en el norte unos días, en casa de Winnie, pero no podemos volver allí.

Francie abre mucho los ojos.

—Un momento. ¿Quieres decir...?

—¿Que Winnie lo sabía? Pues claro que no. Pero en internet puedes encontrar cualquier cosa si estás dispuesta a buscar lo suficiente. Como la foto policial de Daniel. O tu verdadera identidad, Nell, si tienes facilidad para recordar caras y acceso a Lexus Nexus. La dirección de la casa de campo de Winnie Ross en el norte aparecía en el informe de la policía sobre la muerte de su madre. Estaba convencida de que ella no tendría una llave escondida, pero mira por dónde allí estaba, debajo de una maceta. El mismo sitio donde mi madre escondía la nuestra. —Siento que una ola oscura me sobrevuela al pensar en aquellos cuatro días tranquilos con Joshua y lo plácidos que fueron—. Si por mí fuera, seguiríamos allí, pero Hector vino a cortar el césped y lo fastidió todo.

—Hector. —Francie adopta una expresión severa—. Scarlett, no habrás...

—No me quedó más remedio. Nos vio. Cuando entró en la cocina y yo estaba preparando unos huevos revueltos para desayunar, no me lo podía creer. «Debería estar usted en Brooklyn», dije. Había estado observándolo. Cuando los periodistas arrastraban sus almas negras hasta sus casas, Hector llegaba a casa de Winnie. Le llevaba la compra. Le arreglaba la casa. Él no tenía que ir al norte; no estaba en mi plan. Pero lo hizo y tuvo que pagar el precio, y ahora Winnie también tiene que pagarlo.

Voy a cerrar la puerta de la terraza para ahogar el sonido de sirenas que atraviesa el aire. Cojo la taza de Francie y vuelvo a la cocina, y vierto el agua hirviendo sobre una bolsita de infusión nueva.

—Sinceramente, yo no quería que Winnie fuera a la cárcel. Esa pobre mujer ya ha sufrido bastante. Intenté echarle la culpa a otras personas. ¿Sabéis la cantidad de veces que llamé a la policía para ofrecer pistas? El tío blanco del banco. El agresor sexual que merodeaba en la zona. Alma. Pobrecilla. No tardarán en deportarla.

Vuelvo a poner el hervidor en el hornillo y de repente oigo un alboroto detrás de mí. Nell está apartando las cajas y Francie intenta abrir torpemente la cerradura. Antes de que comprenda lo que está pasando, Daniel aparece abriendo la puerta a la fuerza.

—¡Daniel! —digo—. Sabía que había oído llamar a alguien antes. Llegas tarde.

—He estando mandándote mensajes —le dice a Francie—. La he visto venir. He intentado entrar en el edificio, pero... —Deja de hablar al ver a Colette en el suelo. Palidece.

—Daniel —dice Francie, en voz baja—. Ella tiene a Midas.

Él me estudia con una expresión peculiar en la cara. De repente parece muy corpulento cuando se acerca. Noto que la luz cambia a nuestro alrededor: una grisura que ensombrece la habitación, como las nubes al tapar el sol. Me flaquean las piernas y estiro el brazo hacia la encimera, acunando la cabeza de Joshua. No me he encontrado tan mal desde el primer trimestre de embarazo.

—¿Tú te llevaste a Midas? —me dice Daniel.

—Se llama Joshua.

—¿Joshua?

—Por favor, no te acerques tanto a mí, Daniel —le pido—. Ve a sentarte. Hay judías.

Francie aparece entonces a su lado.

—Scarlett, solo queremos ayudarte. Hoy ha sido un día muy largo para ti. Solos tú y el bebé.

—Sí —asiento—. Es duro.

—Lo sé. —Francie pone la mano en la espalda de Joshua—. Así es. Es duro.

Miro a Daniel, y a pesar de su expresión endurecida, siento una oleada de tristeza por él.

—Debe de ser mucho más duro para ti, siendo hombre. —Logro reír—. Ya lo sé. Eres un hombre blanco culto y rico. Bua. Qué carga más pesada. Pero ¿tener que ejercer de padre en casa? Eso no debe de ser fácil.

—Dame el bebé —dice Daniel. Me agarra el brazo. Tiene la piel suave y los dedos fuertes, como me imaginaba el tacto de sus manos en el cuerpo de una mujer.

—No, no te voy a dar el bebé —le replico—. Tú ya tienes el tuyo. —Las sirenas suenan más fuerte y tengo la espalda pegada contra la pared y hay pasos en la escalera. A lo mejor es Gemma, o Yuko, con su esterilla de yoga, que llega otra vez tarde. Pero entonces abren la puerta de un golpe y unos hombres con camisetas negras entran corriendo.

Francie llama a Midas, y Daniel tiene las manos encima de Joshua. Hay muchos gritos, y no entiendo lo que pasa.

Huelo a lluvia.

Estoy en la escalera, bajando pesadamente los escalones; mi barriga llega primero a la acera y rezo para que el taxi se dé prisa y llegue. Noto el dolor de espalda y veo la expresión en la cara del taxista. Rompo aguas y estoy tumbada en la cama del hospital, deseando que el doctor H esté allí. Grace, la enfermera, me dice que respire.

Noto el dolor y la oscuridad, y sé que algo va mal. Algo va muy mal. Sé que voy a perder a Joshua. Otra vez.

—¡Esperad! —grito. Francie me agarra los brazos y Daniel me arrebata a Joshua—. No puedo dejar que me lo quitéis. Dejadme verle la cara. ¡Quiero ver cómo está!

—Las manos encima de la cabeza —grita Grace. Pero no es Grace. Es un agente de policía.

—No lo laven, por favor. Quiero cogerlo en brazos. Contacto directo después del parto. —Noto una presión que me oprime el pecho—. Es crucial.

—¡Las manos encima de la cabeza! —dice Grace más alto, apuntando en línea recta a mi corazón con la pistola.

Pongo las manos en la pared y cierro los ojos.

«Pasar página.»

Mis dedos se deslizan por la pared y estiro el brazo hacia el cuchilllo colgado de la tira magnética. Noto el metal liso y frío de la hoja, envuelvo el mango con los dedos y al tirar percibo que los campos magnéticos se separan y se liberan.

La sensación no me abandona mientras oigo gritar a Francie; mientras veo el destello de luz en la hoja donde se refleja un fino rayo de sol que entra por la ventana de la terraza.

Cierro los ojos y, justo antes de que el cuchillo se clave en mi piel, lo llamo por última vez.

«Joshua.»

Epílogo

Un año más tarde

PARA: Las Madres de Mayo
DE: Tus amigos de The Village
FECHA: 4 de julio
ASUNTO: Consejo de la semana
TU NIÑO: CATORCE MESES
En homenaje a la festividad, el consejo de hoy tiene que ver con la independencia. ¿Te has fijado en que tu antes intrépido pequeño de repente tiene miedo de todo cuando no te ve? El simpático perro del vecino es ahora una bestia aterradora. La sombra del techo se ha convertido en un monstruo sin brazos. Es normal que tu niño empiece a percibir peligro en su mundo. Tu misión ahora consiste en ayudarle a superar esos miedos, en hacerle saber que está a salvo y que, aunque no te vea, mamá siempre estará para protegerlo, pase lo que pase.

Winnie se pone las gafas de sol y se tapa el pelo corto con una gorra antes de salir al pequeño jardín. Cruza rápido la calle, con la cabeza inclinada hacia el suelo para protegerse del viento.

Un hombre con sombrero de copa se encuentra delante de un amplificador en la entrada del parque; de cada una de sus manos cuelga una marioneta, y hay una hilera de niños sentados firmes enfrente de él, boquiabiertos de asombro. Una ráfaga de viento le hace volar el sombrero de la cabeza y Winnie se aleja de la multitud en la dirección contraria, siguiendo la acera hacia el vano del muro de piedra. Empuja el cochecito por encima de las piedrecitas y pasa por debajo del arco, y cuando sube la cuesta y entra en el amplio prado, reduce la marcha escudriñando el gentío. Dos chicas con la parte de arriba de unos bikinis ríen de algo tumbadas boca arriba; tienen cafés helados en las manos y secciones del *New York Times* esparcidas por el césped delante de ellas. Cerca están jugando un partido de fútbol y docenas de hombres descamisados corren entre el polvo que se levanta gritándose en criollo unos a otros. Winnie las ve a lo lejos, donde dijeron que estarían: en las mantas debajo de su sauce.

Cruza el césped apartando la vista del cornejo en flor de la izquierda, bajo el que hay una docena de personas reunidas; globos rojos, blancos y azules se balancean atados con hilos a las patas de una mesa de plástico. Se ve a sí misma debajo de ese árbol —el árbol de su madre— hace un año. No ha vuelto al parque desde esa noche, cuando vino veinte minutos después de salir de La Llama Alegre, andando al principio sin rumbo por las calles desiertas y luego con determinación. Los mosquitos la rodearon, y el agobiante calor de aquella noche de julio se le echó encima mientras permanecía sentada de piernas cruzadas, con la espalda contra el tronco nudoso, escribiendo una carta a su madre.

Es una costumbre que ha mantenido durante años: venir aquí con la libreta encuadernada en piel que encontró la noche de la muerte de Audrey envuelta en papel plateado en la mesa del comedor, cuando su madre se fue corriendo a comprar helado. La dedicatoria de la cubierta, escrita con la delicada letra de Audrey, ha desaparecido casi del todo: «Hoy cumples dieciocho años, pero siempre serás mi pequeña. Feliz cumpleaños, Winnie».

El cuaderno está prácticamente lleno de largas cartas que Winnie ha escrito a su madre cada vez que necesitaba compartir algo: que había dejado *Bluebird* y que ella y Daniel habían roto. Que había utilizado parte del dinero de la familia para crear una fundación para bailarinas jóvenes. Que Archie Andersen había entrado en la cárcel, por fin, la misma semana que su padre había muerto de un ataque al corazón en un viaje de negocios a España. Debajo del cornejo Winnie también escribió a Audrey dos años antes para contarle lo que había hecho: que había encontrado al donante de esperma adecuado. Iba a tener un bebé.

En un principio no había planeado ir al árbol de su madre la noche que se llevaron a Midas, pero en cuanto Alma llegó a su casa, supo que prefería estar sola antes que en un bar atestado. Después de entrar sigilosamente en el cuarto de Midas y dar un beso de despedida a su hijo dormido, cogió el cuaderno del estante. Más tarde esa misma noche, mientras los fuegos artificiales del otro lado del césped brillaban en el cielo, lloró al escribir a la luz de una farola sobre lo tranquilo que era su bebé. Sobre cómo olía y lo pequeño que parecía entre sus brazos y que sus ojos eran idénticos a los de Audrey, tanto que a veces cuando la miraba Winnie pensaba que estaba mirando a su madre.

Un grupo de gente empieza a cantar «Cumpleaños feliz», y Winnie ve que Nell le hace señas con la mano debajo del sauce. Aprieta el paso, tratando de apartar el recuerdo de aquella noche, y no se da cuenta de que se ha equivocado hasta que se acerca a la manta. No conoce a esas mujeres.

—Hola —dice una—. ¿Podemos ayudarte?

—¡Winnie! —Francie hace gestos en el árbol de al lado—. Aquí. —Detrás de ella, Colette y Nell colocan cajas envueltas con papel de regalo sobre una manta. Beatrice, Poppy y Will cavan la tierra.

—Perdón —dice Winnie a las mujeres mientras Francie se acerca, con su nueva hija Amelia, de dos semanas, dormida dentro del fular elástico que lleva en el pecho.

—Has llegado —observa Francie. Winnie detecta el alivio en su voz—. Me alegro mucho de que hayas venido.

Winnie la sigue hasta las mantas.

—Nos hemos quedado sin nuestro árbol —comenta Colette, sonriéndole.

—Sustituidas por chicas más jóvenes —dice Nell—. Menos mal que ninguna de nosotras sabe lo que es eso. —Hace una señal con la cabeza a Colette, que está sacando servilletas y platos de un bolso—. Por quinta vez, ¿me dejas hacerlo?

Colette rechaza con un gesto las manos de Nell.

—Puedo levantar servilletas yo sola —afirma—. De hecho, ayer Poppy y yo fuimos a nuestra última sesión de fisioterapia. Ella está como le corresponde y —se lleva la palma de la mano al costado, por encima del lugar de la herida— yo cada vez me siento más como antes.

Francie está observando a Winnie.

—¿Cómo te va?

—Estoy bien.

—¿Sí? ¿Sales de casa?

En el sendero pavimentado que hay detrás de los árboles, una pareja pasa a toda velocidad con unos patines en línea.

—Un poco.

Colette destapa el gran recipiente de una tarta.

—¿Has comprado una tarta con un... cuadrado naranja? —le pregunta Nell.

—Se supone que es una casa. —Colette se lame el glaseado del dedo—. La he hecho yo.

—Estás de coña. Nunca lo habría dicho.

—Te ha quedado estupendamente —dice Francie—. La casa está casi dibujada a escala. Lowell no para de decirle a la gente que hemos comprado una casa de tres habitaciones, pero a menos que piense hacer dormir a alguien en un armario, es una exageración. Muchas gracias por esto, chicas. —Coge una servilleta del montón—. Estas hormonas. No me acordaba de lo emotivo que se vuelve todo con un recién nacido. —Se suena la nariz—. Os echaré de menos.

Nell ríe.

—Francie, has nacido para ir a Long Island. Para Navidades ya serás la alcaldesa. Aunque al paso que vas, entonces ya tendrás seis churumbeles.

—Se acabó ser mamá. —Midas está mirando a Winnie mientras se retuerce bajo las correas del cochecito y señala a los otros niños. Winnie lo desata y el pequeño se desliza hasta el suelo y corre a juntarse con ellos en la tierra.

Colette reparte la tarta y comen en silencio unos instantes.

—No sé si queréis hablar del tema —tercia Colette—. Pero yo prefiero quitármelo de encima. Anoche vi el programa.

—Me lo imaginaba —dice Nell—. Yo también. —Mira a Winnie—. ¿Quieres que hablemos de esto?

Winnie sonríe.

—No pasa nada. —Ella también lo vio: *El Niño Midas: una historia de escándalo y maternidad moderna*, presentado por Patricia Faith. Un especial de dos horas en horario de máxima audiencia, emitido por el aniversario del secuestro de Midas.

Daniel apareció en su casa ayer a última hora de la tarde con una bolsa de hamburguesas y un paquete de seis cervezas.

—No sé si quieres verlo —dijo—. Pero si te apetece, me quedaré y lo veré contigo.

Ella ya conocía la mayoría de los detalles. Mark Hoyt la visitó pocos días después de que Midas volviera a casa y le contó todo lo que Scarlett había admitido. El parto del bebé muerto. Que después de volver a casa del hospital se había pasado horas sentada a oscuras viendo a Winnie por los prismáticos, fantaseando con la idea de que Midas era su hijo. Que había mentido a las Madres de Mayo y les había dicho que Winnie había confesado estar deprimida, y que había pagado trescientos dólares a un joven cerrajero para acceder al coche de Winnie, afirmando que era suyo, y meter la manta de Midas en el compartimento del neumático.

—Estrevistó a Scarlett —dice Colette—. Es desolador.

Francie deja de masticar.

—Estás de coña. Yo no pude ponerlo.

—La visitó en la cárcel. Scarlett sigue en el pabellón psiquiátrico, pero dejaron pasar a Patricia Faith y sentarla delante de sus cámaras durante una hora. Por lo visto, Patricia Faith hizo un considerable donativo a la cárcel.

Nell sacude la cabeza.

—¿Scarlett no tiene a nadie que cuide de ella?

—Procuro no pensar en eso —reconoce Francie—.

Durante todo el parto de Amelia no hacía más que verla. ¿Os lo imagináis? Allí tumbada, sin saber lo que pasa. Adónde se han llevado a tu bebé. Y luego que te digan...

—No —dice Colette—. No me lo imagino.

—Cuando me dieron a Amelia, yo no paraba de preguntar a las enfermeras: «¿Está bien? ¿Respira?». Tuvieron que decirme varias veces que estaba bien. Solo entonces me convencí de que era verdad.

—Le dijo a Patricia Faith que lo que más siente es haber sobrevivido a la puñalada el día que encontramos a Midas. —Colette tiene la mirada puesta en el corro de madres recientes reunidas debajo del sauce—. Y que solía llevar la muñeca a los parques y a clases de música, y que la dejaba en el cochecito. Nadie se fijó.

Winnie da vueltas a la tarta en el plato con el tenedor.

«¿Alguna vez siente que delira, Winnie?»

«¿Tiene visiones en las que se hace daño?»

«Hemos visto su historial médico. Padeció una grave ansiedad después de la muerte de su madre. Detesto hacerle esta pregunta, Winnie, pero ¿alguna vez ha pensado en hacer daño a Midas?»

—No pude verlo entero —dice Nell—. Las historias sobre su padre maltratador. ¿Y el psicólogo que la dejó embarazada? Qué ser humano más horrible.

No hacían más que recomendarle que saliera —las Madres de Mayo, el pediatra—, diciendo que le vendría bien descansar unas horas de Midas. Pero ella no quería descansar.

—He encontrado esta aplicación para el móvil —dijo Daniel mientras comían unos sándwiches en el parque el día antes—. Se llama Peek-a-Boo! Puedes controlar al bebé. Creo que tienen razón, Winnie. Te vendría bien un respiro.

Pero luego se dejó el teléfono en la mesa con la llave dentro. Siente un profundo arrepentimiento. Cierra los ojos y se ve a sí misma en la barra, pidiendo otro té helado. Lucille había llamado a Daniel y le había dicho que Autumn no paraba de llorar y que necesitaba que volviera a casa, y entonces se le acercó aquel hombre que se inclinaba demasiado y le ponía la mano en la cintura. Su aliento rancio, la potencia de la música, la multitud hacinada de chicos y chicas.

Necesitaba salir de allí.

Lo supo. Estaba apoyada contra el árbol, con el cuaderno en el regazo, viendo los fuegos artificiales al otro lado del prado, cuando oyó las sirenas de la policía. Lo supo de la misma forma que lo había sabido nada más mirar a los ojos del policía que se había presentado en la puerta de su casa veinte años antes.

«Ha pasado algo.»

Buscó el móvil en el bolso, frenética, deseando que Alma le dijera que Midas estaba bien. Notaba el dolor de talones, el roce de los zapatos en la piel, al subir por el sendero de piedra y correr por la acera, mientras el sonido de sus pies en el pavimento emitía un ruido atronador en su cabeza. La puerta estaba abierta y la policía ya había llegado y Alma estaba llorando, y luego le hicieron preguntas. ¿Dónde estaba? ¿La había visto alguien salir del bar? ¿Tenía constancia de que alguien quisiera hacer daño a Midas?

—En fin —dice Colette—, basta ya. Os he traído algo. —Saca del bolso tres fajos de papel encuadernados con espiral y le entrega uno a cada una—. Mi novela.

Nell coge uno.

—¿Has terminado?

—Dos meses de recuperación después de la cirugía dejan mucho tiempo para escribir —dice.

Nell lo hojea.

—Estoy deseando leerlo. ¿Qué opina la editora de Charlie?

—No quería decir nada hasta estar segura, pero le gusta. —A Colette le brillan los ojos de la emoción—. Quieren publicarlo.

Se levanta viento, y a Francie se le escapa un grito cuando Nell descorcha una botella de champán.

—Debería haber comprado dos.

Nell les sirve una copa de plástico a cada una y las entrechocan mientras las madres recientes prorrumpen en carcajadas debajo del sauce.

—Yo pienso lo mismo a todas horas —dice una mujer con un vestido de tirantes rojo—. Ayer me estaban haciendo la manicura y me entró el pánico pensando que me había dejado al bebé en la acera metido en la silla del coche. Estaba en casa con mi suegra. Eché las uñas a perder. Creo que me estoy volviendo loca.

Francie mira en dirección a ellas y ríe en voz baja.

—Madres primerizas. —Saca a Amelia del fular elástico—. La espalda me está matando. ¿Quién quiere cogerla?

—Yo —dice Colette, estirando los brazos para tomar al bebé. Hunde los labios en los rizos morenos de Amelia—. ¿Hay algo más delicioso que el olor de un bebé recién nacido?

—Esta tarta. —Francie mira a Nell—. ¿Vas a leerte el tocho entero ahora?

Nell deja el manuscrito de Colette a su lado en la manta.

—No, mañana. Tengo que coger el tren a Washington. —Se recoge el pelo, que ahora le llega a los hombros y ha recuperado su color normal—. Estamos organizando unas conferencias sobre la baja por maternidad. —Han pasado meses desde que Nell dejó su trabajo en Simon French para convertirse en directora ejecutiva de Mujeres por la Igualdad—. Escuchad —dice, y Winnie hace todo lo posible por atender, pero le cuesta concentrarse; le distraen las madres de debajo del sauce. La mujer del vestido de tirantes rojo se ha levantado de la manta y se dirige a un grupo de cochecitos situado cerca.

—¿Leisteis el artículo de ayer? —grita a su grupo, asomándose al interior de un cochecito—. Por lo visto ahora se cree que envolver a un bebé en una manta provoca el síndrome de muerte súbita del lactante.

—Es absurdo. En el libro que yo estoy leyendo pone justo lo contrario.

Winnie se vuelve otra vez hacia Francie, que estira el brazo para cortar otro pedazo de tarta, pero se detiene con el cuchillo en las manos cuando se forma un alboroto detrás de ellas. Una mujer se halla en medio del prado gritando el nombre de una niña.

—¡Lola! —La mujer da una vuelta, formando una bocina con las manos en la boca.

Un hombre se le acerca corriendo.

—No la encuentro.

—¡Lola! —grita la mujer a través del viento.

—Estaba aquí mismo hace un minuto.

Winnie dirige la vista a Midas. Está al lado de las mesas de picnic, escarbando la tierra con las dos manos.

—¡Lola!

—¿Qué pasa? —pregunta Colette, mirando en dirección a la pareja.

—Allí —dice Nell, señalando cuesta arriba—. Hay una niña allí. —Winnie ve a una niña a lo lejos que corre hacia el sendero con árboles, lejos de la pareja que la llama a gritos.

Colette se pone en pie.

—Tenemos que ir a por ella.

—Sí, rápido. Id. —Francie suelta el cuchillo de la tarta y estira los brazos para coger a Amelia—. Dame al bebé.

—¡Lola!

Winnie nota un movimiento precipitado cuando un spaniel pardo y blanco pasa corriendo junto a su manta, con una pelota de tenis agrietada en la boca. La pareja se arrodilla y coge al perro, que salta entre ellos y les toca la barbilla y el pecho con las patas en actitud juguetona.

—Es la última vez que te dejamos correr suelta —dice el hombre, enganchándole una correa al collar.

Colette vuelve a sentarse, ruborizada. Ríe forzadamente.

—Creo que se me ha parado el corazón.

Se quedan calladas y entonces Nell coge un paquete envuelto en papel de regalo de la manta.

—Toma. —Lo lanza hacia Francie—. Abre algo.

Francie desenvuelve el regalo de Colette —un caro juego de cuencos de cobre—, y Winnie trata de calmar el temblor de su mano. Cuando deja la copa en la hierba, repara en una figura a lo lejos.

Es una mujer que está en el sendero con sombra situado justo detrás del corro de madres. Lleva unas gafas de sol, una blusa negra y un sombrero de ala ancha. Desplaza alternativamente la vista de las madres sentadas debajo del sauce al lugar donde Midas juega.

—Para ser sincera, me pone más nerviosa mudarme

de lo que esperaba —está diciendo Francie, mientras coge otro regalo—. Espero que vengáis a visitarme.

—No te preocupes, iremos —asegura Colette—. ¿Verdad que sí, chicas?

—Sí —asiente Winnie. No distingue las facciones de la mujer, pero tiene la misma melena castaña tupida debajo del sombrero. La misma mandíbula pronunciada.

«No es ella. No puede ser.»

Francie deja a un lado la colcha para bebé con el nombre de Amelia bordado que Winnie le ha regalado y coge un biberón del bolso cambiador.

—¿Es leche de fórmula? —pregunta Nell.

—Os lo he dicho. Esta vez estoy haciendo las cosas de otra manera. Se acabó intentar ser la madre perfecta. —Francie ríe, y a Winnie su risa le resulta molesta al oído.

—Voy al servicio —dice la mujer del vestido rojo. Sube por el sendero, lejos del sauce, mientras su vestido ondea al viento contra sus caderas—. Que alguien la vigile —grita detrás de ella, pero ninguna de las mujeres de su grupo parece oírla. Alguien está contando una anécdota. Se pasan una bolsa de pretzels.

La mujer del sombrero está observando.

—Midas —grita Winnie, pero él no levanta la vista.

La mujer echa a andar hacia el sauce. Hacia Midas.

—¡Midas! —Winnie se levanta. La gorra le sale volando de la cabeza y se corta en los pies descalzos con las ramitas puntiagudas mientras corre al árbol y tira a Midas del brazo. Al oír el llanto de Midas, el grupo de debajo del sauce mira en dirección a Winnie justo cuando la mujer los alcanza. Se quita las gafas de sol y Winnie ve que no lleva una camisa negra sino un fular con un bebé.

—Hola —dice la mujer—. ¿Sois las Madres de Mayo?

—Sí.

Midas se toca el hombro.

—Qué bien. No sabía si me había equivocado de grupo. —Lanza el sombrero al suelo, se quita una mochila de los hombros y acto seguido saca a una criatura del portabebés—. Soy Greta.

—¡Greta! Has llegado. —Las mujeres se mueven para hacerle sitio—. Por fin.

—Duele, mamá. —La cara de Midas está surcada de lágrimas polvorientas. Winnie se agacha y lo abraza. Las mujeres de debajo del sauce dejan de hablar y la miran cuando el llanto de Midas se vuelve agudo—. Aprietas mucho, mamá. Duele.

—Lo siento —le susurra ella—. Lo siento mucho.

—Winnie. —Oye que alguien la llama—. Winnie.

«Winnie, tienes que venir. Insistimos.»

«Winnie, cuéntanos la historia de tu parto.»

«No lo entiendo, Winnie. ¿La vio alguien salir del bar?»

—Tranquila, Winnie. —Se da la vuelta. Daniel está de pie a su lado.

—Has venido —dice ella.

—Pues claro. —Él coge a Midas y sonríe—. Vamos. Ven a sentarte. No pasa nada.

Ella toma su mano. Deslizando los dedos entre los de él, deja que la lleve otra vez al corro mientras las mujeres sentadas debajo del sauce observan, abrazando a sus bebés contra el pecho, con la mirada nublada por la preocupación y las mantas ondeando a su alrededor al cálido viento estival.

Agradecimientos

La autora quiere expresar su más profundo agradecimiento a Billy Idol por permitir generosamente el uso de
sus letras en esta novela.

Aimee Molloy

es la autora de *However Long The Night+: # Molly Melching's Journey to Help Millions of African Women and Girls Triumph*, elogiado por Hillary Clinton y Jimmy Carter, entre otros, y coautora del libro en el que se basó la película *Rosewater*, dirigida por Jon Stewart y protagonizada por Gael García Bernal. Vive en Brooklyn.